国家社会科学基金重大项目“《文心雕龙》汇释及百年‘龙学’学案”
（批准号：17ZDA253）特辑

中國文论

［第五辑］

戚良德／主编

山东人民出版社·济南
国家一级出版社 全国百佳图书出版单位

中国文论编辑委员会

目　录
CONTENTS

文心雕龙

文之枢纽

论文叙笔

剖情析采

知音君子

学科纵横

文场笔苑

纪念牟世金先生逝世三十周年

《文心雕龙》与子学精神

袁济喜

摘　要:《文心雕龙》受到子学精神的直接影响，子学著作是刘勰写作《文心雕龙》的重要理论来源之一。子学浸润于《文心雕龙》的各个方面。从上半部分的文体论来说，刘勰将诸子列为文体论，可谓别出心裁，表明他对于诸子的重视。子学著作与子学精神对刘勰的影响不仅仅在于其《诸子》一篇，而是贯穿《文心雕龙》全书当中。刘勰自觉地担当起文艺批评的社会责任，传承了先圣的忧患意识，融入了自己的生命体验，从而写出了这本中国古代文学批评著作，也是一本他在《诸子》中所说的“入道见志之书”。因此，从某种意义上来说，《文心雕龙》是一部富有子学精神的文论著作，是南朝子学向着集部转化的著述。

关键词:《文心雕龙》；子学；子学精神

刘勰的文学思想博大精深，是为公论。作为一部“体大虑周”的文论专著，《文心雕龙》文学批评体系的建构背后有丰富的理论资源的支撑。从《梁书·刘勰传》的简要记载中，可以看出刘勰是一位“博通经论”的学者；不过，《文心雕龙》除了经论之处，还受到子学精神的直接影响，子学著作是刘勰写作《文心雕龙》的重要理论来源之一。关于子学著作，刘勰《文心雕龙·诸子》通过对于子学著作的历史发展脉络的考察研究，肯定了子学著作的独特价值，认为子学著作的“本体”是“述道言治，枝条五经”①，所谓“百家腾跃，终入环内”②，这与他征圣、宗经的基本文学思想

① 范文澜:《文心雕龙注》,北京:人民文学出版社,1958 年,第 308 页。
② 范文澜:《文心雕龙注》,第 23 页。

相吻合。子学著作与子学精神对刘勰的影响不仅仅在于其《诸子》一篇，而是贯穿《文心雕龙》全书当中。从某种意义上来说，《文心雕龙》也是一部富有子学精神的文论著作，是南朝子学向着集部转化的著述。

一、刘勰与子学渊源考辨

刘勰所处的南朝，经学复兴，诸子之学也呈转变的趋势。以梁元帝萧绎为代表的《金楼子》，标志着子学的集大成。刘勰《文心雕龙》中对于传统子书的吸取是十分明显的，体现着一种自觉的意识。

经史子集是中国古代传统的图书分类法，同时也是学术的分类法。其内在的精神便是子学精神，包括成一家之言、和而不同、独立自由之学术精神等，而外在的则是从《汉书·艺文志》到《隋书·经籍志》，再到清代《四库全书》的分类。清人《四库全书总目》子部总叙曰："自六经以外立说者，皆子书也。其初亦相淆，自《七略》区而列之，名品乃定。其初亦相轧，自董仲舒别而白之，醇驳乃分。其中或佚不传，或传而后莫为继，或古无其目而今增，古各为类而今合，大都篇帙繁富。可以自为部分者，儒家以外有兵家，有法家，有农家，有医家，有天文算法，有术数，有艺术，有谱录，有杂家，有类书，有小说家，其别教则有释家，有道家，叙而次之，凡十四类。"[①] 四库馆臣对于子书的解释是"且子之为名，本以称人，因以称其所著，必为一家之言，乃当此目"[②]，突出了子书乃为"一家之言"的创作特征。先秦时代是子书发展的第一个高峰，诸子百家各有所长，为中国古代思想的发展奠定了深厚的基础。但是在进入西汉之后，随着汉武帝"罢黜百家，独尊儒术"政策的实施，诸子的地位一落千丈，刘勰在《文心雕龙·诸子》中说："夫自六国以前，去圣未远，故能越世高谈，自开户牖。两汉以后，体势浸弱，虽明乎坦途，而类多依采。"范文澜先生注云："汉自董仲舒奏罢百家，学归一尊，朝廷用人，贵乎平正，由是诸家撰述，惟有依傍儒学，采掇陈言，为世主备鉴戒，不复敢奇行高论，

---

① 《四库全书总目》记载："丙部子录，其类十七：一曰儒家类，二曰道家类，三曰法家类，四曰名家类，五曰墨家类，六曰纵横家类，七曰杂家类，八曰农家类，九曰小说类，十曰天文类，十一曰历算类，十二曰兵书类，十三曰五行类，十四曰杂艺术类，十五曰类书类，十六曰明堂经脉类，十七曰医术类。凡著录六百九家，九百六十七部，一万七千一百五十二卷；不著录五百七家，五千六百一十五卷。"见［清］永瑢等：《四库全书总目》，北京：中华书局，1965 年，第 769 页。

② ［清］永瑢等：《四库全书总目》，北京：中华书局，1965 年，第 462 页。

自投文网，故武帝以后董刘扬雄之徒，不及汉初淮南、陆贾、贾谊、晁错诸人。"① 儒家经典被官方钦定之后，诸子之说只能相附依傍，这也就难以再现先秦诸子各家之言的盛况。

班固在《汉书·艺文志》中，对于诸子学的形成，进行了分析。他指出："昔仲尼没而微言绝，七十子丧而大义乖。故《春秋》分为五，《诗》分为四，《易》有数家之传。战国从衡，真伪分争，诸子之言纷然淆乱。至秦患之，乃燔灭文章，以愚黔首。汉兴，改秦之败，大收篇籍，广开献书之路。"② 班固以儒学六艺作为衡量学术的标准，将孔子之后的学术流派视为散乱流变，"战国从衡，真伪分争，诸子之言纷然淆乱"，这样，诸子之言成为淆乱经术，真伪分争的根源。不过，班固在《汉书·艺文志》中的诸子略中，与司马谈的《论六家指要》一样，采取了《易传》的观点，将诸子视为可以互补的有机体系。他认为：

> 诸子十家，其可观者九家而已。皆起于王道既微，诸侯力政，时君世主，好恶殊方，是以九家之术蜂出并作，各引一端，崇其所善，以此驰说，取合诸侯。其言虽殊，辟犹水火，相灭亦相生也。仁之与义，敬之与和，相反而皆相成也。《易》曰："天下同归而殊途，一致而百虑。"③

班固以六艺作为权衡，指出当时诸子十家起源于春秋战国之交，学说纷争，诸侯力政，于是各家学说投其所好，形成了众说纷纭、"各引一端""取合诸侯"的局面。而这种分离在一定条件下是可以统合的，班固认为统治者若能修六艺之术，观此九家之言，舍短取长，则可以通万方之略。

先秦诸子的诸子学理论，直接促成了古代思想文化的繁盛。《礼记·中庸》说："万物并育而不相害，道并行而不相悖。小德川流，大德敦化，此天地之所以为大也。"④ 这段话说出了中国古代自先秦开始思想文化繁荣的原因。西晋的葛洪在《抱朴子》外篇的《百家》中指出："百家之言，虽不皆清翰锐藻，弘丽汪濊，然悉才士所寄，心一夫澄思也。正经为道义之

---

① 范文澜:《文心雕龙注》,第 310、325 页。

② [汉]班固:《汉书》,北京:中华书局,1962 年,第 1701 页。

③ [汉]班固:《汉书》,第 1746 页。

④ [唐]孔颖达:《礼记正义》,见《十三经注疏》,北京:中华书局,1980 年,第 1634 页。

渊海，子书为增深之川流。"[①] 葛洪倡导百家之言，反对出于一得之见而摒弃百家之言的做法，提出"正经为道义之渊海，子书为增深之川流"[②]，强调子书与六经可以互补，并不妨害，百川归海，有容乃大，这是子学的价值与特征所在。

刘勰的子学观念的形成，首先与他对于先秦两汉以来经学与子学关系的辨正有关。刘勰的思想对于儒道佛采取兼收并蓄的态度。《文心雕龙》的第一篇吸取了儒玄佛的思想观念，对于文学的本原进行了推溯，提出了原道的观念。认为文学起源于自然之道，而这种自然之道的体现，则是儒家的六经，六经是圣人秉承了自然之道而制作的。刘勰援用他的佛学神理思想，将经书的形成与神道设教思想相联系，认为从八卦开始，到《河图》《洛书》，创立文字以后，有了《三坟》，经过夏、商以及周文王、周公，到了孔子那里，集前人之大成，使之成为不朽的经典。为了突出经典的神圣性，刘勰采用了古老的《河图》《洛书》一类的传说，他还指出："爰自风姓，暨于孔氏，玄圣创典，素王述训，莫不原道心以敷章，研神理而设教，取象乎《河》《洛》，问数乎蓍龟，观天文以极变，察人文以成化；然后能经纬区宇，弥纶彝宪，发挥事业，彪炳辞义。故知道沿圣以垂文，圣因文以明道，旁通而无滞，日用而不匮。《易》曰：'鼓天下之动者存乎辞。'辞之所以能鼓天下者，乃道之文也。"[③] 这一段话含义深刻，既强调了圣人熔钧六经秉承了神秘的神理与天意，同时又说明这种天意是自然之道的彰显，将两汉经学与魏晋以来的自然之道相融合，从而使经书获得了自然之道与神理的支持，有了形而上之提振。这正是刘勰《文心雕龙》论文的智慧所在。

刘勰深知，传承圣典是一种极其高端的事业，而大部分文士的创作是无缘进入这个领域的，同时，圣人之道也必须通过诸子的著述来传述，儒家自孟子、子思开始，也被归入诸子一类。班固《汉书·艺文志》指出："儒家者流，盖出于司徒之官，助人君顺阴阳明教化者也。游文于六经之中，留意于仁义之际，祖述尧、舜，宪章文、武，宗师仲尼，以重其言，于道最为高。孔子曰：'如有所誉，其有所试。'唐、虞之隆，殷、周之盛，

---

① ［东晋］葛洪：《抱朴子·外篇》，见《诸子集成》，北京：中华书局，1954 年，第 185 页。

② ［东晋］葛洪：《抱朴子·外篇》，见《诸子集成》，第 185 页。

③ 范文澜：《文心雕龙注》，第 2 页。

仲尼之业，已试之效者也。”[①]《四库全书总目》子部儒家类指出：“古之儒者，立身行己，诵法先王，务以通经适用而已，无敢自命圣贤者。王通教授河汾，始摹拟尼山，递相标榜，此亦世变之渐矣。迨托克托等修宋史，以道学、儒林分为两传。而当时所谓道学者，又自分二派，笔舌交攻。自时厥后，天下惟朱、陆是争，门户别而朋党起，恩雠报复，蔓延者垂数百年。明之末叶，其祸遂及于宗社。惟好名好胜之私心不能自克，故相激而至是也。圣门设教之意，其果若是乎?”[②] 四库馆臣的经学观与刘勰相似，它认为古之儒者只在于诵法先王，立身行己，务以通经适用而已，没有资格以圣贤自命，只有隋代王通之后，才妄称圣人，遂开互相标榜，党同伐异之风气。

在《文心雕龙》中，刘勰专门为诸子开辟一篇进行论述，可以看出刘勰对于诸子的重视。《诸子》篇是我们研究刘勰诸子观的重要材料，刘勰在这一篇中梳理了诸子的发展演变史。诸子是不同流派的思想家，他们的思想构成了中国古代思想史和学术史的源头，因此他们的思想对于后世的思想发展和文学创作等都产生了巨大的影响，为中华文明的总体格局奠定了基础。但刘勰对于诸子思想的借鉴和吸收并非仅见于此篇，在其他篇章中也有对诸子文献的征引和吸纳。

刘勰认为诸子著作都是“入道见志之书”：“诸子者，入道见志之书。太上立德，其次立言。”[③]《左传·襄公二十四年》有言：“大上有立德，其次有立功，其次有立言，虽久不废，此之谓不朽。”《正义》云：“老、庄、荀、孟、管、晏、孙、吴之徒，制作子书，屈原、宋玉、贾逵、扬雄、马迁、班固以后撰集传及制作文章，使后世学习，皆是立言者也。”[④] 这里的“道”不是开篇《原道》中所讲的那个作为天地人之本源的总体的、形而上的“道”。这里的“道”指的就是诸子百家不同的核心思想与学说，诸子都是“一家之言”，因此就有“一家之道”。“志”在这里指的也不是汉代诗学思想中“诗言志”的那个普遍的“志”，而是指诸子由于不同的“道”、不同的思想立场所产生的对于混乱失序的社会的不同改造方案，即刘勰所说的“述道言治”之“治”。刘勰认为“宇宙绵邈”“岁月飘忽”，

① [汉]班固:《汉书》,第1728页。

② [清]永瑢等:《四库全书总目》,第769页。

③ 范文澜:《文心雕龙注》,第307页。

④ [唐]孔颖达:《春秋左传正义》,见《十三经注疏》,北京:中华书局,1980年,第1979页。

作为个体的人的存在“形同草木之脆”，因此“树德建言”是超越自身有限的、短暂的肉身存在，实现名垂后世的重要手段，这种观点是对于曹丕文章价值说的继承，曹丕认为文章是“经国之大业，不朽之盛事”，从魏晋开始成为了中国古代士人的共识，这种认识可以上溯至子学时代。刘勰说：“百姓之群居，苦纷杂而莫显；君子之处世，疾名德之不章。唯英才特达，则炳曜垂文，腾其姓氏，悬诸日月焉。”[①] 诸子的著作可以说是刘勰心中的“立言不朽”的典范之作。

《诸子》是《文心雕龙》的“文体论”中的一部分，刘勰将诸子散文单列一体，表明其重要性。刘勰在此篇中力求总结诸子文章的写作特点与思想意义，深入探究诸子著作对于文学创作的借鉴价值。清代纪昀对《诸子》一篇提出了批评：“此亦泛述成篇，不见发明。盖子书之文，又各自一家，在此书原为谰入，故不能有所发挥。”[②] 纪昀认为刘勰这篇只是对于诸子著作的一个简单的梳理，泛泛而谈，并没有什么实质性的创见。台湾学者陈拱在《〈文心雕龙〉本义》一书中指出：“按诸子内容极为繁复，而条流纷揉，为义多方，辞亦千差万别。故欲综于此一题而论之，亦止能略具纲领而已，何能深入而勾玄探赜哉？盖题域之限，势有所不能也。”[③] 这个说法可以说是针对纪昀对于刘勰的责难而做出的解释。将诸子之书作为文体的一类来单独研究，是刘勰的独创之处，但是这种做法也受到了后世学者的质疑。何以将《诸子》列为文体之一，这个问题众人说法不一。我们从刘勰创作《文心雕龙》的意图和规划中大概可以对此做出一些推断，刘勰认为文学研究既要做到“轻采毛发”又要“深及骨髓”，既要“弥纶群言”又要“擘肌分理”，既考虑到全书的整体性又要兼及研究的全面与细致。诸子学说广大精微，文章体裁又为中国古代散文的源头之一。诸子更重要的价值是他们所创造的那种学究天人的学术思潮以及担当忧患的家国情怀，刘勰正是认识到了诸子著作的双重价值，为了强调诸子著作的意义，故将其列为文体之一。

在谈到诸子的起源时，刘勰这样说道：“至鬻熊知道，而文王谘询，馀文遗事，录为《鬻子》。子目肇始，莫先于兹。及伯阳识礼，而仲尼访问，

① 范文澜：《文心雕龙注》，第 307 页。

② 范文澜：《文心雕龙注》，第 310 页。

③ 陈拱：《〈文心雕龙〉本义》上册，台北：商务印书馆，1999 年，第 401 页。

爰序道德，以冠百氏。然则鬻惟文友，李实孔师，圣贤并世，而经子异流矣。”① 刘勰认为老子的《道德经》“以冠百氏”，并且“李实孔师”，可以说对于传统的儒家正统观进行了一次修正。自汉武帝“罢黜百家，独尊儒术”之后，孔子被推为“至圣”，地位至高无上，他所编订的“六经”则是“恒久之至道，不刊之鸿教”②，儒家所提倡的“道”才是最高的“道”。刘勰谓《道德经》“以冠百氏”，表现出他对诸子地位及影响力的提升。“圣贤并世”的观点则一反汉儒们神圣化先师的倾向，他把圣人和贤人放到了同等的地位，从历史的角度阐述了“儒家圣人”和“诸子贤人”存在的平等性。

在梳理子学发展脉络中，刘勰的观点是以汉代为界，他认为“两汉以后，体势浸弱”，子学的发展也就失去了春秋战国时期那种生命力：

> 若夫陆贾典语，贾谊新书，扬雄法言，刘向说苑，王符潜夫，崔寔政论，仲长昌言，杜夷幽求，咸叙经典，或明政术，虽标论名，归乎诸子。何者？博明万事为子，适辨一理为论，彼皆蔓延杂说，故入诸子之流。③

刘勰的这一观点得到后世学者的认同，例如章太炎先生在《诸子学略说》说道：“春秋以上，学说未兴，汉武以后，定一尊于孔子，虽欲放言高论，犹必以无碍孔氏为宗。强相援引，妄为皮傅，愈调和者愈失其本真，愈附会者愈违其解故。”④ 台湾学者王更生说：“此虽然未明言原因，但论子学之兴衰，断自两汉，实在也是空前的创说。至于以‘六国以前，去圣未远，故能越世高谈’揭出先秦学术突飞猛进的基本因素，更是别具慧眼。”⑤ 先秦诸子，师法相传，虽遭秦火，难以尽灭。“暨于暴秦烈火，势炎昆冈，而烟燎之毒，不及诸子。”⑥ 然而诸子之学却衰落于汉武帝之时，武帝采纳了丞相王绾的建议，以“乱国政”之名罢斥“申、商、韩非、苏

---

① 范文澜：《文心雕龙注》，第 308 页。
② 范文澜：《文心雕龙注》，第 21 页。
③ 范文澜：《文心雕龙注》，第 309 页。
④ ［清］章太炎：《诸子学略说》，桂林：广西师范大学出版社，2010 年，第 1 页。
⑤ 王更生：《重修增订〈文心雕龙〉研究》，台北：文史哲出版社，1979 年，第 267 页。
⑥ 范文澜：《文心雕龙注》，第 308 页。

秦、张仪之言"①，实行"罢黜百家，独尊儒术"的政策，"兴太学"，"立五经博士"，儒家思想定于一尊，从而结束了百家争鸣的时代。此后，经学取代子学进入空前繁荣的时代，子学日渐衰落。

从写作的角度来看，刘勰认为诸子的著作中既有"纯粹者"又有"踳驳者"，前者中规中矩，后者"混同虚诞"。然而刘勰并没有武断地否定诸子著作中那些充满想象力的夸饰荒诞之说的价值，他认为"洽闻之士，宜撮纲要，览华而食实，弃邪而采正"②，有眼光、有鉴别能力的作者自然能够做出自己的选择。从文学创作的角度来看，那些被刘勰认定为"踳驳者"的子书，往往对于文学创作具有重要的借鉴价值，因为文学创作更加重视文辞修饰与想象力的发挥，这正是"踳驳者"所具备的特征。刘勰在《正纬》中批评纬书虽然"乖道谬典"，但是从文学的角度来看，其价值也是不容忽视的："若乃羲农轩皞之源，山渎钟律之要，白鱼赤乌之符，黄金紫玉之瑞，事丰奇伟，辞富膏腴，无益经典而有助文章。是以后来辞人，采摭英华。"③

刘勰对于诸子各家的写作风格上的态度是非常开放的，他准确地概括了每一家写作的"华采"之处，认识到了诸子散文的独特成就："研夫孟荀所述，理懿而辞雅；管晏属篇，事核而言练；列御寇之书，气伟而采奇；邹子之说，心奢而辞壮；墨翟随巢，意显而语质；尸佼尉缭，术通而文钝；鹖冠绵绵，亟发深言；鬼谷眇眇，每环奥义；情辨以泽，文子擅其能；辞约而精，尹文得其要；慎到析密理之巧，韩非着博喻之富；吕氏鉴远而体周，淮南泛采而文丽：斯则得百氏之华采，而辞气之大略也。"④所以刘勰对于子学著作的价值有非常清醒的认识，纵然其中含有一些糟粕，但是后来的有识之士自然会采摭"百氏之华采"，吸收其中的有价值的内容。刘勰在《风骨》中提出：

> 若风骨乏采，则鸷集翰林；采乏风骨，则雉窜文囿；唯藻耀而高翔，固文笔之鸣凤也。若夫熔铸经典之范，翔集子史之术，洞晓情变，

---

① ［汉］班固:《汉书》,第156页。

② 范文澜:《文心雕龙注》,第309页。

③ 范文澜:《文心雕龙注》,第31页。

④ 范文澜:《文心雕龙注》,第309页。

曲昭文体，然后能孚甲新意，雕画奇辞。①

刘勰指出，风骨作为一种文章写作的审美理想，要径在于“熔铸经典之范，翔集子史之术，洞晓情变，曲昭文体”，这样才能达到风清骨峻的要求。可见，在刘勰心目中，诸子与史传可以与经典互补。

二、《文心雕龙》与子学视野

《文心雕龙》固然从经学中汲取了重要的文学观念，然而这种基本文学观念的形成，恰恰离不开子学中道家思想的渗透，没有道家与玄学精神的启发，刘勰《文心雕龙》便难免成为两汉经学的翻版，了无新意。魏晋玄学其实是经学与子学的有机融合，通过名教与自然的调和，衍生出一种思想智慧。而刘勰《文心雕龙》的高明之处，即在于对这种思想智慧的汲取与运用。

子学对于刘勰的影响，首先表现在他运用老庄的自然之道对于六经文学观的影响。《原道》是《文心雕龙》的全书枢机。刘勰在全书最后的《序志》中自叙“盖文心之作也，本乎道”。可见“道”是《文心雕龙》全书的逻辑起点，是刘勰用以考察文艺现象、探讨文艺本质的理论武器，也是他整个理论体系的根本所在，同时也是今人解读该书首先要明白的一个关键性概念与范畴。《原道》指出：

> 文之为德也大矣，与天地并生者何哉？夫玄黄色杂，方圆体分，日月叠璧，以垂丽天之象；山川焕绮，以铺理地之形：此盖道之文也。仰观吐曜，俯察含章，高卑定位，故两仪既生矣。惟人参之，性灵所钟，是谓三才。为五行之秀，实天地之心，心生而言立，言立而文明，自然之道也。②

在两汉时代，原道往往是将道归纳为儒家之道，而儒家之道的具体表现则是六经。至汉魏时期，道融入了子学的老庄之道。自然之道成为调和孔孟与老庄的一个关键范畴。从整体上看，刘勰在本篇中所说的“道”是一个综合性的概念，是将自然、社会与精神统一起来的精神性概念，包含

① 范文澜:《文心雕龙注》,第514页。

② 范文澜:《文心雕龙注》,第1页。

了不同的内容，很难归属于哪一家，既融合了儒道两家的思想，又借鉴了老子、韩非等人对“道”的解说，鲜明地体现出魏晋南北朝思想文化兼容并包的时代特点。但从全篇来看，仍然可以明确其两个方面的基本思想：一是以儒家《易传》为代表的天人合一的宇宙本体论，一是道法自然的思想。以天道说明人事，把社会秩序、道德规范都纳入到统一的宇宙万物的运行规律之中，这是自先秦两汉以来逐步形成的一种天人合一的宇宙本体论，如《周易·系辞下》云：“《易》之为书也，广大悉备，有天道焉，有人道焉，有地道焉。”①《说卦》又云：“昔者圣人之作《易》也，将以顺性命之理，是以立天之道曰阴与阳，立地之道曰柔与刚，立人之道曰仁与义。兼三才而两之，故《易》六画而成卦。”② 意思是说《易经》的每一卦都由六画组成，其中包含了天、地、人三个方面的内容，这就是“三才”，而每一才又以阴阳、刚柔等两分，故曰“两之”。可见，这种思想在《易传》中体现得最为充分，而本篇受《易传》的影响是非常明显的。

刘勰强调文源于道，认为人文和天文、地文一样，都是“道之文”，是合乎自然的。《韩非子·解老》篇云：“道者，万物之所然也。”③ 黄侃在《文心雕龙札记》中认为：“案庄、韩之言道，犹言万物之所由然。文章之成，亦由自然，故韩子又言圣人得之以成文章，韩子之言，正彦和所祖也。”④ 其实《韩非子》中的这句话正是源于《老子》的“道法自然”的思想。刘勰继承了老子等人的思想，把宇宙万物都看成是道的体现。而人文当中最能体现圣人之道的儒家经典则是古代圣人根据自然之道制作出来的，所谓“爰自风姓，暨于孔氏，玄圣创典，素王述训，莫不原道心以敷章，研神理而设教”，把六经也看作是自然之道的体现，这实际上也表现了魏晋玄学名教与自然合一的思想特点。正如清人纪昀所说：“齐梁文藻日竞雕华，标自然以为宗，是彦和吃紧为人处。”⑤ 因为当时的文学以宫体诗与四六文中的趋新华靡为特征，远离社会人生的真实情貌与自然之道，浮华的时尚与豪贵的趣味，使文学中的审美精神趋于低俗，背离了诗骚精神与汉魏风骨。

---

① ［唐］孔颖达：《周易正义》，见《十三经注疏》，北京：中华书局，1980 年，第 90 页。

② ［唐］孔颖达：《周易正义》，见《十三经注疏》，第 93 页。

③ ［清］王先慎：《韩非子集解》，北京：中华书局，1998 年，第 146 页。

④ 黄侃：《文心雕龙札记》，北京：中华书局，2006 年，第 96 页。

⑤ 范文澜：《文心雕龙注》，第 4 页。

刘勰认为文的本质乃是“道”的体现，而他所说的“文”又涵盖了一切美的事物，这就从本质上确立了文章的审美属性。此外，作为人文典范的六经又是圣人根据自然之道制作出来的，这就为文章必须征圣、宗经奠定了基础。因此，刘勰提出：“道沿圣以垂文，圣因文以明道”，强调道、圣、文是三位一体的。纪昀评曰：“文以载道，明其当然；文原于道，明其本然，识其本乃不逐其末。首揭文体之尊，所以截断众流。”① 刘永济先生指出：“舍人论文，首重自然。二字含义，贵能剖析，与近人所谓‘自然主义’，未可混同。此所谓自然者，即道之异名。道无不被，大而天地山川，小而禽鱼草木，精而人纪物序，粗而花落鸟啼，各有节文，不相凌杂，皆自然之文也。文家或写人情，或模物态，或析义理，或记古今，凡具伦次，或加藻饰，阅之动情，诵之益智，亦皆自然之文也。”② 这些，都足以证明刘勰善于运用老庄的道家思想来作为自己立论的智慧。子学对于刘勰的泽溉，首先表现在老庄与玄学自然之道对于经学思想的互补上面。如果没有老庄子学的启发与运用，刘勰《文心雕龙》的儒家思想也无从构建。

刘勰在《情采》中对于传统的文质理论，引入“情采”这一范畴来解说。而情采说的论证，主要是借用了老庄与玄学的自然之道。刘勰指出：“圣贤书辞，总称文章，非采而何？夫水性虚而沦漪结，木体实而花萼振，文附质也。虎豹无文，则鞟同犬羊；犀兕有皮，而色资丹漆，质待文也。若乃综述性灵，敷写器象，镂心鸟迹之中，织辞鱼网之上，其为彪炳，缛采名矣。”③ 刘勰认为，情采相符乃是自然之道，圣人的文章不仅内容充实，而且富有文采，然而这种文采是以内容作基础的，故名“情采”。在圣人与老庄的书中，可以找到情采概念的来源：

> 《孝经》垂典，丧言不文；故知君子常言未尝质也。老子疾伪，故称“美言不信”，而五千精妙，则非弃美矣。庄周云“辩雕万物”，谓藻饰也。韩非云“艳乎辩说”，谓绮丽也。绮丽以艳说，藻饰以辩雕，文辞之变，于斯极矣。④

---

① 范文澜：《文心雕龙注》，第 4 页。

② 刘永济：《文心雕龙校释》，北京：中华书局，2007 年，第 4 页。

③ 范文澜：《文心雕龙注》，第 537 页。

④ 范文澜：《文心雕龙注》，第 537 页。

刘勰强调，《孝经》与《老子》，以及庄周与韩非的著作在处理文质、华实关系时，都是兼而有之的，他们的文章善于运用华丽藻饰，关键是建立在如何处理好文质相扶之上。刘勰指出：

> 研味《孝》《老》，则知文质附乎性情；详览《庄》《韩》，则见华实过乎淫侈。若择源于泾渭之流，按辔于邪正之路，亦可以驭文采矣。夫铅黛所以饰容，而盼倩生于淑姿；文采所以饰言，而辩丽本于情性。故情者文之经，辞者理之纬；经正而后纬成，理定而后辞畅：此立文之本源也。①

值得注意的是，刘勰将《孝经》与《老子》相提，将庄周与韩非并论，用以证明文质相扶，华实匹配，反对文质不符的现象，诸子与圣人的经典在这里完全是同等的。在论述具体的审美理论问题时，刘勰将圣人经典与诸子之书等量齐观。

《序志》中，刘勰坦陈自己的论文立场与方法："及其品列成文，有同乎旧谈者，非雷同也，势自不可异也；有异乎前论者，非苟异也，理自不可同也。同之与异，不屑古今，擘肌分理，唯务折衷。按辔文雅之场，环络藻绘之府，亦几乎备矣。"② 这种立场与方法，同样明显地体现在他对于经书与诸子之书的视野中，由此，他能够跳出两汉儒生独尊经术、排斥诸子的立场与方法。

刘勰此篇的价值，贵在引入自然之道来论述情采的关系，特别是强调情采之运用要出于真心，反对当时无病呻吟的创作态度，刘勰痛切地指出："夫以草木之微，依情待实；况乎文章，述志为本，言与志反，文岂足征！"③ 这可以说是对于当时虚浮成风的创作现状的针砭，对于现实的中国文艺也有深刻的警醒作用。

子学浸润于《文心雕龙》的各个方面。从上半部分的文体论来说，刘勰将诸子列为文体论，可谓别出心裁，表明他对于诸子的重视。本篇论述诸子之文，以先秦为主，兼及两汉。诸子是指先秦时期各种流派的学术思

---

① 范文澜:《文心雕龙注》,第537页。

② 范文澜:《文心雕龙注》,第727页。

③ 范文澜:《文心雕龙注》,第538页。

想家，也用来指他们的著作。诸子以各自的学说丰富了中国的思想文化宝库，与传统经学相补充，成为国学的重要组成部分。诸子的学说往往为解决现实问题而发，其内容以“述道言治”为主，是“入道见志之书”。在今天看来，诸子之文大都属于论说类文体。但刘勰却认为，“子”和“论”是有区别的，所谓“博明万事为子，适辨一理为论”。子书的内容“或叙经典，或明政术”，“蔓延杂说”，所以应归入诸子之流。

刘勰《论说》篇主要阐述论和说两种文体，分别按照“释名以章义”“原始以表末”“选文以定篇”和“敷理以举统”的体例展开，非常完整。在文体论中，《论说》是很重要的一篇，魏晋以来，思想解放，玄谈盛行，名理学发达，这些成果充分地为刘勰所吸收。在本篇中，刘勰提出的关于论说文体的一些基本的写作规范如“论也者，弥纶群言，而研精一理”“论如析薪，贵能破理”“义贵圆通，辞忌枝碎”等①，对于指导我们今天的思维训练与文章写作，也有重要的借鉴意义。

在《宗经》篇中，刘勰指出五经是后世各类文体的源头，其中提到“论说辞序，则《易》统其首”，所谓《易》主要是指《易传》中的《说卦》《序卦》等，可见，刘勰认为论说这类文体是从阐发经典义理中形成的，他反对不顾事实、强词夺理的“曲论”：

> 是以庄周《齐物》，以论为名；不韦《春秋》，六论昭列。至石渠论艺，白虎通讲，聚述圣言通经，论家之正体也。及班彪《王命》，严尤《三将》，敷述昭情，善入史体。魏之初霸，术兼名法。傅嘏、王粲，校练名理。迄至正始，务欲守文；何晏之徒，始盛玄论。于是聃周当路，与尼父争途矣。详观兰石之《才性》，仲宣之《去伐》，叔夜之《辨声》，太初之《本无》，辅嗣之《两例》，平叔之二论，并师心独见，锋颖精密，盖人伦之英也。至如李康《运命》，同《论衡》而过之；陆机《辨亡》，效《过秦》而不及，然亦其美矣。次及宋岱、郭象，锐思于几神之区；夷甫、裴頠，交辨于有无之域；并独步当时，流声后代。然滞有者，全系于形用；贵无者，专守于寂寥。徒锐偏解，莫诣正理；动极神源，其般若之绝境乎？逮江左群谈，惟玄是务；虽

① 范文澜：《文心雕龙注》，第326页。

有日新，而多抽前绪矣。[①]

刘勰这里将庄子《齐物论》与《吕氏春秋》视为诸子之论，认为东汉的石渠阁与白虎观的经学之论为论之正体，表现了他的以儒家为正统的观念。但是对于嵇康、王粲、夏侯玄、王弼、何晏、郭象、裴頠等人的玄学之论也颇为欣赏，誉之为“师心独见，锋颖精密，盖论之英也”，这表现出他的文体论受到子学论辩精神的影响。

刘勰还善于从诸子书中汲取创作论的相关思想理念，在《养气》中他指出：“昔王充著述，制《养气》之篇，验己而作，岂虚造哉！夫耳目鼻口，生之役也；心虑言辞，神之用也。率志委和，则理融而情畅；钻砺过分，则神疲而气衰：此性情之数也。”[②] “养气”说最早源于孟子，他说：“我知言，我善养吾浩然之气。”[③] 但是，孟子所说的养气是指个人的道德修养，与文学创作无关。刘勰的养气说主要是从东汉王充那里借鉴来的。王充在《论衡·自纪》里说：“养气自守，适食则酒。闭明塞聪，爱精自保。适辅服药引导，庶几性命可延，斯须不老。”[④] 所谓“养气”，是指保养精神。所以刘勰在篇中所讲的“气”常常和“神”并称，例如：“率志委和，则理融而情畅；钻砺过分，则神疲而气衰”“气衰者虑密以伤神”“玄神宜宝，素气资养”等等[⑤]。不过，王充所说的“养气”是生理学上的概念，是讲一种养生之道，而刘勰的“养气”是强调一种顺应自然的创作态度，不仅是从生理学的角度讲，更侧重于心理状态的自我调节。因为创作是需要智慧和悟性的，良好的精神状态是创作活动得以顺利进行的必要条件，只有这样，才能使潜在的创造力充分发挥出来。刘勰反对“钻砺过分”，主张“率志委和”，他指出：“夫学业在勤，故有锥股自厉；志于文也，则有申写郁滞；故宜从容率情，优柔适会。”[⑥] 学习和创作是两种不同的状态，前者应该刻苦自励，后者则应该“从容率情，优柔适会”。文学创作是一项艰苦的脑力劳动，平时要有长期的积累和准备，这样，才有可能

① 范文澜：《文心雕龙注》，第327页。

② 范文澜：《文心雕龙注》，第646页。

③ ［汉］赵岐注、［宋］孙奭疏：《孟子注疏》，见《十三经注疏》，北京：中华书局，1980年，第2685页。

④ 张宗祥：《论衡校注》，上海：山海古籍出版社，2013年，第585页。

⑤ 范文澜：《文心雕龙注》，第646页。

⑥ 范文澜：《文心雕龙注》，第647页。

在创作中获得灵感。所以，刘勰在《神思》篇中在提出“陶钧文思，贵在虚静”的同时，又强调要“积学以储宝，酌理以富才，研阅以穷照，驯致以绎辞”①，二者是相辅相成的。

在《才略》中，刘勰分析了历史上作家才略的概况，值得注意的是，他将以往道德上有瑕疵的作家放到与普通作家一样的地位上来加以评价。另外在《时序》中指出：

> 春秋以后，角战英雄，六经泥蟠，百家飙骇。方是时也，韩魏力政，燕赵任权；五蠹六虱，严于秦令；唯齐、楚两国，颇有文学。齐开庄衢之第，楚广兰台之宫，孟轲宾馆，荀卿宰邑，故稷下扇其清风，兰陵郁其茂俗，邹子以谈天飞誉，驺奭以雕龙驰响，屈平联藻于日月，宋玉交彩于风云。观其艳说，则笼罩《雅》《颂》，故知昞烨之奇意，出乎纵横之诡俗也。②

刘勰认为，春秋之后，进入纷争战乱的年代，当时六经遭受灭弃，而诸子百家风起云涌，秦国焚书坑儒，而齐楚两国，学术繁荣，诸子学说各逞一时，孟子与荀子受到当时诸侯的重视，其学说也广泛传播。而邹子、驺奭这样的辩士的文采也逞耀于一时。刘勰强调纵横家的才学与辩术，富于创新，文辞华丽。刘勰将辩士与屈原、宋玉这样的辞赋家相提并论，也证明了诸子地位的不俗。在《才略》中，刘勰在赞扬经学家与辞赋家的同时，对于那些著书立说，批判社会的子书也给予高度的评价：“子云属意，辞人最深，观其涯度幽远，搜选诡丽，而竭才以钻思，故能理赡而辞坚矣。桓谭着论，富号猗顿，宋弘称荐，爰比相如，而《集灵》诸赋，偏浅无才，故知长于讽谕，不及丽文也。敬通雅好辞说，而坎壈盛世，《显志》自序，亦蚌病成珠矣。二班两刘，弈叶继采，旧说以为固文优彪，歆学精向，然《王命》清辩，《新序》该练，璇璧产于昆冈，亦难得而逾本矣。傅毅、崔骃，光采比肩，瑗寔踵武，能世厥风者矣。”③

“知音”是汉魏六朝以来的重要文艺鉴赏与接受的范畴，引起了刘勰的

① 范文澜:《文心雕龙注》,第493页。
② 范文澜:《文心雕龙注》,第671页。
③ 范文澜:《文心雕龙注》,第699页。

高度重视。在《知音》中，刘勰对于韩非的遭遇给予了同情。韩非这样的法家人物，鼓吹刻薄寡恩、互相残害的学说，他入秦后受到同门李斯的谗害，应证了他的学说。其人遭遇可谓作法自毙，不值得同情；但是韩非的文章却写得极为漂亮，受到秦始皇的赞叹，也因此发兵攻打韩国，迫使韩国将韩非送到秦国，韩非因此而送了命。但刘勰却从惜才的角度出发，慨叹：

> 知音其难哉！音实难知，知实难逢，逢其知音，千载其一乎！夫古来知音，多贱同而思古。所谓“日进前而不御，遥闻声而相思”也。昔《储说》始出，《子虚》初成，秦皇汉武，恨不同时；既同时矣，则韩囚而马轻，岂不明鉴同时之贱哉！①

刘勰这番慨叹，显然有自伤的意味在内。他以韩非、司马相如的例子说明，帝王之于人才往往贵远贱近。韩非在刘勰心目中，成了怀才不遇，惨遭冤屈的典型，是值得同情的才士。这一点与司马迁认为韩非囚秦，写作《说难》《孤愤》的理解有相同之处。

三、《文心雕龙》是六朝子书向集部转变的关键

《文心雕龙》五十篇是南朝齐代刘勰所撰的中国古代文学批评的最负盛名的经典。它在中国传统学术的经史子集四部分类之中，隶属于集部的“诗文评”类。自《隋志》开始，将《诗评》三卷、《文心雕龙》十卷列入总集之中，四库馆臣说，“文章莫盛于两汉，浑浑灏灏，文成法立，无格律之可拘。建安、黄初，体裁渐备，故论文之说出焉。《典论》其首也。其勒为一书，传于今者，则断自刘勰、钟嵘。勰究文体之源流，而评其工拙；嵘第作者之甲乙，而溯厥师承，为例各殊，至皎然《诗式》，备陈法律。孟棨《本事诗》旁采故实，刘攽《中山诗话》、欧阳修《六一诗话》，又体兼说部，后所论著，不出此五例中矣。……《隋志》附总集之内，《唐书》以下，则并于集部之末别立此门。岂非以其讨论瑕瑜，别裁真伪，博参广考，亦有裨于文章欤”②。近代著名学者黄侃在《文心雕龙札记》的《题辞

① 范文澜:《文心雕龙注》,第 713 页。

② ［清］永瑢等:《四库全书总目》,第 1779 页。

及略例》中指出：

> 论文之书，鲜有专籍。自桓潭《新论》、王充《论衡》，杂论篇章。继此以降，作者间出，然文或湮阙，有如《流别》《翰林》之类；语或简括，有如《典论》《文赋》之侪。其敷陈详核，征证丰多，枝叶扶疏，原流粲然者，惟刘氏《文心》一书耳。①

在我们看来，《文心雕龙》是中国文学批评史上的一部经典之作，其内容博大精深，体系完备，不仅全面总结了齐梁以前各类文体的源流和文章写作的丰富经验，而且还贯穿了作者对人文精神的深沉思考和执着追求，其开阔的视野，恢弘的器度，使它超越了一般的“诗文评”类著作，成为一部重要的国学经典。刘勰在《程器》中感叹：“摛文必在纬军国，负重必在任栋梁，穷则独善以垂文，达则奉时以骋绩。若此文人，应梓材之士矣。”② 这正是他理想人格的写照，所以在他无法实现“奉时以骋绩”的愿望时，只能“独善以垂文”（《程器》），把所有的希望寄托在自己的写作中，正如他在《序志》篇最后所说的“文果载心，余心有寄”③。刘勰的人生与写作历程，其实正是传承了古代自孔子开拓的“诗可以怨”与司马迁“发愤著书”的传统，是中国古代士人“穷则独善其身，达则兼济天下”心态与人格的展现。同样，《文心雕龙》作为经典的传承性首先来自于这种优秀文化精神的泽溉。

然而，六朝时代的子书开始向着集部渐变，具体而言，就是将子书中的一家之言，通过集部的撰述来体现作者的精神人格。刘勰在《诸子》中开始写道：“百姓之群居，苦纷杂而莫显；君子之处世，疾名德之不章。唯英才特达，则炳曜垂文，腾其姓氏，悬诸日月焉。”④ 在文章的最后感叹：“嗟夫！身与时舛，志共道申，标心于万古之上，而送怀于千载之下，金石靡矣，声其销乎！赞曰：丈夫处世，怀宝挺秀。辨雕万物，智周宇宙。立德何隐，含道必授。条流殊述，若有区囿。”⑤ 这可以看作刘勰对于诸子写

① 黄侃：《文心雕龙札记》，第1页。
② 范文澜：《文心雕龙注》，第720页。
③ 范文澜：《文心雕龙注》，第728页。
④ 范文澜：《文心雕龙注》，第307页。
⑤ 范文澜：《文心雕龙注》，第310页。

作精神的概括，在刘勰看来，诸子大多缘于生不逢时，于是在著作中寄托个人的感受。先秦时代的孟子与荀子就是这样的例子。《史记·孟子荀卿列传》中记载："天下方务于合纵连衡，以攻伐为贤，而孟轲乃述唐、虞、三代之德，是以所如者不合。退而与万章之徒序诗书，述仲尼之意，作孟子七篇。其后有驺子之属。"① 可见，这种诸子精神，是与发愤著书相关系的。而南朝时代，子学开始与文章编选、文学批评相结合，曹丕《典论》本是子书，其中的《论文》一篇，开魏晋文学批评自觉之先河。刘勰《序志》中谈到自己写作《文心雕龙》时的立场与观点："敷赞圣旨，莫若注经，而马郑诸儒，弘之已精，就有深解，未足立家。唯文章之用，实经典枝条，五礼资之以成文，六典因之致用，君臣所以炳焕，军国所以昭明，详其本源，莫非经典。而去圣久远，文体解散，辞人爱奇，言贵浮诡，饰羽尚画，文绣鞶帨，离本弥甚，将遂讹滥。盖《周书》论辞，贵乎体要，尼父陈训，恶乎异端，辞训之奥，宜体于要。于是搦笔和墨，乃始论文。"② 刘勰坦承，自己从小对于孔子与六经钦佩至极，但是在注经方面，不可能超越马融、郑玄这些硕儒，而在文学批评方面，却是大有可为的，针对当时文坛方面"去圣久远，文体解散"的现象，"于是搦笔和墨，乃始论文"。儒家作为一种思想学说，也是诸子的一种，因此，刘勰通过论文来弘扬儒学，著书立说，显然也是儒家立场的彰显。

《文心雕龙》虽然被后世列为集部中诗文评，但同时可以算为论文之子书，何况在六朝后期，子书与集部交融的现象已经形成。余嘉锡先生在《目录学发微》中论之甚详。③ 刘勰在《序志》最后赞曰："生也有涯，无涯惟智。逐物实难，凭性良易。傲岸泉石，咀嚼文义。文果载心，余心有寄。"可见，刘勰写作《文心雕龙》，与他《诸子》中宣示的"辨雕万物，智周宇宙。立德何隐，含道必授"的精神是一致的。在《程器》中，刘勰提出："是以君子藏器，待时而动。发挥事业，固宜蓄素以弸中，散采以彪外，楩楠其质，豫章其干；摛文必在纬军国，负重必在任栋梁，穷则独善以垂文，达则奉时以骋绩。若此文人，应《梓材》之士矣。"《梁书·刘勰传》记载："既成，未为时流所称。勰自重其文，欲取定于沈约。约时贵

① ［汉］司马迁：《史记》，北京：中华书局，2014 年，第 2847 页。

② 范文澜：《文心雕龙注》，第 726 页。

③ 余嘉锡：《目录学发微　古书通例》，北京：中华书局，2007 年，第 230 页。

盛，无由自达，乃负其书，候约出，干之于车前，状若货鬻者。约便命取读，大重之，谓为深得文理，常陈诸几案。”① 从这段记载可以看出，刘勰对于他的《文心雕龙》是很看重的。然而书成之后，竟然“未为时流所称”，可想而知，刘勰生前并不受社会所重视。刘勰自己在《文心雕龙》的《序志》中自叙：

> 详观近代之论文者多矣：至于魏文述典，陈思序书，应玚文论，陆机《文赋》，仲治《流别》，弘范《翰林》，各照隅隙，鲜观衢路；或臧否当时之才，或铨品前修之文，或泛举雅俗之旨，或撮题篇章之意。魏典密而不周，陈书辩而无当，应论华而疏略，陆赋巧而碎乱，《流别》精而少功，《翰林》浅而寡要。又君山公干之徒，吉甫士龙之辈，泛议文意，往往间出，并未能振叶以寻根，观澜而索源。不述先哲之诰，无益后生之虑。②

这说明刘勰对于汉魏以来论文发展的态势以及短长是看得很清楚的，他是自觉地担当起文艺批评的社会责任，传承了先圣的忧患意识，融入了自己的生命体验，从而写出了这本中国古代文学批评著作，也是一本他在《诸子》中所说的“入道见志之书”。

（作者单位：中国人民大学国学院）

① ［唐］姚思廉：《梁书》，北京：中华书局，1973 年，第 710 页。
② 范文澜：《文心雕龙注》，第 726 页。

语短意长，千载心在

——论刘勰“江山之助”说的影响

刘曼华

摘　要：“江山之助”说主要探讨了文学创作与自然景物的关系问题。它虽然只是一个简洁凝练的四字短语，但是背后却蕴含了极其丰富的内容。“江山之助”作为中国古典美学范畴中的一个重要理论命题，对古代文学及文艺理论所产生的影响不可谓不深远。从后世对“江山之助”一语的直接引用情况来看，它不仅常见于文论作品中，作为一个惯用术语为文论家们使用和讨论；而且也被看作文学创作取得成功的要素之一，使之与作家游览经历和楚地文化特色相联系；甚至还涉及书法、绘画等领域，为书画论家们所认识和接受。此外，后人又针对“江山之助”说与“穷而后工”说、“江山之助”与发挥性灵、文学与“江山”的双向互助关系等问题进行了讨论，这些都是对“江山之助”说理论内涵及意义的拓展与深化。

关键词：刘勰；江山之助；穷而后工；文助江山

“江山之助”说既是对文学创作中主客体关系论发展演变的总结和升华，同时又把中国古代文人对于人与自然关系的认识提升到了一个新的高度。刘勰以后，“江山之助”说得到了后世广大学者的普遍理解和响应，他们或在不同的案例中对这一理论直接引述和阐发，或结合自己的创作实践提出相似和相近的观点对此进行了论证，甚至有的研究者还在刘勰“江山之助”说的基础上进一步发挥，使其理论内涵更加丰富和深化。对于“江山之助”说的影响问题，学界此前也已有涉及，但大多是简要概括，较少进行具体阐释。[①] 因此对这一问题的进一步研究尚存在较大的空间。本文根据后代作家及文论家们对“江山之助”说的接受和发展情况，来阐述这一理论对后代文学作品与文论的影响。“江山之助”虽仅四字，但却意涵深远，它作为中国古典美学范畴中的一个重要理论命题，不仅获得了广泛的接受和价值认可，而且其理论内涵与意义也得到不断拓展与深化，千百年来在中国文论史上熠熠生辉。

一、对“江山之助”说的直接引述和化用

刘勰在《物色》篇中把屈原作为得“江山之助”的典范，但是对于他如何得到了“江山之助”则没有详说。因此，后人对“江山之助”的理解也各有不同。根据笔者的统计，中国基本古籍库中可检索到直接引述和化用“江山之助”一语的材料共计 357 条，除刘勰《文心雕龙·物色》篇一条外，计 356 条。本节内容即是通过对这 356 条材料的分析、归纳和整理，探究和讨论后世作家和文学批评家们对“江山之助”说的接受情况。其中直接征引或转录《物色》篇原文的计 8 条；此外，出现“江山之助”四字的（同一篇材料中出现两次及以上的分别计算，在文章注疏中出现“江山之助”四字的计入数据，在分类条目名称中出现的则不计）计 344 条；化用“江山之助”一语的计 4 条，分别是“江山助人”“山水助人”“胜游之助”和“山川之助”。从数量上来讲，对“江山之助”这一理论的论述，清代最多，明代次之，宋元又次之，呈现出依时间顺序递增的趋势，反映了人们对这一理论的认识逐步深入和完善。具体说来，后人对“江山之助”

---

① 学界目前涉及“江山之助”影响问题的相关论文主要有以下 7 篇：1. 范军《中国古代文论中的“江山之助”》，分别从“江山之助”与审美个性、审美感知、艺术构思、艺术表达等四个方面，探讨了古代文论中的“江山之助”。（《湖北民族学院学报（社会科学版）》1992 年第 4 期）2. 章尚正《“江山之助”论的拓展与深化》，具体说明了“江山之助”说对作家创作实践的指导意义，并提出“文亦助江山”。（《绥化学院学报》，1999 年第 1 期）3. 汪春泓《关于〈文心雕龙〉“江山之助”的本义》，谈到了后世对刘勰“江山之助”的接受。（《文学评论》2003 年第 3 期）4. 丛瑞华《刘勰“江山之助”说的理论价值》，论及后人对“江山之助”说的接受与共鸣、丰富与深化。（《社会科学战线》2007 年第 5 期）5. 周振荣《从“江山之助”到“无我之境”——山水文学审美理想纵横谈》，从审美反映过程的角度进行考察，认为“无我之境”是对“江山之助”的突破、拓展与丰富。（《社科纵横》2009 年第 9 期）6. 姚大怀《“江山之助”新论——兼与汪、丛二先生商榷》，大致梳理了自唐宋至明清对刘勰“江山之助”说内涵的补充和价值认可。（《安徽科技学院学报》2011 年第 3 期）7. 周夏《“江山之助”探义》，从“江山之助”与楚地文化的关联性、游历山川以助诗、激发人之性灵等三个方面，简要概括了“江山之助”义在后世的流传与影响。（《青年文学家》2015 年第 33 期）

说的研究主要是从以下几个角度展开。

第一，有些作家仅仅提到“江山之助”这一理论，而没有对其做过多的阐释和发挥。如骆宾王《初秋登王司马楼宴得同字并序》云：

> 虽傍临广派，有异漳渠之游；而俯瞰崇墉，雅叶城隅之会。物色相召，江山助人，请振翰林，用濡笔海云尔。①

又《秋日于益州李长史宅宴序》曰：

> 弁侧山颓，自有琴歌留客；操觚染翰，非无山水助人。盍各赋诗，式昭乐事云尔。②

王勃《梓州郪县兜率寺浮图碑》云：

> 风恬雨霁，烟雾照天地之容；野旷川明，风景挟江山之助。③

骆宾王提到了“江山之助”所“助”的对象是“人”，但是对于“江山”何以能够“助人”、又是怎样“助人”，则没有进一步说明。而王勃所云“风景挟江山之助”，表达的含义就更加模糊不清。

第二，许多文论家把作家的生平游历与其文学风格结合起来，阐述游览经历对作家审美个性、创作风格等方面的影响，以此说明“江山之助”的正确性。这类观点多见于历代作家和诗人之作品集的序、跋和传记之中，也是上述300多条材料中最常见的情况。其中比较具有代表性意义的，如元代许有壬《张雄飞诗集序》曰：

> 唐元氏张君雄飞，首科右榜有闻者也。不以一得为足，益砺其学，尤工于诗，往往脍炙人口，佳章奇句不可悉举。拜御史西台，按巴蜀越嶲，足迹殆尽西南。履少陵之躅，黔有契焉，移南台，行岭海，穷

---

① ［清］陈熙晋：《骆临海集笺注》，上海：上海古籍出版社，1985年，第38页。

② ［清］陈熙晋：《骆临海集笺注》，第316页。

③ ［清］蒋清翊注、汪贤度校点：《王子安集注》，上海：上海古籍出版社，1995年，第514—515页。“烟雾照天地之容”，四部丛刊景明本作“烟雾藻天地之容”。

极幽险，佥浙东宪，过钱塘，登会稽，探禹穴，天台雁荡之胜，举在心目。得江山之助，故其诗益昌而多也。①

文中介绍了张雄飞官拜御史西台后的一系列游踪，并在最后得出结论，正是他在这些游览过程中得到了“江山之助”，才促成了其诗歌创作的“益昌而多”。至于“江山”在其诗歌创作中到底发挥了怎样的作用，作者却没有提及。又如明代高启《匡山樵歌引》云：

余读其诗，见其词语精炼，音调谐畅，有唐人之风。盖君近尝渡浙江，上会稽，历大末、金华诸山，入闽关至海，由四明而归，探揽瑰怪，有得于江山之助。故其诗视旧为益工。而余闭门穷愁，才思荒落，自顾有不及矣。②

高启也认为，作家诗歌创作中出现新面貌的原因，要归结为游览带来的“江山之助”。但与上一则材料有所不同的是，他又明确指出，这种“江山之助”带来的改变体现在“词语精炼，音调谐畅”，而进一步究其根由，在于这种游览经历使得作家避免了因闭门不出而导致的“才思荒落”，这里其实已经含蓄地表达了登临游览具有启迪才思的作用。再如，明代郭良翰《问奇类林》云：

昔贤有云：“文章得江山之助”，岂戏语哉！太史公足迹半天下而发为《史记》，王右军纵意林壑而形于字画，张燕公谪居江楚而雄于诗歌，盖扶舆之清英颢气，草木之葳蕤掞藻，皆天籁之显于人文者也。③

作者首先直接肯定了“江山之助”这一说法，其次又列举了司马迁、王羲之和张说三人的经历，说明“江山之助”此言非虚。同时，作者还指出，大自然的清英洁白之气和草木的繁密茂盛，都会“显之于人文”。“江山之助”说发展至此，实则表明作者已经注意到了不同类型的自然环境对

① ［元］许有壬：《至正集》，文渊阁《四库全书》集部别集类，上海：上海古籍出版社，2003 年影印本，第 1211 册，第 240 页。

② ［明］高启：《凫藻集》，文渊阁《四库全书》集部别集类，第 1230 册，第 314 页。

③ ［明］郭良翰：《问奇类林》，明万历三十七年黄吉士等刻增修本。

作家不同创作风格的影响。

在基本古籍库的相关材料中，这种将作家生平游览经历与创作实践相联系的情况为数最多，限于篇幅，在此难以一一列举。但是通观这些材料，可以总结出，后代文论家们对“江山之助”的认识有一个从抽象到具体的过程。如果说一开始人们只是单纯地肯定并接受了“江山之助”这一理论，那么发展到后来，他们对于自然景物启迪文思、影响创作风格等的不同作用，则有了更加清楚和明确的认识。

第三，鉴于刘勰在提出“江山之助”这一理论时，把生长和生活于楚地的屈原作为典型范例，因此就促使了许多作家把“江山之助”与楚地特有的山水景物和民俗风情相结合，为“江山之助”贴上了楚文化的标签。详细论之，有些作家认为，楚人偏得“江山之助”。如宋祁《江上宴集序》云：

> 江山之助，本出楚人之多才；朝野之欢，古有西京之全盛。①

又如杨亿《代温大仪谢史馆盛太博启》曰：

> 不假江山之助而才过楚人，非由梦寐之祥而思清谢客。②

这些论述都或从正面，或从侧面，把楚人多才的原因归结为了“江山之助”，显示出较为鲜明的地域特色。

有些作家把“江山之助”与楚地的山水风光相联系。如王象之《舆地纪胜》卷第六十九“荆湖北路”中“风俗形胜”条载：

> 北通巫峡，南极潇湘，兼有江湖之胜。巴陵胜状，在洞庭一湖，衔山吞江，洞庭沅沣之郊，潇湘之渊，是为九江之门。声诗赋咏，与洞庭君山相表里，诗得江山之助。③

---

① ［宋］宋祁：《景文集》，文渊阁《四库全书》集部别集类，第 1088 册，第 403 页。
② ［宋］杨亿：《武夷新集》，文渊阁《四库全书》集部别集类，第 1086 册，第 596 页。
③ ［宋］王象之：《舆地纪胜》，北京：中华书局，1992 年，第三册，第 2342 页。

这里运用细致的描绘手法，把岳阳楼一带的胜景呈现在读者眼前，并将洞庭、君山的迷人风光与此地的声诗赋咏并列对举，由此得出了“诗得江山之助”的结论。

第三，又有些作家把诗人诗歌创作的进步归因于他们所处地域的变动，认为他们是到了楚地，得力于“江山之助”，才因此在诗歌创作上取得了更高的成就。如吴曾《能改斋漫录》载：

> 故唐张说至岳阳，诗益悽惋，人以为得江山之助。①

又如成瓘《（道光）济南府志》载：

> （高珩）康熙七年，祭告神农、虞帝二陵，往来潇湘、洞庭、衡岳，闲有诗数百篇，隽永超逸，论者谓得江山之助。②

这种从楚地地域的角度来论“江山之助”的观点不仅常见于笔者所掌握的古籍库材料中，而且在许多诗人的诗歌作品中也有所体现，如黄庭坚评价邢惇夫“诗到随州老更成，江山为助笔纵横”③；陆游所云“挥毫当有江山助，不到潇湘岂有诗”④，等等，都是把“江山之助”与楚地地域密切联系起来的例证。

第四，也有一部分文论家不仅认识到了“江山之助”的重要性，而且把它视为文学创作取得成功的重要因素之一，并由此出发，探讨了影响文学家创作成就的其他因素。如宋濂《刘兵部诗集序》曰：

> 诗，缘情而托物者也。其亦易易乎？然非易也。非天赋超逸之才，不能有以称其器。才称矣，非加稽古之功，审诸家之音节体制，不能有以究其施；功加矣，非良师友示之以轨度，约之以范围，不能有以

---

① ［宋］吴曾：《能改斋漫录》，上海：上海古籍出版社，1979年，第202页。

② ［清］王赠芳等：《（道光）济南府志》，凤凰出版社编选《中国地方志集成》，南京：凤凰出版社，2008年，第三册，第28页。

③ ［宋］黄庭坚：《忆邢惇夫》，刘尚荣校点：《黄庭坚诗集注》，北京：中华书局，2003年，第377页。

④ ［宋］陆游：《予使江西时以诗投政府丐湖湘一麾会召还不果偶读旧稿有感》，钱仲联校注：《剑南诗稿校注》，上海：上海古籍出版社，2005年，第3474页。

择其精；师友良矣，非雕肝琢胃，宵咏朝吟，不能有以验其所至之浅深；吟咏侈矣，非得夫江山之助，则尘土之思胶扰蔽固，不能有以发挥其性灵。五美云备，然后可以言诗矣。①

宋濂认为，诗缘情而托物，而论诗则需要具备五个条件：天赋之才、稽古之功、师友之良、吟咏之勤和江山之助。他把此五者看作是诗之“五美”，认为只有“五美”俱备，才可以言诗。对于“江山之助”在诗歌创作中所起的作用，他则指出，有赖于“江山之助”，诗人才能发挥性灵，激发诗思。而关于“江山之助”与“发挥性灵”的关系问题，也引起了文论家们的广泛讨论，这一点将会在下一节中进行具体阐述。此外，又如陶元藻《张南坪诗集序》曰：

诗为性情所寓，而其发经籍之光、得江山之助，非积数十年，考稽阅历，不能为功。盖诗境之深，往往与齿俱进，所谓“老去渐于诗律细”者是也。②

陶元藻论诗，认为诗人的创作需借助于“经籍之光”和“江山之助”。非但如此，他还进一步指出，这两点因素要真正发挥作用，则需要建立在经年累月的积淀以及丰厚的阅历基础上，因此诗境往往能随着年龄的增长与日俱深。

许多诗文论家都能够意识到“江山之助”在文学创作中所起的关键性作用，同时也明确认识到“江山之助”又并非是影响作家创作取得成功的唯一决定性因素。他们从这一角度出发，各抒己见，探讨了影响作家文学创作成就高下的各种要素，这一问题也逐渐成为历代文论中经常讨论的重要问题之一。

第五，有些作家在不同的作品中反复提及“江山之助”，“江山之助”俨然已经成为文学创作论中的一个惯用术语。如清代阮元编选的地方诗总集《两浙辅轩录》，在对许多诗人作品的评价中都用到了“江山之助”。其

① 吴文治主编:《明诗话全编》,朱崇才编纂:《宋濂诗话》,南京:江苏古籍出版社,1997 年,第 59 页。

② ［清］陶元藻:《泊鸥山房集》,《续修四库全书》集部别集类,第 1441 册,第 447 页。

卷六评李良年曰：

良年少有俊才，其游踪几遍天下。所未至者，秦、蜀、岭峤耳。其诗清峭洒落，亦颇得江山之助。①

卷十三评桂兴宗曰：

幼好吟咏，喜中晚唐诗，尝游楚、豫、秦、蜀，颇得江山之助。故其为诗，工稳韶秀，有唐人风味。②

卷二十评李菊芳云：

长而遨游四方，多得江山之助，诗体清苍，宛然秋锦遗音。③

卷三十五评俞葆寅云：

又尝游山阴，窥禹穴，过严陵七里泷，登眺金、焦，得江山之助，下笔加恢奇。④

阮元论“江山之助”，是从最为常见的角度，侧重于把诗人的游览经历与诗歌创作结合起来，并由此点明了“江山”对诗人作品形成或清峭洒落、或工稳韶秀、或清苍、或恢奇等不同风格的影响。

清代词人吴绮也在许多作品中屡次提及“江山之助”的观点。如其《汪扶晨穀玉堂诗集序》曰：

马迁著史，穷河岳之观；张说为文，得江山之助。良以才华之动，盖亦灵秀所依也。⑤

---

① ［清］阮元、杨秉初：《两浙𬨎轩录》，杭州：浙江古籍出版社，2012 年，第 423 页。
② ［清］阮元、杨秉初：《两浙𬨎轩录》，第 962 页。
③ ［清］阮元、杨秉初：《两浙𬨎轩录》，第 1448 页。
④ ［清］阮元、杨秉初：《两浙𬨎轩录》，第 2516 页。
⑤ ［清］吴绮：《林蕙堂全集》，文渊阁《四库全书》集部别集类，第 1314 册，第 262 页。

论者通过司马迁、张说二人的典型事例，说明他们之所以能够创作出好的作品，不仅是因为才华之动，也是由于在灵秀的大自然中得到了启发。而《程予秉及春游草序》曰：

> 凡所经游，必多题咏。则见江山之助，岂仅让于燕公；篇什所成，得无同于康乐者哉?①

这里则是意在指出“江山之助”非独钟情于特定的某个人，而是具有普遍性的特征。此外，又如其《陈北溟诗集序》云：“探奇揽胜，谢康乐工山水之吟；掞藻敷华，张道济得江山之助。”②《陶憺菴诗序》云：“盖闻才由间出，必有灵秀所依；感而神通，自赖江山之助。”③《毕正持松涛阁诗词序》曰：“然而会心不远，如当濠濮之间；举体非常，似得江山之助。”④ 这些都从不同角度对“江山之助”说进行了阐发。

上述所举在同一作家的不同作品中，反复提及“江山之助”一语的情况，在笔者所掌握的古籍库材料中不胜枚举。而“江山之助”成为一个惯用术语出现在文论家们的作品中，说明自然景物能够影响于作家创作的观念，已经深入人心，并成为他们的一个共识。

第六，“江山之助”说不仅引起了文学论者的广泛关注，而且也深入到其他艺术领域，为书、画论家所接受和认可。他们以“江山之助”来论书、论画，探讨了自然景物与书法、绘画创作的关系。

以“江山之助”论书最早见于《书录》，其记载黄庭坚曰：

> 山谷老人年六十一，书成自喜，似杨少师书耳。又云‘余寓居开元寺之怡思堂，坐见江山，每于此中作字，似得江山之助’。⑤

黄庭坚把自己草书创作中可喜的进步归结于“江山之助”，认为他每天

---

① ［清］吴绮：《林蕙堂全集》，文渊阁《四库全书》集部别集类，第1314册，第292页。

② ［清］吴绮：《林蕙堂全集》，文渊阁《四库全书》集部别集类，第1314册，第295页。

③ ［清］吴绮：《林蕙堂全集》，文渊阁《四库全书》集部别集类，第1314册，第297页。

④ ［清］吴绮：《林蕙堂全集》，文渊阁《四库全书》集部别集类，第1314册，第310页。

⑤ ［宋］董更：《书录》，文渊阁《四库全书》子部艺术类，上海：上海古籍出版社，2003年影印本，第814册，第300页。

面对怡思堂前的风景，因而在观览自然中有了灵感和顿悟。

而《宣和画谱》在评价董伯仁与展子虔两位画家时则曰：

> 但（董伯仁）地处平原而无江山之助，与戎马为邻而无中朝冠冕之仪。非其不至也，盖风声地气之所习尔。伯仁与展子虔齐名于时，然董造其微，展得其骏。展于董，之台阁则不及；董于展，之车马则乏所长焉。是则董之视展，盖亦犹诗家之李杜也。①

作者认为，董伯仁与展子虔相比，并非技不如人，而是因为生活环境的不同，缺乏“江山之助”，因此二人实则是各有所长。可见，无论是文学家还是画家，其要表现的对象都来源于作者的实际生活，因此也必然受到作者生活环境的影响和制约。

画论家们不仅认识到“江山之助，不独辞赋然也”②，而且还针对自然景物与创作的关系问题，提出了“外师造化，中得心源”③“搜尽奇峰打草稿”④“身即山川而取之，则山水之意度见矣”⑤等一系列绘画理论，这些理论指出了自然山水作为绘画创作的素材宝库和灵感来源的作用，都是与“江山之助”说一脉相通的。

第七，对“江山之助”说提出质疑。以上所论几个方面，对“江山之助”说的讨论虽然角度不同，风格各异，但是都肯定了该理论对自然景物与文学、艺术创作关系问题的有益贡献，对此持积极接纳的态度。然而还有一小部分论者，却是从消极的方面出发，对“江山之助”说提出了批评和质疑。如杨宏道就把“江山之助”看作是“怪奇夸大之说”，其《送赵仁甫序》曰：

> 隋唐而下，更以诗文相尚，狂放于裘马歌酒间，故文有侠气，诗杂俳语，而不自知也。方且信其怪奇夸大之说，谓登会稽、探禹穴，

---

① ［宋］佚名：《宣和画谱》，文渊阁《四库全书》子部艺术类，第813册，第72页。

② ［清］高士奇：《江村销夏录》，文渊阁《四库全书》子部艺术类，第826册，第571页。

③ ［唐］张彦远：《历代名画记》，文渊阁《四库全书》子部艺术类，第812册，第353页。

④ ［清］石涛著、周远斌点校纂注：《苦瓜和尚画语录》，济南：山东画报出版社，2007年，第33页。

⑤ ［宋］郭熙撰、郭思编：《林泉高致集·山水训》，文渊阁《四库全书》子部艺术类，第812册，第575页。

> 豁其胸次，得江山之助，清其心神，则诗情文思可以挟日月薄云霄也。于戏吟咏情性，止乎礼义。斯诗也，江山何助焉？有德者必有言，辞达而已矣。斯文也，禹穴何与焉？①

注重诗歌的社会功能是杨宏道诗歌思想的一个重要方面，这篇序文中他也是主要强调了诗歌载道的作用。杨宏道认为，隋唐以后，诗歌创作逐渐偏离了文学的本源，优秀的诗歌作品应该是诗人性情的自然流露，而绝非仅仅通过游览经验得来。因此企图凭借“江山之助”就能够使诗思“挟日月薄云霄”的观点实在是“怪奇夸大”之谈。又如曹禾《〈金陵游草〉序》云：

> 余友沙子定峰，天才奔放横绝，尤长于乐府古诗。及游金陵，益高简疏。老戊申，余来京师，沙子已见知诸公卿，名声甚起，授予《金陵游草》，使为叙。余惟古善游者，无如张骞，骞奉使西域，穷昆仑，历河源，不能吐一语胜人；扬子云闭阁读书，而出奇不穷；后人读司马子长之文，推其足迹所至，以为得江山之助，岂非谬论哉？夫山水之奇，孰胜于文人学士？虽皆钟于天地之灵气，人才之奇，尤不可量其大者。高文大章，罗列万象，次亦足以发扬情性，润色鸿业，岂有形有质者反能增其胜而益之奇也？②

曹禾写自己的友人沙定峰在游历金陵后诗作愈进、诗名愈高，而究其原因，却没有将之归结为“江山之助”。作者通过张骞出使西域而并没有留下胜人之语，而扬雄闭门读书文章却出奇不穷这样两个反例，来说明虽然同样是“钟于天地之灵气”，但是“山水之奇”实则比不上“人才之奇”。此外，作者还将自身的经历与沙子加以对比，曰：

> 余虽与沙子同学，赋才甚劣，凡三入国门，即金陵亦两过焉，经

① ［金］杨宏道：《小亨集》，文渊阁《四库全书》集部别集类，第1198册，第210页。

② ［清］卢文弨辑、庄翊昆等校补：《常郡八邑艺文志》，《续修四库全书》史部目录类，上海：上海古籍出版社，2002年影印本，第917册，第596页。

历山水多矣。诗篇不及沙子之半，因知所谓有江山之助者，其言妄。[①]

作者指出，二人师承一脉，所受教育相同，而自己“三入国门”“两过金陵”，游览经历也并不比人少，但在诗歌创作上却远不及沙子，主要还是技不如人，而并非登临游览所带来的差异。据此，作者把“江山之助”说斥为谬论、妄言。

以上从七个方面总结和概括了“江山之助”说对后代文学作品和文学批评的直接影响。这使我们看到，后世对“江山之助”说的接受有一个由模糊到具体的、逐渐深入的过程。同时，我们也能见出其影响之广泛，不仅常见于文论作品中，成为一个惯用术语为文论家们使用和讨论，而且还涉及书法、绘画等领域，为书画论家们所认识和接受。而来自杨宏道、曹禾等论者这些不同的声音，姑且不论正确与否，仅从他们对“江山之助”提出质疑这一做法来看，也恰恰从反面说明了“江山之助”说为后世所接受的范围之广，及其所受到的关注之多。

二、对“江山之助”说的发展

上节所论，虽然角度各异，但基本都是从“江山之助”这一理论本身出发，探讨其对后世的直接影响。而在后代的许多文学作品中，虽然有些未必直接提及“江山之助”四字，然其实质和根本也在于阐述自然景物与作家创作的关系问题，我们把这类情况概括为“取其意而不用其辞”。同时，又有部分文论家将“江山之助”说与“性灵”说、“穷而后工”说等文学理论相结合，对“江山之助”说的内涵、意义做了进一步的拓展与深化。也有许多文论家在认识到“江山之助”的同时，注意到了文学对“江山”的反向助益作用，即“文亦助江山”。

（一）取其意而不用其辞

自刘勰提出“江山之助”说以后，自然景物与作家创作的关系问题越来越多地受到后代作家和文学批评家们的广泛关注，他们在自己的诗文作品中对此问题多有讨论。而最为常见的现象是，他们并未提及“江山之助”

---

① [清]卢文弨辑、庄翊昆等校补:《常郡八邑艺文志》,《续修四库全书》史部目录类,第917册,第597页。

一语，而是通过“江山得句有神功”① “山川风土者，诗人性情之根柢也”②等语，来表达与“江山之助”的基本含义相同或相近的意思。此外，有些作家和文论家也对“江山”如何影响和作用于作家创作进行了详细和具体的说明分析。

首先，许多文论家都肯定了作为“文思之奥府”的“江山”为作家创作提供素材、感发诗思的作用。如白居易《题浔阳楼》就明确指出，大自然的“清辉”与“灵气”，的确是作家创作的源泉。其曰：

> 常爱陶彭泽，文思何高玄。又怪韦苏州，诗情亦清闲。今朝登此楼，有以知其然。大江寒见底，匡山倚青天。深夜湓浦月，平旦炉峰烟。清辉与灵气，日夕供文篇。我无二人才，孰为来其间？因高偶成句，俯仰愧江山。③

浔阳楼的青山绿水，不仅赋予了陶渊明、韦应物高妙清闲的文思和诗情，而且也使得登临此楼的作者本人有了创作的灵感和激情。

再如陆游《题庐陵萧彦毓秀才诗卷后》云：“法不孤生自古同，痴人乃欲镂虚空。君诗妙处吾能识，正在山程水驿中。”④ 韩愈云：“文章之作，恒发于羁旅草野。”⑤ 郑綮云：“诗思在灞桥风雪中驴子上。”⑥ 这些论述都揭示了游历过程中所见自然景物对作家提供诗材、激发诗情的重要意义。

杨万里作为以描写自然风光见长的优秀诗人，对自然景物与诗歌创作的关系问题也多有关注。其《下横山滩头望金华山》云：“山思江情不负伊，雨姿晴态总成奇。闭门觅句非诗法，只是征行自有诗。”⑦ 提出了在山程水驿中寻求诗法的主张。他在《诚斋荆溪集序》中也讲到自己的感受，曰：“即携一便面，步后园，登古城，采撷杞菊，攀翻花竹，万象毕来，献

---

① ［宋］范成大：《晚集南楼》，富寿荪标校：《范石湖集》，上海：上海古籍出版社，2006 年，第 70 页。

② ［清］孔尚任：《古铁斋诗序》，汪蔚林：《孔尚任诗文集》，北京：中华书局，1962 年，第 475 页。

③ ［唐］白居易：《题浔阳楼》，谢思炜：《白居易诗集校注》，北京：中华书局，2006 年，第 593 页。

④ ［宋］陆游：《题庐陵萧彦毓秀才诗卷后》，钱仲联：《剑南诗稿校注》，第 3021 页。

⑤ ［唐］韩愈：《荆谭唱和诗序》，马其昶校注、马茂元整理：《韩昌黎文集校注》，上海：上海古籍出版社，1986 年，第 262—263 页。

⑥ ［五代］孙光宪撰、林艾园校点：《北梦琐言》，上海：上海古籍出版社，2012 年，第 51 页。

⑦ ［宋］杨万里：《下横山滩头望金华山》，辛更儒：《杨万里集笺校》，北京：中华书局，2007 年，第 1356 页。

予诗材，盖麾之不去，前者未应，而后者已迫，涣然未觉作诗之难也。”[①]关于大自然可以为诗歌创作提供诗材的作用，杨万里在他的诗歌作品中屡有提及，如“此行诗句何须觅，满路春光总是题”[②]“城里哦诗枉断髭，山中物物是诗题”[③]“诗人长怨没诗材，天遣斜风细雨来”[④]“不是风烟好，缘何句子新”[⑤]；等等。

其次，“江山之助”的作用还表现为，通过游览可以使作家开阔心胸，增长见识，突破过去生活天地的局限，获得更为丰富的审美体验，进而形成独特的创作风格。如苏辙《上枢密韩太尉书》云：“太史公行天下，周览四海名山大川，与燕、赵间豪俊交游，故其文疏荡，颇有奇气。”苏辙把太史公“疏荡”“有奇气”的文风归功于其游览四海名山大川的经历，并受此启发，身体力行，“故决然舍去，求天下奇闻壮观，以知天地之广大”[⑥]。不仅如此，作家在大自然中还可以陶冶性情，澡雪精神，与山水合而为一，成为得自然之趣的“真诗人”，正如厉志《白华山人诗说》所云：“凡作诗必要书味熏蒸，人皆知之；又须山水灵秀之气沦浃肌骨，始能穷尽诗人真趣，人未必知之。试观古名人之性情，未有不与山水融合者也。”[⑦]

最后，“江山之助”说实际也涉及了文学的地域风格问题。文论家们不仅认识到，某一地域的自然地理环境会对该地作家创作风格产生影响，而且也认识到，不同地域间的不同地理环境决定了作家审美个性的差异，并由此形成作品风格的差异。就前者而言，如皇甫湜评价顾况曰：

> 吴中山泉气状，英淑怪丽；太湖异石、洞庭朱实、华亭清唳，与虎丘、天竺诸佛寺，钧绵秀绝。君出其中间，翕轻清以为性，结冷汰以为质，煦鲜荣以为词，偏于逸歌长句，骏发踔厉，往往若穿天心，

---

① [宋]杨万里:《诚斋荆溪集序》,辛更儒:《杨万里集笺校》,第3260页。

② [宋]杨万里:《送文黼叔主簿之官松溪》,辛更儒:《杨万里集笺校》,第278页。

③ [宋]杨万里:《寒食雨中,同舍约游天竺,得十六绝句呈陆务观》,辛更儒:《杨万里集笺校》,第1007页。

④ [宋]杨万里:《瓦店雨作四首其一》,辛更儒:《杨万里集笺校》,第1505页。

⑤ [宋]杨万里:《过池阳,舟中望九华山》,辛更儒:《杨万里集笺校》,第1824页。

⑥ [宋]苏辙:《上枢密韩太尉书》,曾枣庄、马德富校点:《栾城集》,上海:上海古籍出版社,2009年,第477页。

⑦ [清]厉志:《白华山人诗说卷二》;厉志著,詹亚园点校:《白华山人诗集》,成都:巴蜀书社,2008年,第305页。

出月胁，意外惊人语非寻常所能及，最为快也。[①]

皇甫湜认为，吴中秀绝的自然风光，陶冶了顾况的性情，进而影响到他的诗歌创作，形成了“骏发踔厉”的作品风格，甚至创作出非常人所能及的新意奇语。这是十分典型的地域环境论了。

而就不同地理环境对作家的不同影响来讲，有些论家也已有涉及。如孔尚任《古铁斋诗序》曰：

画家分南北派，诗亦如之。北人诗隽而永，其失在夸；南人诗婉而风，其失在靡。虽有善学者，不能尽山川风土之气。盖山川风土者，诗人性情之根柢也。得其云霞则灵，得其泉脉则秀，得其冈陵则厚，得其林莽烟火则健。凡人不为诗则已，若为之，必有一得焉。[②]

孔尚任不仅注意到了南北诗风的不同，而且指出造成这一不同的原因在于“山川风土”的差异性。而山川风土是诗人的气质、性格形成的根由，因此，云霞之灵、泉脉之秀、冈陵之厚、林莽烟火之健，都会对作家风格产生不同的影响，并通过其诗歌创作表现出来。

以上文论家在论及自然景物与文学创作的关系时，都未曾明确提及“江山之助”四字，但他们不仅认识到自然山水作为文学创作的源泉，具有为作家提供素材、激发灵感的重要意义，而且也注意到了自然山水对作家不同性格气质、审美个性的影响。因此可以说，这些论述与“江山之助”的理论内涵有其内在一致性，或许也可以认为正是受到了“江山之助”说的影响而提出的。

（二）“江山之助”与“穷而后工”

鉴于刘勰将屈原作为得“江山之助”的典范，因此有许多论家从屈原本人的生平遭际出发，把“江山之助”与“穷而后工”联系起来，并由此注意到遭贬者偏得“江山之助”的现象。如《新唐书》载张说曰：“既谪岳州，而诗益悽惋，人谓得江山助云。”[③] 刘禹锡也自述：“及谪于沅、湘

① ［唐］皇甫湜：《顾况诗集序》，《皇甫持正文集》，宋蜀刻本唐人集丛刊，上海：上海古籍出版社，2013年影印本，第40页。

② ［清］孔尚任：《古铁斋诗序》，汪蔚林：《孔尚任诗文集》，北京：中华书局，1962年，第475页。

③ ［宋］欧阳修、宋祁：《新唐书》，北京：中华书局，1975年，第4410页。

间，为江山风物之所荡，往往指事成歌诗。”① 王鏊评柳宗元曰：“子厚之文，至永益工，其得山水之助耶?”② 这些都是十分典型的例子。

王世贞《艺苑卮言》不仅道出了作家遭贬谪的不利处境与文学创作取得进步的关系，而且进一步把产生这种独特现象的原因概括为：

穷则穷矣，然山川之胜，与精神有相发者。③

中国古代文人，大凡是胸怀才智又不得机会施展的，都喜欢放浪于山巅水涯，借自然山水以发其愤懑不平之气，这是一个十分普遍的现象。正如宋琬《萧五云豫章纪游诗序》所云：“天既产名山巨浸，则必生嵚崎历落之人，往往使之羁愁穷饿，假岁月之间，以搜剔岩壑，而发其光怪雄奇、磅礴郁蒸之气，故名士未有不好游者。”④ 这便是诗人之“穷”与“江山之助”的结合了。

而早在宋代，诗人洪适在《次韵蔡瞻明登中山》一诗中就已经提出了不同的观点，其曰：“好句联翩得未曾，今日品题欠钟嵘。登临自有江山助，岂是胸中不得平?”⑤ 他认为，登临山水会自然而然地得到“江山之助”，并非一定是由于心有不平才发之于诗。诚然，文学史上的确有许多文人遭遇贬谪、经历穷愁困顿，而后创作出佳篇的例子。但是，当作家本人处于一种积极向上、奋发昂扬的状态下，面对眼前自然美景的感召，也不免“情动于中而形于言”⑥。因此，王勃登临滕王阁看到了“落霞与孤鹜齐飞，秋水共长天一色”⑦ 的壮美；杜甫攀越泰山而有了“会当凌绝顶，一览众山小”⑧ 的豪情；杨万里游赏西湖发现了“接天莲叶无穷碧，映日荷

---

① [宋]刘禹锡:《刘氏集略说》,《刘禹锡集》整理组点校:《刘禹锡集》,北京:中华书局,1990年,第251页。

② [明]王鏊:《震泽长语》,文渊阁《四库全书》子部杂家类,上海:上海古籍出版社,2003年影印本,第867册,第214页。

③ [明]王世贞:《艺苑卮言》,丁福保:《历代诗话续编》,北京:中华书局,2006年版,第1085页。

④ [清]宋琬:《萧五云豫章纪游诗序》;宋琬著,马祖熙标校:《安雅堂全集》,上海:上海古籍出版社,2007年版,第391页。

⑤ [宋]洪适:《盘洲文集》,文渊阁《四库全书》集部别集类,第1158册,第254页。

⑥ [汉]郑玄笺,[唐]孔颖达疏:《毛诗注疏》,上海:上海古籍出版社,2013年版,第7页。

⑦ [唐]王勃:《滕王阁诗序》,蒋清翊注、汪贤度校点:《王子安集注》,第35页。

⑧ [唐]杜甫:《望岳》,仇兆鳌:《杜诗详注》,北京:中华书局,1979年,第4页。

花别样红”[①] 的风韵，等等。这些都足以说明，自然景物之影响于作家，非仅是针对穷苦失意之人，而是具有其普遍性。

那么，许多的作家因郁郁不得志而纵情林壑，却转而诗文益进的原因，究竟应该归功于“江山之助”，还是概括为“穷而后工”呢？针对这一问题，也有部分文论家提出了自己的看法。如清代文学家谭莹《陈苎村诗序》曰：

> 在作者亦仅托于有来斯应；而览者或许其穷而后工。而不知丝竹之感，亦陶写乎中年；江山之助，曷牢骚于尔日。……盖范水模山，而苎村之诗境益邃矣。[②]

所谓“有来斯应”，讲的正是作家与外物的主客体之间的互动关系，正与《物色》所云“情往似赠，兴来如答”如出一辙[③]。谭莹认为，文章的作者本应是仅仅依托于“江山之助”，而读者却从自己的角度出发，把作者文学成就的取得归结为“穷而后工”。据此指出，陈苎村“诗境益邃”的原因其实就是模山范水而多得“江山之助”。清末思想家王韬《瀛壖杂志》则曰：

> （贝青乔）从军既罢，往游京师，既复之浙、之黔、之滇、之蜀。然皆落寞无所遇，而憔悴婉笃一发之于诗。固深得于江山之助，非徒穷而后工也。[④]

这里叙述了贝青乔四方游览而却一直“落寞无所遇”的经历，在承认其诗歌创作“穷而后工”的同时，又肯定了“江山之助”的作用，把二者放在了基本同等的位置。事实上，“江山之助”与“穷而后工”同样都涉及了客观外物对作家创作的影响，从二者的区别来看，“江山之助”侧重于自然景物对作家创作引起的触动，而“穷而后工”则解释了社会生活的变

① ［宋］杨万里:《晓出净慈寺送林子方》，辛更儒:《杨万里集笺校》，第 1160 页。

② ［清］谭莹:《乐志堂文集》，《续修四库全书》集部别集类，第 1528 册，第 138 页。

③ ［梁］刘勰:《文心雕龙·物色》，范文澜:《文心雕龙注》，北京:人民文学出版社，1958 年，第 695 页。

④ ［清］王韬:《瀛壖杂志》，上海:上海古籍出版社，1989 年，第 83 页。

动对作家创作带来的影响。

以上论家把“江山之助”与“穷而后工”这两个理论命题结合起来的观点，引发了后代文论家们的广泛讨论。而近人周裕锴在《宋代诗学通论》中把此二者概括为宋代“体验诗学”的两大主题，并把它们归纳为“自然的馈赠”和“社会的玉成”，认为二者共同“丰富着诗人的内心世界，涵养着诗人的生命元气”。[①] 可以说，这正是对“江山之助”与“穷而后工”的关系所做的最为精到的概括了。

（三）“江山之助”与发挥性灵

关于山水与性灵的关系，很早就已经引起了文人的注意。到了明清时期，随着《文心雕龙》越来越多地受到关注和重视，“江山之助”说也越来越多地为诗文论家们所接受。他们不仅注意到“江山”为文学创作提供素材、陶钧文思的功能，而且又结合当时重“情”的文学观念，把“江山之助”与发挥性灵结合起来，提出了许多独到的见解。

明清时期文论中与此相关的表述，如上节所举宋濂《刘兵部诗集序》云：“非得夫江山之助，则尘土之思胶扰蔽固，不能有以发挥其性灵。”[②] 又如沈德潜《盛庭坚〈蜀游诗集〉序》曰：“是江山之助，果足以激发人之性灵者也？”[③] 清代诗人石韫玉《潘古堂诗序》曰：“然文人之性灵，与江山之助引而益胜，攸往而不穷。”[④] 这些论述都无一例外地把“江山之助”与“性灵”联系起来，那么，这里所谓的“性灵”究竟又是何意呢？

“性灵”一词最早正是见于《文心雕龙》。《原道》说：“惟人参之，性灵所钟，是谓三才”[⑤]；《宗经》曰：“洞性灵之奥区，极文章之骨髓”[⑥]；又曰：“性灵镕匠，文章奥府”[⑦]；《情采》云：“若乃综述性灵，敷写器象”[⑧]；《序志》则曰：“岁月飘忽，性灵不居。”[⑨] 在《文心雕龙》中，“性灵”一词主要是指作家的感情、性情或才智。刘勰以后，钟嵘、杨万里、

---

① 参阅周裕锴：《宋代诗学通论》，上海：上海古籍出版社，2007 年，第 116 页。

② 朱崇才编纂：《宋濂诗话》，吴文治主编：《明诗话全编》，第 59 页。

③ ［清］沈德潜：《盛庭坚〈蜀游诗集〉序》，潘务正、李言校点：《沈德潜诗文集》，北京：人民文学出版，2011 年，第 1348 页。

④ ［清］石韫玉：《独学庐初稿》，《续修四库全书》集部别集类，第 1466 册，第 349 页。

⑤ ［梁］刘勰：《文心雕龙 · 原道》，范文澜：《文心雕龙注》，第 1 页。

⑥ ［梁］刘勰：《文心雕龙 · 宗经》，范文澜：《文心雕龙注》，第 21 页。

⑦ ［梁］刘勰：《文心雕龙 · 宗经》，范文澜：《文心雕龙注》，第 23 页。

⑧ ［梁］刘勰：《文心雕龙 · 情采》，范文澜：《文心雕龙注》，第 537 页。

⑨ ［梁］刘勰：《文心雕龙 · 序志》，范文澜：《文心雕龙注》，第 725 页。

严羽等，也都使用过“性灵”一词，但是基本上都沿用了刘勰“性情”之意。从明代中后期开始，越来越多的文论家开始标举“性灵”文学，虽然他们对于“性灵”二字各有不同的理解，但是“性灵”一词作为“感情”的意义，仍然被保留了下来。公安三袁和袁枚所提出的“性灵”说，其核心也都较多地指向了作者的性情个性与真情实感。据此，我们可以推论，明清文论家们所云借“江山之助”来“发挥性灵”“激发性灵”，实际就是指作家真实情感的表达。

其他又如袁枚《答祝芷塘太史》曰：“必须山川关塞，离合悲欢，才足以发抒情性，动人观感。”[①] 这里把“山川关塞”与“发抒情性”相提并论，虽然没有出现“性灵”二字，但是却与袁枚的“性灵”说密切相关，所谓“发抒情性”实则与“发抒性灵”相同，都是强调要抒发诗人的真性情，表现诗人的自我情感。

公安三袁同样认识到了“江山之助”的重要意义，不仅多次亲临山水，而且更是在四处游览之后，把自己的审美体验融入到创作当中。袁宏道就称袁中道曾“泛舟西陵，走马塞上，穷览燕、赵、齐、鲁、吴、越之地，足迹所至，几半天下，而诗文亦因之以日进”[②]。可见，在游览过程中所得“江山之助”，正是促成袁中道创作出灵慧秀气的记游作品的一大动力。袁宏道还体会到自然山水对于作家洗涤精神、陶冶性情的作用，并把它概括为“借山水之奇观，发耳目之昏聩。假河海之渺论，驱肠胃之尘土”[③]。

三袁的“性灵”说，也涉及了山水与文学创作的关系。如袁中道云：

> 质有而趣灵者，莫如山水……亦可借其秀润，以畅性灵耶？[④]

他认为，山水是有形有质而充满灵趣的，而其秀美清润，正可以畅快人之精神。又如“公安派”重要成员之一的江盈科在《敝箧集叙》中引袁宏道所论：

---

① ［清］袁枚：《答祝芷塘太史》，王英志编纂点校：《袁枚全集新编》，《小仓山房尺牍》卷十，杭州：浙江古籍出版社，2015 年，第十五册，第 227 页。

② ［明］袁宏道：《叙小修诗》，钱伯城：《袁宏道集笺校》，上海：上海古籍出版社，1981 年，第 187 页。

③ ［明］袁宏道：《陶石篑》，钱伯城：《袁宏道集笺校》，第 286 页。

④ ［明］袁中道：《卷雪楼记》，钱伯城点校：《珂雪斋集》，上海：上海古籍出版社，1989 年，第 624—625 页。

要以出自性灵者为真诗尔。夫性灵窍于心，寓于境。境所偶触，心能摄之；心所欲吐，腕能运之。……以心摄境，以腕运心，则性灵无不毕达，是之谓真诗。[①]

这一段话实际也讲到了客观物境与主观感情的关系，虽然表述不同，其实与刘勰在《物色》篇中提出的“物感”理论息息相通。袁宏道把“性灵”看作是心象与物象的统一，“境所偶触，心能摄之”，其实就是指外物与作家情感的互动，正与《物色》所云“随物婉转”“与心徘徊”“情往似赠，兴来如答”异曲同工。要而言之，袁宏道意在指出，作家受外物感召，得“江山之助”，才能够创作出独抒性灵的“真诗”。

从发挥性灵的角度来考察“江山之助”，说明文论家们对自然山水澡雪精神、激发情感的作用已经有了非常深刻的认识。“江山之助”与发挥性灵的结合，显示了文学批评家们对文学创作中情感表达的重视，而解决山水描写与情感表达的矛盾问题，也正是刘勰提出“江山之助”的一个重要背景。

(四)“江山之助”与“文助江山”

历代文论家们不仅认识到“江山”之助文，而且也认识到作家、作品对“江山”的反向助益作用，即“江山”以其灵秀之气，为文人创作提供助力；文人也运用生花妙笔，为山川风貌增色添彩。同时，文人得“江山之助”，“江山”也能借诗笔以传。中国文人历来有登高必赋的传统，许多文人雅士也都以弘扬山水之美为己任，所谓“不将新句记兹游，恐负山中清净债”[②]，正是如此。

作家、作品之有助于“江山”，主要表现在两个方面：一是山水之美有待于作家的发现；二是山水之名有待于作品的传扬。如王安石所云：“世之奇伟、瑰怪、非常之观，常在于险远，而人之所罕至焉，故非有志者不能至也。”[③] 现在我们所谓的许多风景名胜，或许本来只是名不见经传的小山

---

① [明]江盈科:《敝箧集叙》,钱伯城:《袁宏道集笺校》附录三,第1685页。

② [宋]苏轼:《与胡祠部游法华山》;王文诰辑注,孔凡礼点校:《苏轼诗集》,北京:中华书局,1982年,第989页。

③ [宋]王安石:《游褒禅山记》,《临川先生文集》第八十三卷,上海:中华书局上海编辑所,1959年,第868页。

小水，甚至是穷山恶水，但却因为某个独具慧眼的作家在不经意间发现了它们的美，并将之诉诸笔端，所以才得以传名于后世。因此，李元阳《玉湖游录序》曰："山水之系人文尚矣。"① 宋琬亦云："山川之重，岂不以人哉！"②

最早注意到文学对"江山"的反向助益作用的当属宋代诗人李觏，其《遣兴》云：

> 境入东南处处清，不因词客不传名。屈平岂要江山助，却是江山遇屈平。③

这里运用逆向思维，提出了针对"江山之助"的反命题，指出山水诗文可以为山水名胜彰名扬誉，所以能够得遇屈原这样的优秀作家，实是楚地江山之幸。这一观点看似与刘勰针锋相对，实际上不仅独出心裁，同时又是对"江山之助"说的发挥和补充。后人把它与"江山之助"相结合，揭示了"江山"与文人的双向互助关系，并逐渐为越来越多的文论家们所接受。如李东阳《蜀山苏公祠堂记》曰：

> 夫天下之论名臣硕辅者，或原于岳降，或归之地灵，文章气节，亦以为得江山之助固也。及乎遐陬僻壤，一丘一壑，或有所凭借，亦足以不朽于世。是所谓人与地者恒相须以显，而亦不能不相为重轻。……，其在金陵，亦筑土以象之。天下之为东山者何限？而非其人莫之名也。④

李东阳以会稽东山因谢氏而不朽于世为例，指出了文人为"江山"扬名的作用，并提出"人与地者恒相须以显"，可见对"江山"与文人的双向助益关系有很清楚的认识。又如明代诗人尤侗《天下名山记序》云：

---

① ［明］李元阳：《玉湖游录序》，施利卓总编校：《李元阳集 · 散文卷》，昆明：云南大学出版社，2007 年，第 225 页。

② ［清］宋琬：《董阆石诗序》；宋琬著，马祖熙标校：《安雅堂全集》，上海：上海古籍出版社，2007 年，第 381 页。

③ ［宋］李觏：《遣兴》，王国轩校点：《李觏集》，北京：中华书局，1981 年，第 434 页。

④ ［明］李东阳：《怀麓堂集》，《四库明人文集丛刊》，上海：上海古籍出版社，1991 年，第 712 页。

山水文章，各有时运。山水藉文章以显，文章亦凭山水以传。士即负旷世逸才，不得云海荡胸，烟峦决眦，皆无以发其嵚崎历落之思，飞扬跋扈之气。至于千岩竞秀，万壑争流，若无骚人墨客登放其间，携惊人句，骚首问青天，则终南、太华，等顽石耳。[①]

尤侗也认为，好的文章作品，不仅要有赖于作家超逸的才华，也要依托于“江山之助”；而秀美、壮丽的自然山川，如若没有作家独具慧眼，并将其寓之于诗文，它的美也就无从为人所知了。而清人沈德潜《芳庄诗序》则将这种相互依赖的关系进一步概括为“江山与诗人，相为对待者也”[②]，并指出：

江山不遇诗人，则巉岩渊论，天地纵与以壮观，终莫能昭著于天下古人之心目；诗人不遇江山，虽有灵秀之心、俊伟之笔，而孑然独处、寂无见闻，何由激发心胸，一吐其堆阜灏瀚之气？惟两相待、两相遇，斯人心之奇，际乎宇内之奇，而文辞之奇得以流传于简墨。[③]

壮丽的美景有赖于作家锦绣之笔的传扬，杰出的诗人也需要自然秀丽风光的激发，可见，“江山”与“诗人”的确是一种相互依托、互为助力的关系。诗人得遇壮丽的美景，江山得遇优秀的诗人，都是彼此之幸运。

有些作家还结合具体的案例分析阐述了“江山”与文人的关系，如明代茅坤《唐宋八大家文钞》评柳宗元的贬谪经历，曰：

子厚所谪永州、柳州，大较五岭以南，多名山削壁，清泉怪石。而子厚适以文章之隽杰，客兹土者久之。愚窃谓公与山川始两相遭。非子厚之困且久，不能搜岩穴之奇；非岩穴之怪且幽，亦无以发子厚之文。[④]

---

① ［明］尤侗：《天下名山记序》，杨旭辉点校：《尤侗集》，上海：上海古籍出版社，2015 年，第 1312 页。

② ［清］沈德潜：《芳庄诗序》，潘务正、李言校点：《沈德潜诗文集》，第 1525 页。

③ ［清］沈德潜：《芳庄诗序》，潘务正、李言校点：《沈德潜诗文集》，第 1525 页。

④ ［明］茅坤：《唐宋八大家文钞》，上海：上海古籍出版社，1993 年，第 264 页。

作者认为，柳宗元长久客居永州、柳州，因而发现了其地岩穴、清泉之美，并以俊杰之笔为其扬名；而永、柳二州“怪且幽”的岩石，则激发了柳宗元的文思，为其创作带来了灵感。因此，柳公与山川的关系是为“两相遭”。又如清代张廷琢《送姚象山之严州序》中，先是明确提出“夫江山得文士而后显，而文士之文得江山之助而益奇”①，又以姚象山为例具体说明：

> 今象山好博览，务记诵，学有原本，善为古歌诗杂文。吾知登临凭眺之余，湖山得象山而益增其胜；而象山之藻思濬发，其为文章当益恣肆可喜，足以传世行后而无疑。呜呼！可不谓一时之盛事者欤？②

作者论述了姚象山得湖山风光之助诗文益奇，而湖山借姚象山之文风景益胜、声名益远，并将其许为“一时之盛事”。可以说，这已经是对“江山”与诗人互助关系的高度肯定和赞扬了。

“江山之助”说作为中国古典美学范畴中的一个重要理论命题，其对古代文学及文艺理论所产生的影响不可谓不深远。从以上关于后人对“江山之助”说接受情况的分析来看，其影响涉及领域之多、范围之广、持续时间之久远，以及表现形式之多样，都是不容忽视的。“江山之助”说对于山水诗创作实践的开创性研究，是山水诗研究领域的一面先锋旗帜。而由“江山之助”所引发的关于文学创作与自然景物的关系问题，历经千载，也一直都是文论家们热衷于讨论和研究的一个重要议题。即便是文学发展到今天，“江山之助”与“天人合一”等中国传统自然美学中的许多概念，仍然被作为解决生态环境问题、追求人与自然和谐的良方而发挥着重要作用。

（作者单位：浙江师范大学人文学院）

① ［清］张廷琢:《张思斋示孙编》,清刻本。
② ［清］张廷琢:《张思斋示孙编》,清刻本。

春秋第一霸：齐桓公传叙
——《左传》春秋齐文化述略（上）

蒋　凡

摘　要：春秋战国时代，有春秋五霸之称；后开战国七雄纷争，进而秦灭六国以统一中国的历史长篇，从而促进了中国历史由诸侯分封的贵族奴隶制向统一的封建郡县制的社会转型。在此期间，序列春秋五霸第一位的齐桓公曾经留下了不可磨灭的历史足迹。桓公一登历史舞台，即在管仲及鲍叔牙等众贤臣的辅助下做了有声有色的表演，从而对春秋历史产生了深远的影响，在他身后，人们还经常提及并加以纪念。

关键词：齐桓公；齐文化；春秋；《左传》

春秋战国时代，有春秋五霸之称；后开战国七雄纷争，进而秦灭六国以统一中国的历史长篇，从而促进了中国历史由诸侯分封的贵族奴隶制向统一的封建郡县制的社会转型。在此期间，序列春秋五霸第一位的齐桓公曾经留下了不可磨灭的历史足迹。当然，谈到齐桓公，就离不开辅其成功称霸中原的名相管仲，这里重点介绍齐桓公。

齐桓公（？—前643），春秋初的齐国君。齐桓公是周初太师姜尚的后裔，姜姓，齐僖公子，襄公庶弟，名小白。据《左传》，鲁桓公十五年（前697），齐僖公卒，诸儿立，是为齐襄公。襄公暴虐国人，在公元前486年遇弑，齐上卿高、国二族，先迎立公子小白为君，史称齐桓公。桓公一登历史舞台，即在管仲及鲍叔牙等众贤臣的辅助下做了有声有色的表演，从而对春秋历史产生了深远的影响，在他身后，人们还经常提及并加以纪念。

一、公子争立论条件

> 初，襄公立无常。鲍叔牙曰："君使民慢，乱将作矣。"奉公子小白出奔莒。乱作，管夷吾召忽奉公子纠来奔。(《左传》庄公八年)①

齐僖公卒于鲁桓公十五年（前697）。夏四月已巳，襄公立。因此，"襄公立"当指是年四月之后。"无常"，指齐襄公暴政无常，困苦国人，凌侵邻邦，欺鲁尤甚，如与鲁桓公夫人私通，并为此公然杀害来访的鲁桓公。可谓内外点火，纷争恶斗，令齐国人失去了安全感。因此，鲍叔牙奉公子小白奔莒。继而管仲、召忽奉公子纠奔鲁，以避免迫害。后来齐襄公遇弑，不仅是个人性格问题，更因其政治上四处树敌，内外交困，主客观原因导致其失败被杀。襄公死后，最有可能入主齐国者，当属公子纠与小白兄弟俩。因此，兄弟二人为争君位，最后必然舍亲情而火拼。这在僖公时代，早藏矛盾而不可调和。据《管子·大匡》篇载："齐僖公（按《史记》称釐公，名禄甫）生子诸儿、公子纠、公子小白。使鲍叔傅小白，鲍叔辞，称疾不出。"当时的鲍叔牙与管仲、召忽三人形成了相亲相助的小集团，如召忽所说："吾三人者之于齐国也，譬之犹鼎之有足也，去一焉则必不立矣。"② 也就是说，三人中无论谁得势，都会推荐其他二人，协调步骤，共同发展。当管仲等知道鲍叔牙想要拒绝僖公任命，就急忙去见鲍叔，问明原因。鲍叔曰："先人有言曰'知子莫若父，知臣莫若君。'君知臣不肖也，是以使贱臣傅小白也，贱臣知弃矣。"鲍叔牙认为齐僖公"贱视"自己，故令其辅助无出息的年幼公子小白，因而辞傅。兄弟三人中，小白卫姬所生，不肖而贱，不可能有接班继位的机会。对于鲍叔所言，召忽同情，也劝他辞傅。但管仲坚决否定了鲍叔的看法，他说"不可。持社稷宗庙者，不让事，不广（旷）闲。将有国者未可知也。子其出乎！"③ 管仲认为士大夫对国家社稷是有责任的，所以要求"不让事，不广闲"，要对国家人民尽心尽力，而不应以个人恩怨弃其责职。为此，他力劝鲍叔出傅公子小白，并且进一步加以分析，说："夫国人憎恶纠之母，以及纠之身，而怜

---

① 杨伯峻：《春秋左传注》（修订本），北京：中华书局，1990年，第176页。

② 黎翔凤：《管子校注》，北京：中华书局，2004年，第331页。

③ 黎翔凤：《管子校注》，第331页。

小白之无母也。诸儿长而贱，事未可知也。夫所以定齐国者，非此二公子者，将无已也。小白之为人无小智，惕而有大虑，非夷吾莫容小白。天不幸降祸加殃于齐，纠虽得立，事将不济，非子定社稷，其将谁也?”① 这是说，小白在诸公子中，虽然年幼而贱，并有性急的毛病，但他不要小聪明而见大智慧，重视大局的思考决策，这优点管仲看得既清楚又深刻。自己与召忽虽然傅公子纠，但客观地分析，小白的前途更为光明。于是鲍叔回心转意，尽心辅助小白。在这里，管仲不仅是为鲍叔，同时为自己和公子小白开启了通往成功的大门。但从另一方面看，如果小白自身不具优势，管仲会有如此精辟的分析吗？管仲和鲍叔顺水推舟，助小白更快地到达胜利的彼岸。后来形势的发展，一切都在管仲的预料之中。

二、捷足入齐即君位

夏，公（按：指鲁庄公）伐齐，纳公子纠。齐小白入于齐。（《春秋》庄公九年）

夏，公伐齐，纳子纠。桓公自莒先入。秋，师及齐师战于干时，我师（按：指鲁师）败绩，公丧戎路，传乘而归。（《左传》庄公九年）②

故事说的是，齐襄公诸儿因暴虐于公元前 689 年冬十一月癸未遇弑，齐国无主，大乱。襄公二弟公子纠及公子小白，因避祸纠奔鲁而小白奔莒。襄公死后，二位公子都有入齐即位的机会。为争君位，兄弟二人已失亲情而刀兵相向，彼此残杀。按周朝礼制，立君以嫡。无嫡子则立长，这是周的继位传统。但发展至春秋时代，礼崩乐坏的现象屡见不鲜，继位的传统礼制破坏殆尽。父子相残，兄弟争位，刀光血影，都是为了一个“权”字，这是古代专制独裁社会的副产品。即使是身居洛阳城的东周天子也早为继位而纷争不断，亲人相残，形势酷烈，难以尽述。如与齐桓公同时期，东周王朝就发生了王子颓之乱，后又发生了王子带之乱。如王子颓是周惠王庶弟，因其母有宠于周庄王，在兄惠王登基后，发动叛乱，后为郑、虢等诸侯所杀。王子带又称“大叔带”，是惠王子襄王弟，也因其母有宠于惠

① 黎翔凤:《管子校注》,第 332 页。

② 杨伯峻:《春秋左传注》(修订本),第 178—179 页。

王，谋位作乱，曾勾结犬戎之师，大举伐周，构成东周王朝大灾难，后来激起众诸侯义愤被杀。天子王朝尚且如此，遑论诸侯国呢？以此，齐襄公死后，公子纠与小白争位，事属寻常，就看谁的能量大，机会好了。得道多助，成功的希望也就愈大。相比之下，公子小白一方，比公子纠具有更多的主客观的优势，管仲早有精辟的分析。在齐的国内，上卿高、国二族，早与国人密谋，于鲁庄公九年（前685）夏，派人赴莒迎公子小白先期入齐，夺得君位。当然，管仲、召忽奉公子纠，也不会坐以待毙，他们联合鲁国，事先派兵在齐、莒之间路上截杀小白，管仲执弓亲射小白中钩，小白立刻装死躺下。管仲误以为小白已死，问题解决，因而鲁国纳纠之师缓缓前行；而小白的人马则急速前进，捷足先入齐都即位。从中可以看出小白及鲍叔等的智慧。在入国过程中，小白也曾犹豫动摇，多有疑虑，他曾想中途下车不走，当时鲍叔就“履其足”，踩着小白的脚，不让他下车，慷慨地说：“事之济也，在此时，事若不济老臣死之，公子犹之免也。”乃行，至于邑郊。鲍叔牙令车二十乘先，十乘后。鲍叔牙乃告小白曰：“夫国之疑二三子，莫忍（认）老臣。事之未济也，老臣是以塞道。”[①] 于是小白遂先入齐即君位。于此可见，小白内部团结一心和不怕牺牲的精神斗志。又《史记·齐世家》载“小白母，卫女也，有宠于釐（僖）公。小白自少好善。（大夫）议立君。高国先阴召小白于莒。鲁闻无知死亦发兵送子纠，而使管仲别将兵遮莒道，射中小白带钩。小白佯死。管仲使人驰报鲁，鲁送纠者行益迟。六日至齐，则小白已入，高傒立之，是为桓公。桓公之中钩佯死以误管仲，已而载温车中驰行，亦有高、国内应，故得先入立。”[②] 刻画生动，心理描绘细腻，可补《左传》叙述之不足。

在兄弟争立时，小白胜出是有原因的：一是小白机敏有智慧，管仲箭中其钩，佯死欺误之，令鲁纳纠之师迟行而失去先机；二是其傅鲍叔牙等核心，具坚忍和牺牲精神，忠心耿耿，行动果决，速行而获先机；三是国内士大夫的支持帮助，国人内应，因其“少善”，得道多助，相形之下，公子纠之败亡，也是事属自然。

---

① 黎翔凤：《管子校注》，第346页。

② ［汉］司马迁：《史记》，北京：中华书局，1959年，第1485—1486页。

三、举贤任能管仲相

> 鲍叔帅师来言曰：“子纠，亲也，请君讨之。管（仲）召（忽），仇也，请受而甘心焉。”乃杀子纠于生窦，召忽死之；管仲请囚，鲍叔受之，及堂阜而税（脱）之。归而以告曰：“管夷吾治于高傒，使相可也。”公从之。(《左传》庄公九年)①

故事发生在鲁师伐齐纳纠大败，鲁庄公丧失战车“乘传而归”之后，事当公元前685年。公子小白入齐即君位后，得势不饶人，乘鲁师败绩，命鲍叔帅师伐鲁，加以报复。当时鲁师精锐已失，难与抗衡，无奈，只能与齐订立城下之盟。当时，齐对鲁的要求，最重要的有二：一是鲁必须杀公子纠以绝回齐争位之后患；一是必须把齐君仇人管仲、召忽交齐军押回齐国受公开惩罚，以儆效尤而快君心。这两个条件看似平常而无损鲁国根本利益，但齐人实具深刻用心。管仲在截杀小白时小白中箭恰巧射中带钩而大难不死，这是仇人，必得报之以为快，这是常人心理。鲁国政要，也大多作如此想，但鲁贤大夫施伯却另有自己的深考。在是否送回管仲的问题上，施伯开始反对，后来赞成，这就引发了管仲请囚，鲍叔受之的一场戏中戏。据《国语·齐语》载：“桓公自莒反（返）于齐，使鲍叔为宰。辞曰：‘臣，君之庸臣也，使不冻馁，则是君之赐也。若必治国家者，则非臣之所能也；若必治国家者，则其管夷吾乎。臣之所不若夷吾者五。’……桓公曰：‘夫管夷吾射寡人中钩，是以滨于死。’鲍叔对曰：‘夫为其君勤也；君若宥而反（返）之，夫犹是也。’桓公曰：‘若何？’鲍子对曰：‘请诸鲁。’桓公曰：‘施伯，鲁君之谋臣也，夫知吾将用之，必不予我矣，若之何？’鲍子对曰：‘使人请诸鲁，曰：‘寡君有不令之臣在君之国，欲以戮之于群臣，故请之。’则予我矣。’桓公使请诸鲁，如鲍叔之言。”② 桓公初立，即欲委任鲍叔为卿相时，鲍叔坚辞富贵，力荐管仲具治国大才，认为自己在有关安邦治国的五大方面都不如管仲，只是个平庸之才，怎能担此治国重任呢？这可看到鲍叔牙的富贵不能淫的高尚品格，同时也是他忠心国家社稷的实事求是的诚恳之言。这让桓公感动，深深认识到鲍叔这么

---

① 杨伯峻：《春秋左传注》（修订本），第180页。

② 上海师大古籍整理组校点：《国语》，上海：上海古籍出版社，1978年，第221页。

做不仅出于私人情谊，而且是超越个人利益恩怨，为复兴国家而忠心谋划。于是桓公决定，任贤不避仇，重用管仲。不过他担心鲁之贤大夫施伯会看透齐之用心，不肯放走管仲。这一顾虑也有一定道理。施伯是鲁惠公（前768—前723年在位）子公子尾（字拖夫）之子，是公孙贵族出身。有关鲁杀公子纠后是否囚送管仲回齐，鲁国有讨论，庄公问施伯，施伯对曰："此非欲戮之也，欲用其政也。夫管子，天下之才也，所在之国则必得志于天下。令彼在齐，则必长为鲁国患矣。"庄公曰："若何？"施伯对曰："杀而以其尸授之。"庄公将杀管仲，齐使者请曰："寡君欲亲以为戮，若不得生戮于群臣，犹未得请也。请生之。"[①] 于是庄公使束缚以予齐使，齐使受之而退。当时，鲁国因国内贵族集团的掣肘，根本不可能起用管仲。而齐鲁近邻，在桓公之前，时常争战，形同敌国。齐是大国，为势力扩张及领土纠纷，齐常以大欺鲁。因此，施伯担心一旦齐国起用圣贤管仲，齐必富强而称霸天下，首当其冲的就是鲁国，因而主张杀管仲以尸授齐。但鲍叔考虑周密，令齐使公开提出鲁必须押回生管仲，让桓公当众"亲戮"以为快。如杀人送尸，犹如背约叛盟，齐国大军无法向国君交代，这是齐国软硬兼施的高招。在政治、外交及军事的重压之下，鲁只能缚送管仲而别无他法。以施伯之贤，也无可奈何而慨叹了之，这是形势使然。

这次齐国争位事件，公子纠被杀，召忽忠主自杀，唯有管仲主动"请囚"而生还齐国。管仲为什么不为主子公子纠尽忠而死呢？是否他贪生怕死而有亏大节呢？非也，他自有高瞻远瞩的生死观。他曾对鲍叔和召忽说："夷吾之为君臣也，将承君命，奉社稷以持宗庙，岂死一纠哉？夷吾之所死者，社稷破，宗庙灭，祭祀绝，则夷吾死之。非此三者，则夷吾生。夷吾生则齐国利，夷吾死则齐国不利。"[②] 这就不是不分是非的忠君愚忠，而是重在为国家谋发展的大利大忠。桓公之所以与管仲化解"射钩"之仇，就是看中了他那不为个人而忠于家国的根本设计和大局意识。鲍叔曾对桓公解释管仲劝其出来辅助小白的"故图"，说："夫夷吾不死纠也，为欲定齐国之社稷也。"[③] 因此，管仲一下囚车，桓公立即给予隆重欢迎，登堂入室，诚恳问对，启蒙开智，循序而行。管仲从阶下囚，一跃为座上客，成

---

① 上海师大古籍整理组校点:《国语》,第223页。

② 黎翔凤:《管子校注》,第332页。

③ 黎翔凤:《管子校注》,第342页。

了执齐国政的卿相，辅助桓公四十来年。桓公开始对他半信半疑，管仲的建议有的听有的不听。但实践证明，违背管仲，率性而行，常招致失败；相反桓公与管仲一旦配合默契，则获成功胜利。在君臣长期默契融合中，管仲被桓公尊为仲父，他数十年如一日，忠心辅助桓公，努力提高齐国国人素质，逐渐建立了较为完善的法规制度，积极推行政治、经济、军事、教育诸方面的改革，于是齐国大治，繁荣富强，把齐桓公推上了春秋首位霸主的地位。当然，管仲之才、之智、之贤，是桓公称霸中原的重要推手；但是，在古代专制社会里，君主是最高权威，如果没有桓公宽宏大量，与管仲化敌为友，给予信任支持，委以卿相治国重任，则管仲可能早死于鲁人之手，哪里还会有一展宏图的机会呢？而且，君主专制制度决定，如无君主点头肯定，管仲纵有天大本领，同样会一事无成。因此，齐国称霸，管仲与桓公的默契必不可少。管仲成功推动桓公登上了历史舞台做有声有色的表演；而桓公则举贤授能，能够给予管仲信任，并具大局思考，同样成就了管仲改革的千秋功业。桓公与管仲，二人相得益彰，史上众口皆碑。于此可见，齐桓公成为春秋首霸，并非偶然，他是个不平凡的历史人物。

四、一匡天下霸诸侯

冬，十二月，狄人伐卫。及狄人战于荧泽，卫师败绩。遂灭卫。齐侯使公子无亏帅车三百乘，甲士三千人以戍曹；归公（按：指新立的卫戴公）乘马，祭服五称，牛羊豕鸡狗皆三百，与门材。归（馈）夫人鱼轩重锦三十两。①

僖之元年，齐桓公迁邢于夷仪。二年，封卫于楚丘。（《左传》闵公二年）②

夏，邢迁于夷仪，诸侯城之，救患也。凡侯伯，救患、分灾、讨罪，礼也。（《左传》僖公元年）③

侯伯，指春秋时期的诸侯霸主，代周天子号令天下，这里具体指齐桓公。故事发生在公元前660年前后，当时卫国腐败，民不裹腹，但卫懿公

① 杨伯峻:《春秋左传注》(修订本),第265—268页。

② 杨伯峻:《春秋左传注》(修订本),第273页。

③ 杨伯峻:《春秋左传注》(修订本),第378页。

却喜养仙鹤，封鹤官职俸禄，高轩驷马，对于国之贤人，糟糠养之，因而引起了国人的不满。一旦狄军进攻国都，国人拒战，并讽懿公率领仙鹤去打仗。故卫国必败亡。以后，在齐桓公等诸侯国的干预救助下，卫在曹（今河南滑县西南）立足。后桓公又率诸侯迁卫于楚丘，为之筑城，以保全。卫国因此重生。这时齐桓公在派兵保护的同时，又赠卫大批急需的生活物资，有利卫之生存发展。有此基础，于是继卫戴公后，卫文公兢兢业业布衣粗食，"务材训农，通商惠工，敬教劝学，授方任能"①，终于为卫国带来了新生。卫初败亡时只剩车三十乘，发展至鲁僖公末年时，卫已有战车三百乘，具有了一定的自卫能力，这与齐桓公的救助是分不开的。

还有救邢之亡也是如此。鲁僖公元年（前659），邢亡于狄军攻击，邢国人逃到赶来救援的由齐桓公组织的诸侯联军中寻求保护。于是以齐为首的诸侯联军击溃了狄军，同时又救助邢国许多生活物资，并帮助邢人迁移。在齐桓公的监督下，联军没有私取邢国财物。这样无私利人之举，当时并不多见。不仅不贪，而且桓公还率诸侯，集中人力物力，帮助邢人迁到夷仪，为之修筑城墙，以增其防卫能力。齐桓公率诸侯救助邢、卫之事可说功德圆满，史称"邢迁如归，卫国忘亡"，重获新生。以此，桓公功德深得人心，霸主地位愈加牢固。于此可见，作为春秋霸主，不但要有强大国力支撑下的高强武功，强军建设必不可少；同时，还要有文德方面的高度展现，以便收获人心，形成代天子行事、诸侯服从号令而天下归心的安定局面。在文德方面，只要与稍前的中原小霸郑庄公及后来五霸中最强势的晋文公相比，齐桓公可说是略胜一筹。如郑庄公数十年征战，也只能勉强压制宋国于一时，待他一死，郑国陷于内乱而宋国反弹，在武功方面不够高强，郑仍为二三流国家而难与齐、晋、楚、秦诸大国相较。即使郑军训练及素质再好，但因受国力限制而难有突破，这与今日中东的以色列国相似；其次，郑庄公不太注意文德方面的自我形象的塑造。春秋时期虽然开始了礼坏乐崩的过程，但周礼仍在，周天子至少在表面上仍是天下共主，是各国诸侯朝拜的对象，但郑庄公却敢于破坏传统，蔑视天子权威，与周桓王刀兵相见，射王中肩。作为第一个公然在战场上对抗天子的诸侯，在时人心目中，自然道德评价不高而多受责诮，又何来文德表现呢？只因欠缺文德，故郑庄公虽然英勇善战，但也只能小霸一时，死后功业立即烟消云散。

---

① 杨伯峻:《春秋左传注》(修订本),第273页。

再说晋文公，孔子对他有“谲而不正”的批评，如向周天子请“隧”之事，要求以周天子的葬礼来安排自己的后事，被周襄王拒绝。

而齐桓公则不然，史称齐桓公“九合诸侯，一匡天下”，其实，齐桓公召集各国诸侯会盟，依《春秋》及《左传》所载，至少有十余次之多。如鲁庄公“十三年春，会于北杏以平宋乱，遂人不至，齐人灭遂而戍之”[①]。当时，齐召集宋、陈、蔡、邾会盟。齐桓公自此开始主持诸侯会盟事。“十四年春，诸侯伐宋，齐请师于周。夏，单伯会之，取成宋而还”[②]。以齐军之强，何待区区周师之助？“请师于周”，只具象征意义，不过是打着尊王攘夷旗号以资号召诸侯而已。“十有五年春，齐侯、宋公、陈侯、卫侯、郑伯会于幽”。《左传》于是年载：“十五年春，复会焉，齐始霸也。”[③] 可见齐桓公称霸，有个逐渐努力过程，并非一蹴而就。又据《春秋》载，庄公十六年，“冬十有二月，会齐侯、宋公、陈侯、郑伯、许男、滑伯、滕子同盟于幽”[④]。鲁庄公十九年，“秋，公子结媵陈人之妇于鄄，遂及齐侯、宋公盟”[⑤]。庄公二十七年，“公会齐侯、宋公、陈侯、郑伯，同盟于幽”[⑥]。二十八年，“公会齐人、宋人救郑”，“齐侯伐卫……数以王命取赂而还”[⑦]。庄公三十年，“冬，公及齐侯遇于鲁济”，“齐人伐山戎”[⑧]（按：齐曾与鲁商讨伐戎救燕事）。三十二年，“宋公、齐侯遇于梁丘”[⑨]。鲁闵公元年，狄伐邢，“齐人救邢”；二年，“齐高子来盟”。[⑩] 鲁僖公二年，“秋九月，齐侯、宋公、江人、黄人盟于贯”[⑪]。（按：此服南方之江、黄也）三年，“秋，齐侯、宋公、江人、黄人会于阳谷”。“楚人伐郑，郑伯欲成。孔叔不可，曰：‘齐方勤我，弃德不祥。’”[⑫] 四年，“公会齐侯、宋公、陈侯、卫侯、郑伯、许男、曹伯侵蔡，蔡溃遂伐楚，次于陉”，“楚屈完来盟于师，

---

① 杨伯峻：《春秋左传注》（修订本），第194页。
② 杨伯峻：《春秋左传注》（修订本），第196页。
③ 杨伯峻：《春秋左传注》（修订本），第199—200页。
④ 杨伯峻：《春秋左传注》（修订本），第201页。
⑤ 杨伯峻：《春秋左传注》（修订本），第210页。
⑥ 杨伯峻：《春秋左传注》（修订本），第235页。
⑦ 杨伯峻：《春秋左传注》（修订本），第238页。
⑧ 杨伯峻：《春秋左传注》（修订本），第246页。
⑨ 杨伯峻：《春秋左传注》（修订本），第250页。
⑩ 杨伯峻：《春秋左传注》（修订本），第255、261页。
⑪ 杨伯峻：《春秋左传注》（修订本），第280页。
⑫ 杨伯峻：《春秋左传注》（修订本），第285—286页。

盟于召陵”。[1] 五年，“公及齐侯、宋公、陈侯、卫侯、郑伯、许男、曹伯会王世子于首止。秋八月，诸侯盟于首止”[2]。六年，“夏，公会齐侯、宋公、陈侯、卫侯、曹伯伐郑，围新城”，“楚人围许，诸侯遂救许”[3]。七年，“秋七月，公会齐侯、宋公陈世子款、郑世子华，盟于宁母”[4]。八年，“王正月，公会王人、齐侯、宋公、卫侯、许男、曹伯、陈世子款盟于洮。郑伯乞盟”[5]。九年，“夏，公会宰周公、齐侯、宋子、卫侯、郑伯、许男于葵丘”[6]。十二年，“冬，齐侯使管夷吾平戎于王，使隰朋平戎于晋”[7]。十三年，齐、鲁、宋、卫、陈、郑、许、曹会于咸。十四年，“春，诸侯成缘陵而迁杞焉”[8]。十五年，“三月公会齐侯、宋公、陈侯、卫侯、郑伯、许男、曹伯，盟于牡丘，遂次于匡。公孙敖帅师及诸侯之大夫救徐”[9]。十六年冬十二月，齐桓公率诸侯会于淮，“王以戎难告于齐，齐征诸侯而戍周”[10]。齐桓公卒前的鲁僖公十七年，仍然派兵为徐伐英氏，以报娄林之役也。以上《春秋》中类似枯燥而实则简约的会盟记述，如能结合《左传》而深入其中，就会发现许多生动而丰富的内容，从鲁庄公十三年（前681）齐桓公主盟北杏始，直到他去世的僖公十七年（前643）前后近四十年，长期以天子名义号召诸侯，主持盟约，多次发动救亡图存扶持小国的战役，如果没有实力做后盾，或是欠缺道德文治的魅力，是不可能长期主盟而称霸中原的。

如鲁僖公四年（前656），齐桓公亲率诸侯之师侵蔡，因蔡是楚的盟国。齐桓公时代诸大国，晋自献公死后，诸子长期争立，太子申生自杀，公子重耳流亡，大乱不息，无暇他顾。而秦地关外，僻处西方一隅，长期与戎、狄等游牧部族争战，一时无力东顾中原。只有南方楚国，在兼并南方诸蛮后，实力大增而可与齐国争长论短。现齐桓公击溃蔡国后，借势发力，南下伐楚，因为中原诸侯，长期视楚为蛮夷之邦，故在尊王攘夷旗号

---

① 杨伯峻:《春秋左传注》(修订本),第287页。
② 杨伯峻:《春秋左传注》(修订本),第301页。
③ 杨伯峻:《春秋左传注》(修订本),第312页。
④ 杨伯峻:《春秋左传注》(修订本),第315页。
⑤ 杨伯峻:《春秋左传注》(修订本),第320页。
⑥ 杨伯峻:《春秋左传注》(修订本),第324页。
⑦ 杨伯峻:《春秋左传注》(修订本),第341页。
⑧ 杨伯峻:《春秋左传注》(修订本),第347页。
⑨ 杨伯峻:《春秋左传注》(修订本),第349页。
⑩ 杨伯峻:《春秋左传注》(修订本),第370页。

下，桓公接受管仲建议，南下伐楚为一壮举。这一大的行动，当然惊动了强楚。

> 楚子使与师言曰："君处北海，寡人处南海，唯是风马牛不相及也。不虞君之涉吾地也，何故？"管仲对曰："昔召康公命我先君大公曰：'五侯九伯，女实征之，以夹辅周室。'赐我先君履，东至于海，西至于河，南至于穆陵，北至于无棣。尔贡包茅不入，王祭不共，无以缩酒，寡人是征。昭王南征而不复，寡人是问。"对曰："贡之不入，寡君之罪也，敢不共给？昭王之不复，君问诸水滨。"师进，次于陉。
>
> 夏，楚子使屈完如师。师退，次于召陵。齐侯陈诸侯之师，与屈完乘而观之。齐侯曰："岂不穀是为？先君之好是继。与不穀同好，如何？"对曰："君惠徼福敝邑之社稷，辱收寡君，寡君之愿也。"齐侯曰："以此众战，谁能御之？以此攻城，何城不克？"对曰："君若以德绥诸侯，谁敢不服？君若以力，楚国方城以为城，汉水以为池，虽众，无所用之。"屈完及诸侯盟。(《左传》僖公四年)①

这一故事，对话栩栩如生，桓公、管仲及楚屈完双方的主人公形象如画。为了打破齐、楚之间的大国平衡，桓公接受管仲意见，祭起了尊王攘夷的大旗，率中原诸侯之师，浩荡南征强楚。这在政略及战略上，占有先机的主动优势。但当时的"楚子"即楚成王，也是一个英明之君，在他统治下，楚早已发展为独霸南方的强国，若齐、楚大国决战，楚实具地利、人和，加以内线作战，后勤供应方便，兵源也可迅速补充，因此，齐率诸侯盟军，虽然数量占优，同时又师出有名，为堂堂正正之师，但在外线作战，一旦战事胶着持久，后勤供应及兵源补充将产生诸多问题。故楚使屈完回答不亢不卑："楚国方城以为城，汉水以为池，虽众，无所用之。"所说有道理。楚若依凭险要地利，层层抗击，诸侯盟军虽众，却也一时无所用其伎俩。齐、楚若决战，齐利在速战，而楚则利在持久战、消耗战。各有应付的战略，但双方都没有必胜的把握。因此，齐桓公的战略变为以强势压和。只要楚国稍一低头示和，则齐也见好即收。楚国长期称王，不向周天子纳贡，齐桓公征之，按周礼之制，自然是名正言顺；一旦"楚人"

① 杨伯峻：《春秋左传注》（修订本），第289—293页。

认罪，承认“贡之不入，寡君之罪，敢不共给”时，桓公已达目的，于是齐楚双方即表“同好”地缔结盟约。齐桓公作为中原霸主，终于可向天子及中原诸侯有所交代，胜利班师，这是不战而屈人之兵的战略，桓公及管仲早孙武一二百年就曾使用实行。

五、尊王攘夷树大纛

> 夏，会于葵丘，寻盟。且修好，礼也。王使宰孔赐齐侯胙，曰：“天子有事于文武，使孔赐伯舅胙。”齐侯将下拜。孔曰：“且有后命。天子使孔曰：‘以伯舅耋老，加劳，赐一级，无下拜。’”对曰：“天威不违颜咫尺，小白余敢贪天子之命，无下拜？恐陨越于下，以遗天子羞。敢不下拜？”下拜，登受。秋，齐侯盟诸侯于葵丘，曰：“凡我同盟之人，既盟之后，言归于好。”（《左传》僖公九年）①

故事发生在鲁僖公九年（前651）葵丘盟会上，葵丘，齐地，在今山东省临淄附近。宰孔，宰是官名，即太宰，名孔，是周天子卿佐，又称周公。赐胙，又称“归胙”，即把祭祀天地神灵的祭肉分赠臣下，以示恩宠。伯舅，天子对有勋劳的异姓诸侯的敬称，同姓则称“伯父”。耋老，耄耋老人。“伯舅耋老”，这是周襄王敬重齐桓公的说法。天子传命齐桓公受胙而不必下堂跪拜，这是天子给予贡献重大勋臣的特殊恩荣。这一方面说明了齐桓公的作用和地位，但另一方面也说明了周天子威权的下移。当时的东周王朝，日薄西山，王命不出王城，因其实力已大为削弱，连国都的安全也难以保障，常依靠霸主率诸侯勤王来保卫。因此，命齐桓公受胙而无下拜，对天子来说，也是无可奈何之举。但就抽象的象征意义言，当时礼制尚未全然破坏，传统周礼对人们思想仍有一定影响力，因此，周天子之于诸侯仍具理论上的最高权威地位。不过，在实际上，周、齐之国力，齐强周弱，故周襄王对恒公不能不特别尊重示好。强势的齐桓公当然清楚天子的良苦用心。在内心深处，他很愿意立刻实行天子“无下拜”的特批，以示其霸主威势；但鉴于管仲等智囊谋臣的反对，立刻改变态度，化骄慢为谦恭，下堂跪拜受胙。这是桓公及其智囊深思熟虑后的一场精彩表演。桓公的一番话，不仅是说给代表天子传命的宰孔听的，更是演给众诸侯看的。

① 杨伯峻:《春秋左传注》(修订本),第326—327页。

桓公所说“天威不违颜咫尺”，似乎一心维护天子权威，实际上是他高举尊王攘夷大纛，挟天子以令诸侯，名正言顺地维护了齐国的霸主地位。因此，无论是诸侯会盟，或征不服，桓公是常请王命王师以代行天讨。不问天子内心是否愿意，桓公都会代替天子去发令去行动。因此，天子的意志已异化为桓公的思考。如此行事，政治上更加合理、合法、可靠。一旦高举尊王大旗，于齐霸业，有百利而无一害，何乐而不为？于此可见，桓公拒命而下跪，谦敬传统，换来的是实实在在的政治利益。桓公的聪明和狡诈并存，作为春秋霸王，没点本领是不行的。

尊王之外同时攘夷，这是桓公的政治双翼，缺一不可。中原地区诸侯，不是天子同姓，就是天子的婚姻异姓。诸侯之间当然也是矛盾重重，纷争不断。如郑之灭虢（东虢）亡郐。晋之假虞灭虢（西虢），齐桓灭谭侵蔡，都是实例。但是，如果一直恃强凌弱，借势以力压人，进行兼并战争，那么为生存与发展计，只能拼死以争以战，谁也不服谁，这霸主地位又将如何确立其号令呢？故《诗经》有“兄弟阋墙，外御其侮”之句，说的就是兄弟在内相争，但一致对外却是其共同的目标。因此，要想在历史的天空中高翔，“外御其侮”的攘夷一翼，同样必不可少，尊王与攘夷，双翼齐飞，则霸业可定。因为当时的戎狄蛮夷，时常侵扰中原，不仅灭邢亡卫，就连天子王都，也常被奔袭困扰，更何况是一般的诸侯小国呢？据《左传》闵公元年记载：“狄人伐邢，管敬仲言于齐侯曰：‘戎狄豺狼，不可厌也。诸夏亲昵，不可弃也。晏安鸩毒，不可怀也。’《诗》云：‘岂不怀归，畏此简书。’简书，同恶相恤之谓也。请救邢以从简书。”① 简书，盟誓之书。桓公接受管仲建议，亲昵中原诸夏兄弟之国，一致抗御外族入侵。这一思想，后来发展成为优良中华民族传统之一。要让中原诸侯严守盟约，相互亲近而非彼此争斗，最佳之法就是转移其注意，集中矛盾来一致对外。在抵御外侮的的共同战斗中，通过彼此救助而渐达相互“亲昵”之境，大家减少了内耗国力，中原诸国不也就获得了发展的生机了吗？这一想法很好，但是付诸实践也并非易事。大家相互观望，谁来带头抗击戎狄之师呢？大家眼光集注于齐桓公，于是齐桓公身体力行，不负众望。比如北伐山戎以救燕之事，就是典型事例。《左传》庄公三十年载：“冬，遇于鲁济，谋山

① 杨伯峻：《春秋左传注》（修订本），第256页。

戎也。以其病燕故也。”[①]《史记 · 齐太公世家》也有“而山戎伐燕。燕告急于齐。齐桓公救燕，遂伐山戎，至于孤竹而还”[②] 的记载。山戎，又称“东胡”，其地处今北京长城以北关外辽东一带。从齐至山戎，关山万重，气候多变，爬山涉水，异常艰难。但桓公毅然亲率大军出征，历尽千辛万苦，终于凯歌高奏，不仅保存了燕国，而且把占领的戎地奉送燕国（按：戎地距齐辽远，齐难占领治理，以此做顺水人情奉燕），令燕国君臣上下感激不已，自愿听桓公召唤。于是桓公说漂亮话，“命燕君复修召公之政，纳贡于周，如成康之时。诸侯闻之，皆从齐”[③]。《国语 · 齐语》也载桓公“北伐山戎，刜（砍）令支，斩孤竹而南归……诸侯莫敢不来服”[④]。这话有其事实依据。北伐山戎，极尽艰难，如齐军困于沙漠而迷路，是管仲想到让识途老马带路，方能脱险出围。但此役战胜戎、狄强敌之后，却也赢得了天下诸侯“莫敢不来服”的全新局面，齐之霸业自然形成，人莫与争，就是秦、晋、强楚，而只能徒唤奈何了。

六、天下归心睦邻邦

> 冬，齐仲孙湫来省难。书曰“仲孙”，亦嘉之也。仲孙归曰：“不去庆父，鲁难未已。”公曰：“若之何而去之?”对曰：“难不已，将自毙，君其待之。”公曰：“鲁可取乎?”对曰：“不可，犹秉周礼。周礼，所以本也。臣闻之，国将亡，本必先颠，而后枝叶从之。鲁不弃周礼，未可动也。君其务宁鲁难而亲之。亲有礼，因重固，间携贰，覆昏乱，霸王之器也。”（《左传》闵公元年）[⑤]

故事发生在闵公元年（前661），其时桓公霸业已成，但距天下归心的峰巅，尚有距离。诸侯归心，一匡天下，这是霸业理想，也可说是野心勃勃，二者兼容。在诸国外交方面，齐鲁近邻，关系尤为重要。二国常处对抗状态。桓公初立，也曾不听贤臣劝告，多次与鲁交锋，互有胜负。但总的态势，大多是齐军主动攻击，这是因为齐大鲁小强弱不等的缘故，因此，

---

① 杨伯峻:《春秋左传注》(修订本),第247页。
② ［汉］司马迁:《史记》,第1488页。
③ ［汉］司马迁:《史记》,第1488页。
④ 上海师大古籍整理组校点:《国语》,第242页。
⑤ 杨伯峻:《春秋左传注》(修订本),第257页。

只要一有空隙和机会，齐桓公也想取鲁以自肥，其内心潜意识中，亡鲁之心与其父兄同出一辙。但如此与邻为敌，易激公愤，不符合团结中原诸侯以图霸业的全新形势。因此，在管仲、鲍叔牙、仲孙湫等贤臣的劝说与诱导下，齐桓公改弦易辙，一变先祖亡鲁国策，化敌为友，与鲁亲善，睦邻共利。这一睦邻互赢的新国策，获得了中原诸侯的支持与颂赞。因而，齐鲁关系的改善，成了齐国睦邻外交的试金石。后来，在桓公统治时期，齐鲁的关系大为改善，在鲁闵公死时，桓公并没乘鲁难而取之，而帮助鲁国渡过劫难，故史称其“存鲁”之功。但对那些昏君乱国，桓公也非文质彬彬，而是常以雷霆手段予以扫灭而增强齐之国力。如果没有兼并与扩张，一味温文尔雅依周礼办事，又何来大国的强大与争霸呢？于此可见，齐桓公采取的是亲友邦与覆乱国并行不悖的外交国策。这一国策的推行，反映在桓公身上，也有个认识、改进与努力实行的渐进过程的。有尊王攘夷旗帜以资号召，还必须有亲善的睦邻外交政策相配合，才能真正获得诸侯拥护而称侯伯霸主。齐桓公刚一上台，就急于攻打那些不听号召的小国，如地处西面的近邻谭国，与西南方向的遂国，因昔日曾无礼于桓公，很快就被他派兵扫灭兼并。桓公性急之人，开始就想依靠武力收拾天下，很快遭到各路诸侯的强烈反抗，攻宋、攻鲁等诸多战役进展并不顺利，霸业难以实现。在现实教训中，在管仲众贤臣的劝导下，终于自承失误而产生新的认识，逐渐从一味的的武攻，发展为亲善睦邻的文德功夫，文武兼备，于是霸业有了转机。其中与鲁国关系从紧张敌对转化为友善相睦的新关系，就是典型的事例，成了桓公霸业的一个推力。

在今山东，北面强齐对于南面近邻的鲁国，一直是个严重的威胁。鲁为周公后裔，秉承周礼传统，在西周时一直具有很高的的地位和影响。但东周以后，形势大变。鲁在今山东曲阜一带，属中等之国，与其东面莒国，南面郲国、滕国、薛国、西南郜国、郯国相较，相对强大；但若与其北面近邻强齐相比，则无论土地、人口、经济、军事，皆大不如，只能算是二三流的诸侯国。齐欲称霸，必先在今山东一带扩张。其主要障碍是南面近邻之鲁。因此，齐要扩张势力，必先压服鲁国，以便扫除争霸障碍。以此，齐常欺鲁，故齐鲁关系错综复杂。历史告诉我们，在桓公前和桓公后，齐鲁对立的紧张关系很难改变为对鲁亲善的睦邻国策。而桓公、管仲实行“务宁鲁难而亲之”，而非乘之危而亡之，于是齐鲁从相互征战的紧张敌对，转变为齐鲁互相信任的睦邻之邦。在桓公中后期，一但桓公号召，鲁皆自动加盟，出兵出力，紧紧追随。由于鲁国带头加盟，众皆响应，形成了诸侯归心于齐的大好形势，桓公霸业因此而获顺利发展。

现以齐鲁盟柯而曹沫劫桓公事为例。《左传》庄公十三年载："冬，盟于柯，始及齐平也。"① 语虽平平，实际事件却惊心动魄。据是年《公羊传》补充曰："柯之盟……（鲁）庄公将会乎桓（按：齐桓公）。曹子进曰：'君之意何如?'庄公曰：'寡人之生不若死矣。'曹子曰：'然则君请当其君，臣请当其臣。'庄公曰：'诺。'于是会于桓。庄公升坛，曹子手剑从之。管子进曰：'君何求乎?'曹子曰：'城坏压竟（境），君不图与?'管子曰：'然则君将何求?'曹子曰：'愿请归汶阳之田。'管子顾曰：'君许诺。'桓公曰：'诺。'曹子请盟。桓公下与之盟。已盟，曹子摽剑而去。要盟可犯而齐桓公不欺，曹子可雠而桓公不怨。桓公之信著于天下，自柯之盟始焉。"②《史记·刺客列传》明确"曹子"为曹沫，《左传》有关记载则作曹刿。刿、沫疑实一人，鲁国将军，以勇力智慧事鲁庄公。他在庄公十年，率鲁军抗击来犯齐军，一鼓作气，败齐长勺，《左传》有生动记载。但是，当齐记取教训，慎于用兵后，齐鲁二军强弱不等，曹子三战皆北，丢失汶阳之田等大片国土。这并非曹子无能，而是双方力量悬殊所致。但鲁难吞败果，以不服输的精神仍然以曹子为将，曹也永不言败而力图恢复。鲁庄公让曹参与柯之盟会，曹子适时利用了这一机会。《史记·刺客列传》描写曹沫："执匕首劫齐桓公，桓公左右莫敢动，而问曰：'子将何欲?'曹沫曰：'齐强鲁弱，而大国侵鲁也以甚矣。今鲁城坏，即压齐境，君其图之!'桓公乃许尽归鲁之侵地。即已言，曹沫投其匕首，下坛，北面，就群臣之位，颜色不变，辞令如故。桓公怒，欲倍其约。管仲曰：'不可，夫贪小利以自快，弃信于诸侯，失天下之援，不如与之。'于是桓公乃遂割鲁侵地，曹沫三战所亡之地，尽复于鲁。"③《齐太公世家》曰："桓公后悔，欲无与鲁地，而杀曹沫。管仲曰：'夫劫许之而倍信杀之，愈一小快耳，而弃信于诸侯，失天下之援，不可。'于是遂与曹沫三败所亡地于鲁。"④《公羊传》与《史记》所叙大同小异，曹子所持武器，《公羊》称

---

① 杨伯峻:《春秋左传注》(修订本),第194页。

② ［汉］何休注,［唐］徐彦疏:《春秋公羊传注疏》,北京:北京大学出版社,2000年,第176—178页。

③ ［汉］司马迁:《史记》,第2515—2516页。

④ ［汉］司马迁:《史记》,第1487页。

剑，而《史记》作匕首。剑，长兵器，众目睽睽，公然携剑劫君，似无可能；《史记》称匕首，匕首是短兵利器，可隐藏身上登坛，故以《史记》所叙为是。但这无碍于基本叙述。桓公归还侵鲁之地，历史上实有其事。表面上齐有损失，实际上却因桓公守信履盟，使曾受欺侮而自感生不如死的鲁庄公心悦诚服，一依齐之号令，齐鲁关系终于回暖，逐步改善，并获得了中原诸侯的一片称赞之声。这样，桓公损小利而获大利益，这是生活的辩证法。反之，如果齐之四邻尽皆敌国，齐将承受重大的压力而无暇他顾，又何能有力量东征西讨南征北剿呢？有关问题可详参《管子·小匡》篇的记叙。齐桓公接受管仲建议，与四邻实行“反其侵地……以安四邻”的亲善睦邻新国策。管仲对桓公说：“以鲁为主，反其侵地棠、潜，使海于有弊（蔽），渠弭（小海）于河渚，纲（环）山于有牢。”[①] 只要四邻友善，则齐国江山多了几道屏障，齐桓公就可以在国门大开的安全环境中大展宏图了。一旦有事，齐国登高一呼，诸侯群从响应，何事不成呢？故《管子·小匡》曰：“（齐）教大成，是故天下之于桓公，远国之民望之如父母，近国之民望之如流水。故行地滋远，得人弥众，是何也？怀其文而畏其武。”[②] 于是成就桓公霸业，“然后率天下定周室，大朝诸侯于阳谷。故兵车之会六，乘车之会三，九合诸侯，一匡天下……以朝天子”[③]。桓公返还侵地给四邻之国，减少诸侯贡品负担，同时通关市以流通四邻，天下互赢互利，齐成霸业，这对齐而言，不就是吃小亏而占大便宜吗？很快性急而具有大智慧的桓公，不仅想通，而且努力实践而乐观其成。不具领袖素养的人，是无法有此深刻认识的。

七、人治身后失霸业

齐侯之夫人三：王姬，徐嬴，蔡姬，皆无子。齐侯好内，多内宠，内嬖如夫人者六人：长卫姬，生武孟；少卫姬，生惠公；郑姬，生孝公；葛嬴，生昭公；密姬，生懿公；宋华子，生公子雍。公与管仲属孝公于宋襄公，以为太子。雍巫有宠于卫共姬，因寺人貂以荐羞于公，亦有宠，公许之立武孟。

---

① 黎翔凤:《管子校注》,第424页。

② 黎翔凤:《管子校注》,第440页。

③ 黎翔凤:《管子校注》,第425页。

管仲卒，五公子皆求立。冬十月乙亥，齐桓公卒。易牙入，与寺人貂因内宠以杀群吏，而立公子无亏。孝公奔宋。十二月乙亥赴。辛巳夜殡。(《左传》僖公十七年)①

故事发生在鲁僖公十七年，即公元前643年，是年冬十月桓公卒，五公子争立，齐国大乱，动荡不息。以致桓公死后六十多日才匆匆夜殡，连尸首也腐臭，尸虫爬出户外。桓公千秋霸业，毁于一旦而烟消云散，实在令人遗憾。但论其祸根，乃桓公亲手种下，又怪得了谁呢?

桓公有其存在的性格弱点，好色而多内宠即是一例。管仲曾分析其性格特点曰："小白之为人无小智，惕而有大虑。"② 惕者，急疾之谓也，也即脾性燥急，容易冲动犯错。桓公初立，鲁国在讨论是否送还管仲时，鲁贤大夫施伯对鲁庄公分析齐桓公性格，曰："君与之。臣闻齐君惕而亟骄，虽得贤，庸必能用之乎?"③ 性燥急而骄慢，作为政治家是一大缺点。这一点管仲早已看清，并有针对之法，以此他对鲍叔、召忽说："非夷吾莫容小白。"④ 只要公子小白上台，他自有办法应对，如他所说："吾君惕，其智多诲（悔），姑少胥其自及也。"⑤ 也就是说，桓公虽性躁急而易患错，但是他又内具智慧，很快会自我悔过，所以应该允许他犯错误，耐心等待其自我悔悟吧。可爱的是，桓公在群臣面前敢于公开自己的性格弱点和内在缺陷，颇有自知之明。当他迎回管仲而拜为执政卿相时，君臣间曾有一段精彩的对话：公曰："寡人有大邪三，其尚可以为国乎?"对曰："臣未得闻。"公曰："寡人不幸而好田（田猎），晦夜而至禽侧（侧，禽兽栖息的树林水泊之地），田莫不见禽而后反（返）。诸侯使者无所致，百官有司无所复。"对曰："恶则恶矣，然非其急者也。"公曰："寡人不幸而好酒，日夜相继，诸侯使者无所致，百官有司无所复。"对曰："恶则恶矣，然非其急者也。"公曰："寡人有污行，不幸而好色，而姑姊有不嫁者。"对曰："恶则恶矣，然非其急者也。"公作色曰："此三者且可，则恶有不可者矣?"对曰："人君唯优（忧）与不敏为不可，优则亡众，不敏不及事。"

---

① 杨伯峻:《春秋左传注》(修订本),第373—376页。

② 黎翔凤:《管子校注》,第332页。

③ 黎翔凤:《管子校注》,第342页。

④ 黎翔凤:《管子校注》,第332页。

⑤ 黎翔凤:《管子校注》,第351页。

公曰："善。"①

一国之君，高高在上如神灵，令全民仰敬而莫测高深，诚惶诚恐。但桓公反之，他在臣下面前掀开自我人性疮疤给人看，如"好田""好酒""好色"，误政误国，很不光彩，打破人们对高居庙堂的君主的神秘崇拜。但另一方面，也说明了桓公比其他君主要坦诚得多，敢把隐私毛病和盘托出，以便臣下帮助纠正。在历史上敢于公开"罪己"的君王又有几个？即使是大唐贞观之治天子李世民，也难得如此坦诚。这正说明了桓公性格可敬可爱的另一面。这也就是管仲所说"吾君惕，其智多诲（悔）"，即面对现实错误，齐桓公具有幡然悔悟的大智慧，知错必改。如：《周易·乾卦》上九爻所称"亢龙有悔"，乾龙刚健高翔，一飞冲天，但若得意忘形，激飞不止，超越能力所限，就可能摔得粉身碎骨而后悔莫及。因此，知过而悔，则如高飞亢龙知道悔悟回头而安全返航一样，大可再展宏图了。如此这般，桓公初期，从不断犯错而多有败笔，发展到后来的认错知悔而走向正确发展，这一过程，曾有多次反复。在管仲等贤人集团的劝导、监督和支持帮助下，经过长期磨合，桓公霸业终于在不断纠正错误过程中，一步步走向了辉煌。性格有弱点并非致命，可怕的是闻过饰非，知错不改而唯我独尊，这才是一个最高统治者治国的致命伤。

但遗憾的是，桓公"智而悔"——知错必改的正确之路，在其晚年，却无法一以贯之而坚持到底。在管仲、鲍叔牙、隰朋诸贤臣相继谢世后，桓公因缺乏监督而难以自我管控，其内在的人性弱点恶性膨胀，终于身一死而霸业消散，惜哉！比如"好色"多内宠的缺陷，在管仲诸贤臣监督下，受到一定的管控和制约，但在桓公潜意识深处，却无法根本驱除，一旦土壤温度合适，就会随时恶性生长。好色多内宠而多子，如不正确对待，就会影响到接班人的问题。在古代宗法制社会里，承位继统涉及国本，如果处理不当，就会动摇国本而诱发天下大乱。好内多宠，桓公明知失误，却不能正确决断，常因诸宠姬多求而随时擅做更动。在管仲诸贤臣在世时，对形势有一定的管控力，因而一时压制或掩盖了继位继统的重大矛盾；而一旦管仲诸贤谢世，桓公把握不住自己，就把潜藏意识深处的人性弱点的恶魔自动释放，在接班人的问题上，随性应答诸宠姬的要求，朝秦暮楚，反复无常，这就导致了自己死后五公子的争位厮杀混战，"易牙人，与寺人

① 黎翔凤：《管子校注》，第446页。

貂因内宠以杀群吏，而立公子无亏。”发动政变，诛杀执政朝臣，把原先桓公和管仲商量的立孝公的决定推翻，孝公流亡宋国。从此，引发了五公子兄弟相残的残酷混战。究其原委，桓公心旌摇荡，宠移生变，毫无原则，正是祸根。

君位如此，相位亦然。管仲临终，桓公问谁继位，征其意见。《史记·齐世家》：“（桓公）四十一年……是岁，管仲、隰朋皆卒。管仲病，桓公问曰：‘群臣谁可相者？’管仲曰：‘知臣莫如君。’公曰：‘易牙如何？’对曰：‘杀子以适君，非人情，不可。’公曰：‘开方如何？’对曰：‘倍亲以适君，非人情，难近。’公曰：‘竖刁如何？’对曰：‘自宫以适君，非人情，难亲。’管仲死，而桓公不用管仲言，卒近用三子，三子专权。”① 可证桓公晚年，自以为有成之君，听不进贤臣之谏。易牙，据《史记正义》贾逵注：“雍巫，雍人名巫，易牙也。”② 开方，《史记集解》引管仲言注曰：“卫公子开方，去其千乘之太子而臣事君也。”③ 竖刁、易牙，皆齐桓公臣。管仲有病，桓公往问之，曰：“将何以教寡人？”管仲曰：“愿君之远易牙、竖刁。”公曰：“易牙烹其子以快寡人，犹尚可疑耶？”管仲对曰：“人之情，非不爱其子也，其子之忍，又将何爱于君？”公曰：“诺。”管仲遂尽逐之，而公食不甘心不怡者三年。公曰：“仲父不亦过乎？”于是皆即召反。明年，公有病，易牙、竖刁作乱，塞宫门，筑高墙，不通人。有一妇人逾垣入至公所。公曰：“我欲食。”妇人曰：“吾无所得。”公又曰：“我欲饮。”妇人曰：“吾无所得。”公曰：“何故？”对曰：“易牙、竖刁、相与作乱，塞宫门，筑高墙，不通人，故无所得。”公慨然叹，涕出曰：“嗟乎！圣人之所见，岂不远哉！若死者有知，我将何面目以见仲父乎？”蒙衣袂而死乎寿宫。虫流于户，盖以杨门之扇，二月不葬也。”④ 呜呼，易牙为谁？一执膳之夫，烹子食公，天伦丧尽而何有他人乎？竖刁何人？自宫太监，生理及心理变态之佞倖，此辈掌权，齐国能不乱乎？但桓公亲之近之而心始甘怡，奈何奈何！人到晚年，智衰力减或至痴呆者有之，这是自然规律，应有自知之明，早做准备。但在上者却多贪权恋栈，不肯收手，甚至以胡言乱语为圣旨，教天下乱轰轰地为之歌功颂德不息，悲哉！故

① ［汉］司马迁：《史记》，第1492页。

② ［汉］司马迁：《史记》，第1492页。

③ ［汉］司马迁：《史记》，第1492页。

④ ［汉］司马迁：《史记》，第1492—1493页。

《周易》有《蛊》卦，提倡“干父之蛊”和“干母之蛊”，即作子女者，对父母的过错与失误，不能一味顺从而如孔子那样“三年无改于父之道”，而应及时予以纠正改过，这才是真正意义的孝道。继承和发扬中华民族传统，应作如是观。齐桓公晚年，虽非痴呆，却生偏执之狂，即使是尊为仲父的管仲金玉良言，虽然关乎国本，一样弃之如弊履，遑论其他！齐之霸业，因桓公死而一去不返，说是亲佞小人作乱，这是事实，但这只是导火索，若追溯祸源，关键在于桓公的人治，缺乏制度保证，桓公之弃贤用佞，自作自受，难辞其咎。

八、齐桓霸业任评说

齐桓霸业近四十载，其成败几乎与管仲合作相始终，以得管仲始，而以失管仲终，管仲去世两年不到，桓公拒听管仲谏言，身死国乱，霸业云散。以此，人或谓开春秋首霸者乃管仲之事而无关乎桓公。这是贬低桓公历史贡献的主观臆断。当然，倘无管仲的改革，岂有桓公霸业？充其量，齐桓公只能像其父兄一样，成为一个平庸的齐国君主而已。但若从全局观之，则此贬低之论，有失片面。如《左传微》作者吴闿生于《齐桓之霸》篇于《左传》僖公十二年下评曰：“桓之霸业皆（管）仲之力也。”[①] 又于篇题下评曰：“此篇刺桓，以‘不务德而勤远略’为主。”[②] 认为“左氏极鄙薄桓（按：齐桓公）、文（按：晋文公）”[③]。最后，于桓公死又讥曰：“此篇以黜霸为主。”[④] 吴闿生是清代著名《左传》专家，注《左》颇有心得，其所评议，钩深致远，时有会心。但评桓公霸业，却具一偏之见。吴闿生尚如此，遑论他人！

若失管仲，必无齐桓之霸，这是事实，道理成立；但反过来看，若无桓公专信，又岂有管仲改革不朽之功！须知，春秋时是君主专制社会，若乏君主支持与信任，任何改革都将失去推行的可能，纵然管仲充满聪明才智又浑身是胆，但又将如何施其拳脚而一展改革宏图呢？因此，公正地说，桓公管仲，相辅相成，齐桓霸业，是时代产品，集体智慧的结晶，在适当的温度土壤中，终于开花结果。管仲推行系列改革的成功，齐国“九合诸

① 吴闿生:《左传微》,合肥:黄山书社,1995 年,第 102 页。
② 吴闿生:《左传微》,第 92 页。
③ 吴闿生:《左传微》,第 95 页。
④ 吴闿生:《左传微》,第 104 页。

侯，一匡天下”的实现，桓公作为批准执行的最高统治者，其功劳与贡献是不可抹煞的。

桓公霸业的兴衰成败，有其主客观原因。从客观环境及其政治生态来看，主要有以下几个方面：

（一）客观环境及时机对齐国争霸最为有利。春秋初，郑庄公曾小霸一回。但因郑是中小型诸侯国，受国力条件限制，郑庄公未曾有过真正实现霸业的机会。而齐桓公则不同。齐在姜太公吕尚受封几百年后，不断经营开拓，早成中原大邦，国力非鲁、宋、郑、卫诸国可比。《史记·齐太公世家》曰：“是时周室微，唯齐、楚、秦、晋为强。晋初与会，献公死，国内乱。秦穆公辟（僻）远，不与中国会盟。楚成王初收荆蛮有之，夷狄自置。唯独齐为中国会盟，而桓公能宣其德，故诸侯宾会。于是桓公称曰：‘寡人南伐至召陵，望（熊）山；北伐山戎、离枝、孤竹；西伐大夏，涉流沙；东马悬车登太行，至卑耳山而还。诸侯莫违寡人。寡人兵车之会三，乘车之会六，九合诸侯，一匡天下。’”① 所说基本属实。就形势言，周天子衰微，为诸侯大国开创了争霸的首要条件。如果周天子强大，诸侯争相纳贡称臣，又何来争霸呢？另外，就地理环境论，齐的西北有大国晋，但晋国长期内乱恶斗，献公死后，又诸子争立，手足相残，自顾不暇，岂能外向以争天下霸业？秦则远处甘陇渭水关中之地，一方面以半夷狄自处，一方面受晋牵制，难以东逾函谷关以争中原。而楚号大国，但僻处南方，一方面以蛮夷自居而不服周天子号令，故自称王；另一方面当时楚成王忙于收拾南方诸多蛮夷小邦，征战不息，一时也无力北向争雄中原，只能暂时先让齐桓一筹，实也无可如何。客观条件与适当时机，自然凑泊，造成了桓公争霸的最佳时机与环境，可说是唯齐独大了。当时除晋与秦、楚等大国外，中原鲁、宋、郑、卫、陈、蔡诸国，皆非齐敌，只能先后参盟顺服，成了齐的助手或帮手，而非捣蛋的敌手。

（二）齐国贤人集团的形成，对桓公及管仲推行诸多系列改革大有助益。在古代，举贤授能是治国安邦的首要条件。主观上，桓公强调贤人政治，力推改革，这是顺应历史潮流的英明之举。但要推行贤人政治，若国乏贤才，则也是空话。恰巧，当时齐多贤才，济济多士，客观存在。这是齐国贤人政治集团形成和推行改革的重要基础。后来晋文公称霸，也是如

① ［汉］司马迁：《史记》，第1491页。

此，晋国人才济济，助文公战胜强楚而夺得霸权。《国语·齐语》谓齐桓之霸，“唯能用管夷吾、宁戚、隰朋、宾胥无、鲍叔牙之属而伯（霸）功立”[①]。《管子·小匡》篇与《齐语》同。隰朋，齐公族出身，管仲荐任大行（按：相当于处理国与国关系与礼尚往来的“外交部长”），管仲病重，曾向桓公荐隰朋可继位为相，总理国政，但因隰朋病亡作罢。宾胥无，齐贤臣，管仲荐为大司理（按：相当于今之司法部长兼最高法院院长）。宁戚，据《说苑·尊贤》篇，原是卫国人，出身低贱，“故将车人也，叩辕行歌于康之衢，桓公任以国”[②]，管仲荐任大司田（按：相当于今掌管国家经济命脉的“农业部长”）。鲍叔牙，早年曾与管仲一道做跑单帮的商贾，后傅小白，桓公即位，欲任为相，鲍叔牙荐管仲以自代。他曾对桓公说，若欲争霸天下，则必卿相管仲。据《国语·齐语》载鲍叔荐言，曰：“若必治国家者，则非臣之所能也。若必治国家者，则其管夷吾乎！臣之所不若夷吾者五：宽惠柔民，弗若也；治国家不失其柄，弗若也；忠信可结于百姓，弗若也，制礼义可法于四方，弗若也；执枹鼓立于军门，使百姓皆加勇焉，弗若也。”[③] 鲍叔为管仲知己，更是桓公忠臣，为齐国繁荣富强，忠心耿耿，其心可知，他一直是桓公老师兼最高顾问官。管仲对鲍叔知遇之恩，心里感激，无鲍叔则无管仲，何来桓公霸业？管仲、鲍叔正是齐国霸业改革之车的正副驾驶，二人情同手足，配合默契，以此治国何事不成？进一步考察发现，以管仲为核心的贤人政治集团是一个相对团结而协力同心的较为稳定的团体，据《管子·大匡》载：“（桓公）问管仲曰：‘何行？’管仲曰：‘隰朋聪明捷给，可令为东国（按：指主管与齐东方诸国的往来事务）。宾胥无坚强以良，可以为西土。卫国之教，危傅（诡薄）以利。公子开方之为人也，慧以给，不能久而乐始，可游于卫（按：指以利诱卫人服顺）。鲁邑之教，好迩（好艺）而训于礼。季友之为人也，恭以精，博于粮（‘粮’为‘礼’之讹），多小信，可游于鲁。楚国之教，巧文以利，不好立大义，而好立小信。蒙孙博于教，而文巧于辞，不好立大义，而好结小信，可游于楚。小侯既服，大侯既附，夫如是，则始可以施政矣。’君曰：‘诺。’乃游公子开方于卫，游季友于鲁，游蒙孙于楚。五年，

---

① 上海师大古籍整理组校点：《国语》，第 247 页。

② ［汉］刘向撰，向宗鲁校证：《说苑校证》，北京：中华书局，1987 年，第 178 页。

③ 上海师大古籍整理组校点：《国语》，第 221 页。

诸侯附。”[1] 游者，代表国家出使他国，如今之全权大使，处理与相关国家的关系。于此可见，当时齐国不仅人才济济，而且桓公、管仲能知己知彼，用其长以尽其能，以此国家大治而天下归心。桓公之霸，与齐之举贤援能的贤人政治密切相关。相比之下，当时鲁贤大夫施伯曾对鲁庄公说：“夫管子，天下之才也，所在之国，则必得志于天下。”[2] 管仲曾奉公子纠在鲁避难多年，鲁明知其贤能，但不能用，当时三桓之族已渐成势力，岂容管仲来干鲁政。但当鲁送回管仲后，齐桓不仅重用为相，而且终生信任，故事有成。在用贤授能方面，齐鲁有别。又如楚国，楚也多贤才，但因内乱而相互残杀，以致人才大量外流，楚材晋用，而晋文称霸。在楚庄王之前，与桓公相较，齐之用贤胜于楚，桓公之霸，岂偶然哉！

（三）天为齐国，生大圣贤如管仲者，实数百年不一遇之人，而桓公信之、任之、听之、用之，长期磨合，桓公尊管仲为仲父，二人关系日渐融合，无缝相接，只有到桓公濒死的晚年，痴呆偏执，拒管仲金玉遗言，直接促使霸业消散。执齐政近四十年，管仲功业，天日可表。故《管子·大匡》记载仲早年之言：“非夷吾莫容小白。”[3] 容者，庸也，用也。管仲又称自己虽傅公子纠，但不会为纠一人尽愚忠以亡，而是时刻为齐国的复兴富强做准备。具体言论，参阅《管仲传序》。天为桓公生管仲，又为管仲生桓公，齐之称霸，二人形影不离。纵观当时天下，甚或周之天庭，孰有管仲大贤之才？管仲在齐推行的系列改革，影响巨大深远，各国学习效仿之不暇，又岂能与其齐一竞高下哉？

桓公身边有以管仲为首的贤人政治集团，客观存在。是否有正确、英明的领导核心，决定了国力之或增或减。形势天秤的力量对比，自然倾向于强者，故齐定霸业，亦在理中。

不过，外因必须通过内因起作用，桓公如果不做主观努力，那么再优秀的人才也经不起一再斩杀而丧失殆尽，因而再好的形势也会倾刻幻灭。因此，桓公本人的内在品格及其主观努力，也是实现霸业不可或缺的重要因素。当然，桓公不仅是君主，同时他也是一个普通的人，具有许多人性弱点，故《左传》曾在叙述中加以讽刺，如鲁庄公十年（前684）载：齐

---

① 黎翔凤:《管子校注》,第360—364页。

② 上海师大古籍整理组校点:《国语》,第223页。

③ 黎翔凤:《管子校注》,第332页。

侯之出也，过谭，谭不礼焉。及其入也，诸侯皆贺，谭又不至。冬，齐师灭谭，谭无礼也。因个人私怨而灭亡谭国，可见桓公性格中狠辣的一面，故鲁大夫施伯称其惕而极骄，性格燥急又骄慢自大，岂是诸侯霸主之所为！因此桓公称霸是个不断犯错再改正从而走向成功的漫长过程。管仲评桓公：小白为人无小智，惕而有大虑。其大智慧足以让自己认错知改。人的一生，谁能不犯错？知错能改，化非为是，就会因祸得福，重获胜利。如《左传》闵公元年（前661）载：冬，齐仲孙湫来省难。……仲孙归曰："不去庆父，鲁难未已。"公（按：指齐桓公）曰："若之何而去之?"对曰："难不已，将自毙，君其待之。"公曰："鲁可取乎?"对曰："不可，犹秉周礼。周礼，所以本也。臣闻之，国将亡，本必先颠，而后枝叶从之。鲁不弃周礼，未可动也。君其务宁鲁难而亲之。亲有礼，因重固，间携贰，覆昏乱，霸王之器也。"① 桓公急性，其内心并不想接受管仲及仲孙湫的意见而"亲鲁"，他想趁鲁有庆父之难取鲁自肥大齐，但经贤臣之谏而改弦易辙，继续贯彻管仲"亲鲁"以带动天下诸侯归心的政略。

桓公成其霸业的主观原因，综而言之，大约有以下几点：

一是敢于正视自己的缺点与错误，发挥自己的治国"大虑"，用理智压制了自己的内在心魔。如前所述，他曾在臣下面前公开了自己的隐私缺陷，如因"好田""好酒""好色"而耽误国事。这犹如当众下"罪己诏"迫使自己知错改过，从而走向正确。我国五千年的文明史，犯错犯罪的帝王君主不知凡几，但又有几人真能下"罪己诏"来自我批判的呢？后来战国时代的法家，认为君主应是神秘莫测而高高在上，岂可让臣下看清自己的真面目？真面目尚不可仰视，更何况是下"罪己诏"当众认错改过呢？相比之下，桓公高明许多，以此而获天下人信任，树立霸业，并非偶然。

二是坚决推行举贤授能基本国策，从上到下一以贯之强制实现了一系列改革，不仅是政治，而且在经济、文化、教育、军事诸方面，全面推广。而同时代的其他国家君主，所谓举贤，不过是录用个别人或几人。而桓公的举贤则不同，是从朝廷到乡鄙基层的一大批。形成了从上到下的贤人政治领导集团。其信任之诚也，让诸贤臣自觉为之献计献策，日夜勤劳，为之效命。这在其他国家是罕见的。他不仅一心信任管仲，放手让他实行改革，全面治理国家；就是对于鲍叔牙、隰朋、仲孙湫等的好建议，也是言

---

① 杨伯峻：《春秋左传注》（修订本），第257页。

听计从。即使自己与臣下有不同意见和认识，但是，一旦实践证明自己因拒听谏言而失误，他立刻幡然悔悟，而自我纠偏。在长期的关系磨合中，他与诸贤臣配合渐达默契，天衣无缝。只是到其晚年，因管仲、隰朋、鲍叔诸贤先后谢世，他又犯老年偏执狂疾，局面才失控，而走向失败。不过在其漫长的执政四十余年中，桓公信用贤人推行改革，是基本成功的。成绩应予肯定。据《国语·齐策》载：桓公唯能用管夷吾、宁戚、隰朋、宾胥无、鲍叔牙之属而伯（霸）功立。所谓之属说明以上五人只是举例性质，实际上还有一大批。据《管子·小匡》载，管仲执政三个月，就像桓公推荐了朝廷一批重要官职人选。如任隰朋为大行（按：相当于今之外交部长），宁戚为大司田（按：相当于今之农业部长），王子城父为大司马（按：相当于今之国防部长），宾胥无为大司理（按：相当于今之司法部长兼最高法院院长），东郭牙为大谏官（按：相当于今之监察长官）。桓公照单批准上任。其实，早在管仲入齐三日，就向桓公推荐了一批急需的外交人才，曰："公子举为人，博闻而知礼，好学而辞逊，请使游于鲁，以结交焉。公子开方为人，巧转而兑利，请使游于卫，以结交焉，曹孙宿其为人也小廉而苛忲、足恭而辞结，正荆之则也，请使往游，以结交焉。"① 不仅是国之要员，就是具体的外交使节，也无不根据出使国家的特点而有的放矢，量才使用。故桓公接见地方官员时，常问曰："于子之属，有拳勇，股肱之力秀出于众者？有则以告。"② 如果地方官吏"有而不以告，谓之蔽才，其罪五。"③ 有贤不举者有罪。在齐国举贤授能之事，从朝廷到地方都有专人负责。《管子·大匡》载："桓公使鲍叔识君臣之有善者，晏子识不仕与耕者之有善者，高子识工贾之有善者。"④ 从上层朝廷到民间的士、农、工、商，莫不举善。举国向善，则贤才各尽其能而得其所用，经过地方向上层层推荐，"匹夫有善，可得而举；匹夫有不善，可待而诛"⑤。于是当时齐国，从国都到乡鄙，各种层次的千万贤能的臣民，都在为齐之霸业而辛勤奋斗，而绝非个人行为，此乃古人所谓"唯有明君在上，察相在

---

① 黎翔凤:《管子校注》,第 446 页。
② 黎翔凤:《管子校注》,第 416 页。
③ 黎翔凤:《管子校注》,第 416 页。
④ 黎翔凤:《管子校注》,第 368 页。
⑤ 黎翔凤:《管子校注》,第 418 页。

下也”①。君明相察，优良臣民大批涌现，如此改革，岂是他国小改小弄可比拟！

另外，桓公对以管仲为核心的贤人集团的信任和重用既专亦诚。管仲任卿相近四十年，几乎与桓公当国相始终，君臣配合如此默契，确实少见，后世历史上唐太宗之信魏征，但晚年也曾萌杀之而后快的念头，虽未实行，却也暴露其内心丑陋的一面，桓公与唐太宗相较，岂非更胜一筹。

三是作为齐国君主，有大担当，而从不推卸责任。桓公信任管仲，并非高高在上而坐享其成，齐国的改革和霸业，总设计师是管仲，但如果桓公没有批准实行并勇于担当，则将一事无成，再好的方案也将胎死腹中。因此，管仲有其贡献，桓公同样功不可没。

比如狄伐邢、卫而亡之，齐救邢、卫而复之，一方面赠以兵车乘卒，财帛牲畜，一方面又赠其土地，筑城安之。封卫楚丘，封邢夷仪，楚丘、夷仪原皆齐地，于是邢、卫复国而重获新生，对于赠财赠地之事，齐国内诸贤多有不同意见，如隰朋、宾胥无持反对意见，他们谏桓公曰：“不可，三国（按：指杞、邢、卫）所以亡者，绝以小，今君蕲（祈）封亡国，国尽若何？”齐国虽然大，但同样国土有限，今割缘陵予杞，分夷仪于邢，后又赠楚丘以封卫，这样就会减少齐之国土，削弱齐之实力。这话有一定的道理，于是桓公犹豫，征求管仲、鲍叔意见。管、鲍从远大的政略、战略眼光看问题，劝桓公曰：“君有行之名，安得有其实。”② 也就是说，桓公已有了存亡国行仁义的好名声，影响很大，天下诸侯归心。为此而付出某些代价，是应该的。与其小损相比，其收获的利益要大的多。这样，在综合了正、反不同意见以后，桓公拍板决断，按管、鲍的方针办。于此可见，对于贤臣智囊，桓公并非盲从，而是有自己的独立思考，并能敏于事而当机立断，负起领导决策的责任，一旦下了决心，做事干脆利落，绝不拖泥带水，常能夺得先机而胜人一筹。

四是胸襟宽阔，眼光深远，虽为齐国之君，却能从天下霸业角度来看问题，说是野心，也是理想，其思考早以超越一国而关心天下。当桓公初立，管仲为相，桓公只想齐事，管仲不依而准备辟相。于是桓公被他说服，以霸业为己任，思考争霸天下的大事。尊王攘夷，定周室而谋天下，挟天

① 黎翔凤:《管子校注》,第441页。
② 黎翔凤:《管子校注》,第358页。

子以令诸侯，这是超越一国的大思考。昔日郑庄公因国小德薄，难以服众，周王疾之，以此周、郑交恶，兵戎相见。但齐桓公却做到了真正的挟天子以令诸侯之事。天子有难，王子作乱，戎狄侵袭，是桓公几次出面摆平各方以安定周室，令天子多有感激。故鲁僖公九年葵丘之盟，有天子赐桓公胙而令其无下拜之尊荣。不管当时周襄王作如何想，这是大势所趋，不得不然，桓公尊王，实际也是尊自己，不然又如何号令天下诸侯呢？因此，桓公把尊王以安周室当做大事来做，确是长期花了大力。以此，孔子在评价齐桓与晋文二公霸业时曰："晋文公谲而不正，齐桓公正而不谲。"① 孟子也说："五霸，桓公为盛。"② 桓公尊王攘夷"正而不谲"，《左传》多有记述。如鲁僖公十三年的齐鲁"盟于柯"，鲁将曹沫持兵劫盟，桓公归还侵鲁之地一事，已如前述，此不赘。在"恐怖"袭击下，桓公于事后完全可以背盟杀曹沫以图快。但桓公没有这样做，而是听从管仲意见，一诺千金，坚持盟约而还其侵地，以此取信于天下诸侯，此谓"正而不谲"，孔子之评信然。而后来继桓公称霸的晋文公则不然。鲁僖公二十八年（前632）《左传》载："晋侯召王，以诸侯见，且使王狩。仲尼曰：'以臣召君，不可以训。'故书曰：'天王狩于河阳。'言其非地也，且明德也。"③ 以此孔子评晋文公"谲而不正"也有根据。于此可见，齐桓与晋文，二人有某种程度上的正、邪之别。当时人们曾以齐桓公作为政治道德的标尺来衡量天下诸侯。晋欲灭曹，曹人买通晋文公身边巫史，对文公曰："齐桓公为合而封异姓，今君为合而灭同姓。……合诸侯而灭兄弟，非礼也。"④ 魏、曹、卫皆为姬姓之国，与晋同姓，故称兄弟之国。如《左传》僖公十九年载，桓公死后二年，"陈穆公请修好于诸侯，以无忘齐桓之德。冬，盟于齐，修桓公之好也。⑤"又《左传》昭公十三年记载了晋韩宣子（按：即韩起，韩献子厥之子，曾任晋中军帅，执晋政）向叔向询问有关齐桓、晋文事，叔向曰："齐桓，卫姬之子，有宠于僖。有鲍叔牙，宾须（胥）无、隰朋以为辅助，有莒、卫以为外主，有国、高以为内主。从善如流，下善（按：指平日的

---

① ［春秋］孔子等：《论语·宪问》，［宋］朱熹：《四书章句集注》，北京：中华书局，1983年，第153页。

② ［战国］孟子等：《孟子·告子下》，［宋］朱熹：《四书章句集注》，第344页。

③ 杨伯峻：《春秋左传注》（修订本），第473页。

④ 杨伯峻：《春秋左传注》（修订本），第474页。

⑤ 杨伯峻：《春秋左传注》（修订本），第384页。

行为处事）齐肃，不藏掖，不从欲，施舍不倦，求善不厌，是以有国，不亦宜乎？”① 叔向概括桓公得国称霸的主客观原因，虽非全面，但基本属实。贤臣辅助及内主（国、高等族）、外主（莒、卫诸国支持）等均为客观条件。而“从善如流”以下一段，则属主观因素：内心向善而纳谏改过，对专制君主而言是极不易得的内在品格；“下善齐肃”是日常行事庄重、严肃认真，不耍奸猾手段；“不藏掖，不从欲”是不贪财腐败，不纵欲任性，能理性地监控自己的内在欲望而不荒唐行事；“施舍不倦，求善不厌”重在为百姓做善事，追求完善自我而不厌倦。齐桓公因此而形成了自己英明果断的决策，获得了天下诸侯及广大臣民的支持和拥护，当然就为夺取胜利的制高点创造了有利的条件。故清高士奇在《左传纪事本末》卷十八《齐桓公之伯》总评曰：“齐桓公以奔莒之余，因高、国之奉，庸（用）鲍叔荐贤之公，忘射钩滨（濒）死之耻，卒用仲父（按：指管仲）作内政寄军令，成节制之师，通渔鳖之剩，国以殷富，士气腾饱，用三万人以方行天下。南征北伐，东略西讨，朝服济河，而无所怵惜焉。孔子许其一匡之功，《孟子》载其五命之盛。谅哉，一世之雄！……尝综其收摄人心之大略言之：一曰攘外，一曰恤患，一曰尊主。……迹五伯中，能鳃鳃念切天家而不厌至再三者，如桓有几？此尤尊王之大惠，而不容泯没者也。他如重信义，则思曹沫之剑；从善言，则却子华之奸；退召陵，礼服义之使；遣隰朋，晋晋君之位；皆皎皎微节之堪传者。……所以招携服贰，为内安外攘之谋者，念深而礼谨，虑周而义著，事皆当人心。”②

至于桓公晚年迅速从成功顶峰跌落到失败深渊，当然也有其主客观原因。

首先，桓公晚年管仲、鲍叔、隰朋先他而逝，身边缺乏监督谏诤，贤臣核心无形解体消散，在此形势下，桓公内欲恶魔很快释放膨胀，桓公也不再去发现或者扶植贤臣善人，不去努力培植下一代贤良臣下，因此良臣乏人，政治乏善可陈。相反，晚年的桓公一味宠信奸佞小人，一旦稍离佞小，即有食不甘味之感，犹如毒瘾发作而不可控制，如宠信竖刁、易牙、开方等无耻之徒，奸佞公开发动政变，致国家大乱，桓公被禁食饿死，而尸虫出户，悲哉！

---

① 杨伯峻：《春秋左传注》（修订本），第1352页。

② ［清］高士奇：《左传纪事本末》，北京：中华书局，1979年，第210—211页。

其次，桓公晚年没有妥善有序地安排自己的接班人，他为“好色”之疾所困，因其宠移意改，随心许诺诸姬之子继位，以此动摇国本，死后五子争位，棼如乱丝，国无强主，岂有力量向外争霸天下？故高士奇诤曰：“桓公之子五人，后先皆主其国，亦一异也。管仲谋行言听，能得之取，威定伯之始；及其霸业既成，狎昵群小，虽以将死丁宁之言，格而不入，岂非言于忧患者易为功，言于安乐者难为力焉？吁，亦可慨也。”①

第三，春秋时为血统宗法统治的专制社会，政治改革缺乏严格的制度保证，既可事因人成，也可事因人亡而败，管仲、桓公一死，霸业丧失，不足为怪。此乃古代社会缺乏法治而行人治的结果，是古代统治者的通病，实不是独病桓公也。

总之，齐桓公在春秋历史舞台上，曾做了有声有色的表演，掀开了壮烈绚丽的一幕，但其晚年，霸业随其死而瞬间幻灭，这一悲剧的出现，也多是桓公咎由自取而归之于无可如何了。

（作者单位：复旦大学中文系）

① ［清］高士奇：《左传纪事本末》，第218页。

《文心雕龙》“文之枢纽”新探

魏伯河

摘　要： 刘勰把《文心雕龙》前五篇称为“文之枢纽”，体现出他对这部分内容的高度重视。当代研究者大多认识到“文之枢纽”在全书中的纲领地位，将其称为“总论”“总纲”或“导言”。但却因为对“枢纽”与“总论”“总纲”或“导言”的差别缺乏辨析，误以为前五篇为五个并列的“枢纽”，由此引发出一连串学术公案。从刘勰对全书的总体构思入手加以把握，可知前五篇只能是一个“枢纽”，其中的“宗经”应该是“枢纽”的核心或主轴；前面的《原道》和《征圣》两篇，只是为突出《宗经》的地位而做的铺垫；至于《正纬》和《辨骚》两篇，则是为给《宗经》主张廓清道路而作。五篇文章紧密联结为一体，“宗经”的大旗于是牢固地树立起来。

关键词： 刘勰；文心雕龙；文之枢纽；宗经；核心或主轴

刘勰在《文心雕龙·序志》中说：

> 盖文心之作也，本乎道，师乎圣，体乎经，酌乎纬，变乎骚，文之枢纽，亦云极矣。①

很明显，他是把《文心雕龙》前五篇即《原道》《征圣》《宗经》《正纬》《辨骚》作为“文之枢纽”来设置的。而所谓“亦云极矣”，是说达到了极致，至尊、至重、至高、至大，无以复加，更不可移易。由此不难看出他对这部分内容的高度重视，以及这部分内容在全书中的特殊重要地位。

---

① 戚良德辑校：《文心雕龙》，上海：上海古籍出版社，2015年，第287页。

何谓“枢纽”？“枢”，《说文》：“枢，户枢也。”户枢即门轴，没有门轴，门户就无法开合；用来比喻事物重要的、中心的、起决定性作用的部分。“纽”，《说文》：“系也。一曰结而可解。”本义为绑束，后称提系器物的带子为纽带，用来比喻控制事物的机键、系结事物的中心部分。在比喻义上，二者是相同的。两者组成一个合成词，通常用以喻指事物的关键部位或相互联系的中心环节。但用于指称一部学术著作的关键部分，大概是刘勰的一个独创。现代汉语中“枢纽”一词除了广泛应用于交通或水利工程之外，鲜有用于指称学术著作结构者。今人按照当代学术著作的构成惯例，一般将刘勰所谓“文之枢纽”称作《文心雕龙》全书的“总论”[①]“总纲”[②]，也有称之为全书“导言”[③]的。就是说，研究者大都认识到了前五篇在全书中居于纲领地位并且是一个整体；与此有关的论著多不胜举，除了范文澜（1893—1969）《文心雕龙注》把《诸子》篇拉入总论而把《辨骚》篇割裂出来作为文类之首划入文体论[④]、牟世金（1928—1989）以为《辨骚》篇虽属“枢纽”但不属总论而属文体论[⑤]之外，学界对此大多不存异议。

然而，笔者认为，这样的共同认识还只是初步的、粗浅的。因为“枢纽”与“总论”“总纲”或“导言”相较，不仅是古今用语的不同，在含义上也是存在某种差别的。对这种看似细微的差别如果缺乏精确的认识，就可能导致对全书理论体系的把握和对刘勰文学观的认识上出现很大的问题。而事实上，这样的问题早已出现，并且众说纷纭，愈演愈烈，由最初的“失之毫厘”，已经达到“谬以千里”的程度，乃至形成了若干学术公案。因此，有必要对其加以认真的辨析和进一步的阐说。

一、一个还是多个：对“枢纽”的总体把握

在笔者看来，刘勰之所谓“枢纽”与现代学术著作之“总论”“总纲”或“导言”的差别在于：“总论”“总纲”或“导言”是全书的概要，可

---

① 牟世金：《〈文心雕龙〉理论体系初探》，《雕龙集》，北京：中国社会科学出版社，1983 年，第 164 页。

② 中国科学院文学研究所编写组：《中国文学史》，北京：人民文学出版社，1961 年，第 305 页。

③ ［意］珊德拉：《刘勰的“文之枢纽”》；王军译，曹顺庆主编：《文心同雕集》，成都：成都出版社，1990 年，第 47 页。

④ 范文澜：《文心雕龙注》，北京：人民文学出版社，1962 年，第 4 页。

⑤ 牟世金：《〈文心雕龙〉理论体系初探》，《雕龙集》，第 168 页。

以包括若干并列的、有某种逻辑关系的条目，分别用来统领全书的不同部分；而“枢纽”，则无论包括了几篇文字，却只能是一个结构紧密的整体。我们知道，多中心即无中心，同理，多枢纽即无所谓枢纽矣。

牟世金先生对“总论”与“枢纽”的区别曾有所辨析，他指出：“所谓‘总论’，必须是对全书基本论点或立论原则的阐述，才能叫做‘总论’。因此，严格地讲，堪称全书总论的，只有《原道》《征圣》《宗经》三篇。这三篇的观点，既贯串于上半部的文体论，也指导下半部的创作论和批评论。第四篇《正纬》，实际上是《宗经》的补充或附论。……论者往往把‘枢纽’和‘总论’混为一谈，这就是酿成种种分歧的症结之所在。”① 这样的辨析很有必要，可惜牟先生虽然指出了“枢纽”不同于“总论”，但对于“枢纽”究竟为何意，却未做进一步说明或探究。他的所有论述，只不过是为了证明《辨骚》篇不属总论而是属于文体论这样一个并不可靠的结论。

探讨《文心雕龙》的“文之枢纽”，首先应该明确的是：它的前五篇是五个“枢纽”，还是一个“枢纽”？在同一语境中，作为“枢纽”，能多个并存吗？

据笔者理解，在刘勰的设置中，它们只是、也只能是一个“枢纽”。看似并列的五篇文字，其实只是构成这一枢纽的不同构件。而在这些构件中，必定有其核心或主轴。这一核心或主轴，不仅统领其余四篇，而且也对全书起到统领作用。其余四篇，只不过是核心或主轴的附属物，是围绕核心或主轴来设置并为其服务的，并不要求每一篇都对全书起统领作用。如果像某些研究者那样，认为“文之枢纽”部分的五篇文章是并列关系，且为由主到次的线性排列，即彼此分别是不同的“枢纽”，就会在不同程度上偏离刘勰的本意。许多年来，不少研究者对此书的误读，以及由此引发的诸多争论，往往是由于在这一点上出现了偏差。

“文之枢纽”的核心或主轴是什么？揆诸刘勰的写作意图，显然应为在五篇里处于中间位置的《宗经》篇。因为“宗经”是他主要的文学思想，并且是贯穿于《文心雕龙》全书的。《通变》篇中“矫讹翻浅，还宗经诰”八个字，可以视为他对全书作意最简洁有力的表达。而核心或主轴既经认定，其余四篇的附属地位也就可以确定了。当然，这些附属的篇章，刘勰

---

① 牟世金:《〈文心雕龙〉理论体系初探》,《雕龙集》,第166页。

也无一不是精心结撰的，里面也有许多有价值的内容。读者不可因其“附属”地位而予以轻视。作为单篇文章，它们也各有其表达的中心，不过相对于《宗经》，却只能是“次中心”；它们主要是分别从不同侧面为突出《宗经》的核心或主轴地位发挥不同的作用。

这一点，其实并非笔者的新见。近人叶长青（1899—1946）在其1933年印行的《文心雕龙杂记》中就曾指出：“原道之要，在于征圣，征圣之要，在于宗经。不宗经，何由征圣？不征圣，何由原道？纬既应正，骚亦宜辨，正纬辨骚，宗经事也。舍经而言道、言圣、言纬、言骚，皆为无庸。然则《宗经》，其枢纽之枢纽欤!”[①] 在认定《宗经》为“文之枢纽”之核心或主轴地位上，这是笔者所见最为明确的论述。刘永济先生（1887—1966）也有类似见解，他在解释《宗经》时说：“舍人‘三准’之论，固已默契圣心；而此篇‘六义’之说，实乃通夫众体。文之枢纽，信在斯矣。”[②] 尽管他的论述只是着眼于“三准”和“六义”，没有顾及到全书，但他指出《宗经》篇才是真正的“文之枢纽”，则是很有见地的。如果不是对全书的理论体系和刘勰的思维脉络有精准之把握，就不可能做出此种论断。

值得注意的是，刘勰以经典为“枢纽”的观念，还表现于《议对》篇。他说：“夫动先拟议，明用稽疑，所以敬慎群务，弛张治术。故其大体所资，必枢纽经典，采故实于前代，观通变于当今。理不谬摇其枝，字不妄舒其藻。”[③] 尽管这里的“枢纽”已经活用为动词，为紧密联系、不得脱离（经典）之意，与《序志》篇作名词用有所不同，但名词活用为动词之后，其本义仍然保留，在本句中，以经典为“枢纽”的含义显然还是包括在其中的。

当然，由于刘勰把前五篇总称之为“文之枢纽”，我们不妨在当下的讨论中将《宗经》篇看作其核心或主轴，以避免在用语上与原文抵牾。

二、《宗经》何以会成为刘勰主要的论文主张

刘勰之所以会把“宗经”作为其主要的文学主张，就其自身说，实际出于两方面的原因。其一是出于他对儒家经典发自内心的崇拜，其二则是出自他对当时文坛弊端的不满。这是通过《宗经》《序志》等篇中刘勰的

---

① 叶氏原书为其授课讲义，由福州职业中学印刷厂印行，引文转见詹锳：《文心雕龙义证》，上海：上海古籍出版社，1989年，第55页。

② 刘永济：《文心雕龙校释》，北京：中华书局，1962年，第5页。

③ 戚良德辑校：《文心雕龙》，第153页。

一再表白可以清楚了解的。

在《宗经》篇里，刘勰写道：

经也者，恒久之至道，不刊之鸿教也。故象天地，效鬼神，参物序，制人纪，洞性灵之奥区，极文章之骨髓者也。……自夫子删述，而大宝咸耀。于是《易》张《十翼》，《书》标“七观”，《诗》列“四始”，《礼》正“五经”，《春秋》“五例”。义既极乎性情，辞亦匠于文理；故能开学养正，昭明有融。①

若禀经以制式，酌雅以富言，是仰山而铸铜，煮海而为盐者也。故文能宗经，体有六义：一则情深而不诡，二则风清而不杂，三则事信而不诞，四则义直而不回，五则体约而不芜，六则文丽而不淫。②

不难发现，在刘勰心目中，五经是那样的尽善尽美，实在是作文的最高典范。他认为，依托五经来进行创作，就如同找到了取之不尽用之不竭的宝库。所以，为文必须“宗经”。

不仅如此，刘勰还认为，自五经以后文学的发展，开始出现了严重的流弊，即所谓“楚艳汉侈，流弊不还”（《宗经》）。到了近代，则愈演愈烈，达到了“去圣久远，文体解散，辞人爱奇，言贵浮诡，饰羽尚画，文绣鞶帨，离本弥甚，将遂讹滥”（《序志》）的程度。而要“正末归本”，使文学发展回到健康的大路上来，必须“矫讹翻浅，还宗经诰”（《通变》）。他的认识是否完全正确，宗经主张在当时究竟发挥了多大作用，我们今天应该如何评价，可以另作别论，但他之宗经确系出于至诚，则不庸置疑。

除此之外，刘勰选择“宗经”作为矫正文坛弊端的利器，也和中国文化的基本性格或内在规律直接相关。那么，这种基本性格或内在规律是什么呢？现代新儒学大师徐复观先生（1904—1982）对此有过很精辟的论述：

五经在中国文化史中的地位，正如一个大蓄水库，既为众流所归，亦为众流所出。中国文化的“基型”“基线”，是由五经所奠定的。……中国

① 戚良德辑校：《文心雕龙》，第13页。

② 戚良德辑校：《文心雕龙》，第14页。

> 文学，是以这种文化的基型、基线为背景而逐渐发展起来的。所以中国文学，弥纶于人伦日用的各个方面，以平正质实为其本色。用彦和的词汇，即是以“典雅”为其本色。我们应从此一角度，去看源远流长的“古文运动”。但文学本身是含有艺术性的，在某些因素之下，文学发展到以其艺术性为主时，便会脱离文化的基型基线而另辟疆域。楚辞汉赋的系统，便是这种情形。其流弊，则文字远离健康的人生，远离现实的社会。在这种情形之下，便常会由文化的基型基线，在某种形式之下，发出反省规整的作用。《宗经》篇的收尾是“是以楚艳汉侈，流弊不还，正末归本，不其懿欤”，正说明《宗经》篇之所以作，也说明了文化基型基线此时所发生的规整作用。①

徐先生站在思想史的高度，高屋建瓴，对五经在中国文学和文化发展中的作用予以精到的揭示，可谓独具慧眼。由此我们也可以豁然开朗：中国文学发展史上之所以会一再出现形形色色的所谓“复古”运动（或称“古文运动”），个中缘由，原来在此。而齐梁之际，如刘勰所说，已经“离本弥甚，将遂讹滥”（《序志》），正是到了文化的基型、基线该出来发挥作用的时候了。当然，此种基型、基线要发挥作用，必须借助于作家作品，刘勰和他的《文心雕龙》于是自觉地、也是历史性地承担起了这份责任。

三、“文之枢纽”何以用了五篇文章来完成

接着而来的问题是，既然“宗经”可以确定为《文心雕龙》统帅全书的主导思想，那么，按说有《宗经》一篇列于卷首就可以了，刘勰为什么要用多达五篇的文字来加以论述呢？

细加推究，可以发现，这是由于在刘勰的意识中，觉得仅用《宗经》一篇尚不能充分、完整地表述他的宗经思想。诸如为什么“文必宗经”，经书的伟大究竟有什么根本依据，与经书有密切关系的其他前代著作是否也在应“宗”之列，等等；这些都还需要做充分的阐发和必要的辨证。因而他在《宗经》前后又分别写了两篇文章来作为铺垫或附论。这样的内在理路，可以通过前后各篇与《宗经》的关系来加以揭示。

① 徐复观:《文之枢纽——〈文心雕龙〉浅论之六》,《中国文学论集》,北京:九州出版社,2014年,第387—388页。

先来看《原道》《征圣》与《宗经》之间的关系。

在刘勰看来，之所以"文必宗经"，因为五经是由圣人制作的；而圣人之所以要制作五经，是用来昭示"天道"的。只有把这种"道—圣—文"三位一体的关系彻底地揭示出来，才能使读者充分认识经书的伟大，进而更好地认同他的宗经主张。《原道》《征圣》篇的写作因此便有了必要性。他的这一思维路径应该是不难体察的。尽管我们看到的文本，是由《原道》到《征圣》再到《宗经》，是循着"道沿圣以垂文"的关系，呈顺流而下之势，而在刘勰的构思和写作中，其实是由《宗经》到《征圣》再到《原道》的，是循着"圣因文而明道"的方向，呈逆流而上之势。他所要达到的效果，是让人们认识到五经是天道通过圣人在人间的具现，具有至高无上的神圣性，因之其宗经的主张便具有了"天经地义"的稳固地位。明确了这一点，就可以知道，《原道》篇尽管居于全书卷首，但并非"开宗明义"，也不是用来统领全书，而主要是用来为《宗经》张目的。至于《征圣》，则是《原道》和《宗经》之间的必要过渡。究其实，《原道》和《征圣》，都只不过是《宗经》的铺垫而已。其在"文之枢纽"中的地位，只能是附属的构件。如果离开了《宗经》，而在前两篇中抓住某一个或几个片言只语索求所谓的"微言大义"，就难免走向歧途。例如，把本来只是一般叙述语言的"自然之道也"视为刘勰所本之道、把本来只是一个比喻句的"衔华而佩实"当作刘勰论文的最高标准，就是典型的个案。

刘勰的这一思维路径和前三篇事实上不同的地位，前贤已有揭示。20世纪七十年代，徐复观先生曾撰文指出："《原道》《征圣》，实皆归结于《宗经》，所以这三篇实际应当作一篇来看。"[①] 祖保泉先生（1921—2013）也曾正确地指出："'体乎经'才是'文之枢纽'的核心，'宗经'思想乃是《文心》全书的指导思想。"他还指出："'道'是靠圣人的文章来体现的，圣人也只有靠文章来阐明'道'。……一句话，'道'和'圣'离开了'经'，那便成了毫无实际意义的空话。""从'言为文之用心'角度看，刘勰抓住了历来为人们所崇敬的'文'（六经），把它说成是创作的范本和评论的最高标准，于是撰《宗经》篇。'经'是'圣人'撰述的，于是在《宗经》之前，加上《征圣》；圣人之所以为圣人，就因为他能'原道心以敷章，研神理而设教'，于是在《征圣》之前，又冠以《原道》。其实，论

① 徐复观：《文之枢纽——〈文心雕龙〉浅论之六》，《中国文学论集》，第385页。

‘文’而要‘原道’‘征圣’，都不过是为‘宗经’思想套上神圣的光圈而已。”① 这是很有见地的。其他学者的类似见解还有一些，兹不具引。所可惜者，几十年来，他们的见解并未引起应有的重视。人们更多的还是孤立地去看待“枢纽”中的各篇文章，而极少有能以《宗经》为制高点俯瞰整个“枢纽”和《文心雕龙》全书者。

再来看《正纬》《辨骚》与《宗经》之间的关系。

通过《原道》《征圣》的铺垫，《宗经》的主张已经成功地凸显出来了，按理说刘勰应该自信不会再有人怀疑其“文必宗经”的正当性了。但是，回顾楚汉以来文学发展的实际，他觉得还有一些问题必须厘清，否则人们在践行“宗经”主张时仍然会遇到问题。

首先是曾“前代配经”的纬书。自西汉后期产生的纬书，至东汉乃大行其道，与经书并行。用刘勰的话说，就是“至光武之世，笃信斯术；风化所靡，学者比肩。”（《正纬》）那么，“宗经”的同时，是否也要“宗纬”呢？对此，刘勰的态度十分明确，答案是否定的：“经足训矣，纬何预焉！”为了申明这一立场，他专门写了《正纬》篇，用主要篇幅指出纬书的“四伪”，并援引了前贤桓谭（约前23—56）、尹敏（东汉初期人，生卒不详）、张衡（78—139）、荀悦（148—209）等人对纬书的否定性意见作为论据支撑。当然，由于刘勰是“擘肌分理，唯务折衷”（《序志》）的，他对纬书的价值并未完全否定，而是指出其“无益经典而有助文章”，可以“酌”取其“事丰奇伟，辞富膏腴”的成分用于写作实践。但这只不过是附带论及，《正纬》篇的主旨，则是告诉读者：纬书不是其所“宗”之“经”，“宗经”时是不能将纬书混同其间的。

然后是历来“诗骚并称”的《楚辞》。《楚辞》与五经的关系不像纬书那样密切，但它作为纯文学作品却有很高的成就，享有很高的地位，曾受到淮南王刘安（前179—前122）、汉宣帝刘询（前91—前49）及扬雄（前53—前18）、王逸（东汉中期人，生卒不详）等人的高度评价，认为其“依经立义”“体同诗雅”，“与日月争光可也”。其中的《离骚》又曾被称为《离骚经》，刘安还曾为其作《传》。那么，《楚辞》，特别是其中的《离骚》，是否应该属于所“宗”之“经”呢？刘勰认为亟有加以辨析的必要，为此而又作《辨骚》篇。他认为：“（刘安等）四家举以方经，而孟坚谓不

① 祖保泉：《文之枢纽臆说》，《文心雕龙学刊》第一辑，济南：齐鲁书社，1983年，第175页。

合传"，属于"褒贬任声，抑扬过实"（《辨骚》）。就是说，把《离骚》比拟为经书是褒、扬过分；而说《离骚》全不合经传，则是贬、抑过当。通过对《楚辞》主要篇章和内容的辨析，他指出楚辞作品与经书有"四同""四异"，换言之，与经书相比，还是存在差距的，此即所谓"雅颂之博徒，辞赋之英杰"；其作者当然也并非圣人。这样辨析之后，包括《离骚》在内的楚辞作品，能否作为其所"宗"之"经"，答案就在不言之中了。清人纪昀（1724—1805）批语谓"词赋之源出于《骚》，浮艳之根亦滥觞于《骚》，辨字极为分明。"[①] 正是有见于此。当然，《楚辞》作为《诗经》变异、发展的产物，刘勰对其成就是有足够评价的，但对其流弊也有充分的认识，所谓"楚艳汉侈，流弊不还"（《宗经》），就是他最基本的评断。与此同时，刘勰深知后世的文学创作已经不可能无视《楚辞》的存在，作者们也不可能不在某一方面受其影响；为了避免其"流弊"，尤其是担心后来作者因羡慕楚辞的"惊采绝艳"而忘记了宗经，他谆谆告诫作者们在写作时务必要"凭轼以倚雅颂，悬辔以驭楚篇，酌奇而不失其贞，玩华而不坠其实"[②]。研究者如果明确了《辨骚》与《宗经》之间的内在联系，就不致误认为刘勰对楚辞的总体评价高于五经，也不会误以为"《辨骚》是以二十一篇文体论的代表者的身份列入'文之枢纽'的"[③] 了。至于刘勰对《离骚》及其他楚辞作品的评价与现代通行认识是否一致，则是另一回事，今人不可因对楚辞的喜爱和固化意识而去曲解刘勰的本意。

进行了这样一番"辨""正"，明确了纬书和楚辞非其所"宗"之"经"之后，刘勰觉得"宗经"的大旗才算真正牢固地树立起来了。所谓"文之枢纽，亦云极矣"，正反映出了他此时的喜悦和自信。

而这，就是刘勰要把"文之枢纽"写成五篇的内在缘由。其中不仅道、圣、经是三位一体的，道、圣、经、纬、骚也是五位相关的，缺其一则意义失于完备。其用心之良苦、立论之坚实，在古代文论中罕有其匹。

四、《序志》所述与篇名用字之比较

为正确把握"文之枢纽"的准确内涵，有必要对《序志》篇"盖《文

① 戚良德辑校:《文心雕龙》,第 29 页。

② "酌奇而不失其贞,玩华而不坠其实"二句乃分承上二句"凭轼以倚雅颂,悬辔以驭楚篇"而来,"奇""华"指的是"楚篇","贞""实"指的是雅颂。

③ 牟世金:《〈文心雕龙〉理论体系初探》,《雕龙集》,第 168 页。

心》之作也，本乎道，师乎圣，体乎经，酌乎纬，变乎骚”与各篇标题中的用字——即“原”“征”“宗”“正”“辨”的异同进行对比研究。笔者认为，两者尽管所指涉的为相同的篇章，但并非简单的变文避复，而是在不同语境中，基于立足点的不同而进行的精心措置，因之也是存在程度不同的差异的。具体来说，就是：

《原道》之“原”，是推原，即把以五经为典范的文的根源推原到神秘的天道；“本乎道”之“本”，是说他的论文是本于“天道”的。

《征圣》之“征”，是征验，即揭示作为文章典范的五经都是出于圣人之手；“师乎圣”之“师”，是说他的论文是以圣人为师法的。

《宗经》之“宗”，是宗法，即倡言以圣人传道的五经作为为文的最高标准；“体乎经”之“体”，是说他的论文是以五经为体式的。

《正纬》之“正”，是辨正，即辨正纬书中存在“四伪”，虽曾“前代配经”，但并非其所“宗”；“酌乎纬”之“酌”，是酌取，即可以吸取纬书中有益于文章的成分。

《辨骚》之“辨”，是辨别，即辨析楚辞与五经的异同，指出其地位次于五经，也并非其所“宗”。“变乎骚”之“变”，是变通，即可以借鉴楚辞中文学发展的经验。

综合以观，《序志》中的用词，完全是从《文心雕龙》全书写作的需要或所把握的基本原则来措置的，侧重于“取”的方面；而各篇的标题，则是暂时脱离了全书写作的需要，紧扣该篇的主要内容和五篇间的内在联系另行命名的，兼顾了“取”与“舍”两个方面。作者的立足点和所要表达的意思，其实存在着微妙的变化。相比之下可以发现，前三篇对应的字眼，即“本”与“原”、“师”与“征”、“体”与“宗”之间，均为正相关关系；而后两篇对应的字眼，即“酌”与“正”、“变”与“辨”之间，则因所持的角度不同，存在着弃与取的差别，并非正相关关系。也正是因为这一点，笔者认为，刘永济先生关于“五篇之中，前三篇揭示论文要旨，于义属正。后二篇抉择真伪同异，于义属负。负者箴贬时俗，是曰破他”[①] 的观点，尽管用词不无可商之处，但并非全无道理。尽管在我们看来，后二篇是正负兼具、有弃有取的，不宜以“负”概括，但与前两篇相比，角度及立意均有差别，则无疑义。因此，在阅读理解中，应当兼顾这两处表

① 刘永济:《文心雕龙校释》,第10页。

述的细微差别，以期全面把握刘勰的用意，而不宜把它们简单地等同起来。否则，就容易在理解刘勰的思想观点时出现偏差。例如，有人把《原道》之"原"与"本乎道"之"本"完全等同起来，而忽略了它与《宗经》之间的紧密联系，没有看出其事实上作为《宗经》铺垫的作用，以致于过分高抬了《原道》的地位，进而对所"原"究竟为何家之"道"产生种种疑窦，做出种种曲解，引发出种种论争；又如，有人对《辨骚》之"辨"的作用忽略不计，只注意了"变乎骚"的"变"字，认为刘勰此篇只是为了研究文学的发展或新变而作，而完全无视文中大段辨析文字的存在，进而忽略了刘勰对《离骚》评价的分寸感，甚至把"博徒"与"四异"之类贬词也强解作褒义，等等，都是由此引起的公案。对此笔者已有专文分别加以考辨①，感兴趣者可以参看。

五、余论

四十多年前，徐复观先生曾感叹："今日肯以独立自主的精神，对一部书作深思熟玩，分析综合的人太少了。大家只随着风气转来转去。百年来的风气，封闭了理解《文心雕龙》之路。"② 至于多年来大陆学界的《文心雕龙》研究，则不仅仅是学术跟风问题，而是所受到的学术之外的干扰因素更多，导致了许多简单问题的复杂化和复杂问题的简单化，对"文之枢纽"的把握尤其如此。笔者以为，摒除各种干扰和先入之见，对《文心雕龙》原著"深思熟玩"，根据"实事"来"求是"，切实进入原书的语境，并尽可能抵达作者的心境，弄清其构思、写作的思维脉络，从而在实现"平等对话"的基础上，正确揭示其本来意义，发现其当代价值，服务于当代文学理论体系的建设，才是龙学研究的正途。这样做，实在要比在原来习熟的道路上进行大量的重复劳动更有必要。

（作者单位：山东外事翻译学院国学研究所）

---

① 魏伯河：《走出"自然之道"的误区——〈文心雕龙·原道〉读札》，《中国文论》第四辑，上海：上海古籍出版社，2017年。魏然：《读〈文心雕龙·辨骚〉》，《枣庄师专学报》1984年第1期。

② 徐复观：《能否解开〈文心雕龙〉的死结？》，《中国文学论集》，第364页。

《文心雕龙》与《文选》的檄文观[①]

赵亦雅

摘　要: "檄"是我国古代重要而独特的文体。《文心雕龙》和《文选》都体现出对武檄的重视，虽然刘勰指出檄文"事兼文武"，但他"原始以表末""选文以定篇""敷理以举统"的内容都是针对武檄而言的，《文选》收录的檄文也以军事征伐类的武檄为主。《文选》中陈琳极富文采的檄文与萧统重视艺术美的观念十分契合。刘勰是以一个政治家的眼光而不是文学家的眼光去看待"檄"这一文体的，《檄移》篇中展现了刘勰的军事思想，具体体现在兵以定乱、厉辞为武、不战而屈人之兵、重视战前谋划、兵者诡道等方面。

关键词:《文心雕龙》;《文选》;檄文

"檄"是我国古代重要而独特的文体。刘勰《文心雕龙》有《檄移》专篇，萧统的《文选》则列有"檄"体。本文拟通过《文心雕龙·檄移》篇与《文选》檄文之比较，进一步阐述、辨析刘勰和萧统在文体认识以及评选代表作家作品时的特点和异同，并指出二者在文学观念上的不同。

一、二书对武檄的重视

作为公文，檄文的功用并不单一。徐望之先生总结为六点："一曰讨敌，如陈琳作讨曹操檄。二曰威敌，如耿恭移檄乌丝，示汉威德。三曰征召，如汉申屠嘉为檄召邓通。四曰晓谕，如司马相如谕巴蜀檄。五曰辟吏，

① 基金项目:国家社科基金重大项目"《文心雕龙》汇释及百年'龙学'学案"(批准号:17ZDA253)。

如汉毛义闻府檄当守令，捧檄持以白母。六曰激迎，《释名》：‘檄，激也。下官所以激迎其上之书文也。’汉《范丹传》，少为县吏，奉檄迎督邮，即其例也。”[1] 这个阐释比较详尽，以上六点大致又可归纳为声讨、晓谕、征召三类情况，刘勰也在《檄移》篇里说：“檄移为用，事兼文武。”[2] 其中声讨类的武檄作为一种军事文体，尤为引人注目，而《文心雕龙》和《文选》都体现出对武檄的强调和重视。

《文心雕龙·檄移》篇一上来就强调了檄文和军事的关系。“兵先乎声，其来已久”，接着指出“帝世戒兵，三王誓师”的传统，祭公谋父对周穆王所说的“古有威让之令，有文告之辞”[3]，就是檄文的源头，刘勰认为真正意义上的檄文最早出现在春秋时期齐国管仲诘问楚国不入贡包茅和晋国吕相责问秦国焚毁箕部之地。二人之辞都有理有据，咄咄逼人，达到了从气势上压制对方的效果，故而为刘勰着意指出。“暨乎战国，始称为檄。”[4] 刘勰认为到了战国时期，开始称这种文辞为“檄”。

刘勰在本篇一开始就提出“出师先乎威声”“听声而惧兵威”，强调“兵先乎声”[5] 的重要性，而“兵先乎声”的手段就是檄文。刘勰提出“故分阃推毂，奉辞伐罪，非唯致果为毅，亦且厉辞为武”，他认为将帅出征，靠的不仅仅是行军作战的果毅，严厉的文辞也是军事行动的一部分。檄文的内容大致有两个方面，“或述此休明，或叙彼苛虐”，一方面叙述我方的美好，另一方面罗列敌方的残暴。他以生动的比喻强调檄文应像“冲风所击”“欃枪所扫”，列数对方之罪恶，展现我方之威德，从而达到“使百尺之冲，摧折于咫书；万雉之城，颠坠于一檄”[6] 的效果。

刘勰在选文以定篇的部分论及了隗嚣的《移檄告郡国》、陈琳的《为袁绍檄豫州》、钟会的《檄蜀文》以及桓温的《檄胡文》，这四篇檄文分别是隗嚣诸将讨伐王莽、袁绍征讨曹操、钟会进军蜀汉、桓温北伐后赵之时所作，都属于武檄无疑。他对檄文的总的要求是“植义飏辞，务在刚健”，这里指出檄文的立意遣辞，必须刚健有力。具体来说就是“不可使词缓”

① 徐望之：《公牍通论》，北京：档案出版社，1988 年，第 12—13 页。

② ［梁］刘勰：《文心雕龙·檄移》，戚良德：《文心雕龙校注通译》，上海：上海古籍出版社，2008 年，第 247 页。

③ ［梁］刘勰：《文心雕龙·檄移》，戚良德：《文心雕龙校注通译》，第 240—241 页。

④ ［梁］刘勰：《文心雕龙·檄移》，戚良德：《文心雕龙校注通译》，第 242 页。

⑤ ［梁］刘勰：《文心雕龙·檄移》，戚良德：《文心雕龙校注通译》，第 240 页。

⑥ ［梁］刘勰：《文心雕龙·檄移》，戚良德：《文心雕龙校注通译》，第 242—245 页。

“不可使意隐”“必事昭而理辨，气盛而辞断，此其要也”，强调檄文的文气不能舒缓，意义不能隐晦，必须事实清楚而说理明白，气势充足而文辞果断，这就是檄文的基本要领。刘勰特别强调“若曲趣密巧，无所取才矣”[①]，如果檄文写得曲折隐晦，就没有可取之处了。

通过以上分析可见，虽然刘勰指出檄文分文武两类，但他“原始以表末”“选文以定篇”“敷理以举统”的内容都是针对武檄而言的。全篇只有一句提及文檄，“又州郡征吏，亦称为檄，固明举之义也”[②]。刘勰指出用于州郡征召官吏的文书，也称作檄文，是公开选拔之意。这属于征召一类的檄文。

在对二书的比较研究中，有学者指出刘勰仅强调檄文的军事征伐功能，其实《文选》中的檄文也以军事征伐类的武檄为主。《文选》檄文共四篇[③]：司马相如《喻巴蜀檄》、陈琳《为袁绍檄豫州》《檄吴将校部曲》以及钟会的《檄蜀文》。其中《喻巴蜀檄》被认为是现在所能看到的最早的完整檄文。据《汉书》记载，唐蒙出使夜郎时征发巴蜀吏卒千人，又征发万余人转运辎重，引发了蜀人的不满和惊恐，司马相如此文意在劝喻、安抚巴蜀百姓，意深而言婉，被李充赞为“可谓德音矣”[④]，被金圣叹称为“最得宣慰远人之体”[⑤]，体现的是檄文的晓谕功能。其余三篇皆为军事类檄文，也可以体现萧统认为军事檄文最能展现檄文特色。其中《为袁绍檄豫州》《檄蜀文》两篇与刘勰选定相同，体现了二书选篇上的一致观点。

二、《文选》何以推崇陈琳的檄文？

《文选》檄文共收录四篇，而陈琳就入选了两篇，这无疑表明了萧统的

---

① ［梁］刘勰：《文心雕龙·檄移》，戚良德：《文心雕龙校注通译》，第246页。

② ［梁］刘勰：《文心雕龙·檄移》，戚良德：《文心雕龙校注通译》，第246页。

③ 《文选》的檄文不包括司马相如的《难蜀父老》。这牵扯到《文选》的分类问题，在《文选》的几个版本中，李善注系统的尤刻本、六家本系统之明州本、六臣注系统之赣州本与建州本等均为三十七类，其中，司马相如的《难蜀父老》位于檄类最末，反而在钟会的《檄蜀文》之后，并不符合《文选》“同类之中，以时代相次”的编纂原则。据游志诚、傅刚等学者考证，《难蜀父老》应属“难”体。

④ ［晋］李充：《翰林论》，穆克宏、郭丹：《魏晋南北朝文论全编》，上海：上海远东出版社，2012年，第92页。

⑤ ［清］金圣叹批，张国光点校：《金圣叹批才子古文》，武汉：湖北人民出版社，1986年，第219页。

态度。陈琳是建安七子之一，文采出众，其章表书记被曹丕赞为“今之隽也”[①]，曹丕还在《与吴质书》中说：“孔璋章表殊健，微为繁富”[②]，可谓赞誉连连。裴松之注《三国志·魏书》曾引《典略》说：“琳作诸书及檄，草成呈太祖，太祖先苦头风，是日疾发，卧读琳所作，翕然而起曰：‘此愈我病。’数加厚赐。”[③] 这个记载未必没有渲染的成分，但也从侧面体现出陈琳书檄的出色。

建安五年，袁绍将与曹操一决雌雄。陈琳的《为袁绍檄豫州》正是在这样的背景下写成的。正如刘勰对此文“抗辞书衅，皦然曝露”的评价，陈琳用严厉的文辞书写曹操的罪过，使得他的劣行暴露无遗。全文记述了曹操的丑恶家世和种种劣行，控诉其“残贤害善”“污国虐民”的罪恶，极力渲染袁绍的军事实力，意在昭示曹操必败的结局。该篇文辞浩荡，气若江海，极富煽动性。比如文中讲袁绍大军的威势：

> 尔乃大军过荡西山，屠各左校，皆束手奉质，争为前登，犬羊残丑，消沦山谷。于是操师震慑，晨夜逋遁。屯据敖仓，阻河为固，欲以螳螂之斧，御隆车之隧。幕府奉汉威灵，折冲宇宙，长戟百万，胡骑千群，奋中黄育获之士，骋良弓劲弩之势，并州越太行，青州涉济漯，大军泛黄河而角其前，荆州下宛叶而掎其后。雷集虎步，并集虏庭，若举炎火以爇飞蓬，覆沧海而沃熛炭，有何不消灭者哉？[④]

写袁绍平定匈奴的所向披靡和曹师惊恐逃遁，用对比的手法扬袁抑曹，用“越”“涉”“泛”“下”四个不同的动词表示袁绍大军自并、青、冀、荆四州分别而发呈包围之势，“角”“掎”表明袁军将曹军视如困兽，剿灭势在必行，“若举炎火以焫飞蓬，复沧海而沃煤炭”两句以高妙的比喻展现了袁绍大军志在必得的气势，多为人称赏。张溥认为此文“奋其怒气，词若江河”[⑤]，正是从整篇的气势着眼而发的。罗宗强先生说：“通篇檄文，

---

① ［魏］曹丕：《典论·论文》，穆克宏、郭丹：《魏晋南北朝文论全编》，第12页。

② ［魏］曹丕：《与吴质书》，穆克宏、郭丹：《魏晋南北朝文论全编》，第17页。

③ ［晋］陈寿：《三国志·魏书·王粲传》，北京：中华书局，1964年，第601页。

④ ［东汉］陈琳：《为袁绍檄豫州》，［梁］萧统编：《文选》，上海：上海古籍出版社，1986年，第1969—1971页。

⑤ ［明］张溥：《汉魏六朝百三家集题辞注·陈记室集》，北京：人民文学出版社，1960年，第75页。

以一种雄辩的口气，以一种无法辩驳的事实，证明操应受到惩罚，并且证明正义之士之必然胜利。这檄文真是写得极为雄辩而又气概非凡。这是一种内在的思想力量，一种用精心选择、严密组织的言辞表达出来的思想力量。彦和所谓壮有骨鲠，殆指此而言。"[①] 明人孙月峰赞称陈琳此文："是平铺体格，中间一曹一袁，短长错出，以鼓其跌宕之势，机轴运用，亦在有意无意之间，迅笔扫去，翻觉圆而不板。""其妙处大约惟在锻语。语工，故遂觉色浓而味腴，以细为宏，以琢为肆。"[②] 指出了陈琳高妙的语言艺术来自于锻语的精工。官渡之战之后袁绍战败，曹操指责陈琳檄文"上及父祖"，却"爱其才而不咎"[③]，正体现陈琳此篇檄文的高妙。

《檄吴将校部曲文》是否为陈琳所作向来颇有争议[④]。该篇以春秋吴王夫差和汉代吴王濞灭亡的经验教训以及袁绍、袁术、吕布、张鲁覆亡的现实教训，以古今对照的方式说明孙权难以抵抗势如雷霆的天子大军，并阐述区别对待的政策，对吴将校部曲进行分化，富有鼓动性和说服力。比如下面一段：

> 谓为舟楫足以距皇威，江湖可以逃灵诛。不知天网设张，以在纲目，爨镬之鱼，期于消烂也。若使水而可恃，则洞庭无三苗之墟，子阳无荆门之败，朝鲜之垒不刊，南越之旌不拔。[⑤]

此段意在说明孙吴不能以凭借江湖之险抵挡王师的征伐。"洞庭无三苗之墟"四句用三苗、东汉公孙述、朝鲜、南越四个例子突出了水不可恃的观点，用整齐的句式增强不可辩驳的气势。这样整饬凝练的句式在全文中时常可见，便于诵读，增强了全文的渲染力量。

陈琳的这两篇檄文都气势壮阔，阐述清晰说理有据，文辞肆意酣畅，善于运用古今对照、正反对比之法抑敌扬己，长短句奇偶错落铺排，展现了慷慨沉雄的建安风骨。刘勰说陈琳檄文"壮有骨鲠"；钱基博说："陈

---

① 罗宗强:《魏晋南北朝文学思想史》,北京:中华书局,1996 年,第 333 页。

② 金坛、于光华编:《评注昭明文选》卷十一,扫叶山房石印本。

③ [晋]陈寿:《三国志·魏书·王粲传》,第 600 页。

④ 参见王德华:《震雷始于曜电　出师先乎威声(下)——〈文选〉陈琳〈檄吴将校部曲文〉解读》,《古典文学知识》,2013 年第 4 期。

⑤ [东汉]陈琳:《檄吴将校郭曲文》,[梁]萧统编:《文选》,第 1977 页。

琳、阮瑀，则文帝所云章表书记之隽。……武帝并以为司空军谋祭酒，管记室；军国书檄，多琳、瑀所作也，而琳尤健爽"[①]；章太炎在《国故论衡·论式》中说："檄之萌芽，在张仪檄楚相，徒述口语，不见缘饰。及陈琳、钟会以下，专为恣肆。"[②]"壮""骨鲠""健爽""恣肆"都体现了陈琳檄文的独特风貌，这种文风正契合刘勰指出檄文所需要的"务在刚健""事昭而理辨，气盛而辞断"[③]的文体特点。

陈琳极富文采的檄文与萧统重视艺术美的观念十分契合。《文选》序中说："众制锋起，源流间出。譬陶匏异器，并为入耳之娱；黼黻不同，俱为悦目之玩"[④]，对此，戚良德先生在《〈文心雕龙〉的美学研究》一文中提及《文选》的选文标准时说："萧统的'文学园地'无疑也是一个'杂货摊''大杂烩'，但确又归于一统，那就是'入耳之娱''悦目之玩'，也就是艺术之'美'。"[⑤]《文选》序中称"若其赞论之综缉辞采，序述之错比文华，事出于深思，义归乎翰藻，故与夫篇什杂而集之"[⑥]。文选何以如此重视"辞采""文华"？萧统说："若夫椎轮为大辂之始，大辂宁有椎轮之质；增冰为积水所成，积水曾微增冰之凛，何哉？盖踵其事而增华，变其本而加厉。物既有之，文亦宜然。"[⑦]此处说明了物有"踵事增华""变本加厉"的特质，由质朴发展到华丽，既是事物发展的规律也是文章发展的规律，这是对文章重视华彩的肯定，李泽厚、刘纲纪在《中国美学史》一书中认为萧统"强调华丽是文学发展的必然结果，从而为齐梁美学提倡'丽'的思想做了历史的论证"[⑧]。《文选》中收录诗类、表类最多的作家分别是陆机和任昉，都是博学渊雅、文采妙绝的作家，体现了萧统对语言艺术的重视，所以陈琳的檄文收录得最多也就是情理之中了。

故而《文选》没有收录隗嚣的《移檄告郡国》也就可以理解了。《文心雕龙》云："观隗嚣之檄亡新，布其三逆，文不雕饰，而辞切事明，陇右

---

① 钱基博:《中国文学史》(上),北京:中华书局,1993年,第116页。

② 章太炎:《章太炎讲国学》,北京:金城出版社,2008年,第284页。

③ [梁]刘勰:《文心雕龙·檄移》,戚良德:《文心雕龙校注通译》,第246页。

④ [梁]萧统:《文选序》,[梁]萧统编:《文选》,第2页。

⑤ 戚良德:《〈文心雕龙〉与当代文艺学》,北京:中央编译出版社,2012年,第169—170页。

⑥ [梁]萧统:《文选序》,[梁]萧统编:《文选》,第2—3页。

⑦ [梁]萧统:《文选序》,[梁]萧统编:《文选》,第1页。

⑧ 李泽厚、刘纲纪:《中国美学史》(第二卷),北京:中国社会科学出版社,1987年,第563页。

文士，得檄之体也。”[①] 刘勰大力称赞此文用词确切而事实清楚，最能体现檄文的文体特点，林纾在其《春觉斋论文》中评论：“嚣文简括严厉……文中匪语不精，亦匪状弗肖”[②]，王礼卿《文心雕龙通解》亦说：“述莽一生恶迹，辞无虚夸，事皆明晰，如史家之传”[③]，都对其文辞精炼明晰称赏有加，但是该檄文“文不雕饰”的文风，与《文选》重视文采的美学趣味是不符的。

三、《檄移》篇中的军事思想

有学者指出刘勰强调檄文的军事征伐，“对檄体的功用进行了刻意规范，缩小了其使用范围，把该体功能相对单一地定位于军事征伐，这无疑强化了该体的特殊功能，但同时也有对其认识不够全面之嫌”[④]。类似的观点也有认为“刘勰将檄文作为一个狭义的‘振此威风，暴彼昏乱’的军事文书加以研究，其文体溯源及文体功能演变的论述，都存在着密而不周的瑕疵”[⑤]。在笔者看来，这种认识仍有值得商榷之处。假如刘勰意在规范文体功用，那反而应该对檄文的三种功能均详细描述，而非只强调军事性质的武檄一体。本文认为，刘勰强调檄文的军事功能是有意为之的，这与《文心雕龙》的性质和刘勰的人生价值观有关。

受“五四”以来西方文学思潮的影响，学界重视对文艺理论的研究，《文心雕龙》日益为学界瞩目，对它的研究发展到今天，已经成为了一门“龙学”，并且成为一门显学。但当代《文心雕龙》的研究多视该书为一本文学理论著作。对此，戚良德先生曾经提出：“文艺学视野中的《文心雕龙》研究并未完全理解刘勰写作这部书的初衷，得出的很多结论也就并不符合这部书的理论实际，从而也就难以准确认识和阐释它的当代价值、理论和现实意义。”[⑥]

---

① ［梁］刘勰：《文心雕龙·檄移》，戚良德：《文心雕龙校注通译》，第244页。

② 林纾：《春觉斋论文》，王水照：《历代文话》第7册，上海：复旦大学出版社，2007年，第6355页。

③ 王礼卿：《文心雕龙通解》，台北：黎明文化事业股份有限公司，1986年，第393页。

④ 赵俊玲：《〈文心雕龙〉与〈文选〉》檄文观辨析》，《西南交通大学学报》（社会科学版），2018年1月。

⑤ 宋雪玲：《论汉晋檄文文体功能演变及其定型——从刘勰论檄文文体功能之得失谈起》，《浙江学刊》，2014年第4期。

⑥ 戚良德：《文章千古事——儒学视野中的〈文心雕龙〉》，《儒学视野中的〈文心雕龙〉》，上海：上海古籍出版社，2014年，第796页。

《文心雕龙》中体现出来刘勰立身行事是以儒家思想为主导的。儒家强调人生应当积极有为，追求的人生价值以《左传·襄公二十四年》里提出的“立德、立功、立言”三不朽理论和《礼记》中提出的“修身、齐家、治国、平天下”为典型代表。刘勰的人生观里有着强烈的立功意图和阳刚进取精神，“摛文必在纬军国，负重必在任栋梁，穷则独善以垂文，达则奉时以骋绩”[①]，这是刘勰的人生价值观。他认为一个人在具备一定的综合素质后，即使是穷困时也应该著书立说，更应顺应时机主动积极地参与政治，投身于报效国家、建功立业的事业中。他孜孜以求的是经邦纬国的政治抱负，而刘勰认为经邦纬国之事是离不开“文”的，他说：“五礼资之以成，六典因之致用；君臣所以炳焕，军国所以昭明。”[②] 文章关乎国家的礼制、法典、朝廷上下的沟通、国家大事的阐明，可以说每一个“纬军国”“任栋梁”的人都要面对写文章的问题，所以文章能力与刘勰所追求的建功立业息息相关。对于如何进行文章写作，是《文心雕龙》全书探讨的重要问题，“文之枢纽”中刘勰通过征圣宗经确立了“六义”的基本原则；“论文叙笔”部分梳理了各类文体的写作法则；“剖情析采”中阐明了文章写作的“术”，即各项具体写作方法，可以说从各个方面给予了指引。《檄移》篇正属于“论文叙笔”的一部分。

刘勰在《文心雕龙》中极力强调士人应具有处理政事的能力，他说：“盖士之登庸，以成务为用。”[③] “成务”是其着力所在。《程器》赞语中“雕而不器，贞干谁则”[④]，也显示了他对实际才干的重视。与此相关，刘勰对政务相关的公文也很重视，《文心雕龙》中《檄移》《章表》《诏策》等篇就可以视为公文写作论，刘勰认为“章表奏议，经国之枢机”[⑤]，认为它们具有极其重要的价值，于此林中明先生说刘勰“以大量的篇幅讲《祝盟》《诏策》，谈《章表》《奏启》，其实以文论为表，而政功为用”[⑥]，这确实道出了彦和心中所想。所以刘勰“搦笔和墨，乃始论文”[⑦]，探讨文体法则、为文之术，是因为他重视文章，因为文章关乎他孜孜以求的处理军

① ［梁］刘勰：《文心雕龙·程器》，戚良德：《文心雕龙校注通译》，第560页。
② ［梁］刘勰：《文心雕龙·序志》，戚良德：《文心雕龙校注通译》，第566页。
③ ［梁］刘勰：《文心雕龙·程器》，戚良德：《文心雕龙校注通译》，第559页。
④ ［梁］刘勰：《文心雕龙·程器》，戚良德：《文心雕龙校注通译》，第561页。
⑤ ［梁］刘勰：《文心雕龙·章表》，戚良德：《文心雕龙校注通译》，第263—264页。
⑥ ［美］林中明：《刘勰、〈文心〉与兵略、智术》，《史学理论研究》，1996年1期。
⑦ ［梁］刘勰：《文心雕龙·序志》，戚良德：《文心雕龙校注通译》，第566页。

国大事的人生抱负。

“国之大事，在祀与戎。”① “兵者，国之大事，死生之地，存亡之道，不可不察也。”② 军事关乎国家存亡、人民生死，必须高度重视。檄文是作战前的军事文书，利害攸关，其价值正如刘勰所说的“君臣所以炳焕，军国所以昭明”，是当之无愧的“经国枢机”。从“纬军国”“任栋梁”的人生价值观出发，刘勰在谈论檄文的写作规范时，其实展示了他的军事思想，其中不少地方可以看到《孙子兵法》的影响。刘勰的军事思想具体体现在以下几个方面：

第一，兵以定乱。刘勰称“夫兵以定乱，莫敢自专”，出兵的目的是平定动乱，不能自作主张，这是刘勰对战争的认识。所以他认为出师必有名，“天子亲戎，则称‘恭行天罚’；诸侯御师，则云肃将王诛”③，天子出兵打着秉承天意的旗号，诸侯出征用兵也要说敬奉天子之名以讨伐。肆意兴兵带来的是生灵涂炭、国家覆亡，所以出兵应以平定祸乱为目的，而坚决不能将武力扩张视为国家之幸。汉代班固在《汉书》中反思战争带来的危害和军事的意义时说：“秦始皇即位三十九年，内平六国，外攘四夷，死人如乱麻，暴骨长城之下，头颅相属于道，不一日而无兵。由是山东之难兴，四方溃而逆秦。秦将吏外畔，贼臣内发，乱作萧墙，祸成二世。故曰‘兵犹火也，弗戢必自焚’，信矣。是以仓颉作书，止戈为武。圣人以武禁暴整乱，止息兵戈，非以为残而兴纵之也。”④ 班固认为武力的意义应当在于止息兵戈，刘勰兵以定乱的思想也表达了相同的认识。

第二，厉辞为武。“故分阃推毂，奉辞伐罪，非唯致果为毅，亦且厉辞为武。”⑤ 刘勰认为将帅出征行军，不仅靠军事行动的果敢坚毅、雷厉风行，也要以严厉的文辞作为武器，这里的“厉辞”指的就是檄文。从《檄移》篇来看，可以说写作檄文本身就是一种军事行为。厉辞为武的实现靠的是文章能力。刘勰曾在《程器》篇提出“文武之术，左右惟宜”。这里，刘勰突出强调不偏废文才武略，提倡文武兼备。他说：“郤縠敦《书》，故

---

① ［春秋］左丘明：《左传·成公十三年》，杨伯峻：《春秋左传译注》，北京：中华书局，1990 年，第 861 页。

② ［春秋］孙武：《孙子兵法·计》，赵国华注说：《孙子兵法》，开封：河南大学出版社，2008 年，第 99 页。

③ ［梁］刘勰：《文心雕龙·檄移》，戚良德：《文心雕龙校注通译》，第 242 页。

④ ［汉］班固：《汉书·武五子传》，北京：中华书局，1964 年，第 2771 页。

⑤ ［梁］刘勰：《文心雕龙·檄移》，戚良德：《文心雕龙校注通译》，第 242 页。

举为元帅，岂以好文而不练武哉？孙武《兵经》，辞如珠玉，岂以习武而不晓文也？”① 他举了两个例子，春秋时候的晋国元帅郤縠，因为注重《诗》《书》，所以被选为元帅，并没有因为喜好文章就放松了武艺，而孙武的兵法写的如珠玉般优美，说明并没有因为修习武艺而放松对文章的研习。刘勰所选的几篇代表檄文的作者中，除了陈琳是一位文士之外，其余隗嚣、钟会、桓温三人皆是出兵的将领，他们所做的檄文也非常出色，诚可谓是“岂以习武而不晓文也”。

第三，不战而屈人之兵。刘勰并不一味强调武力的行动，而强调军事手段的多样性。因为檄文“惩其恶稔之时，显其贯盈之数，摇奸宄之胆，订信顺之心”，即书写对方恶贯满盈的罪过，揭示其在劫难逃，动摇奸恶之人，安抚忠信顺从之民，从而能够达到“使百尺之冲，摧折于咫书，万雉之城，颠坠于一檄者也”② 的客观效果。这并不是刘勰的夸大之词和艺术效果，陈琳的《为袁绍檄豫州》在当时就给曹操一方带来不小的震动。《孙子兵法·谋攻篇》中说：“不战而屈人之兵，善之善者也”“故上兵伐谋，其次伐交，其次伐兵，其下攻城。攻城之法为不得已”“故善用兵者，屈人之兵而非战也”③，在军事家孙武看来，攻城这样的硬仗实属下策，应以伐谋为上。《三国志》载马谡说：“夫用兵之道，攻心为上，攻城为下，心战为上，兵战为下”④，其攻心论显然继承了孙武的观点。而战前发布的檄文，正是伐谋和攻心的一种手法。有学者指出“檄文作为一种公文文体，其最根本的特征应是其实用功利性，而实用功利性又集中体现在舆论造势与政治攻心上”⑤，确实道出了檄文的意义所在。

第四，重视开战前的谋划。刘勰提出檄文的内容不外乎“述此休明”和“叙彼苛虐”这两个方面，而这两部分内容来源于写作前“指天时，审人事，算强弱，角权势；标蓍龟于前验，悬盘鉴于已然”⑥ 的谋划思量，就是说在战前应当指明天时，审查人事，分析敌我强弱，综合衡量彼此的情势，才能够预测未来必然的命运，展示已有的前车之鉴。《孙子兵法》中

① ［梁］刘勰：《文心雕龙·程器》，戚良德：《文心雕龙校注通译》，第 559 页。
② ［梁］刘勰：《文心雕龙·檄移》，戚良德：《文心雕龙校注通译》，第 243 页。
③ 《孙子兵法·谋攻》，赵国华注说：《孙子兵法》，第 105—106 页。
④ ［晋］陈寿：《三国志·蜀书·马谡传》，第 983 页。
⑤ 刘峨：《论檄文的文体特点》，《淮北师范大学学报》（哲学社会科学版），2012 年第 2 期。
⑥ ［梁］刘勰：《文心雕龙·檄移》，戚良德：《文心雕龙校注通译》，第 245 页。

云："主孰有道？将孰有能？天地孰得？法令孰行？兵众孰强？士卒孰练？赏罚孰明？吾以此知胜负矣。"[①] 正是强调在知己知彼又从天时人事等各个方面周密谋划的前提下，才能取得战争的胜利。

第五，兵者诡道。刘勰在《宗经》篇提出写作基本准则"六义"，其中"一则情深而不诡""三则事信而不诞"[②]，强调真实而不虚假，但在《檄移》提出檄文"虽本国信，实参兵诈"，要"谲诡以驰旨，炜晔以腾说"[③]，用巧诈之词宣传自己的主张，用富丽的语言来渲染声势，这里并不能说是前后矛盾，而是从更好地为实际军事效果服务而发。《孙子兵法·军争篇》说"故兵以诈立"[④]，《计篇》里讲"兵者，诡道也"。孙武这里强调的是作战技术上的诡谲，所谓"故能而示之不能，用而示之不用，近而示之远，远而示之近"[⑤]，刘勰强调以兵诈入檄文，同样也是尽最大可能为我方创造有利的军事条件。李充亦云："军书羽檄非儒者之事，且家奉道法，言不及杀，语不虚诞，而檄不切厉，则敌心陵，言不夸壮，则军容弱。"[⑥]也指出了檄文言辞夸壮对军容的影响。

魏晋南北朝是我国历史上动荡不安的一个时期，朱大渭先生指出："从三国到隋统一，先后建立约35个封建政权"，"从东晋建国开始，处于南北政权对立时期。这个阶段由于长期南北分裂，南方王朝不断更迭，北方民族关系复杂，在长时期内政权林立，因而充满着动乱和战争"。当时军事活动异常频繁，根据朱先生粗略的统计，在两晋南北朝年间，"发生较大规模的战争有400余次"[⑦]。在这样一个国家四分五裂、朝代更迭频仍、战争连绵不断的时代中，通晓军事乃是具有现实意义的。《陈书》论魏末以来，"贵臣虽有识治者，皆以文学相处，罕关庶务"[⑧]，所以颜之推才会说："吾见世中文学之士，品藻古今，若指诸掌，及有试用，多无所堪。居承平之世，不知有丧乱之祸；处庙堂之下，不知有战陈之急；保俸禄之资，不知

---

① ［春秋］孙武：《孙子兵法·计》，赵国华注说：《孙子兵法》，第100页。

② ［梁］刘勰：《文心雕龙·宗经》，戚良德：《文心雕龙校注通译》，第27页。

③ ［梁］刘勰：《文心雕龙·檄移》，戚良德：《文心雕龙校注通译》，第245页。

④ ［春秋］孔武：《孙子兵法·军争》，赵国华注说：《孙子兵法》，第119页。

⑤ ［春秋］孔武：《孙子兵法·计》，赵国华注说：《孙子兵法》，第100页。

⑥ ［晋］李充：《起居诫》，［清］严可均辑、陈延嘉等校点主编：《全上古三秦汉三国六朝文》（四），石家庄：河北教育出版社，1997年，第558页。

⑦ 朱大渭：《朱大渭说魏晋南北朝》，上海：上海科学技术文献出版社，2009年，第10、65页。

⑧ ［唐］姚思廉：《陈书·后主本纪》，北京：中华书局，1972年，第120页。

有耕稼之苦；肆吏民之上，不知有劳役之勤，故难可以应世经务也。”① 从以上对《檄移》篇分析可见，刘勰在探讨檄文的文体规范时，其眼界远远超过了一位文论家的范围，而充分体现了他经邦纬国的政治抱负。他是以一个政治家的眼光而不是文学家的眼光去看待“檄”这一文体的。

（作者单位：山东大学儒学高等研究院）

① ［北齐］颜之推:《颜氏家训》,北京:中国文史出版社,2003年,第211页。

“论”体之“般若之绝境”

王　艺

摘　要：《文心雕龙·论说》篇是研究“论”与“说”两种文体的专篇。在“论”的部分，刘勰提出了“动极神源，其般若之绝境乎”。本文以此为论题，从“般若之绝境”提出的具体情境出发，分析其出现的合理性。继而通过解构“般若之绝境”，说明“般若”的真实内涵，以及佛门之“论”的最高标准。最终，在刘勰之“论”与佛门之“论”的相互参照中，探究二者之间微妙的重叠。

关键词：《文心雕龙》；般若学；魏晋玄学；论

一、“般若之绝境”的提出

刘勰在《文心雕龙·论说》篇中，特意提及“般若之绝境”这一具有鲜明佛教意味的词语，于整部《文心雕龙》而言，似有出乎意料之感。然而，详细考察“般若之绝境”提出的具体情境，佛教的般若中观学确对魏晋时期的有无之争给予了最圆融的解释。

1. 具体情境：有无之争的喧哗

在《文心雕龙》中，《论说》是第十八篇，它与《史传》《诸子》《诏策》《檄移》《封禅》《章表》《奏启》《议对》和《书记》十篇一起，构成了《文心雕龙》文体论中“叙笔”的部分。《论说》旨在阐释“论”“说”两种文体。阐释“论”的部分时，刘勰涉及魏晋玄学的有无之争。其曰：

> 次及宋岱郭象，锐思于几神之区；夷甫裴頠，交辨于有无之域：并独步当时，流声后代。然滞有者全系于形用，贵无者专守于寂寥，

徒锐偏解，莫诣正理；动极神源，其般若之绝境乎？[1]

"夫玄学者，乃本体之学，为本末有无之辨"[2]。所谓玄学，就是探究宇宙本体存在的相关问题。魏晋哲人企图通过纷繁的世间表象找到一个终极本体作为万物存在的统一依据，从而形成了一场历时很久的争论。这场争论颇为复杂，诸家各执己见，每一家中又有或大或小的区别。"玄学中有三个主要的派别，实际上有两个主要派别，就是'贵无论'和'崇有论'"[3]。这两个派别争锋相对的焦点是"无"与"有"。刘勰在文章中谈及的"夷甫""裴頠"就分属论争的对立双方。"夷甫"即王衍，著《难崇有论》。其著作虽已亡佚，但在相关记载中仍可窥探其思想主张。《晋书·王衍传》载：

魏正始中，何晏、王弼等祖述老庄，立论以为："天地万物皆以无为本。无也者，开物成务，无往不存者也。阴阳恃以化生，万物恃以成形，贤者恃以成德，不肖恃以免身。故无之为用，无爵而贵矣。"衍甚重之。[4]

何晏、王弼是"贵无派"的核心人物，从"甚重之"可以看出，王衍对他二人极为推崇。他们都认为世间万物以"无"为本。而裴頠则著《崇有论》，表达其反对意见。《崇有论》开篇曰：

夫总混群本，宗极之道也。方以族异，庶类之品也。形象著分，有生之体也。化感错综，理迹之原也。[5]

所谓"总混群本"，"总"即总而言之，"混"即混合，"群本"即"群有"，这里的"有"作为一个集体名词指具体而非抽象。裴頠认为"总混

---

① [梁]刘勰:《文心雕龙·论说》,周振甫:《文心雕龙注释》,北京:人民文学出版社,1981年,第201页。

② 汤用彤:《魏晋玄学论稿》,上海:上海古籍出版社,2001年,第53页。

③ 冯友兰:《魏晋玄学贵无论关于有无的理论》,《北京大学学报》1986年第1期。

④ [唐]房玄龄:《王衍传》,《晋书》卷四十三,北京:中华书局,1997年,第1册,第322页。

⑤ [西晋]裴頠:《崇有论》,[清]严可均辑:《全上古三代秦汉三国六朝文》,上海:上海古籍出版社,2009年,第3册,第225页。

群本”是宗极之道，这与认为“无”才是宗极之道的“贵无论”形成了根本意义上的对立[①]。王衍与裴頠二人的主张形之于文章，刘勰在《论说》篇中以“独步当时，流声后代”来评价，可谓赞誉有加。然而，不论是执着“无”还是“有”，都是存在缺陷的。一方是“系于形用”，另一方是“守于寂寥”。汤用彤先生对此解释为：

> 学如崇有，则沉沦于耳目声色之万象，而所明者常在有物之流动。学如贵无，则流连于玄冥超绝之境，而所见者偏于本真之静一。于是一多殊途，动静分说，于真各有所见，而未尝见于全真。[②]

“有”“无”双方都秉持自己关照的一隅，不能全面客观地认识问题，这就是刘勰指出的“徒锐偏解，莫诣正理”。在这样一种争执不下的情形中，刘勰提出了“动极神源，其般若之绝境乎”的观点。“动极”即探究到底，“神源”即神理的源泉，也就是说，刘勰认为存在能够解决这场争执的答案，即“般若之绝境”。

2. 般若中观：破崇“有”与贵“无”之偏颇

魏晋玄学有无之争探讨激烈时，佛教般若学已传入中国。因般若学自身讨论的“空”“有”与当时玄学家讨论的问题有相似之处，加之佛教想要本土化有“格义”的需要，因此二者便在一定程度上实现了合流。关于“般若”一词在《论说》篇中的出现，钱仲联先生认为：“书中出现佛典术语者，有‘般若’一语，似觉鹘突，论者谓出偶然，则又不免拘墟之见。盖《雕龙》虽不论佛学，而其使用‘般若’一词，则实与佛学有关。”[③] 抛开《文心雕龙》是否涉及佛学不谈，其运用佛教词汇却不可否认。在谈及“般若之绝境”解决当时纷争时，钱仲联先生言：

> 观此，知刘氏欲以般若（《大智度论》：“般若”者，秦言智慧）正理，破“有”“无”二种偏执，此绝非下笔时一时忍俊不禁，信手拈一佛教术语，作为“智慧”代称，而实与两晋以来，玄言家、佛教

---

① 参阅冯友兰：《裴頠〈崇有论〉校释》，《清华大学学报》1986 年第 1 期。

② 汤用彤：《魏晋玄学论稿》，第 53 页。

③ 钱仲联：《〈文心雕龙〉识小录》，《文艺理论研究》1985 年第 1 期。

徒关于有无（佛教称"有""空"，当时亦使用"有""无"二字。）之论争，及"般若"学说破其偏执之时代学风，有紧密之关系。[①]

钱先生对般若学的流变做了简单的概要，并于其中提及佛门之中观。然而，对于"般若之绝境"的具体指代与代表中观核心理念的著作却未做详尽阐释。如由龙树著[②]、鸠摩罗什译的《大智度论》[③]。《大智度论》，简称《释论》《智论》《大论》，又称《摩诃般若波罗蜜经释论》《摩诃般若释论》《大智度经论》或《大慧度经集要》，是龙树思想的代表性著作，因其阐释般若学之精密，被称为"众经之王"。著作中涉及如何破执"有"执"无"的问题，如：

问曰：有为法，因缘和合虚诳故言无；如、法性、实际、不可思议性，是无为实法，名为实际，云何言无？

答曰：无为空故言无。复次，佛说离有为，无为法不可得，有为法实相即是无为法。复次，观是有为法虚诳，如如、法性、实际，是实。以人于法性取相起诤故，言无法性；或说有，或说无，各有因缘故无咎。如，实际，不可思议性亦如是。世间檀波罗蜜著故有，出世间檀波罗蜜无故空；为破悭贪故，言有檀波罗蜜，破邪见故，言檀波罗蜜无；为度初学者说言有，若圣人心中说言无。如檀波罗蜜，乃至若众生实有，非是无法，不应令强灭，入无余涅槃。[④]

在此可以看到，"有""无"之间的二元对立得以消解，代之以"各有因缘故无咎""为度初学者说言有，若圣人心中说言无"的解释。即佛教中的二谛（真谛与俗谛，亦谓胜义谛与世俗谛）。凡夫顺遂世俗，以现象为幻有，是俗谛。圣人以智慧体悟宇宙的真实情况，是真谛。两者没有对错之分，只是因缘造化不同。"空"为真谛，"有"为俗谛，两者统一起来，就

---

① 钱仲联：《〈文心雕龙〉识小录》，《文艺理论研究》1985年第1期。

② 龙树，或译作龙猛、龙胜，是佛灭度后七百年大乘空宗的创始人。著有《中论》《十二门论》《七十空性论》《十住毗婆沙论》等。被誉为"第二释尊""千部论主""八宗共主"。

③ 鸠摩罗什：或名鸠摩罗耆婆，为中国佛教四大翻译家之一。日本凝然《八宗纲要》载，罗什为龙树之四传弟子。谓"龙树授提婆，提婆授罗睺罗，罗睺罗授莎车王子，王子授罗什三藏"。

④ ［印］龙树：《大智度论》，弘学校勘：《大智度论校勘》，北京：社会科学文献出版社，2014年，第660页。

是中道。中道是龙树的主要思想，认为万物皆由因缘聚合而成，并无自性。万物随因缘聚散而呈现出生、住、异、灭的形态。在刹那间的离合中，只有“空”永恒不变。这里的“空”既非魏晋玄学讨论的“无”，更非与之对立的“有”。它不落两边，非有非无，有无一如。

龙树的中观思想经鸠摩罗什翻译传至中土。在此之后，又被称作“法门龙象”“解空第一”的鸠摩罗什的弟子僧肇阐发而更加成熟。汤用彤先生对僧肇之学极其欣赏，认为僧肇所作《物不迁》《不真空》《般若无知》三论是“中华哲学文字最有价值之著作”①。僧肇领会了真正意义上的般若空义，在“契神于有无之间”② 指出各家的偏颇，并著有《不真空论》，其中论及“有”“无”，曰：

> 诚以即物顺通，故物莫之逆；即伪即真，故性莫之易。性莫之易，故虽无而有；物莫之逆，故虽有而无。虽有而无，所谓非有；虽无而有，所谓非无。如此则非无物也，物非真物。物非真物，故于何而可物?③

这段话对执“有”与执“无”两派进行了相应的辩驳，并在消解“有”“无”之间的对立后，提出了自己的见解。对此，有研究者认为，僧肇“《不真空论》的问世，标志着中国人已完全掌握了印度的中观学”④。这也是真正意义上解决魏晋以来有无之争的圆融答案。僧肇的《不真空论》，所谓“不真”与“空”名异实同，意为不真即是空。在上述引文中，僧肇针对执“无”一派，辩驳道“即伪即真，故性莫之易。性莫之易，故虽无而有”，即虽然万物的本性是“无”，但并不能否认其假有。针对崇“有”一派，言“即物顺通，故物莫之逆”“物莫之逆，故虽有而无”，即万物虽然存在假有，但其本性却是“无”，这就是“非有”。“虽无而有，所谓非无”是说，万物的本性虽然是“无”，但也都存在假有，本性为“无”，假有为“有”，这就是“非无”。这样来说，世界上并不是没有“物”的存在，只不过存在着的“物”并不是真物。

---

① 汤用彤:《汉魏两晋南北朝佛教史》,上海:上海人民出版社,2015 年,第 231 页。

② ［东晋］僧肇:《不真空论》,张春波校释:《肇论校释》,北京:中华书局,2010 年,第 33 页。

③ ［东晋］僧肇:《不真空论》,张春波校释:《肇论校释》,第 47 页。

④ ［东晋］僧肇:《不真空论》,张春波校释:《肇论校释》,第 32 页。

僧肇不断发挥中道的理论，他认为“空”是对“有”与“无”的统一与否定。统一之处为二者皆是假象、皆无自性，是不真实的存在。否定之处为“虽无而有”“虽有而无”，有无皆非真。僧肇此说，解决了崇“有”与贵“无”所执的片面性问题，也超越了前期各家对“空”的割裂性解释，真正解决了魏晋以来长期存在的有无之争。

二、“般若之绝境”的指代

详细考察“般若之绝境”一词，可以认为，其中的“般若”并非泛泛而言的智慧，亦非在般若学传入中土前期与“格义”相关的“六家七宗”的思潮，而是自鸠摩罗什来长安后得到新变的、更为成熟的般若学。刘勰在肯定般若学解释宇宙本体的背后还存在一种暗示，即刘勰本人对佛教之“论”有认同之处。通过对“般若之绝境”的解构，佛门中“论”的相关问题就能逐渐清晰明朗。

1. 词语借用：“般若”与“般若学”

“般若”为梵文 prajñā 的音译，或译为“波若”“班若”“钵若”等，意译为“智慧”。佛门用以指如实理解一切事物的智慧，为与世俗意义上的一般智慧做区分，故而常用音译。大乘佛教称之为“诸佛之母”。刘勰在《论说》篇中提出“动极神源，其般若之绝境乎”，其中“般若”既不是智慧的音译，亦非广泛意义上佛门中的一切理论，它有着更加确切的内涵，即般若学。

般若学起源于印度，作为一门外来学说，若想融入中国，就必须开始其本土化的历程。本土化的起点是大量经典的传入与翻译，但彼时的翻译水平还不是很高，针对一些关键性的问题还存在歧义。据汉译《般若经》的不同版本归类，出现了多种译经版本。其中，品目较少的称作小品，如《道行般若经》《大明度无极经》，品目较多的则称作大品，如《放光般若经》《光赞般若经》[1]。

---

① 《道行般若经》:《祐录》卷七《道行经后记》认为此经由竺朔佛口授，支谶传译，孟元笔受而成。这是我国最早翻译出的般若类经典，也是我国最早译出的大乘佛典;《大明度无极经》:简称《大明度经》,“明”即“般若”,“大明”即“摩诃般若”,“度无极”即“波罗蜜”,为支谦翻译;《放光般若经》:由于此经第一品为《放光品》,因此命名为《放光般若经》,简称《放光经》,此经一出大为流传，为朱士行翻译;《光赞般若经》:据道安《合放光、光赞略解序》载，此经由阗僧人祇多罗于太康七年(286)带回，同年由竺法护于长安译出，聂承远笔受而成。

在有大量翻译经典做铺垫的基础上，般若学开始了结合本土思想的“格义”之途。所谓“格义”，在当时具体表现为将佛经中的概念比附到以老庄为代表的魏晋玄学中。在此过程中，由于对般若学的不同理解，形成了“六家七宗”的不同派别。关于“六家七宗”说法不一，据汤用彤先生考证，分别是以道安为代表的“本无宗”，以竺法深、竺法汰为代表的“本无异宗”，以支道林为代表的“即色宗”，以于法开为代表的“识含宗”，以道一为代表的“幻化宗”，以支愍度、竺法蕴为代表的“心无宗”和以于道遂为代表的“缘会宗”。其中，“本无宗”与“本无异宗”由原来的一家分化而来，故称“六家七宗”。[①]“六家七宗”在魏晋玄学的有无之争中，各自秉持不同的观点。试以识含宗为例，吉藏法师《中论疏》有提及：

> 三界为长夜之宅，心识为大梦之主。今之所见群生，皆于梦中所见。其于大梦既觉，长夜获晓，即倒惑识灭，三界都空。是时无所从生，而靡所不生。[②]

识含宗认为，人之所以能体察到“有”，是因为心识被外部假象迷惑，如人在长夜中深陷梦境，一旦等到黎明破晓，就会明白三界皆空。按照这样的逻辑，若三界为空，心识归属三界，那么心识也应当为空。既然心识为空，又怎会成为“梦”“觉”之主？我们不免产生这样的疑问：到底谁在梦中？以“梦”“觉”来比附二谛，颇有些受老庄玄学影响的意味。“格义迂而乖本，六家偏而未即”[③]，以识含宗为代表的“六家七宗”都在不同程度上受到了本土玄学的影响。于真正的般若真义而言，有契合亦有背离。

般若学一方面需要结合中国本土思想以“格义”的方式融入其中，另一方面又受到本土思想的禁锢而不能畅意阐释自己的思想，于是陷入了一个矛盾的怪圈。要说般若学可以独立而不再依附外界思想的怪圈，就必须提及鸠摩罗什。

鸠摩罗什于姚兴弘始三年（401）抵达长安，然后开始了十余年的传法

① 参阅汤用彤：《汉魏两晋南北朝佛教史》，第190页。

② ［隋］吉藏疏：《中论　百论　十二门论》，上海：上海古籍出版社，2011年，第137页。

③ ［隋］吉藏疏：《中论　百论　十二门论》，第136页。

历程。这段时间被汤用彤先生盛赞为“法性宗义如日中天”①。鸠摩罗什对中国佛教做出了巨大的贡献，其中之一便是重新翻译般若类经典著作。与此同时，龙树的中观思想也经其翻译而传至中土，为般若学在中国的发展打开了全新的局面。鸠摩罗什深谙经典奥义又精通汉语，因此翻译无碍。他来到长安后，曾与五百余僧人译出《大品经》，二千余僧人译出《法华经》，千二百僧人译出《维摩经》……一时间研究佛门义理之士云集长安，盛况空前。十余年的时间，鸠摩罗什译出了大量的佛经，其中关涉般若类的有《大智度论》《中论》《百论》《十二门论》《摩诃般若波罗蜜经》《小品般若波罗蜜经》《金刚般若经》《维摩诘所说经》等众多著作。通过鸠摩罗什的翻译，佛教般若中观的内容更完善、更系统地展现于中土，大大促进了人们对般若学的认识，同时也为后期高僧得以纠正“六家七宗”的偏颇，提出更为符合大乘般若学的思想奠定了基础。

纵观般若学传入中土的历程，可以得知，刘勰在《论说》篇中提及“般若之绝境”之“般若”，不是泛泛而谈的智慧，亦不是般若学中土化前期与“格义”相关的“六家七宗”的思潮，而是自鸠摩罗什来长安后得到新变的、更为成熟的般若学。

2. 佛门尚论：“般若之绝境”的解构

魏晋时期，随着佛教般若学的传入与本土化过程的加深，其精深奥妙的思想被中土士人接受的同时，阐明佛理的方式也对中土论文产生了影响。刘勰在《论说》篇中提及“般若之绝境”，虽是针对当时玄学的有无之争皆有所偏执，而称赞佛教般若学对世界本体的圆融解释。然而在这背后，应当还有一种暗示，即刘勰本人对佛教论说方式的肯定，至少刘勰对佛教般若学在探讨“有”“无”问题上的论说方式是赞同的。

佛门尚论，直至东晋后期，中土已形成专门研习论藏的毗昙学派。关于佛门之“论”，东晋慧远《大智论抄序》曰：

> 又论之为体，位始无方而不可诘，触类多变而不可穷。或开远理以发兴，或导近习以入深，或阖殊途于一法而弗杂，或辟百虑于同相而不分。此以绝夫垒瓦之谈，而无敌于天下者也。尔乃博引众经以赡其辞，畅发义音以弘其美。美尽则智无不周，辞博则广大悉备。是故

① 汤用彤:《汉魏两晋南北朝佛教史》,第109页。

登其涯而无津，挹其流而弗竭，汪汪焉莫测其量，洋洋焉莫比其盛。虽百川灌河，未足语其辩矣；虽涉海求源，未足穷其邃矣。若然者，非夫渊识旷度，孰能与之潜跃？非夫越名反数，孰能与之澹漠？非夫洞幽入冥，孰能与之冲泊哉？①

慧远解释了佛门中的“论”。首先，“论”是“位始无方”“触类多变”的。它没有具体的、固定的方位，却又无处不在；没有具体的形态，却又能根据因缘际会的不同发生多种变化。既可以“开远理以发兴”，又可以“导近习以入深”；既可以“阖殊途于一法”，又可以“辟百虑于同相”。因没有固定程式，别人便难以轻易掌握你的论辩模式，如此就能达到“论”的最高境界，即“无敌于天下”。其次，慧远讲述了“论”的方式，即“博引众经”与“畅发义音”。即在论的过程中，要广泛引用佛教经典著作以丰赡言辞、通过流畅地表达佛经的义理与声音来弘扬佛经之美，从而达到“智无不周”“广大悉备”，他者“莫测其量”“莫比其盛”的地步。最后，慧远非常重视“论”的“辩”与“邃”，“辩”即论辩、雄辩；“邃”即深邃，指在论述过程中一定要洋溢出雄辩的气息，既精微奥妙又不流于肤浅，这样的论述才不会被别人轻易驳斥。

此外，关于佛门之“论”，僧睿在《大智释论序》中，也有相关表述：

其为论也，初辞拟之，必标众异以尽美；卒成之终，则举无执以尽善。释所不尽，则立论以明之；论其未辨，则寄折中以定之。使灵篇无难喻之章，千载悟作者之旨。信若人之功矣。②

僧睿针对“论”过程中的相关问题进行了解释。其中包括初拟文论时，要注意广泛考察各种不同观点；论述过程中，遇到难点时正确的应对方式；文章完成后，要达到使人明白的标准。佛教关于论文的观点还有很多，这里就不一一列举，然要其大概，上文应当可以代指佛教所认为的最好的“无敌于天下”之论。

① ［东晋］释慧远：《大智论抄序》；［梁］释僧佑撰，苏晋仁、萧链子点校：《出三藏记集》卷十，北京：中华书局，1995 年，第 390 页。

② ［东晋］释僧睿：《大智释论序》；［梁］释僧佑撰，苏晋仁、萧链子点校：《出三藏记集》卷十，第 386 页。

三、刘勰之"论"与"般若之绝境"的理想重叠

分析《文心雕龙·论说》篇中列举的具体篇目与相关描述，并将刘勰之"论"与佛教之"论"相互参照，发现二者既有契合之处，亦有众多不同。而其中契合之处，当为刘勰推崇"般若之绝境"、赞同佛教之"论"的原因。刘勰之"论"与"般若之绝境"的理想重叠，恰恰证明二者之间存在更多幽微隐秘的联系。

1. 详观论体：刘勰评"论"

刘勰在《论说》"选文以定篇"中列举了若干作品，且又追溯源流、横向对比。通过对所涉及作品的分析与"敷理以举统"，可以窥探到《文心雕龙》中的理想之"论"。详见下表：

作者/编纂者	作品	评价	
		正面	负面
孔子及其门人	《论语》	群论立名	
庄子	《齐物论》	以论为名	
吕不韦	《吕氏春秋》6 论 36 篇	六论昭列	
戴圣　班固	《石渠礼论》《白虎通义》	论家之正体	
班彪　严尤	《王命论》《三将军论》	敷述昭情，善入史体	
傅嘏　王粲　嵇康　夏侯玄　王弼　何晏	《才性论》《去伐论》《声无哀乐论》《本无论》《易略例》《道德论》	师心独见，锋颖精密论之英也	
李康(王充) 陆机(贾谊)	《运命论》(《论衡》)《辨亡论》(《过秦论》)	亦其美矣	《运命》高于《论衡》；《辨亡》不敌《过秦》
宋岱　郭象 王衍　裴頠	《周易论》《庄子注》《难崇有论》《崇有论》	独步当时，流声后代	徒锐偏解，莫诣正理
张衡	《讥世论》		韵似俳说
孔融	《孝廉论》		但谈嘲戏
曹植	《辨道论》		体同书抄
秦恭　朱普	注《尧典》 解《尚书》		通人恶烦，羞学章句
毛公　孔安国 郑玄　王弼	训《诗》 传《书》 释《礼》 解《易》	要约明畅，可以为式	

从图中可以看出，刘勰对《论语》《齐物论》《吕氏春秋》（《吕氏春秋》有《开春》《慎行》《贵直》《不苟》《似顺》《士容》6论36篇）并无褒贬，而是在陈述事实。从《论语》开始，论文以“论”为名，此后又相继有《齐物论》《吕氏春秋》等一系列以“论”为名的文章。

接下来，刘勰提出了积极的评价，将“石渠论艺，白虎讲聚”称为“论家之正体”。“石渠论艺”与“白虎讲聚”，分别指代于西汉宣帝、东汉章帝时期的石渠阁会议与白虎观会议。石渠阁会议是西汉甘露三年（前51）由汉宣帝亲自裁决，五经诸儒共同讨论经学内部重大问题的会议，因在当时的皇家藏书处石渠阁召开，故称为石渠阁会议。关于这次会议，《汉书·宣帝纪》载：

> 诏诸儒讲《五经》同异，太子太傅萧望之等平奏其议，上亲称制临决焉。乃立梁丘《易》、大小夏侯《尚书》、穀梁《春秋》博士。①

这次会议后，相关奏议被辑成《石渠议奏》，又名《石渠论》，今已亡佚。议奏内容散见于其他文献记载。与《石渠议奏》亡佚不同的是，《白虎通义》被较为完整地保留下来。② 关于白虎观会议，《后汉书·章帝纪》载：

> 于是下太常，将、大夫、博士、议郎、郎官及诸生、诸儒会白虎观，讲议《五经》同异，使五官中郎将魏应承制问，侍中淳于恭奏，帝亲称制临决，如孝宣甘露石渠故事，作《白虎议奏》。③

白虎观会议于建初四年召开，有特定的时代背景。“自西汉以来，今文经学特别繁盛，而到西汉末、东汉初又兴起古文经学，于是今、古两大派互相攻讦，争立学官。对《五经》的传承注疏、义理阐发也各自为阵、众说纷纭。这一情况影响了人们对于经义的解读和理解，也严重地阻碍了当时人

---

① [汉]班固:《汉书》卷八《宣帝纪》,北京:中华书局,1975年,第272页。

② [清]皮锡瑞:“《石渠议奏》今亡,仅略见于杜佑《通典》。《白虎通义》犹存四卷,集今学之大成。”(《经学历史》,北京:商务印书馆,1928年,第108页)

③ [宋]范晔:《后汉书》卷三《章帝纪》,北京:中华书局,1973年,第138页。

们思想意识的统一"①。在这样的情形下，白虎观会议的召开非常有必要，会议结束后，相关意见被辑录成《白虎议奏》，后来班固奉旨重新整理，遂成《白虎通》，即《白虎通义》。

石渠阁会议与白虎观会议作为两汉时期经学史上的重要会议，其相关内容被称为"论家之正体"，这与刘勰在"释名以章义"中一以贯之的"述经叙理曰论""论者，伦也；伦理无爽，则圣意不坠"紧密相连。② 所谓"讲议《五经》同异"就是要纠正当时对经典的偏颇理解，树立儒家正统典范以正视听。这是"论"存在的意义与价值，能够做到这一点，无疑是"论"的典范。

作为史论体的《王命论》与《三将军论》，被刘勰赞为"敷述昭情""善入史体"。两篇文章的创作均有特定的背景，《王命论》旨在明神器不可妄觊，以劝说拥众天水的隗嚣；而《三将军论》旨在举古代名将白起、乐毅等事例来劝讽王莽莫要攻伐四夷。这两篇文章中，作者恰当地引用史实作为自己观点的支撑与情感的表达，因而，刘勰用"善"字来表达对它们的肯定。

自傅嘏《才性论》起至何晏《道德论》为止的六篇文章，刘勰用"师心独见，锋颖精密，盖论之英也"③ 来形容。"师心独见"指以心为师，不拘泥于成法；"锋颖精密"指见解锋锐、论述精密。刘勰认为"论"之为文，作者要有独特见解，观点锋利，逻辑严谨，不给人以诘难的漏洞。这与刘勰否定"逮江左群谈，惟玄是务；虽有日新，而多抽前绪"④ 相呼应。然而"师心独见"并非指前人谈过的问题，后人不能再论述。针对同一问题的探讨，什么是"师心独见"，什么是"多抽前绪"？刘勰举了两组例子加以说明。第一组是李康《运命论》与王充《论衡》比较，《论衡》中有《命录》《命义》《寿气》诸篇亦在探讨命运的问题，而《运命论》却高于《论衡》，《论衡》所失，在于"不能抉旧说之蒙，又益之以麋惑也"⑤。第二组是陆机《辨亡论》与贾谊《过秦论》相比，虽同样论述朝政兴衰，而

① 孙蓉蓉：《"讲文虎观"与"辉光相照"——〈文心雕龙·时序〉对东汉经学与文学的评述》，戚良德主编：《儒学视野中的〈文心雕龙〉》，上海：上海古籍出版社，2014年，第414页。

② ［梁］刘勰：《文心雕龙·论说》，周振甫：《文心雕龙注释》，第200页。

③ ［梁］刘勰：《文心雕龙·论说》，周振甫：《文心雕龙注释》，第201页。

④ ［梁］刘勰：《文心雕龙·论说》，周振甫：《文心雕龙注释》，第201页。

⑤ 骆鸿凯：《文选学》，北京：中华书局，1989年，第387页。

《辨亡论》之失，是因为其“命意用笔遣词，全规《过秦》”[①]。前者讲不清道理，后者亦步亦趋，在刘勰眼中自然就落了下乘。

自宋岱《周易论》至裴颇《崇有论》四篇文章，有褒有贬。褒扬之处，赞其“锐思于几神之区”，即锋锐的神思可以抵达极精深的境界。不足之处，则是憾其“徒锐偏解，莫诣正理”。刘勰赞赏思想有深度、广度。在此之后的三篇文章，刘勰持完全否定的态度。张衡《讥世论》“韵似俳说”、孔融《孝廉论》“但谈嘲戏”、曹植《辨道论》“体同书抄”。这三篇文章都是负面的典型，与刘勰对“论”体文的要求相去甚远。

这就是刘勰在“选文以定篇”中所评论的从先秦到魏晋时的论文。对“论”体文的“敷理以举统”，《论说》篇曰：

> 原夫论之为体，所以辨正然否，穷于有数，究于无形，钻坚求通，钩深取极；乃百虑之筌蹄，万事之权衡也。故其义贵圆通，辞忌枝碎；必使心与理合，弥缝莫见其隙，辞共心密，敌人不知所乘，斯其要也。[②]

以上是对刘勰《文心雕龙·论说》篇中，关于“论”部分的分析，从中大致可以明白刘勰对于各种“论”文的总体看法。

2. 佛门之“论”：二者之间的相互参照

通过分析刘勰之“论”与佛门之“论”，可以发现二者之间既有相互契合之处，也有众多不同。其中重叠的部分应当是刘勰所肯定的佛门之“论”的部分，也应当是刘勰所称赞“般若之绝境”的深层原因。相互参照，两者的异同点如下：

就“论”之指代而言，两者是不同的。刘勰之“论”泛指论文体，条流多品，形式多样；而佛门之“论”则特指经、律、论三藏之一的论藏，是对佛经与戒律学习体会的文章。

就“论”之目的而言，两者有相似之处。刘勰之“论”是为使“圣意不坠”，这也就是石渠阁会议与白虎观会议的相关内容可以被称作“论家之正体”，而《讥世论》《孝廉论》这样的嘲戏之作被刘勰否定的原因。而佛

---

① 骆鸿凯:《文选学》,第 394 页。

② ［梁］刘勰:《文心雕龙·论说》,周振甫:《文心雕龙注释》,第 201 页。

门之“论”则为“通圣心之津途”[①]，僧肇于《百论序》中更是直言：

> 于时外道纷然，异端竞起，邪辩逼真，殆乱正道。乃仰慨圣教之凌迟，俯悼群迷之纵惑，将远拯沉沦，故作斯论，所以防正闲邪，大明于宗极者矣。是以正化以之而隆，邪道以之而替。[②]

这句话表明，该论的创作是为扫清扰乱正道的异知邪见，从而拯救沉沦于苦海的众生。虽具有强烈的宗教色彩，然而其本质还是为了传达圣心，辨别道理。

就“论”之形式而言，两者范围有差别。刘勰之“论”并无太多限制，可以与“议说合契”“传注参体”“赞评齐行”“叙引共纪”[③]。而佛门之“论”，其形式相对固定，大都在问答交错的过程中铺展开来。如《大智度论》曰：

> 其人以《般若经》为灵府妙门宗一之道，三乘十二部由之而出，故尤重焉。然斯经幽奥，厥趣难明，自非达学，鲜得其归。故叙夫体统，辨其深致，若意在文外，而理蕴于辞，辄寄之宾主，假自疑以起对，名曰问论。[④]

其中，“寄之宾主”“假自疑以起对”就充分证明了其论证形式。当然，刘勰在《论说》篇中所列举的《白虎通义》亦有问答交错的形式，陈引驰先生认为其中暗含了刘勰受到佛教论说方式的影响。[⑤]

---

① [东晋]释僧肇:《百论序》;[梁]释僧佑撰,苏晋仁、萧链子点校:《出三藏记集》卷十,第402页。

② [东晋]释僧肇:《百论序》;[梁]释僧佑撰,苏晋仁、萧链子点校:《出三藏记集》卷十,第402页。

③ [梁]刘勰:《文心雕龙·论说》,周振甫:《文心雕龙注释》,第200页。

④ [东晋]释慧远:《大智论抄序》;[梁]释僧佑撰,苏晋仁、萧链子点校:《出三藏记集》卷十,第389页。

⑤ 陈引驰:“刘勰所标举的作为‘叙经’文类的‘论’,与《论说》篇‘选文以定篇’部分显示的刘勰对于玄学‘论’文的高度推重不合,其在体式上,应受到当时毗昙学及佛教之‘论’的影响,《论说》推为‘论家之正体’的《白虎通义》,其设问而释答的体式,在佛教论典及本土佛教诸论中,较之经学等本土传统,更属基本格式且甚是普遍,而此一事实,正是刘勰熟知而深悉的。”(《中古文学与佛教》,北京:商务印书馆,2017年,第48页)

就“论”之手段而言，两者都主张旁征博引。刘勰夸赞善于引用历史事实的《王命论》《三将军论》，佛门强调“博引众经以赡其辞”。两者都认为论要有深度和广度，刘勰强调“钻坚求通，钩深取极”“锐思于几神之区”；佛门赞叹“未足穷其邃”；刘勰提倡“义贵圆通，辞忌枝碎”，佛门则要求“智无不周”“广大悉备”，等等。

稍有不同的是，佛门于此之外，还崇尚通过“畅发义音”来弘扬经义之美，而《论说》之“论”作为“叙笔”部分的无韵之文，于“音”而言，并无要求；同样，二者一个重视“辨”，另一个重视“辩”。这其中又有细微的区别，刘勰之“论”是辨别的“辨”，即“论之为体，所以辨正然否”，意在辨别事理。而佛门论文，是辩论的“辩”，即“虽百川灌河，未足语其辩矣”，指论述过程中要充溢着雄辩的色彩。

就“论”之创作过程而言，二者有共通之处。刘勰之“论”认为，创作之前，作者要“弥纶群言”，立论时，要“师心独见”，然后要做到“心与理合”“辞共心密”。佛门之“论”也有类似表达，初拟文章时，要“标众异以尽美”“寄折中以定之”，文章完成后，要“举无执以尽善”。

就“论”最终要得到的效果而言，二者也是一致的，刘勰提出“敌人不知所乘”，佛门展望“无敌于天下”。

综上所述，刘勰在《文心雕龙·论说》篇中提出“般若之绝境”一词，意义较为丰富。般若中观学说在化解魏晋时期有无之争时，所牵涉的义理相对复杂。刘勰特意提及“般若之绝境”，并对此表示肯定。证明刘勰对佛教义理的理解非常之深，且对佛教论说的方式有认同之处。又观刘勰之“论”与佛门之“论”有诸多重合。因此，不排除刘勰之“论”在一定程度上受到了佛门之“论”的影响。

（作者单位：温州大学文学院）

清代词学视野中的辛弃疾述论

洪树华

摘　要：辛弃疾被誉为南宋伟大的爱国词人，在文学成就上，他的一生主要以词为体裁进行创作，数量之多令人惊叹不已。辛词题材广泛，气势纵横，为南宋以来文人士子所喜爱。在清词话中，词论家对辛词格外关注，对辛词的评论主要体现为：赞赏“稼轩体”；注意到辛弃疾的词以豪放为主，同时还注意到辛弃疾的词有妩媚、妍媚、昵狎温柔等风格；注意到辛弃疾驾驭语言的能力。清代词论家在评价辛词时，常常“苏”“辛”并提，有时“辛”“柳”与“辛”“刘”等并提，尤其欣赏辛弃疾的慷慨豪放、悲壮沉郁的词风。辛词赢得清代词论家的更多评论，主要的原因是辛弃疾的人格与人品的魅力。

关键词：稼轩体；慷慨豪放；悲壮沉郁；妍媚；用事

辛弃疾（1140—1207），字幼安，号稼轩，历城（今属济南市）人，被誉为南宋伟大的爱国词人。清代沈雄在《古今词话》中辑记这样一条信息：“蔡光北陷，辛幼安以所业谒之。蔡曰，诗则未也，他日当以词名。”①后来，辛弃疾的文学成就正好应验了蔡光的预见。又据《古今词话·词评》所辑：“李濂曰：稼轩与晦庵、同甫、改之交善。晦庵曰：若朝廷赏罚明，此等人尽可用。同甫答辛启曰：‘经纶事业，股肱王室之心。游戏文章，脍炙士林之口。’改之气雄一世，寄辛词曰：‘古岂无人，可以似我稼轩者谁。’观同时之所推奖，则稼轩概可知矣。稼轩卒，家无余财，仅遗著述数

① 唐圭璋编:《词话丛编》第一册,北京:中华书局,1986 年,第 1000 页。

帙。”[①] 可见，辛弃疾受到同时代人的推奖，除了著作外，身后并无余财。在文学成就上，辛弃疾一生以词作为创作的主要体裁，创作了大量的优秀作品，词集有现存《稼轩长短句》（十二卷）和《稼轩词》（四卷）两种刊本。他的《稼轩词》存词600余首，数量之多令人惊叹不已。辛词题材广泛，气势纵横，为南宋以来文人士子所喜爱。在清词话中，词论家对辛词格外关注，尤其欣赏辛弃疾的慷慨豪放、悲壮沉郁的词风。

一

《四库全书总目》的编者对辛弃疾词做了这样的评价：“其词慷慨纵横，有不可一世之概，于倚声家为变调，而异军特起，能于剪红刻翠之外，屹然别立一宗，迄今不废。观其才气俊迈，虽似乎奋笔而成。”[②] 可以说，四库馆臣的评论是非常中肯的。除了《四库全书总目》的编者之外，清代词论家也对辛词非常重视，对辛词做了各种各样的评论：

（一）赞赏“稼轩体”。在中国文学史上，辛弃疾词就像一颗璀璨的明珠闪烁在词坛星空，引起后世评论家赞美的品评赏析，甚至有的词论家关注了“稼轩体”。然而，从见到的几种很有影响的《中国文学史》著作看，无论是20世纪六十年代由人民文学出版社出版的游国恩等人主编的《中国文学史》、中国社会科学院文学研究所主编的《中国文学史》，还是1996年3月由复旦大学出版社出版的章培恒、骆玉明主编的《中国文学史》等书，竟然都对辛词文体的命名一字未提。不过，令人欣慰的是，近几年有的学者在编写中国文学史的时候，已注意到前人对辛弃疾词的文体命名情况，如有学者在《中国古代文学史》中这样评述“辛派词人”：“最早对辛弃疾词风词格予以归纳总结的是其门人范开，他提出了‘稼轩体’一说，随后‘用稼轩韵’‘效稼轩体’‘歌词渐有稼轩风’（戴复古《望江南》）、‘愿学稼轩翁’（李曾伯《水调歌头》）等话语，在当时相当普遍，这说明辛弃疾独特词风已经得到了众多词家的欣赏与效法，为‘辛派’的形成奠定了文学基础。”[③] 然而，实际上范开在《稼轩词序》中并未直接说“稼轩体”。

---

① 唐圭璋编：《词话丛编》第一册，第1000页。

② ［清］永瑢等撰：《四库全书总目》（下册），北京：中华书局，1965年，第1816—1817页。

③ 袁世硕主编、陈文新副主编：《中国古代文学史》中册，北京：高等教育出版社，2016年，第377页。

又如有的学者直接提及“稼轩体”，他说：“辛弃疾是一个在政治上和文学上都有号召力的领袖人物。他的富有时代精神的词问世之后，社会反响很大，被誉为‘稼轩体’。志同道合者纷纷与他唱和或向他学习，南宋文学界一时间‘歌词渐有稼轩风’（戴复古《望江南》其四），形成了一个以他为主将的辛派词人群体。”① 由上引文可见，当今学者已注意到前人以“稼轩体”作为对辛弃疾词的风格特征的总结。

“稼轩体”的命名，可以追溯至南宋范开在《稼轩词序》中说的：“故其词之为体，如张乐《洞庭》之野，无首无尾，不主故常；又如春云浮空，卷舒起灭，随所变态，无非可观。”② 范开指出“其词之为体”。又如岳珂《桯史》卷二说：“又嘉泰癸亥岁，改之在中都，时辛稼轩弃疾帅越，闻其名，遣介招之。适以事不及行，作书归辂者。因效辛体《沁园春》一词，并缄往，下笔便逼真。”③ 岳珂把辛弃疾词的风格特征归结为“辛体”。宋代以后继承“稼轩体”命名的说法也出现在清代词话中。笔者发现有四处明确标出辛弃疾词的文体名称，如清人张德瀛《词徵》卷五“南宋辛体”条标出“稼轩体”：

> 刘改之词，如“左执太行之犹，而右搏雕虎”，是善效稼轩体者。陶南村谓其赡逸有思致，殊不足以尽之。南宋此体最多，张安国《六州歌头》：“长淮望断，关塞莽然平。”翁五峰《摸鱼儿》：“叹江左夷吾、隆中诸葛，谈笑已尘土。”刘潜夫《沁园春》：“使李将军、遇高皇帝，万户侯，何足道哉。”杜伯高《酹江月》：“元龙老矣，世间何限余子。”王锡老《贺新郎》：“致使五官伸脚睡，唤诸儿、画取长陵土。”陈定父《沁园春》：“刘表坐谈、深源轻进，机会失之弹指间。”杨济翁《水调歌头》：“可怜报国无路，空白一分头。”张仲宗《贺新郎》：“天意从来高难问，况人情易老悲难诉。”皆所谓拔地倚天，句句欲活者。本朝铅山蒋氏则专以此体为宗矣。④

据此可见，这种具有“拔地倚天”特点的“稼轩体”被南宋词人所效

① 刘扬忠主编：《中国文学史通史》（第三卷），南京：江苏文艺出版社，2011年，第187页。
② 辛弃疾撰，邓广铭笺注：《稼轩词编年笺注》，上海：上海古籍出版社，2007年，第620页。
③ 岳珂、王铚撰，黄益元、孔一校点：《桯史·默记》，上海：上海古籍出版社，2012年，第25页。
④ 唐圭璋编：《词话丛编》第五册，第4161页。

仿。还有两处出现于清人刘熙载《艺概·词概》之中，即“辛姜气味相通”条与“刘改之词沉着不及稼轩”条，其中“辛姜气味相通”条云：“张玉田盛称白石，而不甚许稼轩，耳食者遂于两家有轩轾意。不知稼轩之体，白石尝效之矣，集中如永遇乐、汉宫春诸阙，均次稼轩韵，其吐属气味，皆若祕响相通，何后人过分门户耶。”[①]“刘改之词沉着不及稼轩”条云：“刘改之词，狂逸之中，自饶俊致，虽沉着不及稼轩，足以自成一家。其有意效稼轩体者，如沁园春‘斗酒彘肩’等阙，又当别论。”[②]这两处提及了辛弃疾词的文体名称“稼轩之体”“稼轩体”。另见清人陈廷焯《白雨斋词话》卷一中的“放翁去稼轩甚远”条云：“放翁词亦为当时所推重，几欲与稼轩颉颃。然粗而不精，枝而不理，去稼轩甚远。大抵稼轩一体，后人不易学步。无稼轩才力，无稼轩胸襟，又不处稼轩境地，欲于粗莽中见沉郁，其可得乎。”[③]陈廷焯指出“稼轩一体”即“稼轩体”，不容易被后人效仿、学习。以上词话提及的“稼轩之体”“稼轩体”“稼轩一体”，都是对辛弃疾词的风格的高度概括。这种以人而论文体，在中国文学批评史上要数南宋严羽的《沧浪诗话·诗体》列出最多了，其间出现了以人而论的文体名：“以人而论，则有苏李体、曹刘体、陶体、谢体、徐庾体、沈宋体、陈拾遗体、王杨卢骆体、张曲江体、少陵体、太白体、高达夫体、孟浩然体、岑嘉州体、王右丞体、韦苏州体、韩昌黎体、柳子厚体、韦柳体、李长吉体、李商隐体、卢仝体、白乐天体、元白体、杜牧之体、张籍王建体、贾浪仙体、孟东野体、杜荀鹤体、东坡体、山谷体、后山体、王荆公体、邵康节体、陈简斋体、杨诚斋体。”[④]严羽或取姓氏，或取人名，或取字号来命名诗体，归纳出36种诗体，以人命名的文体数量之多，恐怕在中国文学批评史上是极其罕见的。毫无疑问，命名“稼轩体”（辛体），显然是受到以人而论的分体思想的影响。那么，何谓“稼轩体”呢？其实，清人张德瀛在《词徵》卷五就已说得非常清楚，他指出，这种受到刘改之效仿的文体在南宋最多，并举张安国《六州歌头》、翁五峰《摸鱼儿》、刘潜夫《沁园春》、杜伯高《酹江月》、王锡老《贺新郎》、陈定父《沁园春》、杨济翁《水调歌头》、张仲宗《贺新郎》等词的语句

---

① 唐圭璋编:《词话丛编》第四册,第3693页。

② 唐圭璋编:《词话丛编》第四册,第3695页。

③ 唐圭璋编:《词话丛编》第四册,第3796页。

④ 郭绍虞:《沧浪诗话校释》,北京:人民文学出版社,1983年,第58—59页。

为例说明这种文体“皆所谓拔地倚天，句句欲活者”。细细玩味，这些词无不体现了辛弃疾词的特点。众所周知，南宋爱国词人辛弃疾在南归之后，报国的胸怀壮志无处实施，满腔忠愤无处发泄，只好寄之于笔端，呈现于词中的感情自然是豪情与悲愤。因而，辛体的主要特点就是豪壮苍凉、雄奇沉郁。

（二）注意到辛弃疾的主流词风，也注意到其他词风。辛弃疾继承了苏轼豪放阔大的词风及南宋初期爱国词人的战斗精神，他的词风以豪放悲壮为主。明清词论家就注意到辛词的主要词风，如胡念贻辑清人《词洁辑评》卷五：“升庵云：稼轩词中第一。发端便欲涕落，后段一气奔注，笔不得遏。廉颇自拟，慷慨壮怀，如闻其声。谓此词用人名者多，当是不解词味。”[①] 据此可知，明人杨慎评价了辛弃疾词风是“慷慨壮怀”。清人李佳《左庵词话》（卷上）中的“稼轩词”条云：“辛稼轩词，慷慨豪放，一时无两，为词家别调。集中多寓意作，如《摸鱼儿》云：‘更能消、几番风雨。匆匆春又归去。惜春长怕花开早，何况落红无数。春且住。见说道、天涯芳草无归路。怨春不语。算只有殷勤，画檐蛛网，尽日惹飞絮。长门事，准拟佳期又误。娥眉曾有人妒。千金纵买相如赋，脉脉此情谁诉。君莫舞。君不见、玉环飞燕皆尘土。闲愁最苦。休去倚危栏，斜阳正在、烟柳断肠处。’又如：‘怕赏曾楼，十日九风雨。断肠点点飞红，都无人管，更谁劝、流莺声住。’又如：‘一番风雨，一番狼藉。尺素如今何处也，绿云依旧无综迹。谩教人、羞去上层楼，平芜碧。’又如：‘把吴钩看了，阑干拍遍，无人会、登临意。’又如：‘剩水残山无态度，被疏梅、料理成风月。两三雁、也萧瑟。’此类甚多，皆为北狩南渡而言。以是见词不徒作，岂仅批风咏月。”[②] 李佳高度赞赏了辛弃疾的“慷慨豪放”词风，并以《摸鱼儿》为例指出了这类词风的作品很多，都是南渡以后之作。他还在《左庵词话》中以《永遇乐·京口北固亭怀古》为例，说明了“悲壮苍凉，极咏古能事。”[③]

除了明人杨慎、清人李佳外，还有清人沈谦《填词杂说》、邹只谟《远志斋词衷》、胡薇元《岁寒居词话》、沈祥龙《论词随笔》、李调元《雨

① 唐圭璋编：《词话丛编》第二册，第 1370 页。
② 唐圭璋编：《词话丛编》第四册，第 3107—3108 页。
③ 唐圭璋编：《词话丛编》第四册，第 3108 页。

村词话》、田同之《西圃词说》、周济《宋四家词选目录序论》、谢章铤《睹棋山庄词话》、陈廷焯《白雨斋词话》、王国维《人间词话》等著作提及了辛弃疾的词风是“激扬奋厉”“豪放”“雄豪”“雄爽”“慷慨悲凉”“凌高厉空”“肝胆激烈”“词豪”“粗豪”“豪迈”等。这些赞美之词，切中了辛弃疾的主流词风。

辛弃疾词的题材范围非常广泛。从现存他的600余首词看，题材涉及了政治、哲理、友情、恋情，也涉及了农村田园风光、民俗及日常生活等。由于题材、内容的多种多样及词中表达的情感的变化，那么辛弃疾的艺术风格也不是单一的。清人钱裴仲《雨华盦词话》中的“读词须细心体会”条云：“读词之法，心细如发。先屏去一切闲思杂虑，然后心向之，目注之，谛审而咀味之，方见古人用心处。若全不体会，随口唱去，何异老僧诵经，乞儿丐食。丐食亦须叫号哀苦，人或与之，否则亦不可得。”① 阅读者只要细心体会，就不难辨别出辛弃疾的多样词风。清人在分析辛弃疾的雄壮词风时，就注意到了其他的词风。如：沈谦在《填词杂说》中说：“稼轩词以激扬奋厉为工，至‘宝钗分，桃叶渡’一曲，昵狎温柔，魂销意尽，才人伎俩，真不可测。昔人论画云，能寸人豆马，可作千丈松，知言哉。”② 沈谦既提及辛词的“激扬奋厉”，又提及其“昵狎温柔”的特点。邹只谟在《远志斋词衷》中说：“稼轩雄深雅健，自是本色，俱从南华冲虚得来。然作词之多，亦无如稼轩者。中调短令亦间作妩媚语，观其得意处，真有压倒古人之意。”③ 邹只谟评价辛词“雄深雅健”的本色，又提及辛词的“妩媚”。贺裳在《皱水轩词筌》中的“稼轩有妍媚词”条提及辛词的“妍媚”风格，就说：“吴履斋赠妓词，不载于集，又与生平手笔不类。然如‘锦字偷裁。立尽西风雁不来’，风致何妍媚也，乃出自稼轩之首，文人固不可测。”④ 从以上几位词论家对辛词的评价看，明清代词论家注意到辛弃疾的词以豪放为主，同时还注意到辛弃疾的词还有妩媚、妍媚、昵狎温柔等风格。

（三）注意到辛弃疾驾驭语言的能力。辛弃疾在词的语言技巧方面有自己的特色。他本人十分重视语言的运用，如清人王奕清等撰《历代词

---

① 唐圭璋编:《词话丛编》第二册,第3012页。

② 唐圭璋编:《词话丛编》第一册,第630页。

③ 唐圭璋编:《词话丛编》第一册,第652页。

④ 唐圭璋编:《词话丛编》第一册,第698页。

话》卷八"岳珂论辛词"条引《古今词话》云："辛稼轩每开宴，必令侍姬歌所作词，特好歌《贺新郎》，自诵其中警句'我见青山多妩媚，料青山见我应如是'与'不恨古人吾不见，恨古人不见我狂耳'。顾问坐客何如。既而作《永遇乐》：'千古江山，英雄无觅，孙仲谋处。'特置酒招客，使妓按歌而自击节，遍问客，必使摘其疵。客逊谢不可，或措一二语不契，又弗答。相台岳珂年最少，率然对曰：'童子何知，而敢有议，必欲如范希文以千金求严陵记一字之易，则晚进窃有议也。'稼轩促膝使毕其说。珂曰：'前篇豪视一世，独前后二警语差相似，新作微觉用事多耳。'稼轩大喜，谓座客曰：'夫夫也，实中余痼。'乃味改其语，日数十易，累月未竟。"[①] 可见，辛弃疾在创作态度上非常虚心认真，在运用语言上勤于修改。清代词论家注意到辛弃疾在词的语言运用上出现以下几种主要情形：

1. 用事（用典）。实际上，明代就有人关注到辛弃疾在词里用事（用典），如明代陈霆《渚山堂词话》中的"辛稼轩贺新郎"条云："辛稼轩词，或议其多用事，而欠流便。予览其琵琶一词，则此论未足凭也。贺新郎云：'凤尾龙香拨，自开元霓裳曲罢，几番风月。最苦浔阳江上路，画舸亭亭催别。记出塞黄云堆雪。马上离愁三万里，认孤鸿没处分胡越。弦解语，恨难说。辽阳驿使音尘绝。琐窗寒，轻挑谩撚，泪珠盈睫。推手含情还却手，一抹梁州哀彻。千古事、云飞烟灭。贺老定场无消息，悄沈香亭北繁华歇。弹到此，为呜咽。'此篇用事最多，然圆转流丽，不为事所使，称是妙手。"[②] 可见，陈霆注意到辛弃疾《贺新郎》的用事（用典）及圆转流丽的特点。清代词论家也注意到辛弃疾词中大量用典、滥用书本材料的缺点，如《历代词话》卷八"掉书袋"条引用了南宋刘克庄的话："放翁、稼轩，一扫纤尘，不事斧凿，高则高矣，但时时掉书袋，要是一癖。"[③] 沈雄《古今词话》词话（上卷）"陆辛时时掉书袋"条也转引了刘克庄的上述话："刘潜夫曰：放翁、稼轩，一扫纤艳，不事斧凿。词则高矣，但时时掉书袋，固是一病。"[④]《历代词话》的编者及《古今词话》的编者沈雄虽然是转引南宋刘克庄的话，但是，也间接显示出他们注意到辛弃疾在词中

① 唐圭璋编：《词话丛编》第二册，第 1236—1237 页。
② 唐圭璋编：《词话丛编》第一册，第 363 页。
③ 唐圭璋编：《词话丛编》第二册，第 1236 页。
④ 唐圭璋编：《词话丛编》第一册，第 767 页。

用事（用典）的普遍现象。

2. 运用他人诗词的词汇和民间语言。如明人杨慎《词品》卷二指出：“辛稼轩词‘泛菊杯深，吹梅角暖’，盖用易安‘染柳烟轻，吹梅笛怨’也。然稼轩改数字更工，不妨袭用。不然岂盗狐白裘手邪。”① 杨慎指出辛词运用李清照词语。清人张德瀛《词徵》卷五说：“稼轩词，趣昭事博，深得漆园遗意，故篇首以秋水观冠之。其题《张提举玉峰楼词》，借庄叟自喻，意已可知。它如《兰陵王》引梦蝶事，《水调歌头》引嚇鼠鹍鹏事，此类不一而足。其词凌高厉空，追夸而有节者也。”② 指出辛词运用《庄子》。《词徵》卷五又说：“稼轩寄吴子似词云：‘酌酒援北斗，我亦蛩其间。’用韩退之诗“得无蛩其间’，不武亦不文。又《汉宫春》词‘却笑东风，从此便薰梅染柳，更没些闲。’案李昌谷瑶华乐，‘薰梅染柳将赠君’，本指仙药，盖与辛词异诂。”③ 指出辛词运用韩愈诗句。《词徵》卷五还指出：“辛稼轩去年燕子来词，仿欧阳永叔去年元夜时词格。蒋竹山招落梅魂，仿辛稼轩用骚经些字体也。”④ 指出辛词运用欧阳修词格。清人王士禛指出辛词语言有古谣语的特点，如他在《花草蒙拾》中指出：“‘车如鸡棲马如狗’，用古谣语，绝似稼轩手笔。”⑤

3. 运用经、史、子等各种典籍。如清人李调元《雨村词话》卷三指出稼轩使用四书成语：“辛稼轩词肝胆激烈，有奇气，腹有诗书，足以运之，故喜用四书成语，如自己出。如今日既盟之后，贤哉回也，先觉者贤乎等句，为词家另一派。然学之稍粗则堕恶道。其时为稼轩客如龙洲刘过，每学其法，时多称之，然失之粗劣。独《西江月》一词有句云：‘天时地利与人和，燕可伐舆曰可。’用四书语，颇有稼轩气味。”⑥ 清人刘熙载在《艺概》中指出稼轩善运用古书中理语瘦语：“稼轩词龙腾虎掷，任古书中理语瘦语，一经运用，便得风流，天姿是何夐异。”⑦ 清人冯金伯《词苑萃编》引《词苑丛谈》说明辛弃疾运用典籍、前人语言达到自然化用的程度，如指出辛词使用经子百家：“词至稼轩，经子百家，行间笔下，驱策如

① 唐圭璋编:《词话丛编》第一册,第 451 页。
② 唐圭璋编:《词话丛编》第五册,第 4160 页。
③ 唐圭璋编:《词话丛编》第五册,第 4160 页。
④ 唐圭璋编:《词话丛编》第五册,第 4160—4161 页。
⑤ 唐圭璋编:《词话丛编》第一册,第 681 页。
⑥ 唐圭璋编:《词话丛编》第二册,第 1420 页。
⑦ 唐圭璋编:《词话丛编》第二册,第 3693 页。

意。”又指出辛词用晋人语：“‘天气殊未佳，妆定成行否。寒食近，且住为佳耳。’此晋无名氏帖中语也。稼轩融化作霜天晓角词云‘吴头楚尾。一棹人千里。休说旧愁新恨，长亭树、今如此。宦游吾倦矣。玉人留我醉。明日落花寒食，得且住、为佳尔。’晋人语本入妙，而词又融化之如此，可谓珠璧相照耳。”[①] 清人沈祥龙《论词随笔》中指出辛弃疾在词中融化经史子典籍的才力：“用成语，贵浑成，脱化如出诸己。贺方回‘旧游梦挂碧云边，人归落雁后，思发在花前’，用薛道衡句，欧阳永叔‘平山栏槛倚晴空。山色有无中’，用王摩诘句，均妙。李易安‘清露晨流，新桐初引’，用《世说新语》，更觉自然。稼轩能合经史子而用之，自其才力绝人处，他人不宜轻效。”[②] 从以上诸多引文看出，清代词论家注意到辛词中运用四书语、古书中的理语瘦语、经子百家、晋人语，注意到辛弃疾在他的词中运用了经、史、子等各种典籍的才力。

二

在宋词当中，苏轼是豪放派的创始人，后继之者应该数辛弃疾最为著名。清代词论家在评价辛词时，常常“苏”“辛”并提。如清人胡薇元《岁寒居词话》中提及“雄豪”一派就说：“稼轩词，辛弃疾幼安撰。历城人，高宗时官枢密都承旨。其词十二卷，慷慨纵横，不可一世，才气俊迈，于倚声家为雄豪一派，世称苏、辛。”[③] 清人沈祥龙在《论词随笔》中认为词有婉约有豪放，指出“二者不可偏废，在施之各当耳。房中之奏，出以豪放，则情致绝少缠绵。塞下之曲，行以婉约，则气象何能恢拓。苏、辛与秦、柳，贵集其长也”[④]。又张德瀛《词徵》中的“苏辛词”条：“苏、辛二家，昔人名之曰词诗词论。愚以古词衡之曰，不用之时全体在，用即拈来，万象周沙界。”[⑤] 在王国维《人间词话》中也是“苏、辛”并提：“苏辛，词中之狂。白石犹不失为狷。若梦窗、梅溪、玉田、草窗、西麓辈，面目不同，同归于乡愿而已。”[⑥] 王国维认为苏轼、辛弃疾是“词中之

① 唐圭璋编:《词话丛编》第二册,第 1870 页。
② 唐圭璋编:《词话丛编》第五册,第 4059 页。
③ 唐圭璋编:《词话丛编》第五册,第 4034 页。
④ 唐圭璋编:《词话丛编》第五册,第 4049 页。
⑤ 唐圭璋编:《词话丛编》第五册,第 4158 页。
⑥ 唐圭璋编:《词话丛编》第五册,第 4250 页。

狂”，认识到苏、辛二人的词作具有狂放的特点。

在“苏”“辛”并称的同时，清代词论家还非常细心指出苏轼和辛弃疾的词风并非完全相同。如清人程洪等撰，胡念贻辑《词洁辑评》卷五指出：“稼轩词于宋人中自辟门户，要不可少。有绝佳者，不得以粗、豪二字蔽之。如此种创见，以为新奇，流传遂成恶习。存一以概其余。世以苏、辛并称，辛非苏类，稼轩之次则后村、龙洲，是其偏裨也。”[①] 又清人周济《宋四家词选目录序论》中说：“苏、辛并称，东坡天趣独到处，殆成绝诣。而苦不经意，完璧甚少。稼轩则沈著痛快，有辙可循。南宋诸公，无不传其衣钵，固未可同年而语也。稼轩由北开南，梦窗由南追北，是词家转境。韩、范诸巨公，偶一染翰，意盛足举。其文虽足树帜，故非专家。若欧公则当行矣。白石脱胎稼轩，变雄健为清刚，变驰骤为疏宕。盖二公皆极热中，故气味吻合。辛宽姜窄，宽故容藏，窄故斗硬。白石号为宗工，然亦有俗滥处。”[②] 清人周济在《介存斋论词杂著》提及辛弃疾不平则鸣，也指出苏辛不同：“稼轩不平之鸣，随处辄发，有英雄语，无学问语，故往往锋颖太露。然其才情富艳，思力果锐，南北两朝，实无其匹，无怪流传之广且久也。世以苏、辛并称，苏之自在处，辛偶能到。辛之当行处，苏必不能到。二公之词，不可同日语也。后人以粗豪学稼轩，非徒无其才，并无其情。稼轩固是才大，然情至处，后人万不能及。”[③] 清人谢章铤《睹棋山庄词话》卷九指出苏、辛词的明显不同：“晏、秦之妙丽，源于李太白、温飞卿。姜、史之清真，源于张志和、白香山。惟苏、辛在词中，则藩篱独闢矣。读苏、辛词，知词中有人，词中有品，不敢自为菲薄，然辛以毕生精力注之，比苏尤为横出。吴子律曰：‘辛之于苏，犹诗中山谷之视东坡也，东坡之大，殆不可以学而至。’此论或不尽然。苏风格自高，而性情颇歉，辛却缠绵恻悱。且辛之造语俊于苏。若仅以大论也，则室之大不如堂，而以堂为室，可乎。”[④] 王国维在《人间词话》中还说：“东坡之词旷，稼轩之词豪。无二人之胸襟而学其词，犹东施之效捧心也。读东坡、稼轩词，须观其雅量高致，有伯夷、柳下惠之风。白石虽似蝉蜕尘埃，然

① 唐圭璋编：《词话丛编》第二册，第 1372 页。
② 唐圭璋编：《词话丛编》第二册，第 1644 页。
③ 唐圭璋编：《词话丛编》第二册，第 1633—1634 页。
④ 唐圭璋编：《词话丛编》第四册，第 3444 页。

终不免局促辕下。”① 王国维在此指出了苏轼的词“旷”，辛弃疾的词“豪”，认识到他们二人词作的差异之处。

在清词话中偶见辛弃疾与其他词人并提，如清人田同之《西圃词说》中提及清人对辛弃疾与柳永并称的说法：“今人论词，动称辛、柳，不知稼轩词以‘佛狸祠下，一片神鸦社鼓’为最，过此则颓然放矣。耆卿词以‘关河冷落，残照当楼’与‘杨柳岸、晓风残月’为最佳，非是则淫以亵矣。此不可不辨。”②《灵芬馆词话》卷一指出词有四派时，提及辛弃疾与刘克庄词共同的粗豪特点：“词之为体，大略有四：风流华美，浑然天成，如美人临妆，却扇一顾，花间诸人是也。晏元献、欧阳永叔诸人继之。施朱傅粉，学步习容，如宫女题红，含情幽艳，秦、周、贺、晁诸人是也。柳七则靡曼近俗矣。姜、张诸子，一洗华靡，独标清绮，如瘦石孤花，清笙幽磬，入其境者，疑有仙灵，闻其声者，人人自远。梦窗、竹屋，或扬或沿，皆有新隽，词之能事者备矣。至东坡以横绝一代之才，凌厉一世之气，间作倚声，意若不屑，雄词高唱，别为一宗。辛、刘则粗豪太甚矣。其余幺弦孤韵，时亦可喜。溯其派别，不出四者。”③ 沈祥龙《论词随笔》中的“词非小技”条把辛弃疾与陈亮并提：“以词为小技，此非深知词者。词至南宋，如稼轩、同甫之慷慨悲凉，碧山、玉田之微婉顿挫，皆伤时感事，上与风骚同旨，可薄为小技乎。若徒作侧艳之体，淫哇之音，则谓之小也亦宜。”④ 又有清代词论家把辛弃疾与姜夔两人的词作比较，如沈祥龙《论词随笔》中说：“真者，性情也，性情不可强。观稼轩词知为豪杰，观白石词知为才人，其真处有自然流出者。词品之高低，当于此辨之。”⑤

除了以上评价外，值得注意的是清人还有使用“境界”来说明辛弃疾的词。如晚清王国维《人间词话》中说：“南宋词人，白石有格而无情，剑南有气而乏韵。其堪与北宋人颉颃者，唯一幼安耳。近人祖南宋而祧北宋，以南宋之词可学，北宋不可学也。学南宋者，不祖白石，则祖梦窗，以白石、梦窗可学，幼安不可学也。学幼安者率祖其粗犷滑稽处可学，佳

① 唐圭璋编:《词话丛编》第五册,第4250页。
② 唐圭璋编:《词话丛编》第二册,第1453页。
③ 唐圭璋编:《词话丛编》第二册,第1503页。
④ 唐圭璋编:《词话丛编》第五册,第4059页。
⑤ 唐圭璋编:《词话丛编》第五册,第4052页。

处不可学也。幼安之佳处，在有性情，有境界。即以气象论，亦有‘傍素波、干青云’之概，宁后世龌龊小生所可拟耶。”[①] 王国维又说：“稼轩《贺新郎》词送茂嘉十二弟，章法绝妙。且语语有境界，此能品而几于神者。然非有意为之，故后人不能学也。”[②] 可以肯定的是，王国维是第一个以“境界”说来评论辛弃疾词的人。

从上述清代词论家对辛弃疾词的评论可以看出，与明代词论家相比，清代词论家更多关注辛弃疾词，尤其欣赏辛弃疾的慷慨豪放、悲壮沉郁的词风。陈廷焯在《白雨斋词话》卷一指出辛词的特点：“辛稼轩，词中之龙也，气魄极雄大，意境却极沉郁。不善学之，流入叫嚣一派，论者遂集矢于稼轩，稼轩不受也。”[③] 辛词赢得清代词论家的赞誉，主要的原因是辛弃疾的人格与人品的魅力。众所周知，辛弃疾是南宋伟大的爱国词人。据《宋史》记载辛弃疾：“少师蔡伯坚，与党怀英同学，号辛、党。始筮仕，决以蓍，怀英遇坎，因留事金，弃疾得离，遂决意南归。金主亮死，中原豪杰并起。耿京聚兵山东，称太平节度使，节制山东、河北忠义军马，弃疾为掌书记，即劝京决策南向。僧义端者，喜谈兵，弃疾间与之游。及在京军中，义端亦聚众千余，说下之，使隶京。义端一夕窃印以逃，京大怒，欲杀弃疾。弃疾曰：‘匄我三日期，不获，就死未晚。’……弃疾斩其首归报，京益壮之。”[④] 后来，耿京被叛徒张安国谋害，辛弃疾获得消息，带领五十人直冲张安国军营，绑住张安国，奔向南宋。又说：“豪爽尚气节，识拔英俊，所交多海内知名士。……为大理卿时，同僚吴交如死，无棺敛，弃疾叹曰：‘身为列卿而贫若此，是廉介之士也！’既后赙之，复言于执政，诏赐银绢。”[⑤] 据《宋史》可知，辛弃疾非常勇猛，胆略非凡，又非常豪爽。南归之后，辛弃疾长期在建康（今南京）、滁州（今安徽滁县）及现在的江西、湖南、浙江、福建等地做过地方官，并没有获得朝廷的重视。他的恢复中原、报国雪耻的政治抱负不能得以实现，满腔忠愤只好寄之于词中，正如清人冯金伯《词苑萃编》引清人黄梨庄的话：“辛稼轩当弱宋末造，负管乐之才，不能尽展其用，一腔忠愤，无处发泄。观其与陈同父

---

① 唐圭璋编：《词话丛编》第五册，第4249页。
② 唐圭璋编：《词话丛编》第五册，第4258页。
③ 唐圭璋编：《词话丛编》第四册，第3791页。
④ ［元］脱脱等撰：《宋史》三五，北京：中华书局，1977年，第12161页。
⑤ ［元］脱脱等撰：《宋史》三五，第12165页。

抵掌谈论，是何等人物。故其悲歌慷慨抑郁无聊之气，一寄之于其词。”①充满在词中的是慷慨悲凉、激扬豪迈的风格，这种词风激励了一代又一代的爱国人士。辛弃疾在词中表现出的爱国精神也深深感动了清代不满清朝统治者的汉族文人。所以，这就不难理解清代词论家对辛词过多的青睐。

（作者单位：山东大学威海校区文化传播学院）

① 唐圭璋编:《词话丛编》第二册,第1870页。

剖情析采，妙臻神工

——从“情采”论看《红楼梦》

徐传武　黄海莲

摘　要：我们认为，“情采”论是《文心雕龙》全书的理论中心，从这个角度看《红楼梦》，曹雪芹对“情采”问题的处理堪为典范。他很好地把握住了刘勰所说的情“经”辞“纬”关系，自然也就“经正而纬成”“理定而辞畅”了。《红楼梦》所剖之情，是丰富多彩的，有些还隐藏得很深，需要细细嚼磨，才能识得庐山真面目。曹雪芹之剖情，深而有情致，细而有纹理，令读者动容心随，击节叹赏。《红楼梦》之言情，不是粗俗的，而是富有文采的。

关键词：《红楼梦》；《文心雕龙》；剖情析采；妙臻神工

《文心雕龙》的“情采观”，可以说是贯穿全文的。综观全书，论文伊始，刘勰便在《征圣》篇中云：“志足而言文，情信而辞巧，乃含章之玉牒，秉文之金科矣。”① 及至篇末，《序志》曰：“至于剖情析采，笼圈条贯，摛神性，图风势，苞会通，阅声字。”② “情采观”笼罩全篇，是《文心雕龙》的重要思想。过去不少人把《神思》当作《文心雕龙》全书的理论中心，我们经过反复思考、研究，觉得“情采论当是《文心雕龙》全书的理论中心”的说法应该说更有道理。

在中国古典小说中，《红楼梦》处理“情采”问题是很精道的，堪为典范。我们因为从小就喜欢《红楼梦》，反复读过许多遍。进而喜欢其作者曹雪芹，喜欢《红楼梦》中的诗词文句，喜欢《红楼梦》中的人物如林黛

---

① 范文澜:《文心雕龙注》,北京:人民文学出版社,1958 年,第 15 页。

② 范文澜:《文心雕龙注》,第 727 页。

玉、贾宝玉、香菱、晴雯、紫鹃，甚至贾母、尤三姐、妙玉。《文心雕龙·情采》曰："夫铅黛所以饰容，而盼倩生于淑姿；文采所以饰言，而辩丽本于情性。故情者文之经，辞者理之纬；经正而后纬成，理定而后辞畅：此立文之本源也。"① 《红楼梦》所写人物众多，身份繁杂，面目各异，几乎个个活灵活现，就因为作者懂得"盼倩生于淑姿""辩丽本于情性"之理。曹雪芹首先抓住描写对象最本质、最真实的东西。《红楼梦》中这众多的人物之间关系复杂甚至微妙，作者描写出来却是那样合情合理，真实可信。林黛玉对贾宝玉一次次闹别扭、要小性，就因为她深切感到她和宝玉的婚恋受到威胁，缺乏安全感，才会那样子的。那感人至深的《葬花吟》"闺中女儿惜春暮，愁绪满怀无释处""一年三百六十日，风刀霜剑严相逼"，是林黛玉身处贾府环境的真实写照，是其内心深处的真实体现。当贾宝玉向黛玉表白了自己只爱黛玉一人，让她彻底放心时，林黛玉各种言行又是那么的天真可爱。《红楼梦》第十九回《意绵绵静日玉生香》一段，让人感到黛玉是多么纯真，多么活泼，多么可爱，宝玉说和她枕同一个枕头时，她骂道"放屁"——应该看到，口中说的是颇为粗野的话，其实这时她心里应当是甜甜的，所以回目竟是"意绵绵静日玉生香"。刘姥姥进荣国府之前和她女婿的对话，初进荣国府时见平儿、王熙凤时的各种言行，二进荣国府陪伴贾母的各种言词话语，各种动作形态，都那样惟妙惟肖，多么符合刘姥姥这种富有经验善于应酬的下层劳苦老妇人的身份特征。《红楼梦》第五十三回写乌进孝交租的情景，贾家主子之横蛮强势，交租者之卑微低顺，皆历历如画。王熙凤见小红时，小红回王熙凤话一连说了好多个"奶奶"，什么二爷"五奶奶"，什么"舅奶奶""姑奶奶"之类，整个绕口令似的，把不明就里的李纨都给绕晕圈了，让读者看起来也是一头雾水。可王熙凤明白，《红楼梦》中各种错综复杂的这些关系，曹雪芹叙述起来也是这样心如明镜，是有条不紊、半点不乱的。正如刘勰所说，"情者文之经，辞者理之纬"，曹雪芹很好地把握住了这种"经""纬"关系，自然也就"经正而纬成""理定而辞畅"了。

《红楼梦》所写人物的各种言行以及这些言行所表露出来的情感，不是简单化的、表面化的，而是深入到人物的心脾深处，深入到人物的灵魂。作者看似不动声色，实际上是洞察秋毫，鞭辟入里的。如对贾雨村的各种

① 范文澜:《文心雕龙注》,第538页。

描写，细微之处见精神，其对恩人甄士隐的态度，对甄士隐丢失的女儿的态度，对曾给他献计献策的小门子的态度，对有恩于他而失势后的贾家的态度，等等，清楚地显示了其忘恩负义、唯利是图的真实嘴脸。《红楼梦》中写王夫人、薛姨妈、贾元春、薛宝钗、花袭人对林黛玉和贾宝玉爱情的态度，常常是隐而不露，欲说还休的，但随着故事的进展，他们的层层伪装就被慢慢剥落，逐渐露出他们各自的真实用心和企图。林黛玉初进贾府见到外祖母，“方欲拜见时，早被他外祖母一把搂入怀中，心肝儿肉叫着大哭起来。当下地下侍立之人，无不掩面涕泣，黛玉也哭个不住。一时众人慢慢解劝住了”[①]。贾母见到黛玉而哭泣，初看是其想念、挂念、爱恋自己外甥女的表现，这自然不错；但仔细想想，这里面还暗含着贾母对林黛玉的母亲——自己不幸早逝的女儿贾敏怀念、哀婉的成分。这层意思，到了后面一段才让人更加明白：后来王熙凤进来夸奖黛玉，提及“只可怜我这妹妹这样命苦，怎么姑妈偏就去世了”的话，贾母笑道：“我才好了，你倒来招我。”[②] 这就明确告诉读者，贾母刚刚的哭泣，里面包含了哀怜自己女儿的成分。紫鹃对黛玉的一片赤诚，也是通过求薛姨妈给宝黛做月老、试探宝玉、给黛玉说“知心一个也难寻”等情节体现出来。她多么真心实意地关注着自己的林姑娘，宁可碰一鼻子灰也乐此不疲。这种很有内涵的、很有底蕴的东西，非高手难以描画得这样富有情致，这样耐人寻味，非高手难以描画出这样真实可信的场面和人物。鲁迅先生说《红楼梦》“敢于如实描写”，“其中所叙的人物，都是真的人物”。[③] 正因为《红楼梦》作者写的“都是真的人物”，都是真的情感纠葛，都是真的内心世界，都是真的各种复杂微妙的关系，才如此感人，如此具有强大而鲜活的生命力。

《红楼梦》所剖之情，是丰富多彩的，有些还隐藏得很深，不细细嚼磨，还真难识庐山真面目。妙玉对宝玉，实际上是一往情深的，由于自己的尼姑身份，不好太直白地表露对宝玉的爱恋之心，但又难以完全控制和掩盖得住，也难以瞒住所有的人，比如黛玉实际上是看得出来的，可也不吃妙玉的醋。细细品读宝玉生日时妙玉送帖，宝玉向妙玉乞得红梅，贾母带宝黛等在拢翠庵妙玉处品茶，特别是品茶一节，妙玉对宝玉的情愫，却

---

① ［清］曹雪芹、高鹗：《红楼梦》，北京：人民文学出版社，1988 年，第 39 页。

② ［清］曹雪芹、高鹗：《红楼梦》，第 42 页。

③ 鲁迅：《中国小说史略》，《鲁迅全集》第九卷，北京：人民文学出版社，2005 年，第 348 页。

又是通过妙玉当面斥责宝玉，对宝玉似乎不屑一顾的表现曲折地表露出来，非仔细体察，也难以看出其深藏之意。宝玉和宝钗、湘云，宝钗和黛玉、湘云，黛玉和湘云，甚至宝玉和香菱、晴雯、袭人、秋纹等等，有的有恋情，有的有友情，有时也有纠纷，有时又云散天晴。《红楼梦》剖起情来，真如庖丁解牛，“恢恢乎其于游刃必有余地矣”！剖得深，剖得细，剖得有情致，剖得有纹理。令读者动容，令读者心随，令读者击节而叹赏。

《文心雕龙·情采》有云：“夫能设谟以位理，拟地以置心，心定而后结音，理正而后摛藻，使文不灭质，博不溺心，正采耀乎朱蓝，间色屏于红紫，乃可谓雕琢其章，彬彬君子矣。”[①] 《红楼梦》是部言情小说，和《金瓶梅》等言情小说相比，《红楼梦》把情写得不同一般，甚至可以说不同凡响。《红楼梦》写恋情、写性，不能说一点粗露的地方也没有。如“得趣馒头庵”“贾瑞被作弄”等情节。但在明末清初那个几乎是“肉欲横行”的时代，曹雪芹的笔触算是干净、有美感多了。有的也就是点到为止。《红楼梦》第二十一回，写贾琏“便暂将小厮们内有清俊的选来出火”，这“出火”二字隐蔽得够深的，以致于1987年版的电视剧《红楼梦》都理解成贾琏让两个小厮“拔罐子出火”了。曹雪芹写黛玉“质本洁来还洁去，强于污浊陷渠沟”（林黛玉《葬花词》），写晴雯“其为质则金玉不足喻其贵，其为性则冰雪不足喻其洁，其为神则星日不足喻其精，其为貌则花月不足喻其色”（贾宝玉《芙蓉女儿诔》），都可以说达到了天机云锦、炉火纯青的地步。《红楼梦》把情写得更为神圣，写得更为高洁，写得更加富有美学色彩。这就是《红楼梦》言情的主流、主旨，薛蟠、贾瑞之流不过是被作者嘲讽和批判的对象罢了。即便与性有关的情节，《红楼梦》往往也是别具神韵，不像《金瓶梅》那样粗俗，那样露骨。而有的只不过浅尝辄止，有的只写“外围”，有的“只闻其声，不见其形”。但《红楼梦》的言情是饱满的，是美好的，尽管作者有浓郁的伤感、悲叹情怀，但读者享受到的是美的盛宴，是富有内涵的艺术佳构。《红楼梦》第七回写到：周瑞家的给王熙凤送宫花，“走至堂屋，只见小丫头丰儿坐在凤姐房中门槛上，见周瑞家的来了，连忙的摆手儿，叫他往东屋里去。周瑞家的会意，忙蹑手蹑脚往东边房里来，只见奶子正拍着大姐儿睡觉呢。周瑞家的悄悄问奶子道：‘姐儿睡中觉呢？也该清醒了。’奶子摇头儿。正说着，只听那边一阵笑声，

---

① 范文澜:《文心雕龙注》,第528—529页。

却有贾琏的声音。接着房门响处，平儿拿着大铜盆出来，叫丰儿舀水进去”[①]。贾琏和王熙凤究竟在干什么？从门口丫鬟的连忙摆手，到一旁奶妈的含笑摇头，可以隐约看出王熙凤绝不单纯是在睡午觉。直到屋里传来“笑声”，接着平儿“拿着大铜盆出来，叫人舀水”，伺候贾琏和王熙凤。这一连串的动作，结合“贾琏戏熙凤”的回目来看，读者也就知道二人在做什么了，难怪会安排专人在门口看守。写性，却又只字不提，《红楼梦》作者对性的含蓄描写真是“不著一字，尽得风流”，怎能不令人叹赏。《红楼梦》此类描写还很多，都经过了作者某种过滤和净化，使得这种真实就有了某种升华，更加具有了美感，而不是原封不动地照搬生活中粗劣的所谓真实。

《文心雕龙·情采》又曰：“虎豹无文，则鞟同犬羊；犀兕有皮，而色资丹漆：质待文也。”[②]《红楼梦》之言情，不是粗俗的、粗野的，而是富有文采的。这种文采甚至可以说是琳琅满目，可以说是五彩缤纷，让人感到目不暇接，让人感到美不胜收。那布满全书的诗词，虽是作者代书中人物捉刀，但几乎首首俱佳，既符合书中人物的身份、学养，又符合书中人物的气质、感情，也切合书中人物的特定环境下的特定情感。前面所引到的《葬花吟》《芙蓉女儿诔》，脍炙人口，自不待言。诸如《红楼梦引子》《枉凝眉》《秋风秋雨词》等，亦可以说百读不厌。《红楼梦》中人物语言，或老或少，或农或商，或僧或道，或雅或俗，或庄或谐，皆能符合各自身份，说出各自富有特色的话语。《红楼梦》叙述各种情节，描绘各种事件，塑造各种人物，无不各具情状、各臻其妙。秦可卿出丧的大场面，百头千续，庄严肃穆；众学童打闹的小情节，乱作一团，生动有趣。红楼二尤，性格大别，贾氏四春，言行迥异。真如锦上添花，让人处处多赏心悦目之感。正如《文心雕龙·情采》所说：“言以文远，诚哉斯验。心术既形，英华乃赡。吴锦好渝，舜英徒艳。繁采寡情，味之必厌。”[③]《红楼梦》的作者曹雪芹用自己的创作实践证明，他对《文心雕龙》的这些话体味还是比较深透的。

《文心雕龙》的作者刘勰针对的是历史上或那个时代流行过的文体，那

① ［清］曹雪芹、高鹗:《红楼梦》,第111页。

② 范文澜:《文心雕龙注》,第537页。

③ 范文澜:《文心雕龙注》,第529页。

时小说还处于出生不久的童蒙时期，更未有登上大雅之堂。但刘勰在《文心雕龙》中提出的各种见解，也是适合《红楼梦》的；我们不知道曹雪芹有意还是无意，他的创作也是符合《文心雕龙》的写作之理的。当然，正如清人屈大均《端州访研歌和诸公》诗云：“年来岩底采无馀，鬼斧神工多得髓。”① 曹雪芹的《红楼梦》可以说已经达到了“鬼斧神工”“巧夺天工”的地步。他既从《文心雕龙》的写作宝库中采择精髓，更有大量的突破和创新。即便在内容和形式方面，仅仅像《文心雕龙》提出的“剖情析采”，也是远远不够的，曹雪芹还在大踏步地前进，还在突破小说界前辈们某些妨碍他成就更大辉煌的藩篱和牢笼。鲁迅先生说《红楼梦》把“传统的思想和写法都打破了”，或许这里还应该包括曹雪芹对《文心雕龙》理论方面的打破和创新。

在《红楼梦》的时代，妇女的地位还极其低下。而作者却借贾宝玉之口说“女儿是水做的骨肉”：圣洁、漂亮、美丽。大观园“女儿国”简直是个世外桃源。林黛玉、史湘云、妙玉，香菱、晴雯、紫鹃、鸳鸯、司棋、小红，等等，曹雪芹塑造了多么光彩照人的女子群像。这在世界文学史上也是个奇迹。我们甚至想，《文心雕龙》的作者刘勰如果能见到《红楼梦》，他一定会有很多新的见解和意见，则《文心雕龙》一定会是一番新的面貌，其中可能也会总结出小说创作的经验和教训。当然，这也只能是个假设了。

（作者单位：山东大学儒学高等研究院；济南市传媒艺术学校）

① ［清］屈大均：《翁山诗外》，清康熙刻凌凤翔补修本。

居今探古：论王志彬对《文心雕龙》的研究与应用①

万　奇

摘　要：王志彬是中国大陆著名的写作理论家，《文心雕龙》研究专家。他长期从事写作学、《文心雕龙》的教学与研究，著述甚丰。王志彬的《文心雕龙》研究，主要体现在以下三个方面：一是辨析《文心雕龙》的本体性质。二是发掘《文心雕龙》文体论的独特价值。三是阐释《文心雕龙》文术论的关键词。王志彬在从学理上研治“龙学”（文心学）的同时，亦注重《文心雕龙》的应用研究。首先，化用《物色》《神思》《通变》等篇的相关理论，描述写作基本规律。其次，借用《镕裁》篇的“三准”说，阐明写作构思步骤。第三，引用《论说》篇的有关论述，概括学术论文的写作特点。王志彬的《文心雕龙》研究，居今探古，打通“龙学”（文心学）与写作学，堪称跨学科研究的典范。

关键词：王志彬；《文心雕龙》；居今探古

王志彬（笔名林杉，杉木）是内蒙古师范大学文学院教授，中国大陆著名的写作理论家，《文心雕龙》研究专家。他长期从事写作学、《文心雕龙》的教学与研究，有《写作简论》（合著）、《写作技法举要》（主编）、《修辞与写作》（合著）、《散文写作概说》（专著）、《中国写作理论辑评·近代部分》（主编）、《中国写作理论史》（副主编）、《新编公文语用词典》（主编）、《20 世纪中国写作理论史》（主编）、《文心雕龙创作论疏鉴》（专

① 基金项目：国家社科基金重大项目“《文心雕龙》汇释及百年‘龙学’学案”（批准号：17ZDA253）。

著)、《文心雕龙文体论今疏》（专著)、《文心雕龙新疏》（专著)、《文心雕龙批评论新诠》（专著)、《文心雕龙例文研究》（合著)、《21世纪写作学习丛书》（总主编，已出七册）[①]、《全本全注全译 文心雕龙》（专著)、《传世经典 文白对照 文心雕龙》（专著)、《中华优秀传统文化百部经典 文心雕龙》（专著）等二十余部论著面世。

王志彬早年喜欢诗文创作。他研读《文心雕龙》，是因为觉得它“那么贴切地道出了我习作中的甘苦”[②]，由此产生了对《文心雕龙》的偏爱。为了开设写作课，编写写作教材时他自觉地“吸取、借鉴它的一些精辟论述”[③]；后至南京大学师从裴显生教授研习古代写作理论，又经裴显生教授引见，跟著名学者、南京师范大学吴调公教授专修古代文论。吴调公教授讲授《文心雕龙》中的篇章，令他感到“既给我以教学的范式，又给我以深刻的学养启迪”[④]。吴调公教授“居今探古，见树见林”的治学方法给他以深刻的影响。“居今探古”强调古今结合，发掘古代文论的现代意义；“见树见林”注重宏微结合，将文本精读与文论史研究有机联系起来。王志彬一直践行之，他对《文心雕龙》的研究与应用可谓渊源有自。

一、探寻《文心》之道

《文心雕龙》研究被称为“龙学”（文心学)，现已成为“显学”。其研究者甚众，论著则如汗牛充栋，不胜枚举。王志彬置《文心雕龙》于写作学视野中来考察，其见解与一般龙学家的看法自然不同，做到了师心独见，锋颖精密。

王志彬的《文心雕龙》研究，主要体现在以下三个方面：

一是辨析《文心雕龙》的本体性质。《文心雕龙》是一部什么书？学界说法不一。或曰文学理论批评专著，或曰艺术哲学（美学）著作。或曰文体学著作，或曰修辞学著作，或曰阅读学著作，或曰写作指导（文章作法）著作，或曰文章学著作，或曰子书等。其中“《文心雕龙》是文学理

① 王志彬总主编《21世纪写作学习丛书》包括《写作学指要》《法律文书写作指要》《科技写作指要》《行政公文写作指要》《礼仪文书写作指要》《常用应用文写作指要》《演讲词写作指要》等七个分册，由内蒙古大学出版社出版。除《写作学指要》外，余者均为应用文体写作指导书。

② 林杉：《文心雕龙创作论疏鉴》，呼和浩特：内蒙古教育出版社，1997年，第319页。

③ 林杉：《文心雕龙创作论疏鉴》，第319—320页。

④ 林杉：《文心雕龙创作论疏鉴》，第320页。

论批评专著”的看法是主流观点。对此，王志彬指出，“文学”一词，有广义、狭义之别。“就‘文学’的广义而言，说《文心雕龙》是一部‘文学理论批评这专著’是不应有所非议的”，但就狭义“文学”来看，“如果说《文心雕龙》是这样的‘文学理论批评专著’，那显然是过于无视历史实际和《文心雕龙》的整体内容了”。[①] 接下来王志彬分别从《文心雕龙》的写作宗旨、基本内容和结构来考察《文心雕龙》，得出“刘勰《文心雕龙》是一部具有中国作风和中国气派的典型的写作理论专著”的结论。因为“这个判断和结论，没有古今之分，也没有广义、狭义之别，一切类型的文章的体制、规格和源流，一切文章的规律、原则和方法，一切文章的风格、鉴赏和批评，都包容于‘写作理论’之中，似乎不再有顾此失彼、捉襟见肘之瑕了”[②]。和主流看法相比较，王志彬的观点更为公允。《文心雕龙》的写作宗旨是“言为文之用心”，改变“辞人爱奇，言贵浮诡”的浮靡文风，使文章写作走上“为情而造文”的正路。其全篇的内容和结构也是紧扣这一宗旨的：“文之枢纽”探寻文章的本原，确立“依雅颂，驭楚篇”的写作总原则；“论文叙笔”考察每种文体的流变，解释其名称与内涵，选出有代表性的例文，陈述文体写作的原理与规则；“剖情析采”剖析写作的情理与辞采，并阐明写作与时代、自然的关系，历代文士的才能，诗文赏评的原则与方法，以及作者的品德修养。《文心雕龙》的书名也表明了以文章写作为中心：“作文的用心在于把文章写得像精雕细刻的龙纹一样精美。”即用心写出风清骨峻、情采兼备的优美文章。不难看出，王志彬的“写作理论专著”说较之“文学理论批评专著”说更符合《文心雕龙》的实际情况。可贵的是，王志彬没有把《文心雕龙》的本体性质问题绝对化，他指出：“任何一种与之相关的学科，都可以强调它们之间的联系，或即冠以什么什么著作之名称，但切不可据为己有，而加以垄断。在‘文场笔苑’中，既让它对文学创作起作用，又让它指导非文学性文章写作不是更好吗？更何况《文心雕龙》所论乃是广义之‘文’及其用心呢！”[③] 其圆通的识见，化解了学界在《文心雕龙》本体性质认识上的歧义与纷争，令人心悦诚服。

---

① 林杉：《文心雕龙创作论疏鉴》，第14—15页。
② 林杉：《文心雕龙创作论疏鉴》，第17页。
③ 林杉：《文心雕龙创作论疏鉴》，第19页。

二是发掘《文心雕龙》文体论的独特价值。《文心雕龙》的“论文叙笔”，今谓之“文体论”，一向不为学界所重视。[1] 而《文心雕龙》文体论之所以没有受到应有的重视，是因为一些研究者囿于“纯文学”观念，对其抱有偏见：或曰“比较芜杂琐碎”，或曰“这一部分都属无关紧要之作，没有多少理论价值”，“也没有什么实用价值”。有感于此，王志彬先生认为“应该强化对刘勰‘论文叙笔’的发掘和提炼”[2]。这是王志彬重视《文心雕龙》文体论研究的背景与缘起。在他看来，与魏晋文体论相比，《文心雕龙》文体论有三个鲜明的特点：首先，它从历史实际出发，梳理、总结了晋宋以前使用的各种文体，使之有了较为完整的总体状貌。它所涉及的文体，“既有文学性文体，又有应用性文体。而后者约为其总数的四分之三”。“反映了他所处的时代特点和我国传统文体论的民族特色”，“应当分外珍视”。其次，它建构了一个相对完整的文体研究的论述模式，使之有了基本理论形态。即“原始以表末，释名以章义，选文以定篇，敷理以举统”，且以指导写作为旨归。第三，它具有明确的现实针对性，表现出了积极扶偏救弊的批判与变革精神。而《文心雕龙》文体论的贡献主要体现在四个方面：第一，阐明各种文体的性能和作用，使之能够分别地适应不同情况的需要，表现不同的实际内容；第二，确定各种文体的基本格调，强调作者在不同文体中应当表现出来的情感和态度；第三，提出各种文体对文采的不同要求，使各种文体都能做到情理与文采的完美结合；第四，强调各种文体的通变关系，规范各种文体，使之“确乎正式”[3]。王志彬从史、论、评三个方面概括《文心雕龙》文体论的主要特点，又从用、调、采、变四个方面总结其主要贡献，对学界正确认识文体论在《文心雕龙》中的重要位置及其独特价值，是有帮助的。从《文心雕龙》理论架构的设计来看，文体论介于文原论和文术论之间，它上承《原道》《宗经》等篇而来，下启《神思》《情采》诸篇，是全书的枢要。可以说，没有文体论，也就没有文术论，文术论是从文体论中归纳出来的。[4] 刘勰的这种安排表明

① 据戚良德《文心雕龙学分类索引》统计，近百年以来，《文心雕龙》研究论文有六千多篇，中西文专著也有三百多种，而有关文体论的论文与著作仅有六百余条。其数量与文体论在《文心雕龙》所占的比例极不相称。

② 林杉：《刘勰“论文叙笔”今辨》，《广播电视大学学报》（哲学社会科学版）1999 年第 4 期，第 54 页。

③ 林杉：《文心雕龙文体论今疏》，呼和浩特：内蒙古教育出版社，2000 年，第 5—9 页。

④ 周振甫：《文心雕龙今译》，北京：中华书局，1986 年，第 49 页。

了他尚体的理念，与今人重术轻体迥然不同：他视文体论为文之“纲领”，视文术论为文之“毛目”。就文体论来看，也是编排有序的：先是有韵之文，后是无韵之笔；诗产生最早，故《明诗》篇居有韵之文第一，乐府入乐，故《乐府》篇居第二，赋不入乐，故《铨赋》篇居第三……显然，大到文体论的位置，小到每一篇的安排，刘勰都做了精心的设计，绝非“芜杂琐碎”。王志彬对《文心雕龙》文体论的“发掘与提炼”是符合刘勰之“文心”的。至于“那些早已不存在的文体，也并不是没有什么实用价值，关键在于能否见微知著，举一反三，得它的好处”①。因此，《文心雕龙》文体论的理论价值与实用价值应该予以重视，不能轻估。

值得注意的是，王志彬将《文心雕龙》文体论重新编排，分为上（以文学性文体为主）、中（以一般实用文体为主）、下（以宫廷专用文体为主）三编，这种分类是“着眼于原著内容之侧重点，从各体文章写作指导出发”② 的。王志彬手写此处（古）而目注彼处（今），旨在提炼《文心雕龙》文体论对当今文章写作的借鉴价值。

三是阐释《文心雕龙》文术论的关键词。《文心雕龙》的“剖情析采”，今谓之“文术论”，是学界研究的热点。王志彬在尊重前修时贤研究的基础上，不囿于成说，敢于提出自己的独到见解。这集中体现在对“术”“气（志气）”“势”“镕”等《文心雕龙》文术论中关键词的解释上。如：王志彬在阐释《总术》篇之“术”的内涵时，介绍了五种代表性的观点：一曰“文学创作的基本原理”，二曰“写作的原则”或“写作的法则”，三曰“写作方法”或“创作方法”，四曰“方法”和“写作要领”（尤其强调“术”指“整篇文章的体制”“特色和规格要求”），五曰“创作的规律和方法”。继而指出：“这五种意见，表面看来似有所不同，实质上确是相通或相近的。如果将它们‘万涂归一’，或许对‘总术’有一个更为完善而符合实际的解释。事实上，《文心雕龙》中所论之‘术’，本来就具有多方面的含义。它既有‘规律’‘法则’‘基本原理’的含义，又有体制、特色和规格要求的内容；既指在写作实践中总结出来的理论原则和‘写作要领’，又指具体的‘写作方法’和‘创作方法’；既包括一般文章写作，又兼容文学作品的创作。总之，‘术’可以说是写作规律、原则、体制和方法

① 林杉：《文心雕龙文体论今疏》，第 13 页。
② 林杉：《文心雕龙文体论今疏》，第 1 页。

的一个统称。”[①] 王志彬弥纶群言，阐明“术”的多重内涵，远胜于“各执一隅”之解的上述五种观点。其实以今日眼光视之，《总术》篇之“术”不仅涵盖文术论之“术”，也包括文体论之“术”。篇中所言的“圆鉴区域”指《序志》篇的“囿别区分”，即文体论；“大判条例”指《序志》篇的“剖情析采”，即文术论。且《总术》篇起笔是从文笔之辨谈起，足见文体之术亦在“术”之中。然就当时的情况来看，王志彬能意识到“术”不单单指某一种具体的术，而应该“是创作论十九篇中所言之‘术’的总称”，[②] 已经是难能可贵了。又如：王志彬在阐释《神思》篇与《养气》篇中的“气（志气）”时，分别评述了“世界观”说、“思想感情”说、“意志力量”说、“精神状态”说等四种观点，而后指出，刘勰所谓的“气（志气）”是“以作者才学识力诸多方面的修养为基础的，在写作构思过程中由体力和精力、心境和情绪、欲望和激情、勇气和信心等多种因素所形成的一种精神状态”[③]。王志彬逐一辨析对“气（志气）”的不同说法，并结合古今中外文论家（李渔、马白、遍照金刚等）的有关论述，肯定、补充、完善了“精神状态”说，与《神思》篇、《养气》篇所论相符合，也与古今写作实践相吻合，是信而不爽的。

此外，王志彬对《文心雕龙》文评论（批评论）亦有独到之见。他是从《文心雕龙》的整体来界定文评论的范围的，而不仅仅局限《时序》至《程器》五篇。在他看来，《原道》至《辨骚》是《文心雕龙》文评论（批评论）的理论基础；《时序》至《程器》是《文心雕龙》文评论（批评论）的主体；由文体论、文术论中选择出来的代表性篇章，如《明诗》《乐府》《体性》《情采》等篇，可视之为《文心雕龙》文评论（批评论）的范例和参证。[④] 这种见解揭示了《文心雕龙》各篇之间的内在联系。他又用“六个结合”来总结《文心雕龙》文评论（批评论）的特点，即批评论与创作论的结合、鉴赏与批评的结合、批评标准与批评方法的结合、肯定与否定的结合、分散与集中的结合、批评与现实的结合。他还关注《文心雕龙》文评论（批评论）的现代研究，着重阐发《文心雕龙》文评论

---

① 林杉:《文心雕龙创作论疏鉴》,第 32 页。
② 林杉:《文心雕龙创作论疏鉴》,第 32 页。
③ 林杉:《文心雕龙创作论疏鉴》,第 55 页。
④ 林杉:《文心雕龙批评论新诠》,呼和浩特:内蒙古教育出版社,2002 年,第 3 页。

（批评论）的应用价值。①

二、活用《雕龙》之术

近些年，《文心雕龙》的应用研究方兴未艾。香港学者黄维樑教授先后用《文心雕龙》理论分析屈原《离骚》、范仲淹《渔家傲》、白先勇《骨灰》、余光中《听听那冷雨》、马丁·路德·金《我有一个梦》、莎士比亚《铸情》和韩剧《大长今》等古今中外的作品，新见迭出，令人击节。台湾学者游志诚教授应用《文心雕龙》理论分析《周易》《文选》、马一浮的诗及诗论，又在新作《〈文心雕龙〉五十篇细读》中的每一篇中专置"〈□□篇〉文论与实际批评"一节，足见其对《文心雕龙》"实际批评"的重视。两位学者在《文心雕龙》的应用研究上均取得丰硕成果，为学林之楷式。而王志彬在从学理上研治"龙学"（文心学）的同时，亦注重《文心雕龙》的应用研究。与黄维樑、游志诚应用《文心雕龙》理论于文学批评不同，他有意识地将《文心雕龙》理论应用于写作学研究，突出了写作学科的民族特色。

首先，化用《物色》《神思》《通变》等篇的相关理论，描述写作基本规律。写作有无规律？如果有，写作规律又是什么？学界说法不一。在王志彬看来，写作学是一门独立的学科，写作当然有规律可以依循。而写作的基本规律有三条，即物我交融转化律、博而能一综合律、法而无法通变律。物我交融转化律，是指"物我交融之后，转化为文章的必然过程"。"所谓'物我交融'，是指写作客体（即作为写作对象的客观事物）与写作主体（即有着自觉意识的写作者）的相互作用与有机融合。所谓'转化'则是指经过物我交融，一个既非'物'，又非'我'的新的第三者的诞生，亦即'物'与'我'合二为一，构成了文章"②。如果将物我交融转化律和《文心雕龙》的有关篇章联系起来考察，会发现："物我交融"化用的是刘勰"心物交融"说，即《物色》篇之"目既往还，心亦吐纳""情往似赠，兴来如答"，《神思》篇之"神与物游""物以貌求，心以理应"；"转化"则化用刘勰的"物—情—辞"说，即《物色》篇之"情以物迁，辞以情

---

① 林杉：《文心雕龙批评论新诠》，第4—11页。

② 王志彬著，钱淑芳、岳筱宁点评：《回眸文心路》，呼和浩特：内蒙古人民出版社，2009年，第139页。

发”。在某种意义上说，王志彬的“物我交融转化律”是刘勰的“心物交融”说与“物—情—辞”说之“现代转换”。博而能一综合律，是指“写作主体在写作实践活动中，综合运用自身多方面的素质、修养和能力，去感知、运思、表达，最后构成文章的必然过程。”“所谓‘博而能一’，是指写作主体既要具有为写作所必需的多方面的素质、修养和能力，又能够把这多方面的素质、修养和能力融会贯通，使之在不同范围内，不同条件下，形成一个形神兼备的有机整体。所谓综合，则是指写作主体对自身所具有的多方面的素质、修养和能力的归纳和集中、调动和支配。它既是博而能一的表现形式，又是博而能一的手段和方法。”[①] 博而能一综合律是将《神思》篇的“博而能一”说化入其中，其中“博”是指“博见”“博练”，是对写作主体所具有的多方面的素质、修养、能力的高度概括；“一”是指“贯一”，它表现在形式上是文章的主干、线索和焦点，表现在内容上是文章的主旨。王志彬从写作实践出发，具体阐释了“博”与“一”，达成古今融合。法而无法通变律，是指“写作主体自觉或不自觉地学习、借鉴具有相对稳定性的写作之法，并加以革新、创造，灵活运用于写作实践活动的必然过程。”“所谓‘法而无法’，是指写作既有一定之法，又没有一成不变之法。……所谓‘通变’，则是指对写作之法的继承、借鉴与革新、创造，‘法’是通变的基础，‘无法’则是通变的结果。”[②] 法而无法通变律主要来自《通变》《总术》《时序》等篇。其中“法”是《通变》篇“参古定法”之“法”，《总术》篇“文场笔苑，有术有门”之“术”，包括文章体制、写作准则、写作技法；“无法”是《时序》篇谈的“文变”以及《总术》篇的“文体多术，共相弥纶”，指文章体制、写作准则的发展、变化，以及写作技法的灵活运用；“通变”则是《通变》篇“望今制奇，参古定法”理论的具体应用。王志彬融古于今，对写作基本规律做了富有民族特色的描述。

其次，借用《镕裁》篇的“三准”说，阐明写作构思步骤。《镕裁》篇的“三准”说，一向为学界所重。王元化视“三准”为“创作过程的三个步骤”[③]，童庆炳视“三准”为“镕意的基本功夫”“写作的基本准

① 王志彬著，钱淑芳、岳筱宁点评：《回眸文心路》，第147页。

② 王志彬著，钱淑芳、岳筱宁点评：《回眸文心路》，第154—155页。

③ 王元化：《文心雕龙讲疏》，上海：上海古籍出版社，1992年，第197页。

则"[①]，游志诚则视"三准"为"提示文章造句、谋篇，以及'结构'上如何熔意裁词之工夫论"。[②] 王志彬因"三准""有着明显的有序性"，将其借用到写作构思中，视之为写作构思的步骤。王志彬指出，"第一个步骤：'设情以位体'，即写作主体按着自己的情志，去选择、确定适当的体裁"。其起点是物以貌求，而后进入虚静状态，展开联想和想象，寻找合适的表现形式。"第二个步骤：'酌事以取类'，即写作主体对自己所掌握的各种材料、各种信息，进行加工处理"。先选义按部，继之芟繁剪秽，后综合概括，或因枝以振叶，或沿波而讨源。"第三个步骤：'撮辞以举要'，即运用经过锤炼的语言，把文章的要点突出地表现出来"。这是文章写作的最后一道"工序"。写作主体要继续斟酌和推敲，以求做到"繁而不可删""略而不可益"。[③] 王志彬翔实阐述"三准"说，精细入微，具有重要的启示意义。写作构思是一项内在的精神活动，复杂多变，说清楚实属不易。坊间所见的写作学书籍要么泛泛而论，要么语焉不详。究其原因，是因为写作构思奥秘的揭示还有待于脑科学、思维学和心理学等相关学科的新进展，不是单凭写作理论所能讲明白的。故此，在相关学科还没有获得新进展之前，借用具有程序性知识性质的"三准"说来阐明写作构思步骤，不失为一条有效的途径。

第三，引用《论说》篇的有关论述，概括学术论文的写作特点。《论说》篇是《文心雕龙》文体论中应用价值较高的篇章。尤其是"论"对今人的学术论文写作颇有启发。王志彬敏锐地意识到这一点，直接引用《论说》篇的有关论述，诠释学术论文创见性的写作特点。他认为，要使论文具有创见性，从方法论角度讲，可以从四个方面来努力：一曰弥纶群言，即把各种研究对象的看法，加以综合归纳和对照比较，形成自己对研究对象的总体看法，经过"弥纶群言"，才有可能融会各家之长，并在前人研究的基础上有所创见。二曰钩深取极，即在前人研究的基础上，进一步分析解剖，达到前人未曾达到的深处和细部，循序渐进，步步登高。三曰辨正然否，即对前人的研究成果，进行鉴别和验证，正确的肯定，错误的否定，或扶偏使正，或补缺使完，有理有据地分清是非。四曰独抒己见，即写出

---

① 童庆炳：《〈文心雕龙〉三十说》，北京：北京师范大学出版社，2016 年，第 246 页，第 249 页。

② 游志诚：《〈文心雕龙〉五十篇细读》，台北：文津出版社，2017 年，第 325 页。

③ 王志彬著，钱淑芳、岳筱宁点评：《回眸文心路》，第 153—154 页。

作者在研究中的新发现、新进展，表达出异乎前人的独到见解。这四个方面相互联系，又相对独立，采取其中任何一种方法，都会使自己的论文超出普遍的一般水平，达到新的高度。① 这四个方面均援引《论说》篇：弥纶群言摘自“论也者，弥纶群言，研精一理者也”之句；钩深取极、辨正然否来自“原夫论之为体，所以辨正然否；穷于有数，究于无形；钻坚求通，钩深取极；乃百虑之筌蹄，万事之权衡也”一段；独抒己见是“师心独见”的另一种表述。从今天的论文写作实践来看，弥纶群言是文献综述，它是论文具有创见性的基础；如果没有弥纶群言，也就无法研精一理。钩深取极是“接着讲”，它是论文具有创见性的保证；如果只是“照着讲”，也就了无新意。辨正然否是辨析有争议的论题，肯定一说，否定其余；它也是论文具有创见性的表现。独抒己见是敢于写出作者与众不同的独得之见，最具创见性。王志彬对学术论文创见性的深入剖析，彰显了《论说》篇的重要应用价值，对今人写出高质量的学术论文大有帮助。

此外，王志彬总结的写作技法亦有源于《文心雕龙》的，如夸饰、立骨、附会等。他十分注意突出写作技法的民族性。王志彬还遵循《序志》篇“原始以表末，释名以章义，选文以定篇，敷理以举统”之文体写作法则，确立《21 世纪写作学习丛书》之应用文体编写体例。②

从上述可知，王志彬尤为注重《文心雕龙》的应用研究。他居今探古，打通“龙学”（文心学）与写作学，堪称跨学科研究的典范。

三、余论

王志彬的《文心雕龙》研究，特色鲜明，独树一帜，给人以有益的启示。由此想到关乎“龙学”（文心学）走向的几个问题，略陈如下：

一是拓展《文心雕龙》研究的新思路。有些学者指出，《文心雕龙》研究陈陈相因，创新不足，似乎到了瓶颈期，呼吁要开拓《文心雕龙》研究的新局。这种看法有一定道理，但是需要辨析。如果仅仅从文艺学角度研究《文心雕龙》，确实老话题居多，难见新意。反之，若能从写作学、文

---

① 王志彬著，钱淑芳、岳筱宁点评：《回眸文心路》，第 218 页。

② 《21 世纪写作学习丛书·总序》：“各分册所论之各种具体文体，都从四个方面加以分述：一是‘释名以章义’，即阐明文体的名称和内涵；二是‘原始以表末’，即阐明文体的源流和发展过程；三是‘选文以定篇’，即列举范文与该文体相参证；四是‘敷理以举统’，即归纳、概括出该文体的写作要领和基本方法，并以此作为‘结穴’，突出该文体的操作性。”

章学、修辞学、阅读学、文学史学、文学地理学、子学等多学科角度研究《文心雕龙》，则别有一番天地。其关键是研究者不能作茧自缚，裹足不前，而要勇于走出狭小的圈子，实现自我“突围”。

二是深化、细化《文心雕龙》文本研究。应该说，《文心雕龙》文本研究已取得不俗的成绩。范文澜、杨明照、王利器、詹锳、吴林伯等诸家贡献良多。然仍存在一些悬而未决的问题。如：《附会》篇之“克终底绩”的后一句，诸本并不相同：通行本作“寄深写远”，元至正本作“寄在写远送”，杨升庵批点曹学佺评《文心雕龙》作“寄在写以远送”。[①] 杨明照认为：“按诸本皆误，疑当作‘寄在写送’。‘写送’，六朝常语。”[②] 杨明照的看法值得商榷。他似乎没有权威版本的依据，只是“疑当作”而已。看来，根据现有的早期版本，重新校勘《文心雕龙》，做出一个新校本，已刻不容缓。[③]

三是强化《文心雕龙》文体论研究。《文心雕龙》共五十篇，其中文体论有二十篇，所占篇目最多；而在文体论的二十篇中，讲文学文体仅有《明诗》《乐府》《铨赋》三篇，余者皆论应用文体。就文体论的单篇研究来看，研究者多关注《明诗》《乐府》《铨赋》等几篇，而对其他篇章研究不够。[④] 这种不平衡的研究状况亟须改进。且不说论说、史传、哀吊、诔碑、书记等一些古老而年轻的应用文体，仍然具有生命力；就是那些已消亡的应用文体，也并非毫无价值，所谓“名亡而理存”。有鉴于此，强化《文心雕龙》文体论（尤其是应用文体理论）的研究，势在必行。

四是推进《文心雕龙》的普及与应用。《文心雕龙》是中华文化三大国宝之一。[⑤] 如何普及与应用《文心雕龙》是“龙学”（文心学）的重要研究课题。周振甫的《文心雕龙今译》，王志彬的《中华经典名著全本全注

---

① 戚良德:《文心雕龙校注通译》,上海:上海古籍出版社,2008 年,第 479 页。

② 杨明照:《文心雕龙校注拾遗补正》,南京:江苏古籍出版社,2001 年,第 386 页。

③ 戚良德根据早期版本,重新校勘《文心雕龙》,现已推出《文心雕龙校注通译》《文心雕龙》辑校本,在此基础上,他试图做出更加完善的“新校本”。

④ 张少康、汪春弘、陈允锋、陶礼天著:《文心雕龙研究史》,北京:北京大学出版社,2001 年,第 467 页。

⑤ 周汝昌指出:“中华文化有三大国宝,《兰亭序》《文心雕龙》《红楼梦》,皆属极品,后人永难企及,更不要说超过了。……所以特标三大国宝者,又因为三者皆有研究上的‘多谜性’,异说多,争议多,难解多,麻烦多,千百家下功夫多……唯三者称最,别的也难与之比并。”见周汝昌:《兰亭秋夜录》,桂林:广西师范大学出版社,2011 年,第 177 页。

全译丛书：文心雕龙》，黄维樑与笔者合撰的《爱读式文心雕龙精选读本》等，皆为《文心雕龙》之普及本。普及的目的是使“龙的传人”能知之、好之、乐之，并将它应用于今天的文章写作、文学创作、文学鉴赏与批评等相关领域。今后要继续推进《文心雕龙》的普及与应用，让《文心雕龙》成为一条翱翔于中外文论天宇的“飞龙”。

（作者单位：内蒙古师范大学文学院）

一部新颖的《文心雕龙》英译本[①]

——黄兆杰等《文心雕龙》英译本评析

戚　悦

摘　要：在《文心雕龙》的各种英译本中，黄兆杰、卢仲衡和林光泰三位先生的译本并不是最新的，却可谓最新颖的，其在翻译策略和文本理解上都有诸多与众不同之处，值得关注。如对《文心雕龙》这一书名，该译本完全舍弃了对原书名的翻译，而基于自己对全文的理解，重新起了一个书名。这是大胆且有益的尝试，西方读者通过这一书名可以立即明白《文心雕龙》要谈的内容。该译本非常突出的特点是简洁，译者倾向于抓取原文最主要的意思，在译文中表达出来，甚至还会对原文进行改写和省略。对《文心雕龙》中涉及的不少中国传统文化的特殊名词，译者也进行了独立探索，提出了很多有益的想法和观点，甚至解决了一些陈陈相因的问题。

关键词：《文心雕龙》；英译本；新颖；简洁

1999 年，香港大学出版社出版了一部《文心雕龙》英译本，名为 *The Book of Literary Design*（意即“文学设计之书”），译者为黄兆杰、卢仲衡和林光泰三位先生。当时，这三位译者皆任教于香港大学，黄兆杰主讲中国文学与翻译课程，卢仲衡主讲翻译课程并正在撰写关于六朝时期佛教传记的博士论文，林光泰主讲中国语言课程并正在撰写有关清代经学领域文学批评的博士论文。目前，在《文心雕龙》的各种英译本中，黄兆杰等人的译本（以下简称“黄译本”）并不是最新的[②]，却可谓最新颖的，其在翻译

① 基金项目：国家社科基金重大项目“《文心雕龙》汇释及百年‘龙学’学案”（批准号：17ZDA253）。

② 按：《文心雕龙》较新的英译本有 2003 年外语教学与研究出版社“大中华文库”系列中的译本，译者是杨国斌教授。

策略和文本理解上都有诸多与众不同之处，值得我们予以关注。

一

对《文心雕龙》这一书名的翻译，是英译者首先遇到的一个挑战。可以看出，黄译本完全舍弃了对原书名的翻译，而基于自己对全文的理解，重新起了一个书名。与之相较，著名华裔学者施友忠的译本（以下简称“施译本”）名为 *The Literary Mind and the Carving of Dragons*（“文学心灵与龙的雕刻”），后出的杨国斌的译本（以下简称“杨译本”）名为 *Dragon-Carving and the Literary Mind*（“龙之雕刻与文学心灵”），此二者的翻译虽然说不上更为准确，但明显是基于《文心雕龙》这一书名的翻译，主观上是追求贴近原书名的。黄译本之所以选择另起炉灶，很可能是为了让西方读者从书名上直观地看出《文心雕龙》的主题，毕竟“文心雕龙”四字意蕴丰富，包含着刘勰的巧妙构思，并且涉及中国传统文化的种种概念，如果不做进一步说明，恐怕西方读者难以理解其中的含义。这可以说是一次大胆且有益的尝试，西方读者通过黄译本的书名可以立即明白《文心雕龙》要谈的内容。然而，这种修改书名的做法不免减少了原著的魅力，甚至在无形中扩大了西方读者与原著之间的距离。实际上，施译本在 1959 年初次出版时，曾在书名下添加了一个副标题，即“A Study of Thought and Pattern in Chinese Literature”（“中国文学思想及形式的研究”）①。从施友忠后来的自述中可以看出，他这样做的用意与黄兆杰等人基本相同，也是想向西方读者解释“文心雕龙”的含义，并对全书的主旨进行概括②。不过，在 1970 年收回版权进行修订时，施友忠又删掉了副标题。这一调整表明施友忠的翻译观念发生了变化，他显然意识到了书名不必非常直白，也不必加以说明，因为读者在看完全书之后，自然能深刻领会个中奥妙，书名和内容也将相得益彰，况且原书名是作者再三斟酌的结果，身为译者，最重要的还是尽量忠实地传达出作者的本意。于是，施译本再版时放弃了跟黄译

---

① Liu, Xie. *The Literary Mind and the Carving of Dragons*: *A Study of Thought and Pattern in Chinese Literature*. Trans. Vincent Yu-chung Shih. New York: Colombia University Press, 1959.

② Wen-hsin refers to the substance, and tiao-lung refers to the elements of form through which that substance is artistically presented. This I tried to indicate in the first edition by a subtitle, “A Study of Thought and Pattern in Chinese Literature.”（“文心”指本质，“雕龙”指用艺术手法来呈现这种本质的形式。我曾经在初版中试图用副标题“中国文学思想及形式的研究”来说明这一点）［汉］刘勰著，施友忠译：《文心雕龙》(The Literary Mind and the Carving of Dragons)，台北：台湾中华书局，1975 年，第 1 页。

本颇为相似的处理方式，走向了与黄译本截然相反的另一个极端，可以说这两种译本对书名的翻译有着直译与意译的区别，而这样的差异也体现在对内容的把握上。

乍看之下，黄译本有一个非常突出的特点，那就是简洁。其实，这种简洁也是源于黄兆杰等人偏向意译的翻译策略。他们倾向于抓取原文最主要的意思，在译文中表达出来，当他们认为有必要的时候，甚至还会对原文进行改写和省略。例如《辨骚》中的“若能凭轼以倚雅颂，悬辔以驭楚篇”二句，黄译本作“When the *Shijing* is your chariot, the *Chuci* your trusty steed”[①]，意为“如果《诗经》是你的战车，《楚辞》是你可靠的战马”；又如《宗经》中的“譬万钧之洪钟，无铮铮之细响矣”二句，黄译本作“The classics are massive bells of gold, quite unlike your tintinnabulums”[②]，意为“经典是巨大的金钟，跟小铃铛截然不同”。从这两例中可以清楚地看到，黄译本意译的程度较深，有时甚至会根据自己的理解完全换一个说法来进行表达。《文心雕龙》是以骈体形式写成的作品，而“互文”是骈体惯用的笔法，在处理互文时，黄译本经常选择将上下句合并在一起，或者干脆删掉其中一句。例如在《征圣》中，黄译本把“乃含章之玉牒，秉文之金科矣”二句译为：“This is a golden rule in matters of planning and execution in language.”[③]（在语言的设计和运用方面，这是黄金法则。）在这里，黄译本将“含章”和“秉文”合并改写为“语言的设计和运用”（planning and execution in language），并且只译出了“金科”（golden rule），而省略了“玉牒”。又如在《正纬》中，黄译本把“神宝藏用，理隐文贵”译为：“Dark efficacy in noble words.”[④]（晦暗的功效在高贵的言语中。）仅仅译出了“理隐文贵”的意思，而舍弃了“神宝藏用”。这样做虽然可以传递中心含义，而且也比较合乎英语文章的写作习惯，但是毕竟对原文删改太多，导致西方读者无法从中窥见《文心雕龙》的原貌，更不能体会骈文说理充分的独特效果，以及层层递进的酣畅淋漓的文风。

不过，强调意译的翻译策略也带来了一个优点，那就是译者的自由度

---

① ［汉］刘勰著，黄兆杰、卢仲衡、林光泰译：《文心雕龙》（*The Book of Literary Design*），香港：香港大学出版社，1999年，第17页。

② ［汉］刘勰著，黄兆杰、卢仲衡、林光泰译：《文心雕龙》（*The Book of Literary Design*），第8页。

③ ［汉］刘勰著，黄兆杰、卢仲衡、林光泰译：《文心雕龙》（*The Book of Literary Design*），第16页。

④ ［汉］刘勰著，黄兆杰、卢仲衡、林光泰译：《文心雕龙》（*The Book of Literary Design*），第24页。

很大，在许多时候可以积极发挥创造力，完成其他译本所难以实现的任务。比如赞语部分的翻译，表面看来，施译本、黄译本和杨译本似乎都采用了诗体，但仔细研究就会发现，施译本和杨译本还是像翻译其他内容一样翻译赞语，只是在此基础上做了换行处理，使之在形式上显得像诗罢了，其实并不是诗。然而，黄兆杰等人翻译的赞语确实称得上是一首首短小的英文诗，不仅具备换行的形式，而且句子简洁有力，相邻诗行结构相似，对应位置的单词词性相同，在必要时以倒装的手法突出重点，这些都是英文诗的典型特征。值得一提的是，黄译本在赞语翻译中还非常注意押韵，有头韵、尾韵、谐元韵等多种韵脚，并且采取了两行转韵、隔行押韵、交错押韵等各类手法，这些也都符合英文诗的押韵规律。试以《程器》赞辞为例：

Survey the good men of old,
In their beauteous power of letters:
Famous names in the south
Glimmer in the north.
Mere workmanship
Will not a pattern make.
It should be possible to glory
Yourself and your country. ①
(大意为：审视以前的好人，
观察他们那美妙的文学才能：
显著的名声在南边，
闪烁的光芒在北边。
只有工艺技巧，
不能制作图案。
应该既让你自身荣耀，
也为国家增添光彩。
原文：“瞻彼前修，有懿文德。声昭楚南，采动梁北。雕而不器，贞干谁则？岂无华身，亦有光国？”)

① ［汉］刘勰著，黄兆杰、卢仲衡、林光泰译：《文心雕龙》(*The Book of Literary Design*)，第185页。

第三、四行押尾韵，且句式结构完全相同；第五、六行押谐元韵，且使用了倒装结构突出重点；第七、八行押尾韵。为了符合英文诗的结构特点，译者显然付出了巨大的努力，甚至考虑到了押韵的问题，使译文读来朗朗上口。但是，我们也可以看到，黄译本显然对原文进行了大幅度的删改，如“前修”译作“以前的好人”，“文德”的“德”没有译出来，“雕而不器，贞干谁则”的意思几乎完全改变了，等等。这里就提出了一个问题，在翻译诗歌或结构类似诗歌的段落时，究竟该偏重形式还是偏重内容？如果在保证忠实传达原文的基础上，可以采取诗体形式，那当然是最好的。但如果必须要进行取舍，还是应当优先传达出作者的本意，毕竟形式是为内容服务的，而《文心雕龙》作为一部文论巨典，其理论和观点才是精华所在，不可舍本逐末。因此，黄译本对赞语的翻译给后来的译者提出了一个目标，那就是在翻译内容的同时尽量保留形式，不过我们也需要注意，为了形式而删改内容的做法如同削足适履，对《文心雕龙》原意的伤害是很大的。

二

《文心雕龙》中涉及不少中国传统文化的特殊名词，黄译本在处理这些名词时也可谓独具创意。如《正纬》中讨论的“纬书”，原指“假托经义以宣扬符瑞的迷信著作”①，施译本和杨译本均将其译为“apocrypha”，而黄译本则译作“cabala”。“apocrypha”指作者身份或真实性可疑的作品，“cabala”指深奥的或超自然的通神学说。由此可见，施译本和杨译本都将重点放在了“假托经义”上，而黄译本则关注纬书“宣扬符瑞”和“迷信”的部分，确是有一定道理的。不过，通读《正纬》可以发现，如果必须在这两种翻译中选择一种，可能还是“apocrypha”更合适，因为本篇主要是论证纬书之“伪”。但是，黄译本对纬书的崭新翻译并非毫无意义，而是提醒我们，“apocrypha”并不能完全概括“纬书”一词的含义，至少要在此基础上进行补充才能比较准确地传达出原意。又如《铭箴》中提到的箴文，施友忠译作“exhortation”，杨国斌译作“admonition”，美国学者宇文所安在 *Readings in Chinese Literary Thought* 一书中也将其译作“admonition”，而黄兆杰等人则译作“puncture”。“exhortation”和“admonition”皆

① 陆侃如、牟世金：《文心雕龙译注》（上），济南：齐鲁书社，1981 年，第 32 页。

有规谏劝诫之意，在英文中经常用来表示“箴言”；相比之下，黄译本的“puncture”就显得非常特别了，这个词本意为“针刺”，引申义为“揭穿、批评”，以其为词根构成的名词有“acupuncture”，意为“针灸疗法”。关于箴文，刘勰的说明是：“箴者，针也，所以攻疾防患，喻针石也。”（《铭箴》）[①] 黄译本的“puncture”跟这番解释很贴近，体现了译者的巧思，令人耳目一新。再如《风骨》一篇的标题，施友忠、杨国斌和宇文所安皆译作“Wind and Bone”，即“风与骨”，而黄兆杰等人则译作“The Affective Air and the Literary Bones”，即“情感之风与文学之骨”，显得十分独特。黄译本之所以为“风”和“骨”分别添上一个定语，或许是考虑到刘勰在《风骨》中曾有“情之含风”和“辞之待骨”等说法，不过刘勰拟定的标题只是“风骨”，而且本篇论及的“风骨”远非“情感之风”和“文学之骨”所能概括，因此添加一个定语反而将其本应具有的丰富含义剔除了不少，这样的做法也就未必合适了。不过，黄兆杰等人对“风”的翻译值得注意。施友忠、杨国斌和宇文所安都把“风”译为“wind”，这个词有如下几个含义：流动的空气，趋势，内容空洞的演讲或作品。黄兆杰等人把“风”译为“air”，其含义包括：空气，气氛；风；风度，气质；独特的品质或表现。实际上，一提起“风”，大家首先想到的英语单词可能都是“wind”，但仔细斟酌便会发现，“wind”通常是指自然界的风，这当然也是刘勰所谓“风”的起始之义，但“风骨”之“风”还有更深厚的意蕴，况且这个词在英文中还有“内容空洞”的意思，用作“风骨”的翻译虽然符合了其基本的喻体，却与其喻指（本体）相去甚远，因而总体而言就不太妥当了。相比之下，黄译本的“air”看起来好像跟“wind”意思非常相近，实际上却有着重要的差异，可能更加贴合刘勰所谓“风”的指意。类似的情况还有不少，如《镕裁》一篇的标题，施译本和杨译本均把“裁”处理成“cutting”，而黄译本则作“tailoring”，这两个词都是“剪裁”的意思，但“cut”只是单纯指用剪子裁开的动作，而“tailor”则指根据特定需要或目的而剪裁，因为“tailor”本身还有“裁缝”的意思。这种微妙的不同体现出黄译本在处理特殊名词时认真细致的态度和独立思考的精神。

应该说，作为后出的译本，黄译本的这种创新精神是值得表彰的。实际上，施译本作为《文心雕龙》最早的英文全译本，必定会被后来的译者

① 陆侃如、牟世金：《文心雕龙译注》（上），第134页。

学习和借鉴，从前面的例子中也可以看出，杨译本和宇文所安的选译在许多地方都跟施译本完全相同或极为相似，对比之下，黄译本的大胆尝试和独立探索便显得尤为可贵，这种创新不仅体现在字词的翻译上，而且也渗透在内容的理解中。当然，在此过程中，黄译本难免会走不少弯路，但也提出了很多有益的想法和观点，甚至解决了一些陈陈相因的问题。例如，《正纬》中有这样一句："有命自天，乃称符谶，而八十一篇皆托于孔子，则是尧造绿图，昌制丹书，其伪三矣。"我们可以将施译本、杨译本和黄译本做一个对比。先来看施译本和杨译本：

> Third, a real mandate from heaven is accompanied by physical signs and miraculous prophecies. But the eighty-one apocryphal writings are all attributed to Confucius, Yao was made the creator of the 'Green Diagram', and Ch'ang [King Wen of the Chou], was credited with the 'Red Book'. So this claim of the apocrypha must be false.① （施译本）
>
> （大意为：第三，来自上天的真正命令伴随着有形的标志和神奇的预兆。可是八十一篇纬书都托名于孔子，尧被当作绿图的创造者，周文王姬昌被当作丹书的创造者。所以，纬书的这个主张肯定是虚假的。）
>
> Third, auspicious symbols issue from heaven, yet the eighty-one apocryphal texts are sometimes attributed to Confucious, the River Diagram to King Yao, and the Luo Pattern to King Wen of Zhou.② （杨译本）
>
> （大意为：第三，吉兆来自天上，可是八十一篇纬书有时托名于孔子，河图托名于尧，洛书托名于周文王。）

施译本和杨译本都把"则是尧造绿图，昌制丹书"理解成"绿图托名于尧，丹书托名于姬昌"，跟前面提到的"八十一篇纬书托名于孔子"处理成并列关系。在这一句里，刘勰用到了两个典故，出自亡佚的纬书《尚书中侯》。《艺文类聚》卷十一引《尚书中侯·握河纪》："帝尧即政，荣光

① ［汉］刘勰著，施友忠译：《文心雕龙》，台北：台湾中华书局，1975 年，第 30 页。

② ［汉］刘勰著，杨国斌英译，周振甫今译：《文心雕龙》（*Dragon-Carving and the Literary Mind*），北京：外语教学与研究出版社，2003 年，第 39 页。

出河，休气四塞，龙马衔甲，赤文绿色，龙形像马，甲所以藏图也。”《太平御览》卷九二二引《尚书中侯·我应》：“赤雀衔丹书，入丰，止于昌前。”可见绿图与丹书并未托名于尧帝和姬昌，那么施译本和杨译本的理解明显不符合记载。如果对比汉语的一些译注本进行研究，我们会发现，这句话确实较难处理。如牟世金先生将其译为“可是有人说八十一篇谶纬，全是孔子所作，但纬书中又说唐尧时出现了绿图，周文王时出现了丹书”[①]，郭晋稀先生则将其译作“现在纬书八十一篇，都说是孔子的著述，又说唐尧自造了绿图，文王自制了丹书”[②]，郭先生的解释也有着跟施译本和杨译本相似的问题，而牟先生的解释虽然符合记载，却把“尧造绿图”的“造”和“昌制丹书”的“制”处理得非常模糊。而且，如果将“尧造绿图，昌制丹书”理解为“唐尧时出现了绿图，周文王时出现了丹书”，那么跟后文“故河不出图，夫子有叹，如或可造，无劳喟然”（《正纬》）[③]就很难联系起来了。因为这里指出，倘若河图可以靠人去造，孔夫子就无须叹息了，但按照牟先生的解释，前文又没有“造”这个意思，只是“出现”罢了。反过来，如果按照郭先生的解释或者施译本和杨译本的理解，逻辑上倒是能自圆其说，却又与《尚书中侯》的记载不符。由此可见，这句话的理解的确是一个难点。下面再来看看黄兆杰等人的翻译：

> It is only when the will of Heaven is made known to us that we can be said to have omens, but all the eighty-one specimens of cabalistic writings that we have have all been ascribed to Confucius, as if the antediluvian Yao had made the green picture, King Wen designed the red book, which must give us a third reason for suspicion.[④]（黄译本）
>
> （大意为：只有当上天向我们显示其旨意的时候，我们才可以说是得到了征兆，可是八十一篇纬书都托名于孔子，那就像是说远古的尧造了绿图、文王制了丹书一样，这就给了我们第三个怀疑的理由。）

这一翻译完美地解决了前面提到的两个问题，既没有违背《尚书中侯》

① 陆侃如、牟世金：《文心雕龙译注》（上），第35页。

② 郭晋稀：《文心雕龙注译》，兰州：甘肃人民出版社，1982年，第37页。

③ 陆侃如、牟世金：《文心雕龙译注》（上），第36页。

④ ［汉］刘勰著，黄兆杰、卢仲衡、林光泰译：《文心雕龙》（*The Book of Literary Design*），第12页。

的记载，又明确保留了“造”的意思，与后文形成了呼应。值得一提的是，这段翻译跟王运熙、周锋两位先生的译注本非常相似：“天命降自上天，才可称为符谶，可是八十一篇谶纬都托名于孔子，这就好比说唐尧造了绿图，姬昌制作丹书一样荒谬，这是纬书为伪托的第三个证据。”① 可以发现，除此之外，黄译本还有一些地方的理解跟王运熙等先生的译注本颇为一致，而跟其他译注本截然不同，例如“辞谲义贞”（《明诗》）的“谲”，各家译注本多作“诡异”或“奇谲”，施译本和杨译本也译为“odd”（奇谲）和“enigmatic”（诡异），只有王运熙等先生的译注本作“委婉”，而黄译本则作“subtle”，意为“微妙的，含蓄的”。因此，王运熙等先生的译注本或为黄兆杰等人重点参考的一个本子。

三

显然，施友忠先生在翻译《文心雕龙》时，可以参考的资料还比较少，难免会出现理解不当之处；但作为开创性的英译本，其巨大的影响是后来者难以抵挡的。黄译本虽然纠正了施译本的一些错误，却也无法完全摆脱施译本的影响，甚至沿袭了施译本的一些问题。例如《正纬》赞语中“荣河温洛”的“温洛”，黄译本和施译本均译为“mild Luo”，即“温和的洛水”，其中“mild”指“不太冷也不太热的”。这里的“温洛”有一个典故，据《周易乾凿度》：“帝盛德之应，洛水先温，九日乃寒。”所以“温洛”应当是“变得温暖的洛水”，黄译本和施译本的理解都不准确，而杨译本作“nourishing River Luo”，即“滋养人的洛水”，意思差得就更远了。不过，总体来讲，黄译本在适当继承施译本的基础上，做出了很大的改变和创新，也提供了不少有益的新思路，值得后来的译者借鉴。

黄译本还有一个突出的特点，就是尽量把专有名词全都翻译出来，不以汉语拼音来表示，即便不得不使用汉语拼音，也要加上英文作补充说明。例如《比兴》一篇的标题，黄译本作“Bi and Xing—Two Types of Metaphor”，即“比和兴——两种修辞手法”。然而，有些名词确实很难翻译，在英文中找不到对应的概念，如果勉强翻译或解释，可能就会产生错误。例如《诠赋》一篇的标题，黄译本作“Explaining *Fu* Poetry”，即“诠释赋诗”。这里的补充说明就是有问题的，赋显然不是诗，但要对西方读者解释

① ［汉］刘勰著，王云熙、周锋撰：《文心雕龙译注》，上海：上海古籍出版社，1998 年，第 27 页。

“赋”究竟是什么，确实很困难。加拿大汉学家阮思德（Bruce Rusk）曾在其著作中尝试着解释过“赋”，认为它具备“prose poem”（散文诗）、“rhapsody”（狂诗，指感情充沛的文学作品）和“exposition”（铺叙）的特点，无法用一个英文词来进行概括。[①] 可以想见，在翻译《文心雕龙》时，这样的名词肯定不少，如果坚持用已有的英文词来翻译全部的专有名词，虽然会出现如“箴”译作“puncture”那样的妙译，却也会出现如“赋”译作“Fu poetry”的不当，因此在贯彻翻译策略的时候还是应该针对具体情况作具体分析。

中国传统典籍英译之难人所共知，而《文心雕龙》这一用精致骈文写成的文论元典，要准确地将其翻译为英文，更是难上加难。但也正因其难，才使得《文心雕龙》的英译本需要不断推陈出新，以反映“龙学”的新进展，并接近我们的目标。以上仅是笔者初读黄兆杰等三位先生《文心雕龙》英译本的一点粗浅体会，以偏概全，未必确当，尚祈诸位先生和读者诸君不吝赐教。一方面，笔者对诸位先生的各重要译本尚需继续研读；另一方面，其中有些重要问题，如《文心雕龙》书名的英译问题等，笔者将另文探讨。

（作者单位：清华大学人文学院）

---

① Rusk, Bruce. Critics and Commentators: *The Book of Poems as Classic and Literature*. Cambridge: Harvard University Asia Center, 2012. 6.

杨明照“范注举正”述评[①]

李　平

摘　要：范文澜的《文心雕龙注》是“龙学”史上的一座里程碑，但其讹误错失亦时或有之，故为之补正者代不乏人。杨明照乃一代校勘学大师，被誉为“龙学”泰斗、彦和功臣，故其“范注举正”也影响深远，引人注目。其对范注的“举正”，具有“片言而存疑顿释，只字而纷讼立断”之效，于进一步完善范注具有十分重要的意义。当然，其中也有立说未惬或失之偏颇之处，故需对其进行具体辨析方不枉范注。杨氏“范注举正”一文共列37条，主要从出典和校勘两方面展开。其中，可订范注讹失者6条；出典比范注更准确、更全面，可补范注之未备者5条；校字比范注更有据、更合理，可正范注之偏颇者9条；出典与范注各有所据，可与范注共观互照者8条；校字与范注各有所长，能与范注两说并存者7条；校字与范注均未当者1条；校字自身不当者1条。

关键词：杨明照；范文澜；《文心雕龙注》；举正；辨析

一、引言

杨明照先生在《我和〈文心雕龙〉》一文中说：“记得1931年春，我在重庆大学文预科肄业的第四学期，著名《婉容词》的作者吴芳吉教授给班上开‘文学概论’课，经常板书《文心雕龙》原文，绘声绘色地讲得娓娓动听。我心悦而诚服，被那秀辞丽句的骈文吸引住了（这是读私塾、初中时未曾见过的文体）。从此便与这部中国古代文学理论批评名著，结下了

① 基金项目：国家社科基金项目“海峡两岸‘龙学’比较研究”（批准号：15BZW040）。

不解之缘。课余饭后，总是拿原置的扫叶山房石印本《文心雕龙》（只有黄叔琳注）浏览、讽诵。由于爱之笃、读之勤，未到暑假，全书已背得很熟了。”又说：“学习刘舍人书的兴趣与日俱增，暑假还家，又将新置的上海中原书局排印本《文心雕龙》（黄注后有李详补注）随身带回，便于研读。朝斯夕斯，口诵心惟，初得其门而入。”[①] 1932 年秋，杨明照升入本科国文系，由于课程少，自由支配的时间较多，故能专心致志补正黄、李两家注。“日复一日，范围逐步扩大，条目不断增加，某些疑案也有所举正。后购得范文澜注本（解放前北平文化学社印行者），展卷一观，叹其已较详赡，无须强为操觚，再事补缀。但念既多所用心，不忍中道而废。于是弃同存异，另写清本，继续钻研。此后凡有增补，必先检范注然后载笔。不到三年，朱墨杂施，致眉端行间几无空隙。1936 年夏，就把它理董为学士学位论文而顺利通过，并博得指导教师好评：‘校注颇为翔实，亦无近人喜异诡更之弊，足补黄、孙、李、黄诸家之遗。’”[②]

可见，杨明照的《文心雕龙校注》是对范文澜《文心雕龙注》的补遗。范注以前，《文心雕龙》校注最善、流行最广的是清代黄叔琳的“辑注本”。然黄注仍纰缪时见，疏漏甚多。有鉴于此，范文澜本着“补苴昔贤遗漏”之目的，重注《文心》。范文澜的《文心雕龙注》是作者任教于南开大学时“口说不休，则笔之于书”的讲义，据赵西陆说脱稿于 1923 年。1925 年由天津新懋印书局以《文心雕龙讲疏》为名刊行，1929—1931 年北平文化学社分上中下三册出版时更名为《文心雕龙注》，1936 年上海开明书店出版七册线装本。北平文化学社本系根据新懋印书局本大加修订而来，开明书店本又是从文化学社本改编修订而来，至此范注基本定型。1958 年经作者请人核对和责任编辑又一次订正，人民文学出版社分二册重印，这就是现在流行的本子。

范注以其字句校雠之谨严，典故引证之详细，词语释义之精当，材料移录之翔赡以及立论评说之深刻，被认为“是《文心雕龙》注释史上划时

---

① 杨明照原置的扫叶山房石印本，系民国四年（1915）上海扫叶山房取翰墨园黄注纪评合刊本重印的《文心雕龙辑注》，民国十三年（1924）再版，为当时最流行的《文心雕龙》注本。而他新置的上海中原书局排印本，系民国十五年（1926）中原书局据湖南思贤讲舍本重刻的《文心雕龙补注》。

② 杨明照：《我和〈文心雕龙〉》，《岁久弥光——杨明照教授九十华诞庆典暨中国古典文献学国际学术研讨会论文集》，成都：巴蜀书社，2001 年，第 1—2 页。

期的作品”[①]，杨明照也“叹其取精用弘，难以几及”[②]。然而，范注亦尚未臻于完美之境，讹误疏漏，时或有之，故为之补正者代不乏人[③]。而杨明照就是其中突出的代表。1937年5月，杨明照在《文学年报》第3期发表了《范文澜文心雕龙注举正》一文，针对文化学社本范注中的一些讹误施以订正。这些订正具有“片言而存疑顿释，只字而纷讼立断”之效，对于进一步完善范注具有十分重要的意义。当然，其中也有立说未惬或失之偏颇之处，故需对其进行具体辨析方不枉范注。具体而言，杨文共有37条举正，主要从出典和校勘两方面展开。其中，可订范注讹失者6条；出典比范注更准确、更全面，可补范注之未备者5条；校字比范注更有据、更合理，可正范注之偏颇者9条；出典与范注各有所据，可与范注共观互照者8条；校字与范注各有所长，能与范注两说并存者7条；校字与范注均未当者1条；校字自身不当者1条。以下分述之。

二、订范注出典、校勘之讹失

杨明照为范注未当处举正者，有些确可订其出典、校勘之讹失。例如：《宗经》“夫易惟谈天……表里之异体者也”，范注：

> 陈先生曰“《宗经篇》‘易惟谈天’至‘表里之异体者也’二百字，并本王仲宣《荆州文学志》文。”案仲宣文见《艺文类聚》三十八，《御览》六百八。[④]

---

① ［日］户田浩晓：《文心雕龙小史》，王元化选编《日本研究〈文心雕龙〉论文集》，济南：齐鲁书社，1983年，第24页。

② 杨明照：《文心雕龙校注》，上海：古典文学出版社，1958年，第471页。

③ 李笠早在《文心雕龙讲疏》出版的次年就发表了《读文心雕龙讲疏》（1926年6月《图书馆学季刊》第1卷第2期）一文，对范注提出增补、修改意见；赵西陆于1945年发表了《评范文澜文心雕龙注》（《国文月刊》第37期）一文，举其墨漏、疵误；日本学者斯波六郎则于1952年发表了《文心雕龙范注补正》（斯波文1952年11月由日本广岛大学文学部中国文学研究室印行，后由黄锦鋐译成中文发表于台湾《师大国文学报》1978年第7期）一文，继续订补范注；台湾学者张立斋于1967年出版了《文心雕龙注订》（台湾正中书局）一书，正范注之讹失与补其所未备；王更生又于1979年出版了《文心雕龙范注驳正》（台湾华正书局）一书，对”范注“进行全面订补；在此基础上，牟世金发表了《文心雕龙的“范注补正”》（《社会科学战线》1984年第4期）一文，对一些范注补正的得失、歧议与未及问题作了分析；而霍玉厚的遗稿《文心雕龙范注补》也失而复得，于1992至1993年在《社会科学辑刊》杂志连载刊发。

④ 范文澜：《文心雕龙注》（中），北平：文化学社，1929年，第21页。

杨明照按：“《艺文类聚》三十八引王粲《荆州文学记官志》无此文，《御览》六百七引王粲《荆州文学官志》亦然。其六百八所引‘自夫子删述’至‘表里之异体者也’二百余字，明标为《文心雕龙》，非《荆州文学官志》也。陈氏盖据严辑《全后汉文》为言。范氏所注出处，亦系移录严书。皆未之照耳！……”①

此为范文澜的老师陈汉章先生所误记，范注因之，杨明照所辨极是。他在《评开明本范文澜〈文心雕龙注〉》一文中，对此有进一步的补充：“余前疑此误始自张英纂《渊鉴类函》始，严氏仍之；昨假得明活字本《御览》比对，其六百七引《荆州文学官志》一则下，即接‘夫易惟谈天’二百字，是张、严二氏之误，乃从此本出；信矣，书之贵善本也。”②

再如：《诏策》“昔郑弘之守南阳，条教为后所述”，范注：

> 《后汉书·郑弘传》：“政有仁惠，民称苏息，迁淮阴太守。”……案黄注引《郑弘传》曰：“弘为南阳太守，条教法度，为后所述。”考弘传并无此语，未知其何见而云然？（《后汉书·羊续之传》称其“条教可法，为后世所述”，黄注盖误记）窃疑“昔郑弘之守南阳”，当作“昔郑弘之著南宫”。本传云：“弘前后所陈有补益王政者，皆著之南宫，以为故事。”据此“阳”是“宫”之误，南宫既误南阳，后人乃改“著”字为“守”字，不知弘实未为南阳太守也。③

杨明照按：“范注大误。《汉书》（卷六十六）《郑弘传》：‘弘字穉卿，泰山刚人也。兄昌字次卿。皆明经通法律政事。次卿为太原涿郡太守，弘为南阳太守，皆著治迹。条教法度，为后所述。’此即舍人之所本；亦即黄注之所自出。惜黄氏未著书名，致读者不谙所在，横生异议，为可叹耳！范氏既已误穉卿为巨君（《后汉书·郑弘传》‘弘字巨君’），复欲移南阳作南宫；不自知其非，而反以黄注为误，真可谓笑他人之未工，忘己事之已拙者矣！”

---

① 杨明照:《范文澜文心雕龙注举正》,《文学年报》第3期。以下引文凡出自此文者将不再出注。

② 杨明照:《评开明本范文澜〈文心雕龙注〉》,《燕京学报》第24期。以下引文凡出自此文者将不再出注。

③ 范文澜:《文心雕龙注》(中),第409页。

范注据《后汉书·郑弘传》（郑巨君）出典，而不知黄注所引乃《汉书·郑弘传》（郑穉卿）所云，以致大误。开明书店本依旧，人民文学本乃由王利器订正为："《汉书·郑弘传》'弘为南阳太守，条教法度，为后所述'。"①

《封禅》"录图"，范注引纪评曰"录当作绿"，并谓"其说无考"②。杨明照按："《正纬篇》：'尧造绿图，昌制丹书。'是'绿图'与'丹书'相对。此亦当作'绿图'，与下丹书对。纪氏之说，意盖在此。明嘉靖本正作'绿'，不误。又《墨子·非攻下篇》：'河出绿图。'《淮南子·俶真篇》：'洛出丹书，河出绿图。'并其证也。"杨说是也。开明书店本依旧，人民文学本乃由王利器订正为："纪评曰：'录当作绿。'案本书《正纬篇》'尧造绿图，昌制丹书'，绿图与丹书对文，嘉靖本作绿，是。"

又，《奏启》"乃称绝席之雄"，范注："绝席疑当作夺席。《后汉书·儒林·戴凭传》：'帝令群臣能说经者，更相难诘，义有不通，辄夺其席，以益通者。凭遂重坐五十余席。'黄注引《王常传》'常为横野大将军，位次与诸将绝席'，似非其意。"③ 杨明照按："'绝''夺'二字，形不相近，无缘致误。舍人盖借用范书'绝席'之文，以喻其无纵诡随耳！范氏以文害辞，以辞害意，过矣。又，《来歙传》：'赐歙班坐绝席。'《张禹传》：'每朝见特赞，与三公绝席。'并有'绝席'之文。"按：黄注已引《后汉书·王常传》并注："绝席，谓尊显之也。《汉官仪》曰：御史大夫、尚书令、司隶校尉皆专席，号三独坐。"这里，绝席、专席、独坐义近，并谓尊显之位也。范注舍近求远，以致离本弥甚。

另外，《体性》"才有天资"，范注："'有'当作'由'。"④ 杨明照按："'有'字自通，毋庸他改，《玉海》二百一引亦作'有'。"杨氏所言甚是。"有"与"由"同义，不烦改字。王叔岷《文心雕龙缀补》："案'有'犹'由'也，班彪《王命论》：'是故穷达有命，吉凶由人。'有、由互文，有与由同义。钟嵘《诗品序》：'观古今胜语，多非补假，皆有直

① 关于王利器订补范注的详细情况，参见拙稿：《王利器范注订补考辨》，《文献》2002 年第 2 期。

② 范文澜：《文心雕龙注》（中），第 432 页。

③ 范文澜：《文心雕龙注》（中），第 476—477 页。

④ 范文澜：《文心雕龙注》（下），北平：文化学社，1931 年，第 17 页。

寻。’陈学士《吟窗杂录》本‘有’作‘由’，正有、由同义之证。”[①] 同篇“淫巧朱紫”，范注：“‘朱紫’，当作‘青紫’。”杨明照按：“范氏不知何据云然。《诠赋篇》：‘如组织之品朱紫。’《定势篇》：‘宫商朱紫。’亦并以‘朱紫’连文。”可见，范注改字缺乏依据。《正纬》亦有“朱紫乱矣”“朱紫腾沸”，其义乃《论语·阳货》所谓：“恶紫之夺朱也，恶郑声之乱雅乐也。”卢文弨曾说：“（《大戴礼记·易本命篇》）王太史所校，是者极多，而愚意不敢即据以更改此书者，则以校书之与著书不同。”[②]

三、补范注出典之未备

出典方面，杨明照的有些举正，虽不足以推翻范注，但亦可补其所未备。如《原道》“草木贲华”，范注：

> 陆德明《周易音义》引“傅氏云：‘贲，古斑字，文章貌。’”《说苑·反质篇》：“孔子卦得贲，喟然仰而叹息，意不平。……孔子曰：‘贲，非正色也。吾亦闻之，丹漆不文，白玉不雕，宝珠不饰。何也？质有余者，不受饰也。’”《吕氏春秋·慎行论·壹行篇》高诱注云：“贲，色不纯也。”皆贲为文章貌之证。[③]

杨明照按：“《易·序卦传》：‘贲者，饰也。’（《说文》同）此贲字亦当训为饰。若以为文章貌，则于词性不合。（上文雕色之雕，与此贲华之贲，皆当作动词解）（《一切经音义》二引《三苍》云：‘雕，饰也。’《文选·东京赋》：‘下雕辇于东厢。’薛综注云：‘雕，谓有雕饰也。’）《书·伪汤诰》：‘贲若草木。’枚传云：‘贲，饰也。……焕然咸饰，若草木同华。’盖舍人语意所本。”

杨氏从上下文词性角度，解释“贲”当作动词，训为饰，并谓《书·伪汤诰》“贲若草木”为彦和语意所本，这一出典显然较范注为胜。霍玉厚《文心雕龙范注补》亦谓：“按此处‘贲’字与上句‘云霞雕色’之‘雕’相对成文，当训作动词‘饰’字，方与文义相合。若如范注解为

---

① 王叔岷：《文心雕龙缀补》，《慕庐论学集》（二），北京：中华书局，2007 年，第 341 页。

② ［清］卢文弨：《抱经堂文集》（卷二十），北京：中华书局，1990 年，第 283 页。

③ 范文澜：《文心雕龙注》（中），第 4 页。

'文章貌'殊与词义相乖矣。"[①] 然，范注承黄侃"贲，古斑字，文章貌"之说的同时，亦引《说苑·反质篇》，说明其已知"贲"有"饰"意。而杨氏征引范注时，故意略其所录《说苑·反质篇》之文，以突出其不知"贲"有"饰"意。因此，谓杨氏举正能补范注之未备则可，而谓范注非则不可。

又如《宗经》"是仰山而铸铜，煮海而为盐也"，范注："仰，唐写本作即，是。《汉书·货殖传》：'即铁山鼓铸。'师古曰：'即，就也。'"[②] 杨明照按："范注明而未融。《史记·吴王濞传》：'孝景帝即位，错为御史大夫，说上曰：今吴王乃益骄溢，即山铸钱，煮海水（《汉书濞传》无水字）为盐。'索隐云：'即者，就也。'此舍人遣词所本也。"范、杨二家在"仰"作"即"、"即者就也"的核心问题上并无二致，但杨注更为准确圆融，可补范注。

再如《颂赞》"马融之广成上林，雅而似赋，何弄文而失质乎"，范注："上林，疑当作东巡。《后汉书·马融传》'……上《广成颂》以讽谏。……融上《东巡颂》。'"[③] 杨明照按："挚虞《文章流别论》：'若马融《广成》《上林》之属，纯为今赋之体，而谓之颂，失之远矣！'（《御览》五八八引）据此，则《广成》《上林》并称，始于仲治。舍人既用其语，想亦及见其文。不得以范书本传未载，而疑作东巡也。"

"上林疑作东巡"乃黄叔琳《辑注》沿梅校而从《马融传》，范注以黄注为底本，故沿袭黄注。然其注（20）录挚虞《文章流别论》云："颂，诗之美者也。古者圣帝明王，功成治定，而颂声兴，于是史录其篇，工歌其章，以奏于宗庙，告于鬼神；故颂之所美者，圣王之德也。则以为律吕，或以颂声，或以颂形，其细已甚，非古颂之意。昔班固为《安丰戴侯颂》，史岑为《出师颂》《和熹邓后颂》，与《鲁颂》体意相类，而文辞之异，古今之变也。扬雄《赵充国颂》，颂而似雅，傅毅《显宗颂》，文与周颂相似，而杂以风雅之意。若马融《广成》《上林》之属，纯为今赋之体，而谓之颂，失之远矣！"此已明言"若马融《广成》《上林》之属"，故斯波

---

① 霍玉厚口述，霍恒昌笔录：《文心雕龙范注补》，《社会科学辑刊》1992 年第 4 期。

② 范文澜：《文心雕龙注》（中），第 26 页。

③ 范文澜：《文心雕龙注》（中），第 181 页。

六郎曰：“杨氏之驳论，亦是操彼矛以伐彼者。”① 另，开明书店本正文夹校在黄校后已补录铃木虎雄《黄叔琳本文心雕龙校勘记》：“铃木曰《玉海》作上林”。其文末注出典在引《后汉书·马融传》之后，紧接着引郝懿行曰：“案黄注《上林》疑作《东巡》，从《马融传》也。然挚虞《文章流别》作《广成》《上林》，是必旧有其篇，不见于本传而后世亡之耳。”并案曰：“《艺文类聚》引《典论》逸文，亦称融撰《上林颂》，是融确有此文矣。”② 这表明范注从郝懿行说，亦谓《上林》不当作《东巡》也。

另，《议对》“周爰谘谋”，范注：“《诗·大雅·绵》‘爰始爰谋。’笺云‘于是始与豳人之从己者谋’。又‘周爰执事’。笺云‘于是从西方而往东之人，皆于周执事，竞出力也’，周爰谘谋，语本此。”③

杨明照按：“《诗·小雅·鹿鸣之什·皇皇者华》：‘载驰载驱，周爰咨谋。’毛传云：‘忠信为周，访问于善为咨，（以上二句，系移录前章传文）咨事之难易为谋。’此舍人之所本也。旧注曾未引及者，盖以三百篇为童而习之之书，能读《文心》者，不患其不知故耳！范氏乃以《大雅·绵》为注，风马牛迥不相及。匪特词费，且于谘字亦未箸训。谘，当依《御览》五九五引作咨，始与诗合。（咨已从口，不必再加言旁。）下文‘尧咨四岳。’《书记篇》‘短牒咨谋。’并作咨。则此必原作咨无疑。传写者以俗乱正耳!”

杨氏引《诗·小雅·鹿鸣之什·皇皇者华》出典当然更准确，然谓“范氏乃以《大雅·绵》为注，风马牛迥不相及”，则肆其意气之语。陆侃如、牟世金《文心雕龙译注》即据范说注释并翻译此句④，可见范注出典并非“风马牛迥不相及”。又，杨氏谓范注“且于谘字亦未箸训”，亦不尽然。范注正文夹校已录其畏友孙蜀丞校语：“谘，孙云《御览》五九五作咨。”范文澜《文心雕龙注》正文夹校内容包括：黄叔琳校本及其所保留的明人校语，孙诒让手录顾、黄合校本校语，谭献、铃木虎雄、赵万里和孙蜀丞等人的校语。其中，孙蜀丞校语对其修订《讲疏》帮助最大，全书

① ［日］斯波六郎:《文心雕龙范注补正》,黄锦鋐编译:《文心雕龙论文集》,台北:学海出版社,1979年版,第20页。

② 范文澜:《文心雕龙注》(卷二),上海:开明书店,1936年,第62、68页。

③ 范文澜:《文心雕龙注》(中),第479页。

④ 陆侃如、牟世金:《文心雕龙译注》(上册),济南:齐鲁书社,1981年,第43、47页。

正文夹校共录孙氏校语636条，故其《例言》特予声明，并致谢忱：“畏友孙君蜀丞尤助我宏多（孙君所校有唐人残写本、明抄本《太平御览》及《太平御览》三种），书此识感。”

《情采》“固知翠纶桂饵，反所以失鱼”条杨氏举正，亦可补范注之未备。范注：“鲁人有好钓者，以桂为饵，黄金之钩，错以银碧，垂翡翠之纶。马国翰《辑佚书》七十二曰‘《太平御览》卷八百三十四引《阙子》。……’”[①] 杨明照按：“范氏引《阙子》文未全，于‘反所以失鱼’句不应。彼文下云：‘其持竿处位即是，然其得鱼不几矣。’（《御览》八三四引）当据补。不知范氏何以失之眉睫？”范注所录确未全，补足杨氏所录下文始完矣。

四、正范注校勘之偏颇

校勘方面，范注除正文夹校外，注中亦时有校字，且多采用理校法，版本、文献依据不足。而杨明照的某些举正则有比较可靠的版本、文献依据，可正范注校字之偏。

《征圣》：“则圣人之情，见乎文辞矣。”范注：“《易·系辞下》‘圣人之情见乎辞。’唐写本无‘文’字。案‘文’谓文章，‘辞’谓言辞。义有广狭，似不可删。循绎语气，亦应有‘文’字。”[②] 杨明照按：“唐本无‘文’字是也。舍人于上用《论语》，此用《易·系》，并无增改。诚以辞即文辞，一言已足，无须更改文字。且就语势求之，亦实以无者为胜。今本盖传写者涉上下文字而衍。范氏既引《易·系》为注矣，何以不审至此！即令原有‘文’字，亦当以文辞连读成义，不得析分为二也。《原道篇》‘《易》曰：鼓天下之动者存乎辞。辞之所以能鼓天下者，乃道之文也。’其辞字含义，即与此同。如范氏说，则亦为言辞矣，而与下‘道之文也’句，得毋舛驰耶？”杨氏所言甚是。不仅唐写本、《易·系辞下》无“文”字，就语气而言，无者亦顺；从理校来看，即使有“文”字，也不当将“文”与“辞”强分为二。范注出典与正文夹校俱无“文”字，然因过信底本，而认为“文”与“辞”各有所指，并从语势角度强为之解。

《乐府》：“乐盲被律。”范注：“《诗·大序正义》引郑答张逸云‘国史采众诗时，明其好恶，令瞽矇歌之。其无作主，皆国史主之，令可歌。’

---

① 范文澜：《文心雕龙注》（下），第44页。

② 范文澜：《文心雕龙注》（中），第14页。

《周礼》瞽矇‘掌九德六诗之歌以役大师’，此云‘乐盲’，当指大师瞽矇而言。”① 杨明照按：“盲，当依唐写本作胥。《玉海》一百六引正作胥。梅本校作胥。注云‘元作育，许改’，是黄本乃误为盲也。《周礼·春官·大司乐》：‘大胥中士四人，小胥下士八人。’《礼记·王制》：‘小胥，大胥。’郑注并云：‘乐官属也。’《尚书大传·略说》：‘胥与就膳。’郑注亦云：‘胥，乐官也。’即其义。范氏乃就黄本误字为说耳。又下文有‘瞽师务调其器’之文。若此原作乐盲，即为指大师瞽矇，何不上下一致邪？”按：“乐盲”之“盲”，范注正文夹校引赵万里据唐写本所校云“‘育’作‘胥’”，然其注仍依黄本误作“盲”而出典。杨明照举正甚是，颜虚心《文心雕龙集注》亦谓：“乐盲成辞，于古无说。”②

《哀吊》：“班彪蔡邕，并敏于致语。”范注：“致语，唐写本作‘致诘’；疑‘诘’是‘结’之误。结，谓一篇之卒章也。”③ 杨明照按：“唐本作‘诘’，是也。宋本《御览》五九六引亦作诘。下云：‘影附贾氏，难为并驱。’今诵长沙《吊屈原文》，自讯曰以下，有致诘意。叔皮，伯喈所作，虽无全璧；然据《艺文类聚》所引者，（《类聚》五八引班彪《悼离骚》，四十引蔡邕《吊屈原文》）亦皆有致诘之词。残文具在，不难复按而知。范氏盖因上有‘卒章要切’之文，故疑作结，而以卒章释之耳！”唐写本作“致诘”，是。“《老子》第十四章：‘此三者，不可致诘。’是‘致诘’二字固有所本也。《后汉书·袁安传论》：‘虽有不类，未可致诘。’《抱朴子内篇·微旨》：‘渊乎妙矣难致诘。’亦并以‘致诘’为言。”④ 范文澜“疑‘诘’为‘结’之误”，原因正如杨明照所言：“盖因上有‘卒章要切’之文，故疑作结，而以卒章释之耳！”然，杨氏所言“《艺文类聚》所引者”，则俱见于范注。范谓：“班彪《悼离骚》，蔡邕《吊屈原文》均残缺不完。”并据《艺文类聚》五十八和四十附两篇残文。

《谐隐》：“昔华元弃甲，城者发睅目之讴；臧纥丧师，国人造侏儒之歌；并嗤戏形貌，内怨为俳也。”范注：“俳，当作‘诽’。放言曰谤，微言曰诽。内怨，即腹诽也。彦和之意，以为在上者肆行贪虐，下民不敢明谤，则作为隐语，以寄怨怒之情；故虽嗤戏形貌而不弃于经传，与后世莠

① 范文澜：《文心雕龙注》（中），第107页。

② 詹锳：《文心雕龙义证》（上），上海：上海古籍出版社，1989年，第227页。

③ 范文澜：《文心雕龙注》（中），第274页。

④ 杨明照：《文心雕龙校注拾遗》，上海：上海古籍出版社，1982年，第114页。

言嘲弄，不可同日语也。”[①] 杨明照按：“范说非是。‘俳’字不误。《说文》：‘俳，戏也。’内读曰纳（《荀子·富国篇》杨注‘内读曰纳’）内怨为俳者，即纳怨为戏也。华元弃甲，城者发睅目之讴；臧纥丧师，国人造侏儒之歌；皆嗤其形貌，纳怨为戏也。上言‘嗤戏’，下言‘为俳’。义正相承。夫既云‘微言曰诽’，则何必曰‘讴’曰‘歌’。既云‘下民不敢明谤，作为隐语，以寄怨怒之情’，则何仅讴‘睅目’歌‘侏儒’已邪？且下文俳字数见，又将何说？即令俳为诽之误，而内怨亦不当作腹诽解也。”范文澜认为“俳”当作“诽”，“内怨”即腹诽也。视角独特，释解成理。杨明照认为“内怨为俳者，即纳怨为戏也”，则更为精妙。相较而言，杨注为优。因为说“俳”当作“诽”，毕竟缺乏版本依据。诚如李曰刚所言：“范注读俳为诽，引《通训定声》‘放言曰谤，微言曰诽’以释之，说虽可通，但仍以不改为胜。”[②]

《论说》：“辅嗣之两例。”范注：“‘两例’，疑当作‘略例’。《隋志》有王弼《易略例》一卷，邢璹序称其‘大则总一部之指归，小则明六爻之得失’。彦和或即指此欤？”[③] 杨明照按：“‘两’‘略’二字之形不近，无缘致误。且此云‘两例’，下云‘二论’，正以数字相对。岳刻《周易略例》本，于‘辩位’之后，‘卦略’之前；有略例下篇题。上下乃相对之词；既有略例下矣，则原必有略例上者。舍人称辅嗣之两例，殆指此言之。惜《易略例》旧面目，他无可考矣！”范注疑“两例”当作“略例”，虽可聊备一说，然无版本依据。“两例”，除杨明照谓殆指《易略例》上下外，清姚振宗《隋书经籍志考证》谓即《易老略例》[④]。原文既可解，在无版本依据的情况下，当慎重改字。诚如卢文弨所言：“其义得两通，则仍而不革，虑其损真也。”[⑤]

《诏策》：“兆民尹好。”范注：“尹好，疑当作‘式好’。式，语辞也。”[⑥] 杨明照按：“‘尹’字于此固不可解；然与‘式’之形不近，何由致误？疑系‘伊’之残。《汉书·礼乐志》及《扬雄传》上颜注并云：‘伊，

---

① 范文澜：《文心雕龙注》（中），第297页。

② 李曰刚：《文心雕龙斠诠》（上编），台北：“国立”编译馆中华丛书编审委员会，1982年，第577页。

③ 范文澜：《文心雕龙注》（中），第366页。

④ 詹锳：《文心雕龙义证》（中），第685页。

⑤ ［清］卢文弨：《抱经堂文集》（卷三），第28页。

⑥ 范文澜：《文心雕龙注》（中），第411页。

是也。’此亦当作‘伊’，而训为是。”按：“尹”，何焯校“式”。杨明照“疑系‘伊’之残”，并谓：“《文选》”颜延之《陶征士诔》：‘伊好之洽，接阎邻舍。’（吕延济注：‘伊，惟；洽，合也。’）‘伊好’二字，即出于此。《图书集成》一三七引，正作‘伊’。当据订。”[①] 杨说是也。

《丽辞》：“指类而求，万条自昭然矣。”范注：“案‘万’字衍，当于‘求’（字）下加豆。‘条目昭然’，即上所云四对也。”[②] 杨明照按：“‘求’字下加豆，能读《文心》者，不患其不知，何待词费。‘万’字塙非衍文，属下句读。范氏自误‘自’为‘目’，故有是瞽说耳！”按：范注此条，先引纪评曰：“‘贵’当作‘肩’。又以四句，当云‘指类而求万，条目昭然矣’。又言对事对，各有反正，于文义乃顺。”检道光十三年冬刊于两广节署的翰墨园藏版纪评，正作“条目昭然”，即“自”作“目”，可能系纪昀手误，而范注之误正源于此。由于过信纪评，范注以“条目昭然”为词，故于“万”字后加豆，又因“指类而求万”不通，遂谓“‘万’字衍，当于‘求’字下加豆”。开明书店本范注引纪评已于“求”字后加豆，“目”作“自”，即以“万条自昭然”为句，并案：“‘万’字衍，‘自’为‘目’之误，当作‘指类而求，条目昭然’，即上所云四对也。”范注疑“万”字衍，谓“自”为“目”之误，虽然缺乏版本文献依据，但仍不失为一家之言。退一步说，理校法虽不足为凭，然人非圣贤，孰能无过！杨氏所谓“瞽说”，实非与人为善之言，故难免文人相轻之嫌。

《比兴》：“依诗制骚，讽兼比兴。”范注：“‘讽’当作‘风’。楚骚，楚风也。”[③] 杨明照按：“‘讽’字不误。《汉书·艺文志·诗赋略》：‘楚臣屈原，离谗忧国，作赋以风，（颜注云：‘风读曰讽。’）有恻隐古诗之义。’（王逸《楚辞章句·离骚序》：‘《离骚》之文，依诗取兴，引类譬喻。’又《后序》：‘屈原履忠被谮，忧悲愁思独依诗人之义，而作《离骚》；上以讽谏，下以自慰。’）即其义也。下文：‘炎汉虽盛，而辞人夸毗，诗刺道丧，故兴义销亡。’正承此而言，若改作‘风’，则不谐矣。”按：范注乃承其师黄侃之说，黄侃引王逸《楚辞章句·离骚序》并案：“《离骚》诸言草木，比物托事，二者兼而有之。故曰‘讽兼比兴’也。”然黄氏并无改字

① 杨明照：《增订文心雕龙校注》（上），北京：中华书局，2000年，第281页。

② 范文澜：《文心雕龙注》（下），第95页。

③ 范文澜：《文心雕龙注》（下），第107页。

之意，范注所引误为“风兼比兴”，故曰“‘讽’当作‘风’”；开明书店本引文虽不误，然校“讽”作“风”则不变。

《时序》：“熏风诗于元后。”范注：“‘诗于元后’，疑当作‘咏于元后’。”① 杨明照说“诗字自通，无烦改作”，却没有提供文献依据，后来才在《文心雕龙校注拾遗》中补正曰：“《史记·乐书》：‘高祖过沛，诗三侯之章。’又《司马相如传》：‘（封禅文）诗大泽之博。’其‘诗’字正作动词用也。”②

五、范、杨出典各有所据，可共观互照

范注的某些出典，与杨明照举正所列各有所据，两者可以共观互照，从而相得益彰。兹举几例，略作说明。

1.《宗经》：故象天地，效鬼神，参物序，制人纪，洞性灵之奥区，极文章之骨髓者也。

范注：“《礼记·礼运》孔子曰：‘是故夫礼必本于天，淆于地，列于鬼神，达于丧祭射御冠昏朝聘。’……此殆彦和说所本。”③

杨明照按：“舍人此文，统论群经。范氏所引，似有未惬。《汉书·儒林传序》：‘古之学者，博学乎六艺之文。六学（艺）者，王教之典籍；先圣所以明天地，正人伦，致至治之成法也。’又《匡衡传》：‘臣闻六经者，圣人所以统天地之心，著善恶之归，明吉凶之分，通人道之正，使不悖于其本性者也。’并较《礼记》之文为当。”

杨氏以为征典《汉书·儒林传序》及《匡衡传》较范注为优，后来在《文心雕龙校注拾遗》中，又改征《汉书·礼乐志》出典：“六经之道同归……故象天地而制礼乐，所以通神明，立人伦，正情性，节万事者也。”以《儒林传序》殿后，谓“舍人立论，殆宗于此”④。而《汉书·礼乐志》之文，范文澜不可谓不知，因为范注出典后句“洞性灵之奥区，极文章之骨髓者也”即征此志：“奥区见《文选·西京赋》。《汉书·礼乐志》‘夫乐本性情，浃肌肤而藏骨髓’。”可见，“象天地，效鬼神，参物序，制人纪”句出典，范注之所以舍《汉书·礼乐志》而取

① 范文澜：《文心雕龙注》（下），第168页。

② 杨明照：《文心雕龙校注拾遗》，第334页。

③ 范文澜：《文心雕龙注》（中），第19—20页。

④ 杨明照：《文心雕龙校注拾遗》，第18页。

《礼记·礼运》，是经过认真思考的，就范、杨二家此句出典而言，很难说孰优孰劣。因为，彦和此句“虽取熔经意，亦自铸伟辞”，故出典亦不可固必执着。

2.《史传》：遗亲攘美之罪。

范注：“《汉书》赞中数称司徒掾班彪云云，安得诬为遗亲攘美?”[①]

杨明照按：“傅子：‘班固《汉书》，因父得成，遂没不言彪，殊异马迁也！’《颜氏家训·文章》：‘班固盗窃父史。’是遗亲攘美之说，前有所祖，后有所述；非舍人自我作故也。今检《汉书》赞中称司徒掾班彪者，仅见韦贤，翟方进，元后三传赞。且元、成二纪赞，由其称谓推之，的出彪手；而固乃湮灭不彰，似为其自作者然。蔦施松上，则金敞为其外祖，婕妤属其姑矣。舍人以遗亲攘美罪之，实宜。又何诬为?”

《史传》曰：“至于宗经矩圣之典，端绪丰赡之功，遗亲攘美之罪，征贿鬻笔之愆，公理辨之究矣。”仲长统，字公理，其所论《汉书》四事，“先阐其长，后张其短，二者兼举，两不相妨。‘宗经矩圣，端绪丰赡’，举其长也。‘遗亲攘美，征贿鬻笔’，举其短也。”[②] 公理在其《昌言》书中，于此四事“辨之究矣”，即论之详也。“惜其书佚亡，不能知所以辨之之辞。”范注案：“《汉书·叙传》，固自谓‘旁贯旨经，上下洽通，为春秋考记表志传凡百篇’。又言‘凡汉书，叙帝皇。……穷人理，该万方；纬六经，缀道纲；总百民，赞篇章。’……宗经矩圣之典，端绪丰赡之功二句，当即统证明《叙传》说非夸诞之语。”然，《叙传》亦表明班固“自负甚至，因而有人嫉忌，造作谤语”。范引《北周书·柳虬传》：“虬上疏言汉魏以还，密为记注，无益当时；纵能直笔，人莫之知，何止物兴横议，亦且异端互起。故班固致受金之名，陈寿有求米之论。”并谓：“据此，虬亦知班陈之冤。刘子玄深于史学，而《曲笔篇》竟谓‘班固受金而始书，陈寿借米而方传，此又记言之奸贼，载笔之凶人，虽肆诸市朝，投畀豺虎可也’，何无识轻诋至此乎！”可见，范注只是怀疑彦和所谓“遗亲攘美”“征贿鬻笔”，有轻信民间传说的可能，而民间传说难免有夸诞、诽谤的成分。此乃范注欲辨明是非曲直的原因，至于杨注以为“舍人以遗亲攘美罪之实宜”，亦不妨各存其说，互照共观耳！

---

① 杨明照:《文心雕龙校注拾遗》,第317—318页。

② 金毓黻:《文心雕龙史传篇疏证》,詹锳:《文心雕龙义证》(中),第583页。

3.《书记》：岁借民力。

范注："《释名·释书契》'籍，籍也。所以籍疏（疏，条列也）人民户口也。'《左传》襄公二十五年'赋车籍马'注'籍，疏其毛色岁齿以备军用'。《周礼·天官叙官司书·正义》'簿今手版'此'岁借民力'说所本。"①

杨明照按："范氏征引虽博，无一当者。《礼记·王制》：'古者公田藉而不税。'郑注云：'藉之言借也。借民力治公田。'又'用民之力，岁不过三日'。注云：'治宫室城郭道渠。'此盖'岁借民力'说所本。又《春秋》宣十五年经：'初税亩。'《公羊传》：'古者什一而藉。'何注云：'什一以借民力，以什与民，自取其一为公田。'《左传》：'谷出不过藉。'杜注云：'周法，民耕百亩，公田十亩，借民力而治之。'并其证也。"

《书记》："籍者，借也。岁借民力，条之于版，《春秋》司籍，即其事也。"范注先释"籍者，借也"："《说文》'籍，簿书也'，《尚书·伪孔安国序》'由是文籍生焉'，《正义》'籍者，借也。借此简书以记录政事'，《孟子·滕文公上》'助者，藉也'，赵岐注曰'藉者，借也。犹人相借力助之也'，此训借说所本。"再释"岁借民力，条之于版"，如杨氏上引，不录。最后释"《春秋》司籍"："《左传》昭公十五年'孙伯黡司晋之典籍，以为大政，故曰籍氏'，此《春秋》司籍说所本。"可见，杨氏断章取义，谓"范氏征引虽博，无一当者"，亦意气之言。杨氏征引的核心之意，乃谓藉者借也，借民力以治公田。范注引《滕文公上》文之前文为："夏后氏五十而贡，殷人七十而助，周人百亩而彻，其实皆什一也。彻者，彻也；助者，藉也。"其意正"什一而藉"也。又，《滕文公上》所言之井田制亦属此意："方里而井，井九百亩，其中为公田。八家皆私百亩，同养公田；公事毕，然后敢治私事，所以别野人也。"这是一种土地国有制，国家将每方里土地按井字形划作九区，分配给农民耕种。中一区为公田，余八区为私田，分授八家。公田由八家助耕，收获全部上缴国家。男子成年受田，老死还田。

4.《情采》：贲象穷白，贵乎反本。

范注："《易·贲卦》上九'白贲无咎'象曰'白贲无咎，上得志也'。王弼注曰：'处饰之终，饰终反素，故在其质素，不劳文饰而无咎也。以白

---

① 范文澜:《文心雕龙注》(中),第526页。

为饰，而无患忧，得志者也。’”①

杨明照引《说苑·反质篇》：“孔子卦得贲，喟然仰而叹息，意不平。子张进，举手而问曰：‘师闻贲者吉卦，而叹之乎?’孔子曰：‘贲非正色也，是以叹之。吾思也，质素白当正白，黑当正黑。夫质又何也？吾亦闻之，丹漆不文，白玉不雕，宝珠不饰。何也？质有余者，不受饰也。’(《吕氏春秋·慎行论·壹行篇》有此文小异，与此不恰，故未征引。《家语·好生篇》同。)”并谓：“盖舍人语意所本。仅引《易》文，似有未尽。”

范注于《原道》“草木贲华”，出典录杨氏上引《说苑·反质篇》，并引《吕氏春秋·慎行论·壹行篇》高诱注云“贲，色不纯也”。于此“贲象穷白，贵乎反本”，则录王弼注以出典。“穷”者，终也。“穷白”即终极于《贲卦》上九之“白贲”，“白贲”乃素饰，所谓“处饰之终，饰终反素”，故曰“贵乎反本”。范注出典正合文意，不得谓“似有未尽”也。

5.《丽辞》：是夔之一足，趻踔而行也。

范注：“《韩非子·外储说左下》：‘鲁哀公问于孔子曰：吾闻古者有夔一足，其果信有一足乎?’”②

杨明照按：“《庄子·秋水篇》夔谓虫玄曰：‘吾以一足，趻踔而行。’即舍人此文之所本。范氏乃引《韩子》之文为注，匪特未审文意，且惑同鲁哀公矣。”

杨氏所引《庄子·秋水篇》之文，范注之底本黄注已录之以为“趻踔”二字出典，杨氏不言，而范氏不可能不知。唯一的可能是，范注以为黄注既引《庄子·秋水篇》之文为“趻踔”出注，自己则另录《韩非子·外储说》之文为“夔之一足”出典。因为范注例言已谓其书乃“补苴昔贤遗漏”，即补黄注之未备而作。詹锳《文心雕龙义证》就先录范注所引《韩非子·外储说》为“夔之一足”出典，再录黄注所引《庄子·秋水篇》为“趻踔而行”出典。③ 开明书店本则于《韩非子·外储说》引文之后，再录《庄子·秋水篇》“吾以一足，趻踔而行”，以补足注文之意。杨明照看似抓住了范注的短处，实则并未深入审视范注。

---

① 范文澜:《文心雕龙注》(下),第45页。
② 范文澜:《文心雕龙注》(下),第95页。
③ 詹锳:《文心雕龙义证》(下),第1321页。

6.《事类》：鸡蹠必数千而饱矣。

范注："数千似当作数十，数千不将太多乎？"[①]

杨明照按："古人为文，恒多夸饰之词，舍人于前篇言之备矣。如鸡蹠数千，即为太多；则所谓周流七十二君者，其国安在？白发三千丈者，其长谁施乎？《吕氏春秋·孟夏纪·用众篇》：'善学者，若齐王之食鸡也，必食其跖数千而后足。'（跖与蹠同）是舍人此从《吕子》也。且本篇立论，务在博见，故言'狐腋非一皮能温，鸡蹠必数千而饱矣'。皆喻学者取道众多，然后优也。范说失之。（范氏盖据《淮南·说山》文为说）"

范注原文为："《淮南子·说山训》'天下无粹白狐而有粹白之裘，掇之众白也。善学者若齐王之食鸡，必食其蹠数十而后足'，高诱注曰'蹠鸡足踵也。喻学取道众多然后优'彦和语即本《淮南》文。《淮南》又本《吕氏春秋·用众篇》。数千似当作数十，数千不将太多乎？"《事类》原文两句为："狐腋非一皮能温，鸡蹠必数千而饱矣。"而《吕氏春秋·用众篇》"善学者，若齐王之食鸡也，必食其跖数千而后足"，仅关乎后句，故范注以《淮南子·说山训》之说为彦和语所本，正对应原文也。且范注亦录高诱注"喻学取道众多然后优"，并指明"《淮南》又本《吕氏春秋·用众篇》"。至于"'数千'似当作'数十'"，乃据《淮南》文他校也，未必失之。

7.《时序》：六经泥蟠。

范注："《文选·班固〈答宾戏〉》：'泥蟠而天飞者，应龙之神也。'"[②]

杨明照按："《答宾戏》文，与此似不惬，且其语亦非蚤出。《法言·问神篇》：'龙蟠于泥，蚖其肆矣。'李注云：'龙蟠未升，蚖其肆矣。'与此文意方合。"

范注此乃沿袭黄注。就"泥蟠"出典而言，亦非不惬。原文谓春秋以后，诸子蜂起，百家飙骇，六经犹如龙伏泥中而不为人重视。故李曰刚《斟诠》先引《汉书·张衡传》"中遭倾覆，龙德泥蟠；今乘云高跻，盘桓天位"，再录班固《答宾戏》及李善注，以为"泥蟠"出典[③]，文意并合范

① 范文澜：《文心雕龙注》（下），第120页。

② 范文澜：《文心雕龙注》（下），第169页。

③ 李曰刚：《文心雕龙斟诠》（下编），第2084页。

注出典。

8.《时序》：发绮縠之高喻。

范注：“绮縠，见《诠赋篇》。”①

杨明照按：“《诠赋篇》：‘此扬子所以追悔于雕虫，贻诮于雾縠者也。’范氏引《法言·吾子篇》或曰‘雾縠之组丽’以注，是也。然与此文意则殊，何可挹注？《汉书·王褒传》：上曰（宣帝）‘辞赋大者与古诗同义，小者辩丽可喜。辟如女工有绮縠，音乐有郑卫’，此舍人‘绮縠高喻’之所自出也。范注失之。”

其实，这里范注已引《汉书·王褒传》：“宣帝时，修武帝故事，讲论六艺群书，博尽奇异之好，征能为《楚辞》九江被公，召见诵读。益召高材刘向、张子侨、华龙、柳褒等待诏金马门。神爵五凤之间，天下殷富，数有嘉应，上颇作歌诗，欲兴协律之事。”只是未录其后之文：“上令褒与张子侨等并待诏，数从褒等放猎，所幸宫馆，辄为歌颂，第其高下，以差赐帛。议者多以为淫靡不急，‘上曰：不有博弈者乎，为之犹贤乎已！辞赋大者与古诗同义，小者辩丽可喜。譬如女工有绮縠，音乐有郑卫，今世俗犹皆以此虞说耳目，辞赋比之，尚有仁义风谕，鸟兽草木多闻之观，贤于倡优博弈远矣’。顷之，擢褒为谏大夫。”② 因为，范注乃为“越昭及宣，实继武绩，驰骋石渠，暇豫文会，集雕篆之轶材，发绮縠之高喻，于是王褒之伦，底禄待诏”一段文字综合出注，所谓“石渠见《论说篇》，绮縠见《诠赋篇》”，谓二词具体可参《论说篇》《诠赋篇》注，实概述、分注各别也。李曰刚亦曾引宋玉《神女赋》“勤雾縠之徐步兮”（善注“縠，今之轻纱也，薄如雾也”）为《时序》“绮縠”出典。③

六、范、杨校字各有所长，能两说并存

范注的某些校字，与杨明照举正所列各有所长，可以两说并存，相互补充。试举数例，略作说明。

1.《征圣》：妙极机神。

范注：“‘机’当作‘几’。《易·上系》‘唯几也，故能成天下之务；

① 范文澜：《文心雕龙注》（下），第172页。

② ［汉］班固：《汉书》（第九册），北京：中华书局，1962年，第2821—2829页。

③ 李曰刚：《文心雕龙斠诠》（下编），第2098页。

唯神也，故不疾而速，不行而至’。韩康伯注云‘适动微之会曰几’。”[①]

杨明照按：“《易·系辞上》：‘夫易所以极深而研几也。’《陆氏音义》云：‘几，本或作机。’是舍人此从或本作也。（研几之几，或本既作机；则下唯几之几，当亦作机也）匪特此尔！《论说篇》：‘锐思于机（此依明嘉靖本，梅子庚本，何刻《汉魏丛书》本。黄本已改为几矣）神之区。’亦然。孙氏诒让有言：‘彦和用经语，多从别本。’（见《札迻》卷十二《征圣篇》‘文章昭皙’条下）明乎此，庶可以读舍人书矣。”

“妙极机神”，冯舒云：“‘机’当作‘几’。”何焯、黄叔琳云：“‘机’疑作‘几’。”王利器案：“《论说》篇‘锐思于几神之区’，正作‘几’。”[②]可见，范注谓“‘机’当作‘几’”，乃渊源有自。至于杨明照所谓孙诒让有言：“‘彦和用经语，多从别本。’明乎此，庶可以读舍人书矣。”其实，范文澜修订其书时已补孙氏所言，如《原道》“肇自太极，幽赞神明”，1929 年文化学社本仅录顾千里的校雠成果：“顾千里曰：幽赞神明，旧本作讚，是也。《易·释文》云：‘幽赞本或作讚。’《孔龢碑》幽讚神明。《白石神君碑》幽讚天地。汉人正用讚字。”而 1936 年开明书店本在顾千里后又补录：“孙诒让《札迻》十二‘彦和用经语多从别本，如幽讚神明，本《易·释文》或本。’”[③] 此时杨文尚未发表，惜其未检新版范注，率尔操觚。

2.《宗经》：故子夏叹书，昭昭若日月之明，离离如星辰之行。

范注：“唐写本‘明’字上有‘代’字，‘行’字上有‘错’字。《荆州文学志》无‘代’‘错’二字。”[④]

杨明照按：“范氏所称《荆州文学志》，乃据严辑《全后汉文》为言，前条已详之矣。‘代’‘错’二字，当从唐本补。《韩诗外传》二：‘子夏对曰：诗之于事也，昭昭乎若日月之光明，燎燎乎如星辰之错行。’《孔丛子·论书篇》：‘子夏对曰：书之论事也，昭昭然若日月之代明，离离然若如星辰之错行。’并可证。《礼记·中庸》：‘辟如四时之错行，如日月之代明。’亦其旁证。”

此条范注已录黄注所引《尚书大传》出典：“子夏读书毕，见于夫子。

---

① 范文澜：《文心雕龙注》（中），第 16 页。

② 王利器：《文心雕龙校证》，上海：上海古籍出版社，1980 年，第 8 页。

③ 范文澜：《文心雕龙注》（卷一），第 4—5 页。

④ 范文澜：《文心雕龙注》（中），第 23 页。

夫子问焉，子何为于书？子夏对曰：‘书之论事也，昭昭如日月之代明，离离若参辰之错行，上有尧舜之道，下有三王之义，商所受于夫子，志之于心，不敢忘也。’”开明书店本又引郝懿行曰：“子夏叹书之言，见《尚书大传》，而《韩诗外传》二卷则称子夏言诗，是知《诗》《书》一揆，诂训同归，故曰：《尔雅》者，《诗》《书》之襟带。”范注引唐写本和出典都表示当有“代”“错”二字，“《荆州文学志》无‘代’‘错’二字”只是顺带说明而已。

3.《诏策》：汉初定仪则，则命有四品。

范注：“上‘则’字疑当作‘法’。《史记·叔孙通列传》：‘定宗庙仪法，及稍定汉诸仪法，皆叔孙生（通）为太常所论著也。’本书《章表篇》‘汉定礼仪，则有四品’，本篇则五字为句。则字有写作‘则’者，传书者误分为二‘则’字，因缀于上句而夺去‘法’字。”①

杨明照按：“《御览》五九三引‘则’字不重，‘命’字无。则此固四字为句也。《章表篇》：‘汉定礼仪，则有四品。’句法实与此同。（以两篇之上下文对比，尤为分晓）又宋本《御览》五九四引《章表篇》‘汉定礼仪’句，作‘汉初定制’。（喜多村直宽本同）明钞本《御览》作‘汉初定仪’。尤足与此相发。今本‘则’字固误重，而‘命’字亦系涉上文衍。范氏引《史记·叔孙通传》文，以证上衍之‘则’字当作‘法’，殊有未安。”

范注以《章表篇》“汉定礼仪，则有四品”四字句为证，以为“本篇则五字为句”，上句多“初”字，下句多“命”字，并据《史记·叔孙通传》，疑上“则”字当作“法”。王利器引谢云：“‘命’一作‘目’。”并案：“‘则’字不衍，《章表篇》云：‘汉定礼仪，则有四品：一曰章，二曰奏，三曰表，四曰议。’句法与此正同。冯本‘命’作‘曰’，当即‘目’字之误。”② 可见，作五字句亦通。

4.《书记》：观此四条。

范注：“‘四条’疑当作‘六条’。”③

杨明照按：“‘四’字固误，然‘六’亦未得也。疑原作‘众’，非旧

---

① 范文澜：《文心雕龙注》（中），第392页。

② 王利器：《文心雕龙校证》，第137页。

③ 范文澜：《文心雕龙注》（中），第537页。

本残其下段，即传写者偶夺，故误为‘四’耳。《檄移篇》‘凡此众条’是其证也。(《铭箴篇》：‘详观众例。’《诔碑篇》：‘周胡众碑。’亦可证。)”

《书记》曰：“夫书记广大，衣被事体，笔札杂名，古今多品。是以总领黎庶，则有谱、籍、簿、录；医历星筮，则有方、术、占、试；申宪述兵，则有律、令、法、制；朝市征信，则有符、契、券、疏；百官询事，则有关、刺、解、牒；万民达志，则有状、列、辞、谚。并述理于心，著言于翰，虽艺文之末品，而政事之先务也。”各家对下文之“四条”说法不一。黄叔琳疑为“数条”，范文澜疑为“六条”，杨明照、王利器校为“众条”。“数条”“众条”皆约数，概指上文六类或六类中的二十四目；“六条”虽合六类之说，然“四”何以误为“六”，则缺乏理由？牟世金认为此处不误。《练字》有“凡此四条”，《指瑕》也有“略举四条”之说。而上文“笔札杂名，古今多品”，指以上六类属“多品”，每类各四名，即“四条”；下文“或事本相通，而文意各异”，正指每类之内的四条而言，如“律”“令”；“契”“券”等，就是相通而各异的，各类之间就不存在这种情形。因此，“四条”当是“各类四条”之省。① 牟说甚有道理。各家目光集中于上述“六类”之上，而每类相加又有二十四目之多，故或疑作“六”，或疑作“数”“众”，相对忽略了“六类”中各含“四条”。牟注可谓火眼金睛！

5.《练字》：仓颉者，李斯之所辑，而鸟籀之遗体也。

范注：“‘鸟籀’当作‘史籀’。《艺文志》云‘《仓颉》七篇者，秦丞相李斯所作也。文字多取《史籀篇》’。《说文序》亦云‘斯作《仓颉篇》，取史籀大篆’。《仓颉》所载皆小篆，而鸟虫书别为一体，以书幡信，与小篆不同。”②

杨明照按：“‘鸟’字不误。‘籀’即史籀简称，鸟盖指仓颉初作之书言。《说文序》云：‘黄帝之史仓颉，见鸟兽蹄迒之迹，知分理之可相别异也，初造书契。’《吕氏春秋·审分览·君守篇》：‘仓颉作书。’高注云：‘仓颉生而知书，写仿鸟兽，以造文章。’故舍人简称古文为鸟也。舍人谓之‘鸟籀’，正如许君之云‘古籀’然也。《说文序》云：‘今序篆文，合以古籀。’《情采篇》：‘镂心鸟迹之中。’亦以‘鸟迹’代替文字。且此文

① 陆侃如、牟世金：《文心雕龙译注》(下册)，济南：齐鲁书社，1982 年，第 78 页。

② 范文澜：《文心雕龙注》(下)，第 128 页。

与上相俪；上文云：‘《尔雅》者，孔徒之所纂，而诗书之襟带也。’彼以诗书并举，此以鸟籀连称，词性亦同。《说文序》云：‘及宣王太史籀，箸大篆十五篇，与古文或同或异。……斯作《仓颉篇》，取史籀大篆或颇省改。’或之云者，不尽然之词。是大篆中存有古文之体，而《仓颉篇》亦必有因仍之者。《汉志》云：‘文字多取《史籀篇》。’则《仓颉》所载，不尽为小篆，又可知矣。故舍人概之曰‘鸟籀遗体’也。鸟虫书自别一体，许君列为亡新时六书之一；虽为箸其缘起，然厕于佐书之后，其为后起无疑。舍人岂不是审，而置于史籀之上哉！”

台湾学者张立斋《文心雕龙注订》“鸟籀之遗体”出典与范注同，而谓：“范注云‘鸟籀当作史籀’，非是。彦和辞旨在述李斯辑作，遵所沿习，鸟篆与籀书皆古之遗文也。‘多取’与‘取’之为言，略述其所本也，且斯之所作，统小篆言之，其中秦六体之书皆所包括，故此并言鸟籀为是。”[①] 杨氏通过《情采》及《练字》此句上文之本证，并结合文献之他证，综合论证“鸟字不误”，颇具说服力。而张氏征典同范注，竟谓范注“非是”，可谓拟不于伦。台湾“龙学”前辈李曰刚《文心雕龙斠诠》，先引范注，再录杨说，并案：“杨说是，鸟即鸟籀，《后汉书·蔡邕传》：‘诸为尺牍及工书鸟篆者皆加引召。’索靖《草书状》：‘仓颉既正书契，是为蝌斗鸟篆。’”[②] 而陆侃如、牟世金《文心雕龙译注》则从范注：“《鸟籀》：当作《史籀》，指《史籀篇》。《汉书·艺文志》：‘《仓颉》七章者，秦丞相李斯所作也……文字多取《史籀篇》。’又说：‘《史籀篇》者，周时史官教学童书也。’遗体：《礼记·祭义》：‘身也者，父母之遗体也。’喻指《仓颉篇》是在《史籀篇》的基础上发展而成的。”[③]

6.《练字》：虽文不必有，而体例不无。

范注：“似当作‘而体非不无’。”[④]

杨明照按：“‘例’字未误，其文意甚显。‘体例不无’者，即综言上列四条，缀字属篇，必须练择也。若改作‘非’，则下文紧承之‘若值而莫悟，则非精解’二句，失所天矣！”

杨氏联系上下文理校虽不无道理，然亦不可谓范注非。从上句“文”

---

① 张立斋：《文心雕龙注订》，台北：正中书局，1968 年，第 386 页。

② 李曰刚：《文心雕龙斠诠》（下编），第 1806 页。

③ 陆侃如、牟世金：《文心雕龙译注》（下册），第 242 页。

④ 范文澜：《文心雕龙注》（下），第 129 页。

与下句“体”互文的角度看，下句“非”偶上句“不”可谓正恰当，且下文“非”字与此句例不同，并非“失所天矣”。故郭晋稀《文心雕龙注译》从范说：“‘而体非必无’，原作‘而体例不无’。范文澜云‘似当作而体非必无’，今依校改。”① 李曰刚《文心雕龙斠诠》亦从范说：“‘虽文不必有，而体非不无’，‘非’原作‘例’，字误，据范注当作字改。”②

7.《序志》：既沈予闻。

范注：“‘沈’一作‘洗’。《庄子·德充符》‘不知先生之洗我以善耶’，陶弘景《难沈约均圣论》云‘仅（谨）备以谘洗，愿具启诸蔽’，洗闻洗蔽，六朝人常语也。”③

杨明照按：“《战国策·赵策》二：‘赵武灵王曰：学者沈于所闻。’（《商子·更法篇》：‘学者溺于所闻。’溺与沈意同）则作‘沈闻’，不无所本。范说非是。（卢文弨《抱经堂文集》十四《文心雕龙辑注书后》云：‘洗沈皆未是，似当作況，況与贶古通用。’其说尤为穿凿。）”

“既沈予闻”之“沈”，佘本作“洗”，《广文选》《梁书》《经济类编》引并作“洗”，黄校“一作‘洗’”。此句究竟作“沈闻”还是“洗闻”抑或“況闻”，校勘者形成了截然不同的三种意见。卢文弨《文心雕龙辑注书后》曰：“谢耳伯云：‘沈一作洗。’余疑皆未是，似当作‘況’，況与贶古通用。”④ 台湾学者张严赞同此说：“案‘沈’字实不可通，‘洗’字尤属妄断。盖彦和《序志》一篇，实全书结束之牢骚语，故文末云：‘茫茫往代，既□予闻；眇眇来世，倘尘彼观也。’细辨文义，‘沈’‘洗’均不可用。倘就旧钞本文字之残误情形言，当以‘況’，或‘贶’字谊近。所憾者原本不可得，不敢遽定。后读卢文弨《抱经堂文集》，见卷十四引谢耳伯语云：‘沈，一作洗，余疑皆未是，似当作況；況与贶古通用。’卢抱经（号矶渔）生平潜心汉学，所刊‘抱经堂丛书’，极称精审。彼以谢氏文佐证彦和句，可谓‘片言而存疑顿释，只字而纷讼立断’。惜后世之校《文心雕龙》，皆雷同而不考其情，循名而不思其实，于是辨嫌疑似之病，不可

① 郭晋稀：《文心雕龙注译》，兰州：甘肃人民出版社，1982 年，第 434 页。又，范注文化学社本与开明书店本，俱作“似当作‘而体非不无’”，人民文学出版社本作“似当作‘而体非必无’”，此乃王利器作为范注再版的责任编辑，为其订补时所改。参见拙文：《王利器范注订补考辨》，《文献》2002 年第 2 期。

② 李曰刚：《文心雕龙斠诠》（下编），第 1804 页。

③ 范文澜：《文心雕龙注》（下），第 238 页。

④ ［清］卢文弨：《抱经堂文集》（卷十四），第 200 页。

免矣。故黄丕烈、顾千里《文心雕龙》合校本，有跋云：‘古书不得原本，最未可信。’《雕龙》其坐此累欤？”①

杨明照认为当作“沈”，“洗”乃“沈”之形误。② 刘永济《文心雕龙校释》、王利器《文心雕龙校证》并同杨说。③ 王叔岷也认为当作“沈”：“案《经济类编》引‘沈’作‘洗’，《梁书》同。‘洗’盖‘沈’之误；或浅人所改。‘沈’犹‘溺’也。此彦和自谦之词。《战国策·赵策》：‘学者沈于所闻。’《商君书·更法篇》《史记·商君传》《新序·善谋篇》并云：‘学者溺于所闻。’‘沈’‘溺’同义，此其验矣。”④

然而，纪评谓“‘洗’字是”⑤。潘重规在权衡纪评、范注与杨说之后，案曰：“参详辞义，此文似应作‘洗’字。彦和著书，博采前修，自抒卓见，故曰：‘不述先哲之诰，无益后生之虑。’其书初成，未为时流所称，乃至负书干沈约于车下，其彷徨求索，寄怀来者，惧遂湮灭，没世无闻，衷情盖可想见。夫先哲洗我之蒙蔽，而我不能贻后生以谠言，斯志士之大痛也。‘茫茫往哲，既洗予闻’，此彦和受知于前哲者也；‘眇眇来世，倘尘彼观’，则己之著述，能入来世之目与否，未可知也。‘倘’者，冀望之辞，亦未可必之辞也。前闻沃我，故曰‘洗’；人观己作，故谦言‘尘’。‘尘’‘洗’文义正相锋对，故知作‘洗’为长。若‘沈闻’‘溺闻’，则是为见闻所蔽，非彦和此文之意旨矣。”⑥ 此从彦和著书立意的高度以及文本上下文词义对应的角度，力证“作‘洗’为长”。李曰刚从潘说，并谓：“‘洗’有推陈出新，承先启后之意，若作‘沈闻’，固然有高自傲视，目空往古之嫌，与下句不相贯串；即作‘况闻’，亦未免傍人门户，耳食陈言之疚，与上文无以圆说。权衡轻重，皆不若‘洗’字为得。周语：‘三日姑洗。’韦注：‘洗，濯也。’凡除垢令洁者皆可曰洗。”⑦

---

① 张严：《文心雕龙校勘新补序》，《文心雕龙通识》，台北：商务印书馆，1969 年，第 119 页。

② 杨明照：《文心雕龙校注拾遗》，第 383—384 页。

③ 刘永济：《文心雕龙校释》，北京：中华书局，1962 年，第 191 页。王利器：《文心雕龙校证》，第 301 页。

④ 王叔岷：《文心雕龙缀补》，《慕庐论学集》（二），北京：中华书局，2007 年，第 371 页。

⑤ ［清］黄叔琳注、纪昀评：《文心雕龙辑注》（卷十）《序志》，北京：中华书局，1957 年，第 20 页。

⑥ 潘重规：《读文心雕龙札记》，黄侃：《文心雕龙札记》附录，台北：文史哲出版社，1973 年，第 231 页。又，潘氏所谓“1960 年商务本范注改从杨说”，检文化学社本与开明书店本范注，均未从杨说，人民文学出版社本从杨说，乃王利器作为范注再版的责任编辑，为其订补时所改。参见拙文：《王利器范注订补考辨》，《文献》2002 年第 2 期。

⑦ 李曰刚：《文心雕龙斠诠》（下编），第 2328 页。

诸家之说，立场不同，角度各别，或对校、或他校、或本校、或理校，然均各有其据，完全可以诸说并存。而杨氏断曰“范说非是”，显然不恰当。

七、结语

杨明照“范注举正”除以上情况之外，也有范注非是，而杨校亦未当者。如《附会》“夫才量（范注原作“最”）学文，宜正体制。”范注：“才最学文，‘最’疑当作‘优’，或系传写之误。殆由学优则仕意化成此语。”[①] 杨明照按：“‘学优则仕’与此语意各别，何尝由其化成？疑原作‘量才学文’，传写者偶倒耳！《体性篇》：‘才有天资，学慎始习。’文意与此略同。”

此句校勘，范、杨两家之说皆非。赵西陆在《评范文澜文心雕龙注》一文中校曰：“案《太平御览》五百八十五引作‘才童’，知‘最’盖‘童’之讹。《体性篇》云：‘童子雕琢，必先雅制。’与此可互证。推彦和之意，不过谓学慎始习耳；与学优则仕意何与耶？”[②] 赵说甚是，以后各家校字均同赵说。王利器校此句：“‘才童’原作‘才量’，今据《御览》五八五引改。《体性篇》‘童子雕琢，必先雅制。’文意正与此相同。”[③] 徐复校此句：“复按：宋本《御览·文部一》引作‘才童’，极是。‘量’为‘童’字形近之误。本书《体性》云：‘童子雕琢，必先雅制。’《通变》云：‘今才颖之士，刻意学文。’正为作‘才童’之确诂。”[④] 杨明照在《评开明本范文澜文心雕龙注》一文中改变了原来的观点，认为：“‘才量’当依宋本《御览》五八五引作‘才童’。”[⑤] 在后来出版的《文心雕龙校注》中又补充说：“‘量’，宋本《御览》五八五引作‘童’。按‘童’字极是，‘量’其形误也。《体性篇》‘故童子雕琢，必先雅制’；语意与此相同，可证。”[⑥]

---

① 范文澜:《文心雕龙注》(下),第148页。

② 赵西陆:《评范文澜文心雕龙注》,《国文月刊》1945年第37期,耿素丽、黄伶选编:《文心雕龙学》,北京:国家图书馆出版社,2010年,第542页。

③ 王利器:《文心雕龙新书》,台北:成文出版社,1968年,第112页。

④ 徐复:《后读书杂志》,上海:上海古籍出版社,1996年,第204页。

⑤ 杨明照:《评开明本范文澜文心雕龙注》,《燕京学报》1938年第24期,耿素丽、黄伶选编:《文心雕龙学》,北京:国家图书馆出版社,2010年,第461页。

⑥ 杨明照:《文心雕龙校注》,第274页。

另，1925年天津新懋印书局本《讲疏》作“才量”，而1929—1931年北平文化学社本范注正文与注文俱作“才最”，1936年上海开明书店本范注正文作“才量”，注文仍作“才最”。故杨明照《评开明本范文澜文心雕龙注》说：“按正文原作‘才量’，注忽引作‘最’，未知所据（余检校二十余本，皆无作‘最’）。”不过，徐复曾谓：“（才量）又一本作‘才最’，释为善也，优之义也，则又由‘量’而误，亦非是。”① 检杨明照、王利器、詹锳、刘永济、李曰刚、张立斋诸家校注，均未提及此“又一本”系何本。然，范注既作“最”，又有徐复为证，当是另有所本。而其“‘最’疑当作优，或系传写之误。殆由学优则仕意化成此语”之误校，亦源于此本。

此外，还有范注正确而杨校为非者。《附会》“寄深写远”，范注：“‘写远’当作‘写送’。……写送六朝人语，犹俗言文势耳。”② 杨明照按：“黄氏叔琳校云：‘冯本写下多以字，远下多送字。’今检何刻《汉魏丛书》本，即与黄校冯本合，当从之。范氏谓写送犹俗言文势，似是而非。《诠赋篇》：‘乱以理篇，写送文势。’（此依唐写本及《御览》五八七引）遍照金刚《文镜秘府论·论文意篇》：‘开发端绪，写送文势。’如范氏说，则其下句，并为‘文势文势’矣，成何词哉！”

杨氏在这里否定范校而从黄校，认为当作“寄深写以远送”；但在1958年出版的《文心雕龙校注》中，又认为“诸本皆可疑，无从订正”③；最终在1982年出版的《文心雕龙校注拾遗》中改从范校：“寄深写远：元本、活字本作‘寄在写远’，《喻林》八八引同；弘治本、汪本、佘本作‘寄在写远送’；张本、何本、万历梅本、凌本、合刻本、梁本、秘书本、谢钞本、冈本、尚古本作‘寄在写以远送’，《文通》引同；两京本、胡本作‘寄深写远送’。（吴翌凤云：作‘寄深写远’，与上四字作对。）按诸本皆误。疑当作‘寄在写送’。‘写送’六朝常语。”④ 徐复《文心雕龙正字》亦谓：“寄深写远——按《诠赋篇》云：‘乱以理篇，迭致文契。’宋本《御览》引下句作‘写送文势’，与此意略同。疑此‘写远’亦为‘写送’

---

① 徐复:《后读书杂志》,第204页。
② 范文澜:《文心雕龙注》(下),第150页。
③ 杨明照:《文心雕龙校注》,第277页。
④ 杨明照:《文心雕龙校注拾遗》,第327页。

之误，皆指文势矣。”[①] 李曰刚《文心雕龙斠诠》从范说改作“寄深写送”：“刚案此句以‘送’误为‘远’，一本‘深’又作‘在’，传写者遂辗转误合，致失本真。”[②] 可见，杨氏举正所言非是，而范校则纠正讹误，大发人覆，以致举正其非者最终亦从之。

当然，这些情况毕竟是少数。总体来看，杨明照“范注举正”，确能订其讹失、补其未备、正其偏颇，对于进一步完善范注，功莫大焉！然而，杨氏文中颇多意气之言，如“故有是瞽说耳”“匪特未审文意，且惑同鲁哀公矣”“真可谓笑他人之未工，忘己事之已拙者矣”之类，实在没有言之的必要。人非圣贤，孰能无错？一味肆其意气，只能留人恃才傲物、目中无人之印象。王叔岷在《庄子校诠序论》中说，其《庄子校释》（1947年商务印书馆版）附录二，“有《评刘文典〈庄子补正〉》一篇，乃岷少年气盛之作，措辞严厉，对前辈实不应如此！同治一书，各有长短，其资料之多寡，工力之深浅，论断之优劣，识者自能辨之，实不应作苛刻之批评。况往往明于人而暗于己邪！1972年，台湾台北市台联国风社翻印拙作《庄子校释》，岷在海外，如知此事，决将《评刘文典〈庄子补正〉》一篇剔除，至今犹感歉疚也”[③]！王氏之言，当引以为戒！

（作者单位：安徽师范大学文学院）

① 徐复：《文心雕龙正字》，见詹锳：《文心雕龙义证》（下），第1614页。

② 李曰刚：《文心雕龙斠诠》（下编），第1357页。

③ 王叔岷：《庄子校诠》，北京：中华书局，2007年，第10—11页。

《灭惑论》撰于梁天监年间刘勰任萧绩记室任上[①]

——关于《灭惑论》撰年齐、梁两说评议

韩湖初

摘　要： 刘勰《灭惑论》撰年有齐、梁两说，相差近二十年。细看之下，齐代说最主要和最有力的证据是在版本资料方面，但问题的关键是：齐、梁两代到底哪一个具备产生《三破论》与《灭惑论》之争的客观条件？如果齐代并不具备，则无异于釜底抽薪，不管版本证据多么"有力"，都无济于事；而梁代说这方面则理据充分，尤其李庆甲对此做了详细辨析，故笔者赞同李庆甲先生《灭惑论》撰于梁天监年间刘勰任萧绩记室任上之说。

关键词： 刘勰；《灭惑论》；撰年；齐代说；梁代说

刘勰《灭惑论》撰年有齐、梁两说，相差近二十年。争论已近半个世纪，分歧仍在。笔者综观双方尽管各有理据，但认为齐代并不具备产生《灭惑论》的客观条件，故赞同李庆甲先生《灭惑论》撰于梁天监年间刘勰任萧绩记室任上之说。现陈浅见，以向方家和读者请教。

一、齐、梁两说的论争及其主要依据

我们不妨回顾这场论争的主要依据和论争过程。

《灭惑论》是刘勰反驳《三破论》之作。1979 年王元化先生提出作于梁代说，根据有三：一是《碛砂藏本弘明集》题名为"东莞刘记室勰"，

---

① 基金项目：国家社科基金重大项目"《文心雕龙》汇释及百年'龙学'学案"（批准号：17ZDA253）。

不称舍人而称记室，可知撰于梁天监年间任萧宏记室之时[①]；二是梁武帝舍道奉佛后，朝臣荀济提到攻击佛教的《三破论》“无能破之”，可见反驳其说已成为梁武帝奉佛的迫切课题；三是《灭惑论》所阐佛理“多与梁武帝佛学宗旨有密切关联”。如“梁武帝于释教中特重般若涅槃，《灭惑论》则以涅槃大品该摄佛法”[②]；梁武帝揭櫫三教同源说，《灭惑论》则“述三教关系亦同本此旨”。且梁武帝舍道奉佛后断言“道有九十六种，唯佛一道，是于正道”，其余为“邪道”；《灭惑论》亦“以佛教为正为真，其余则为邪为伪”。可见《灭惑论》处处趋承武帝意旨。[③]

同年稍后杨明照先生提出齐代说，主要根据有二：一是僧祐《出三藏记集》卷十二的《弘明集》子目有《灭惑论》，唐释智升《开元释教录》卷六谓《出三藏记集》撰于齐代，故《灭惑论》必撰于《弘明集》已经成书的齐代[④]；二是据宋释德珪《北山录注解随函》卷上“三破”条称顾欢作《三破论》、“灭惑”条称“刘思协（勰字之误）造《灭惑论》”，卷下“顾欢”条称“顾道士作《三破论》《夷夏论》等谤佛”，可见针对《三破论》而作的《灭惑论》撰于齐中兴元、二（501—502）年间[⑤]。

1981年李庆甲先生针对杨说发表《刘勰〈灭惑论〉撰年考辨》力辨其非，除关于版本问题作了辨析（详下），认为其误有二：一是所据释智升称《灭惑论》撰于齐，但该书又称撰于梁，可见不足为据。一般工具书也称撰于梁[⑥]；二是所据宋德珪称《三破论》乃是顾欢所撰不但史籍无载，又没有提供证据来源。再结合顾欢的身世和南朝佛道斗争的历史，顾不可能撰《三破论》。理由有四：其一，萧子显与顾欢年代相近，且位居朝廷最高统治集团，《三破论》如为顾欢所作，他及其身边的“竟陵八友”不会一言不发。他为顾欢所撰本传对“夷夏论”的辩论记录颇详（约占全文三分之二），“本传后论”宣扬佛理超越儒、道各家显然是针对顾欢《夷夏论》的“优道而劣释”而发，但并无一语提及《三破论》[⑦]；其二，从南齐初到永

① 王元化：《文心雕龙创作论》，上海：上海古籍出版社，1979年，第26页。

② 王元化：《文心雕龙创作论》，第36页。

③ 王元化：《文心雕龙创作论》，第27页。

④ 杨明照：《刘勰〈灭惑论〉撰年考》，《古代文学理论研究》（丛刊）第1辑，上海：上海古籍出版社，1979年，第177页。

⑤ 杨明照：《刘勰〈灭惑论〉撰年考》，第177页。

⑥ 李庆甲：《文心识隅集》，上海：上海古籍出版社，1989年，第47页。

⑦ 李庆甲：《文心识隅集》，第50页。

明年间，佛道之间关系并不紧张。其时道教与奉道派的论调是道佛合一，不再高谈夷夏之辨，道教不会大肆攻击佛教，不存在产生《三破论》的客观可能性[①]；其三，入齐后萧齐王室对顾欢采取笼络态度，顾则与之不即不离，不会主动攻击佛教[②]；其四，《三破论》斥责佛教的一个很大特点是“很注意揭露”它给社会带来的弊病和严重祸害。这在南齐初至永明年间还不存在，不可能由顾欢凭空杜撰。可见顾欢作《三破论》“实不可信”[③]。至于宋释德珪称《三破论》的作者是顾欢，由此推断刘勰撰《灭惑论》“应距《三破论》问世之日不远”[④]，也不可信。因为，《南齐书》《南史》顾欢本传、齐梁及其后至德珪以前诸家文献均没有顾欢作《三破论》的记载，且德珪与顾欢相距约七百年，他又没有提供资料来源。[⑤] 杨还据藏经本《弘明集》卷八释僧顺《释〈三破论〉》题注云“答道士假称张融《三破论》”，由此“断定盗用张融大名的‘道士’就是顾欢”，更不能成立。因顾卒于前而张卒于后，如果顾欢于张融生前假冒其名，张怎会坐视不理？[⑥] 李文又详细分析有关历史背景，认为《灭惑论》作于刘勰任萧绩记室任上（详下）。

李淼先生亦批评杨明照有关考证“缺乏史证”，“征引的多是唐宋人的原据不明的看法”[⑦]。如称顾作《三破论》，果真如此必作于《夷夏论》撰后不久的宋末至齐初。但其时刘勰不过十来岁，不可能撰《灭惑论》。如果刘勰生于齐初，“那么刘勰出生之日正是顾欢行将就木之时”，他们之间更不可能争论了。[⑧] 李淼认为撰于刘勰任萧宏记室任上，台湾学者潘重规则认为撰于刘勰“晚年笃信佛教的时期”[⑨]。

牟世金先生评曰：学界“反复辨证，虽无定论，然以撰于（梁）天监中者居多”，但“细考诸家之论，仍以杨说近是”[⑩]。牟先生详考《出三藏

---

① 李庆甲：《文心识隅集》，第 50 页。

② 李庆甲：《文心识隅集》，第 51 页。

③ 李庆甲：《文心识隅集》，第 52 页。

④ 李庆甲：《文心识隅集》，第 49 页。

⑤ 李庆甲：《文心识隅集》，第 49 页。

⑥ 李庆甲：《文心识隅集》，第 53 页。

⑦ 毕万忱、李淼：《关于〈灭惑论〉撰年与诸家商兑》，《文心雕龙论稿》，济南：齐鲁书社，1985 年，第 198 页。

⑧ 毕万忱、李淼：《关于〈灭惑论〉撰年与诸家商兑》，《文心雕龙论稿》，第 201 页。

⑨ 潘重规：《刘勰〈灭惑论〉撰年商榷》，台湾“中央日报”1984 年 12 月 20 日，第 10 版。

⑩ 牟世金：《刘勰年谱汇考》，成都：巴蜀书社，1988 年，第 43 页。

记集》编辑“乃初成于齐而增定于梁”，“证实《灭惑论》必成于齐”[①]。且传世之《出三藏记集》（十五卷本）卷十二载有《弘明集》之目录及序，其序云“类聚区分，列为十卷”，是即成于齐末之十卷本目录亦详列为十卷，与序文一致。不仅其第五卷之末有“刘勰《灭惑论》”之目，此本《弘明集》之全部目录也有“刘勰《灭惑论》”[②]，可为佐证。牟先生又指出：王元化以《碛砂藏经》本《灭惑论》下题“东莞刘记室勰”为据认为撰于梁天监年间，但《弘明集》始刻于南宋终于元，上距齐梁有八百年之久，故所题是否为后人所加，确是可疑。[③] 牟先生还进一步认为：梁建武四年，张融卒后不久，冒其名的《三破论》随之出现，刘勰随即撰《灭惑论》反击，其时间“最晚为建武五年刘勰夜梦孔子之前”[④]。

到了二十世纪末，刘晟先生重申杨明照、牟世金所据《出三藏记集》卷十二完整保留的十卷本《弘明集》目录中卷五已收录《灭惑论》，鉴于天监三年（502）刘勰出仕为萧宏记室，故必完成于齐永泰、永元（498—499）年间[⑤]；又十卷本《弘明集》目录所载《灭惑论》只称“刘勰《灭惑论》”而无“东莞刘记室”，估计此时尚未出仕，待十四卷本成书始补入此题名。[⑥] 又称：王元化引证梁武帝的讲注经活动以见其奉佛宗旨与《灭惑论》同旨，可谓“论证不伦”，因为所引都是在王断定的《灭惑论》撰年之后。[⑦] 其时般若涅槃之说，三空四等之义，玄佛并用之习，晋宋以来，已成时尚，在不明各自所源的情况下，认为《灭惑论》迎合武帝是“不妥当的”[⑧]。思想史上的争论往往在双方势力较接近时“才能具有实质性意义”，一方占有绝对优势，另一方欲掀起争论几无可能。如：宋代辩孔、释异同，其时儒、释并行；齐代夷、夏论之争，其时道、佛均具势力，帝王道、佛皆奉；齐梁时代神灭论之争，其时竟陵王、梁武帝儒、佛并重。到了梁天监三年梁武帝舍道奉佛，佛教势力渐占上风。到武帝末年，佛教更炽，除荀济、郭祖深欲掀反佛争论外，道教未见有何动作。可见，《三破

---

① 牟世金:《刘勰年谱汇考》,第 44 页。

② 牟世金:《刘勰年谱汇考》,第 44 页。

③ 牟世金:《刘勰年谱汇考》,第 43 页。

④ 牟世金:《文心雕龙研究》,北京:人民文学出版社,1995 年,第 58 页。

⑤ 刘晟:《〈灭惑论〉撰年新考辨》,《华南师大学报》1999 年第 1 期。

⑥ 刘晟:《〈灭惑论〉撰年新考辨》,《华南师大学报》1999 年第 1 期。

⑦ 刘晟:《〈灭惑论〉撰年新考辨》,《华南师大学报》1999 年第 1 期。

⑧ 刘晟:《〈灭惑论〉撰年新考辨》,《华南师大学报》1999 年第 1 期。

论》与《灭惑论》之争发生在武帝佞佛的天监年间“可能性不大”，“只有放到明帝当政的永泰年间才容易理解”[①]。其时明帝“道、佛并重”，“道、佛两家各有嫉妒对方的理由和本钱，当此之时，道教攻击佛教，自也不会招致政治上的压力”[②]，等等。

到了二十一世纪初，周绍恒先生称：《灭惑论》“当是撰写于齐永明年间（484—493）”，它可以说是刘勰为佐释僧祐编辑经藏的“资格证书”[③]；陶礼天先生称“《灭惑论》的创作时间当在南齐时期，而不少学者主张其作于梁代的说法，似是不能成立的”[④]，等等。学界齐代说似有定论之势。

二、是否具备产生《三破论》与《灭惑论》之争的客观条件乃是问题的关键

综观齐、梁两说，均名家所倡，言之凿凿，双方赞成、力挺者不乏其人，一时莫辨。笔者细看之下，齐代说最主要和最有力的证据是在版本资料方面，但问题的关键是：齐、梁两代到底哪一个具备产生《三破论》与《灭惑论》之争的客观条件？如果齐代并不具备，则无异于釜底抽薪，不管版本证据多么“有力”，都无济于事；而梁代说这方面则理据充分，尤其李庆甲对此做了详细辨析。但不知何故，齐代说论者对此似乎视而不见，并未做具体系统的反驳，多是反复申述版本资料方面的证据，便称梁代说“似是不能成立”，怎能服人？

我们不妨看看齐、梁到底哪个朝代具备产生这场论争的社会客观条件。

先看齐代。它前后不过二十年。开国数年，其时刘勰不过十来岁，谈不上撰写《灭惑论》。其后永明（483—493）、建武（494—498）和永元（499—501）三朝，均缺乏这方面的社会条件。永明十年，政局稳定，儒风浓厚，朝廷同时礼敬佛徒。竟陵王萧子良（高帝次子）位居司徒，招致名僧大讲佛法，形成江左佛学高潮。同时，由于道教为萧齐王朝夺取政权造过舆论，朝廷对道教是“怀有好感的”。尽管佛教势力发展较快，但道教并

---

① 刘晟：《〈灭惑论〉撰年新考辨》，《华南师大学报》1999 年第 1 期。

② 刘晟：《〈灭惑论〉撰年新考辨》，《华南师大学报》1999 年第 1 期。

③ 周绍恒：《文心雕龙散论及其他》，北京：学苑出版社，2000 年，第 68 页。

④ 陶礼天：《刘勰〈灭惑论〉创作诸问题考论》，《文心雕龙研究》第四辑，北京：北京大学出版社，2000 年，第 66 页。

未受到重大打击，佛道关系并不紧张。[①]《南齐书》本传载：永明元年朝廷诏征“意党道教”的顾欢为太学博士，顾不就，死后朝廷还诏诸子撰其《文议》。可见朝廷对顾欢一直采取笼络政策，而顾则不即不离。佛道两家总的关系“矛盾比刘宋要缓和得多”。这一时期道教徒与奉道派的论调不再高谈夷、夏之辨，而“完全是佛道合一的论调”[②]。既然如此，道教一方怎会大肆攻击佛教“破国”“破家”和“破身”？周绍恒先生称《灭惑论》“撰写于齐永明十年之前”[③]，无疑是说永明十年间形成了产生这场势同水火的佛道之争的客观条件，令人难以置信，因为没有理由此时两家火拼起来。连齐代说论者牟世金、刘晟、陶礼天也没有把《灭惑论》的产生置于这一时期，而是认为撰于齐建武年间，但亦难以成立。建武（明帝年号）时期不过五年，明帝大杀宗室。随着原先礼敬佛教的王室集团覆灭，佛教也就失去了原先受到礼敬的地位。齐代说论者称：这场论争“只有放到明帝当政的永泰年间才容易理解”[④]，其时明帝“道佛兼重”，“两家各有嫉妒对方的理由和本钱，当此之时，道教攻击佛教，不会招致政治上的压力”[⑤]。既然如此，《三破论》为什么要假他人之名？可见此说难以说通。陶礼天先生称：萧鸾执政，道教势力抬头而佛教势力相对受到抑制，故南齐建武、永元年间，是《三破论》和《灭惑论》之争“最可能产生的时期”[⑥]。此说令人费解。因为，明帝萧鸾“表面上道佛双修，实质上奉道是真，奉佛乃出于政治斗争的需要，是为了把依附于原王室集团的僧侣地主势力分化出来”。鉴于没有收到多大效果，继位的萧宝卷（后被废为东昏侯）便公然对佛教采取反对态度。[⑦] 僧祐入梁后就诅咒建武年间是“虎兕出柙”时代。[⑧] 原先十分活跃的佛学活动几乎停顿，僧祐连萧子良的佛学著作都不敢整理，何况要让刘勰撰写大张旗鼓宣扬佛教的《灭惑论》？[⑨] 萧宝卷在位不过两年，他本身是道教徒，对僧人持虐杀态度。《资治通鉴·齐

① 李庆甲:《文心识隅集》,第 51 页。

② 李庆甲:《文心识隅集》,第 51 页。

③ 周绍恒:《文心雕龙散论及其他》,第 67 页。

④ 刘晟:《〈灭惑论〉撰年新考辨》,《华南师大学报》1999 年第 1 期。

⑤ 刘晟:《〈灭惑论〉撰年新考辨》,《华南师大学报》1999 年第 1 期。

⑥ 陶礼天:《刘勰〈灭惑论〉创作诸问题考论》,《文心雕龙研究》第四辑,第 299 页。

⑦ 李庆甲:《文心识隅集》,第 54 页。

⑧ 李庆甲:《文心识隅集》,第 55 页。

⑨ 李庆甲:《文心识隅集》,第 56 页。

纪》载：他到定林寺遇藏于草间的老病僧人“命左右射杀之，百箭俱发”。其时僧祐要刘勰撰写《灭惑论》，岂不是自寻祸端？可见，整个齐代均缺乏产生这场论争的社会客观条件。[①]

再看梁代。牟世金先生称：梁代说“主要依据有二”：一是《碛砂藏经》本已署撰者为“东莞刘记室勰”，二是“《出三藏记集》成于梁”。[②]这样说并不客观和准确。力主梁代说的李庆甲不但在版本资料方面有大量的辨析（详下），而且对产生《三破论》与《灭惑论》这场争论的社会客观条件做了详细的分析和考察，指出：自天监三年梁武帝舍道奉佛后造成的种种社会弊端日显，也就揭开了佛道斗争的序幕。[③] 天监三年四月，武帝敕令舍道事佛，十一月敕公卿百僚、侯王宗族并弃道教，舍邪归正。但在天监七年以前矛盾尚未恶化。梁武帝出身道教世家，夺取政权和开国后也得到道教的支持，开头几年他“舍道”而没有反道，其改奉佛教也不像天监三年后那么迷恋。因此佛教虽然重新抬头，但其发展尚不至于“造成种种严重的社会危机和过分侵害广大道教徒的切身利益”；而道教虽失正统地位，受到沉重打击，在尚未危及其自身存在的情况下也“不会冒触怒梁武帝的风险去与佛教公开对抗”[④]。但天监十六年后，梁武帝的佞佛活动“不仅次数比过去频繁，而且规模之大和对国家政治生活影响之深也为过去所无法比拟”[⑤]。如普通元年他带头正式出家为僧，太子及诸王公卿僧俗“受戒著录者四万八千人”；又如建造规模宏大的同泰寺，耗费人力物力无法计算。当时“人人厌苦，家家思乱”[⑥]。特别是天监十六年下诏命天下道观皆返俗，直接取缔道教，显然是“针对天监三年舍道奉佛后道教向佛教反扑所采取的一项重人措施”[⑦]。该年华阳真人潜逃三年后被追回，在茅山建菩提白塔，并至贸县阿育王寺受五大戒。[⑧] 可见佛教和王权对道教的压力是多么大，这自然引起道教徒的强烈反抗。齐代说论者称：“到梁武帝末年，佛

① 李庆甲：《文心识隅集》，第 57 页。
② 牟世金：《刘勰年谱汇考》，第 43 页。
③ 李庆甲：《文心识隅集》，第 64 页。
④ 李庆甲：《文心识隅集》，第 83 页。
⑤ 李庆甲：《文心识隅集》，第 76 页。
⑥ 李庆甲：《文心识隅集》，第 77 页。
⑦ 李庆甲：《文心识隅集》，第 121 页。
⑧ 朱文民：《刘勰志》，济南：山东人民出版社，第 106 页。详见《佛组统记》卷三十七。

教更炽，除荀济、郭祖深欲掀反佛论争外，道教未见有何动作。”[①] 这怎么可能？道教已经到了自己生死存亡的危急关头，自然拼命反抗，《三破论》应该就是此时出现的。王元化云：荀济上书称“张融、范缜三破之论，无能破之”，指的应是范缜的“神灭论”和假道士张融之名的《三破论》。[②] 由此说明两点：一是《三破论》的产生应与范缜的“神灭论”大致同时，都是产生于梁武帝时期；二是《三破论》对佛教的抨击，击中要害，难以反驳。连刘勰也“对此不能作正面答复，只能含糊过去”[③]。有论者称：“以《三破论》为核心的佛道论辩，既没有引起当时佛教上流阶层的关注，也没有引发士大夫的广泛参与”；又称：《三破论》“宣扬道优佛劣、佛教危害世俗社会，整篇充满着对佛教的攻击和咒骂，毫无理性可言。”[④] 首先，既然朝臣荀济把它和范缜的“神灭论”相提并论并对梁武帝说“无能破之”，岂不是说明它已经震撼了朝廷，引起各阶层的广泛反响（自然也包括佛教上层）。其次，关于《三破论》，黄继持先生概括它与《灭惑论》的内容为：前者“援儒、斥佛、崇道”，后者“援儒、崇佛、抑道”，但前者“从佛教义理处下笔者少，而就佛教对社会影响处下笔多”。如所谓“三破”的“破国”，即就佛教之兴建寺塔，不事生产，破坏国家经济：“诳言说伪，兴造无费，苦尅百姓，使国空民穷，不助国，生人减损。况人不蚕而衣，不田而食，国灭人绝，由此为失，无纤毫之益”，以及出家者“皆是避徭役”而导致“国灭人绝”；所谓“破家”，指斥佛教违背孝道；所谓“破身”，即破坏孝道。其中“破国”，与郭祖深上书的揭露如出一辙。（详下）正如李庆甲指出：《三破论》“不再局限于华夷之辨的种族主义立场，而是以现实生活中大量出现的问题为依据，指责佛教为‘破国’‘破家’‘破身’”。[⑤] 怎能说“毫无理性可言”？由此可见，《三破论》是“天监三年以来长期受压抑的道教徒仇恨佛教情绪的集中表现”，而《灭惑论》则是为了配合梁武帝“从理论上粉碎《三破论》向佛教的进攻”。鉴于刘勰任萧宏记室的天监三年至七年离梁武帝舍道奉佛天监三年不久，其弊端尚

---

① 刘晟：《〈灭惑论〉撰年新考辨》，《华南师大学报》1999 年第 1 期。

② 王元化：《文心雕龙创作论》，第 26 页。

③ 黄继持：《刘勰的〈灭惑论〉》，《文心雕龙研究专号》，香港：龙门书局，1965 年，第 30 页。

④ 刘魁林：《〈三破论〉撰者诸说检讨——兼论刘勰〈灭惑论〉在当时的影响》，《中南大学学报》2013 年 5 期。

⑤ 李庆甲：《文心识隅集》，第 64 页。

未“发展到那样严重的地步”，还不会产生《三破论》；而到天监十六年刘勰任萧绩记室则已有十多年，其弊日显，人们对其危害的认识要深刻得多，故有《三破论》的出现，随之有《灭惑论》的反驳。因此这场论争“出现在这个时候的可能性最大”[①]。此外，释僧顺的《释〈三破论〉》与《灭惑论》同为驳斥《三破论》而作，它称“方今圣上”阐“一乘之法”，只能是指天监三年舍道奉佛后的梁武帝。[②] 朱文民赞同李庆甲认为齐代不具备《灭惑论》反击的条件，“当撰于天监十六年前后”[③]。

三、荀济和郭祖深上书的内容和时间佐证了梁代说

齐代说论者称：《灭惑论》详录《三破论》揭露佛教的种种弊端，“事实上也并非是反映天监三年以后的情形”，“自东晋桓玄以来，下诏料简沙门之事，多言佛教破国之罪”[④]。是否如此，这是问题的关键。我们自然不能说《三破论》揭露的佛教传播带来的弊病只有到了天监三年后才有，但无可否认的是：此后十多年间其弊端日显，以致朝臣荀济、郭祖深冒险上表揭露和反对。先是荀济上书，遭到武帝憎恨，几乎被杀头，被逼逃奔魏国；郭祖深曾为武帝故友，估计自己上书可能会招致杀身之祸，所以是抬着棺材上书的。[⑤] 要说他们上表揭露的是齐朝的弊端，岂非荒唐——梁代的朝臣怎能管到齐代？因此，只要弄清楚上表的内容和时间都是在梁天监七年前后，那么《三破论》所揭露的弊端必然是梁代之事，而反驳它的《灭惑论》也就必然是撰于梁而非齐。其实上文提及朝臣荀济上书称范缜的“神灭论”和《三破论》“无能破之”，已经说明《三破论》的写作年代是在梁而非齐。现我们再从荀济、郭祖深上书的内容和时间考证其在梁而非齐，问题也就迎刃而解，齐代说也就不攻而破。

先看荀、郭上书的内容。《广弘明集》卷七载荀济云：“佛家遗教，不耕垦田。不贮财谷，乞食纳衣，头陀为务。今则不然，数十万众，无心兰若，从教不耕者众，天下有饥乏之忧。”《南史》本传载郭上疏云：“都下佛寺，五百余所，穷极宏丽。僧尼十余万，资产丰沃，所在郡县，不可胜

① 李庆甲:《文心识隅集》,第 64 页。
② 李庆甲:《文心识隅集》,第 62 页。
③ 朱文民:《刘勰志》,第 61 页。
④ 刘晟:《〈灭惑论〉撰年新考辨》,《华南师大学报》1999 年第 1 期。
⑤ 朱文民:《刘勰志》,第 112 页。

言。道人又有白徒，尼则皆畜养女，皆不贯人籍，天下户口，几亡其半。而僧尼多非法，养女皆服罗纨。其蠹俗伤法，抑由于此。”这与上述《三破论》攻击佛教“诳言说伪，兴造无费，苦尅百姓，使国空民穷”云云，如出一辙。[①]《南齐书·武帝本纪》载齐武帝遗诏云：“自今公私皆不得出家为道，及起立寺塔，以宅为精舍，并严斩之。”可见齐永明年间对佛教的发展有所抑制。据《广弘明集》卷八唐释法琳《辩正论》载：刘宋时代僧尼三万六千人，萧齐时代减至三万二千五百人。荀书称僧尼“数十万众”，应是从全国范围而言；郭疏称“僧尼十余万”是指“都下”即京都而言，二者显然都是指梁武帝舍道奉佛后之事。且荀济所说的“今”也是明指梁朝而非齐代。可见二人上表的内容都是指梁武帝时期佛教大肆发展给社会带来巨大危害，与《三破论》揭露一致。

再看荀、郭上书的时间。李庆甲先生考证指出：《北史》本传载：荀济初与武帝布衣交，“然负气不服”，一直未被任用。普通中年梁州刺史阴子春“左迁”（降职），荀赠诗发泄怨恨。据《广弘明集》称荀济“悒快二十余载”，自天监元年（502）至普通中年正好“二十余载”，由此推算荀济上书事在普通中年（524左右）即距天监十六年（517）数年。[②] 又考《南史》本传载郭祖深上疏中有“庐陵年少，不宜镇襄樊；左仆射王暕在丧，被起为吴郡，曾无辞让”云云。查《梁书·高祖三王传》庐陵王萧续普通三年（522）出镇襄阳任雍州刺史，时年十九岁，故称“年少”；《梁书·武帝本纪》载普通三年吴郡太守王暕重新担任左仆射（次年卒），后句所言王暕“被起为吴郡”当是指此。故知郭上疏时间为普通三年（522）。[③] 朱文民先生也指出：郭疏中有“陛下皇基兆运二十余载”，从天监元年（502）至普通三年（522）为二十一年，亦可佐证。[④] 有此三证，确凿无疑。故知上书时离天监三年（504）已有十八年。可见荀、郭上表时都是在梁武帝舍道奉佛的天监三年后的十多年间，其弊端日益严重，与《三破论》的揭露吻合，《灭惑论》应是此段时间刘勰奉武帝之旨而撰，也就是合情合理的了。陆侃如、朱文民亦将《灭惑论》的撰年定于本年前后。[⑤]

---

① 李庆甲：《文心识隅集》，第60页。
② 李庆甲：《文心识隅集》，第75页。
③ 李庆甲：《文心识隅集》，第76页。
④ 朱文民：《刘勰传》，西安：三秦出版社，2006年，第316页。
⑤ 朱文民：《刘勰志》，第106页。

四、余论

至于主齐代说论者反复申述的最主要的证据：僧祐《出三藏记集》成书于齐，其卷十二所录《弘明集》子目有《灭惑论》，可见其成书于齐。王元化、李庆甲对此有详细的辨析。

其实，杨明照的齐代说是根据范文澜的《文心雕龙注》的说法推断出来的。范注称："假定刘勰自探研释典以至校定经藏"撰成《三藏记》《弘明集》等诸书，费时十年，"至齐明帝建武三四年诸功已毕"，由此推断："《灭惑论》不仅属于刘勰的前期作品，而且还作于《文心雕龙》之前。"[①] 王先生指出："我们只要考察一下刘勰襄佐僧祐撰成诸书的时期，就可以知道此说不确。《广弘明集》卷二十七载王曼颖与慧皎法师书，论历代佛法传布的情况，曾把僧祐著作归为梁代作品。王曼颖与僧祐为同时代人，他的话应当可信。《出三藏记》成于梁时似不难证明。《出三藏记》的《集名录序》和《集杂录序》都自称书中所录各文'发源有汉，迄于大梁'。这说明它不可能成于齐明帝建武年间。《弘明集》中亦多录梁天监年间事。梁武帝《立神明成佛义记并沈绩序注》以及在梁初引起激烈斗争的神灭论问题的辩论，都一一收入集内。这也同样说明《弘明集》成书时期必在入梁之后。"[②] 既然如此，那么以《弘明集》子目有《灭惑论》为据的齐代说，岂不成了没有根基的空中楼阁？又：李庆甲指出：《出三藏记集》共十五卷。僧祐明确声称所录各经"发源有汉，迄于大梁"，细检所载目录，可知绝大部分出于梁代以前，但梁代的也有相当数量。僧祐对所录经书中某些有疑问的著作还做过调查核实，见于有关著作后面的"附记"。如：卷二所载释僧盛撰的《教戒比丘尼法》出于"梁天监三年"；卷五所载许多真伪混杂之作的目录中，出于"天监二年"的有比丘解释道欢撰的《众经要览法偈》，分别出于天监元年、三年和四年的佛经有七种之多。[③] 卷六至十二所载各经的前序及后记中也有梁代的作品。如卷七和卷八分别载有梁代王僧孺和梁武帝之作[④]，等等。这些材料"充分证明"：《出三藏记集》"绝对不

---

① 王元化：《文心雕龙创作论》，第 25 页。
② 王元化：《文心雕龙创作论》，第 25 页。
③ 李庆甲：《文心识隅集》，第 47 页。
④ 李庆甲：《文心识隅集》，第 48 页。

是撰于齐代”，《开元释教录》卷六所载撰于齐代乃是“智深误记”[①]。那么，上引材料会不会是僧祐编撰今本《出三藏纪集》时所增添？“答案也是否定的。”因为：该书是“一部体制上颇具特色的佛学目录著作”，篇幅巨大，结构严密，第二卷至第八卷铨录的经目结构尤为复杂，“编成之后如要改动，往往牵一发而动全身，会造成很多麻烦”。如认为前十卷本有关梁代的材料均系新增，“那简直不可想象”[②]。自隋代法经等撰的《众经目录》开始，历代佛学目录中凡是著录《出三藏记集》的均不是原本，可知此书原本并未流传，很可能在成书后僧祐接着又增编了五卷，原本和新本的撰成时间，前后相距不会太久。退一步说，即使该书原本成于齐，那也不能据此说明《弘明集》成书于齐，因为十卷本《弘明集》目录载于《出三藏记集》卷十二，那已非原本，而是梁代续成的十五卷本了。[③]

笔者不敢说上述王、李所论绝对是正确的结论，但认为不无道理。加上李庆甲有关天监十六年左右形成《三破论》与《灭惑论》之争的客观条件的阐述，笔者看来亦有根有据。不知何故，齐代说论者对梁代说上述理据似乎视而不见，少有提及，更未做仔细辨证，便否定称梁代说，难以服人。

再者，天监十七年刘勰由萧绩府入东宫迁升步兵校尉（由九品官升至六品），这是刘勰仕途生涯的最高官职。一般认为如杨明照所说：是因“陈表而迁”，即上表言二郊农社宜与七庙飨荐同改蔬果，由此获得武帝欢心所致。[④] 但李庆甲认为迁升与撰写《灭惑论》“不无关系”[⑤]。笔者赞同其说，因为前此已有僧祐上表言二郊农社宜同改蔬果，刘勰不过窥得圣意而步其后尘，算不上什么大功劳；而撰《灭惑论》则令武帝解开心结，由此升职才更合情合理。可见《灭惑论》撰年应是在天监十六年左右。

（作者单位：华南师范大学文学院）

---

① 李庆甲：《文心识隅集》，第 48 页。
② 李庆甲：《文心识隅集》，第 48 页。
③ 李庆甲：《文心识隅集》，第 49 页。
④ 杨明照：《文心雕龙校注拾遗》，上海：上海古籍出版社，1982 年，第 401 页。
⑤ 李庆甲：《文心识隅集》，第 85 页。

从“转益多师”到“同中求异”[①]

——我投身刘勰及其《文心雕龙》研讨的经历

涂光社

我三十七岁才进大学，又未受过专业方面的基础教育，常有“笨鸟晚飞难入林”的惭愧。万幸的是一路走来，均获师长宿学训诲提点：除恩师张震泽先生外，还蒙王元化先生、赵仲牧先生、牟世金先生、罗宗强先生、张文勋先生、蔡钟翔先生和林其锬先生的耳提面命，有机会也向张伯伟、汪涌豪、胡晓明、朱良志、刘绍谨、张国庆等同好请教、切磋，故能端正守持，潜心“龙学”，与时俱进地调整探究的视角和切入点，而得遂初衷。下面摘录的几段已经和将会发表的文字，其中或可一窥我这只“笨鸟”四十年求索的取向和历程。

学习从“转益多师”弥补短板起步，研讨由“异中求同”向“同中求异”位移——以比较的视角考究民族文化基因独特性对文学实践和理论思考的影响，阐发其优长；从学术史的角度揭示齐梁时代有刘勰这样的思想大家和《文心雕龙》以及《刘子》问世的所以然。

一、“转益多师”的学习

（一）恩师张震泽

我曾在《回忆恩师张震泽先生》一文中诉说过心声：

1978 年“文革”后首次招收研究生，我考入辽宁大学中文系，人生道路实现了根本性的转折。尽管有“拨乱反正”、教育复苏的大前提，也是因为

① 基金项目：国家社科基金重大项目“《文心雕龙》汇释及百年‘龙学’学案”（批准号：17ZDA253）。

碰上了张震泽先生这样的好老师。先生积劳成疾，不幸于 1992 年故去，但他的音容笑貌宛然眼前，道德文章和长者之风从来而且永远为我景仰追随。

先生热爱教育事业。自 20 世纪三十年代在山东大学完成学业起，五十多年的岁月中，先生一直没离开过教师岗位，无论是在抗日战争时期的颠沛流离中，还是解放后响应号召奔赴东北之际，抑或是在“文革”中受到不公正待遇的时候，都对自己选择教师的职业无怨无悔，尤其为新中国初开创辽宁高等教育的局面竭心尽智呕心沥血，做出突出的贡献。此前是西南师范学院的教务长，来沈后是沈阳师范学院（1958 年与东北财经学院、俄专并为辽宁大学）第一位教授，尽管长期兼任行政职务，但始终主动承担教学任务，临终前仍牵挂学科建设，口述给全系老师一封信，勉励大家和衷共济，珍惜时间潜心学术研究，投入中文的学科建设。

先生尤其关爱学生。恢复高考以后，他担任中文系主任。为了适应拨乱反正振兴教育的时代要求，满足广大学子积压多年的学习愿望，先生煞费苦心提出了增收走读生的建议。这个建议立即被学校采纳，在宿舍不够又无法立即解决的情况下，将当年招收人数扩大了近一倍。对于好学上进的青年学子，即使素昧平生，先生也不遗余力地给予帮助。我曾亲眼目睹他因学生们遭遇不幸而老泪纵横……

在我入学后不久，要确定研究方向，我表示愿在《诗经》的范围选题。这是出于传承先生学术研究的需要，因为先生是研究先秦两汉典籍的著名学者，尤其在《诗经》研究上颇有建树。然而先生告诉我：“你搞《文心雕龙》吧，我看过你的文章，搞古代文论更有利于你的发展。”1980 年，先生带领我们几个研究生到其他院校访学，总是尽量选择拜访在我研究方向上卓有成就的大学者，此行让我见到了萧涤非、牟世金、程千帆、傅庚生、杨明照等名家。在西安，先生还硬把零花钱塞到我的手中，我都三十好几了，他对我竟像对待自己的孩子……

先生著述等身。据不完全统计，已出版专著《许慎年谱》《诗经新论》《张衡诗文集校注》《扬雄集校注》《孙膑兵法校理》等，发表论文五百余篇，编写大学教材数百万字。

先生的学术成果极有份量。比如：《燕王职戈考》深得郭沫若先生赞许，亲自推荐给《考古》杂志刊载；由中华书局出版的《孙膑兵法校理》刊谬发微，更享有国际声誉，被收入汇集近代古籍研究代表性成果的《新编诸子集成》第一辑；在《文学遗产》上发表的《诗经赋比兴本义新探》

上溯到先秦，首次指出，“六义”原本皆属《诗经》之“用”，最早的排序是风、赋、比、兴、雅、颂，而非“三体”（风、雅、颂）和“三用”（赋、比、兴）之分。（按：先生原本是为我研读《文心雕龙·比兴》篇解除的一个疑难而作此文。）

先生为拙著《文心十论》作序，最末尾一段说：“不揣愚陋，过去我也喜欢《文心》，但是光阴荏苒，不觉已进入耄年，又复牵于他事，对于这部伟大著作，愧不能有所短长。《文心》博大精深，问题尚多，爬疏阐发，有待于继续努力，吾于光社有厚望焉。”

先生给了我投身学术的机会，“转益多师”的告诫则要我向理论界的名家和“龙学”先行者学习，多研读他们的著述。

1992 年 4 月，我奔父丧去了贵阳，返沈后又去看望卧病在床的先生，还没走进他的房间，就听见他在招呼：“‘屠龙手’来了吧！‘屠龙手’过来、过来……”师母解释说：“这是你老师最近给你取的外号。”“屠”与“涂”谐音，我主攻《文心雕龙》，先生希望我能掌握“屠龙”的绝技！不久先生辞世，对“屠龙手”的呼唤竟成为给我的遗言。我既愧对吾师的期望，又受到莫大的激励，这呼唤常使我以勤补拙，在学业上不敢懈怠和分心！

（二）良师赵仲牧

我在《忆仲牧师》一文中有如下的记述：

1978 年三十七岁的我成为“文革”以后第一届研究生，进入辽宁大学古代文学专业学习，张震泽师让我主攻《文心雕龙》。由于没上过大学，我深感知识结构不完善，尤其为理论修养上的严重欠缺惶愧焦虑，于是在学习本专业课程之外，选听了一些课。慕名而往首选的就是赵仲牧先生的美学。

赵老师上课不带讲义，最多只带一张写了一两行字的小纸片，可是一次两节课连上的讲授相当精彩，思辨睿智、逻辑缜密，没有一点重复和夹缠，略带云南乡音的话语抑扬顿挫、舒缓优雅，精警却不失幽默。

77 级的学生学习积极性特别高，赵老师的课最受欢迎，哲经楼的教室在课前十分钟就没了坐位，教室里的走道、窗台都挤满了人。我是在窗台上听完这门课的。

认识这位极受学生欢迎的老师没几天我就发现，他常在傍晚散步，就住在我们宿舍的三楼，对学生非常热情，也极健谈。有近水楼台之便，我很快成为他的常客。

没有成家的赵老师独处一室，门边走廊里置放着一应炊具，进得门来几排木板搭成的书架占了小屋内的绝大部分面积，架上的书全用浅黄的牛皮纸包着，摆放整齐。无论在单人床上还是在书桌上物品都井然有序，真可谓“几案精严见性情”；窗边一盆枝蔓下垂的吊兰是他的爱物，纤韧清雅。

在20世纪七十年代末，他的藏书在大学老师中算是很多的，也很不容易的。赵老师嗜读爱书，藏书从不借人。后来对我开了借出的先例，也再三叮嘱不能折页、批注和画线，甚至指甲划痕也不许留下。

我曾向他请教西方哲学史上的一些问题，得到的回答与课堂上听到的不同，让我有些意外。他告诉我，哲学史和美学史的课在他这里可以有两种讲法：一种是在课堂上按教学大纲和通行的思路去讲，另一种是独立思考后按自己建构的体系去讲。他坚信自己独立思考的价值。

没多久，我就对赵老师的过去有所了解：他是云南腾冲人，居然在十多岁就参加了共产党领导的游击队，新中国后按自己的要求进了云南大学，1954年毕业为“支援东北”到辽大任教，1957年被打成右派，后来虽然“摘了帽子”但已成另类，“文革”以后才有了上讲台的机会。让仲牧师聊以自慰的是，即使长期受侮辱、被冷落，他也从未放弃过对真理的探求，没有停止过对世象的思考。

多年压抑与苦闷使仲牧师常常孤独徜徉在哲思的境域，在思维领域实现的超越带来一种忘情与天真，有一种被强化了的自我肯定的情绪。只要确信自己的判断无误、真理在手，即使是“细微末节”的小问题，也绝不回避、妥协，而是论争到底。可以说在这方面他是不怎么善于“与世俗处”的。

虽以教授哲学美学知名，但仲牧师的古体诗也做得非常好，与震泽师等先生常有唱和。辽大一些爱写旧体诗的先生们经常登门求教，请他帮忙修改润饰。在这里我谨录其《讲授柳宗元文》一首以窥其风骨：“遥想诗魂已远飙，群峰翘企对鸿茫。十年投迹蛮荒地，百代出尘云汉章。青史重标八司马，柳江犹自九回肠。枕肱忽梦愚溪月，子厚邀吾进一觞。”

师从仲牧先生的我受益良多，弥补了许多知识上的缺陷，受到入门必须的学术训练，更有一种做人和求知的真诚执着令我感佩和敬仰。1979年末，我试写了“从气到风骨”的论文稿呈教，两万多文字中被批驳和质疑之处竟达四十多处，不仅使这篇文章的修改有了正确方向，而且通过一翻琢磨切磋，我确实在学术思考和论文写作上大有长进。

遗憾的是我还未毕业，仲牧师以需照顾老母为由获准调回云南大学，就此我失去了随时就近聆教的偏得。

临行前一天在他屋里，我们几个学生正小心地把他的藏书装理进一个个竹筐，以便交付火车托运。仲牧师走过来把那盆吊兰递到我手中，说：“做个纪念吧。”沉吟了片刻，又说：“从西南到东北，来辽宁二十多年，一个人又这样回故乡，心里真是百感交集啊！”本以为他会沉浸于返乡侍亲之乐当中的，没想到赵老师更多的是伤感。

当晚，我也难以入睡，盘桓许久，写下一首《送仲牧师南归昆明》的诗，第二天一早上楼敬呈给他，诗云：“属意秋兰灌努芽，掀波死水泛陈渣。才缘困顿发新刃，器重研磨看晚华。次第沧桑成故事，依稀少壮别君家。尽采精英蓄清蕊，归报春城一树花。”

仲牧师与我的导师震泽先生的交谊深挚，记得震泽师也有赠别之作，末尾两句“何当化双羽（一作‘何当生两翼’），一运到南池”，也抒写了依依惜别和向往重逢之情。

1985 年 11 月我写成第一部学术专著《文心十论》。在书的后记里，除了业师张先生以外，我也向四位曾经指导和帮助过我的前辈学者表示了由衷的感谢与敬意，其中列第一位的就是仲牧师。以后每有点滴收获，也必呈案前乞求教正。

回乡后仲牧师任教云南大学，在思维学、元哲学、美学、符号学、文化学等方面都卓有建树，为中国美学学会云南分会会长。前年赵老师不幸去世，云南大学为了纪念他，特别在图书馆辟建了一个颇具规模的“仲牧书屋”，二百多平米的厅室内陈列着他生前的数万册藏书。

前些年每次到云南大学，都要拜谒聆教，与赵老师促膝长谈。今年七月我又一次到昆明，就只能在“仲牧书屋”前厅他的画像前瞻仰和凭吊了。

（三）导师王元化

2008 年，得悉王元化先生逝世，我在《沈阳日报》发表的悼念文章上说：“5 月 9 日的上海，一位卓越的思想者走完了自己的人生之路。”

20 世纪 70 年代我开始涉猎古代文论，连续读了元化先生后来收入《文心雕龙创作论》的几篇文章，思想豁然开朗。《文心雕龙创作论》以“八说”为中心，若干自成机杼的短论从不同层面予以印证补充。它不像以往一些论著那样僵化陈腐，既能融通中外古今的理论，又毫无生硬比附，不以“唯物”“唯心”判别进步与反动，也与阶级斗争绝缘。不仅提供了一种值得借鉴的研究思路，探究古代经典的价值和当代意义的正确方向也变得清晰起来。可以说是其先进的学术思想的引领，拓出了《文心雕龙》研究的新局面。

王先生是1938年入党的老革命和文艺理论家，因为“胡风案件”的牵连，1960年前后只能沉潜于黑格尔哲学和《文心雕龙》的研究。我曾感慨这种形格势禁造成的研究转向，虽为先生的大不幸，却无论如何是“龙学”的幸事！

我以“文心雕龙散论”为题写作的硕士论文增补成《文心十论》在1986年出版，其中“物色”论、“定势”论、“比兴”论都有与王先生“商榷”的地方。在扉页上我敬书“只有敢于向自己景仰的英雄挑战的人，才有可能成为真正的勇士”两行字，请他的博士生述卓兄转呈案前。以后在学术会上我多次得先生的耳提面命和赠书。两次赴上海，我都经林其锬老师的引导去看望养病的先生。2003年病中的他还为拙著《庄子范畴心解》题写了书名。

“文革”后胡风案平反，元化先生出任上海市委宣传部长。痛定思痛，开始全面回顾20世纪民族救亡图存和新国家建设的曲折经历，对影响历史进程的理论倾向和思潮进行深刻的反思，《文学沉思录》《读黑格尔》《九十年代反思录》等新作表明，他已经超越了某些学术理论的探讨而成为思想研究的大家。

先生的思考在20世纪最后十年有重大突破。《九十年代反思录》收入这一时期陆续发表的短论、札记、序跋、答问。这本书唯真是求，论及运动变革、时代思潮和理论主张不囿于成说和“定论”；往往既昭示其合理成分又指出局限和悖谬的所在，深究其生成和得失成败的所以然。比如他对“五四”的认识。他在《对于“五四”的再认识答客问》中说：“我是先思考激进主义，才对‘五四’作再认识的反思的。所谓再认识就是根据近八十年来的经验教训对‘五四’进行理性的回顾。”他曾长期坚信，“五四”的反传统和倡导西化是天经地义的，必须全盘继承。经过深入思考，认识到“五四”的一些倾向，如意图伦理、功利主义、激进主义、庸俗进化论等是极其有害的。所谓“意图伦理”，是指在认识真理、辨别是非之前，首先要端正态度，站稳立场。也就是说，你在认识真理以前首先要解决“爱什么，恨什么，拥护什么，反对什么”的问题，以达到“凡是敌人赞成的我们必须反对，凡是敌人反对的我们必须赞成”。但是这样一来。你所认识的真理，已经带有既定意图的浓厚色彩了。所谓“功利主义”，则是“使学术失去自身独立的目的，而作为为其自身以外目的服务的一种手段”。所谓“激进主义”，是指“态度偏激、思想狂热、趋于极端、喜爱暴力的倾向，它成了后来极‘左’思潮的根源”；“一百多年以来，中国的改革运动屡遭失败，这是激进主义在遍地疮痍的中国大地上得以扎根滋长的历史原因。环境过于黑暗，爱国者以为，只有采取过激手段才能生效。……因此，越激烈越好，矫枉必须过正，结果往往是以偏纠偏，为了克服这种错误而走到另一种错误上去了”。所谓“庸俗进化论”，则源于严复将赫胥黎与斯宾塞两种学说杂交起来而撰成的《天演论》，这种观点演变成僵硬地断言“凡是新的必定胜过旧的”，即“新的总比旧的好”。

先生指出激进主义中外古今都有：如先秦的韩非、秦始皇，近代的太平天国、义和团；有左的也有右的：如无政府主义、纳粹……常与唯意志论（无视理性的盲目、愚昧、狂热）、机械论（僵化的认识判断与逻辑推论）相联系，危害最为深重。

先生推崇王国维、陈寅恪的学术理念，以为陈寅恪为王国维纪念碑所撰“独立之思想，自由之精神”应该是中国现代思想神圣的灵魂。

“为学不作媚时语，反思多因切肤痛。”对“五四”的再认识是一次对现代思想史的深刻反思，旨在汲取历史教训，避免因思想和理论上的偏颇让国家人民重陷磨难与曲折，一再付出沉重代价。因此先生的再认识不盲从轻信，不讳疾忌医，不遮掩以往的失误，不回避自我解剖，不为尊者讳，而能直击要害和根本。

倡导“新启蒙”运动，目的在于探寻新时代无偏的思想导向。从思想文化根源和理论依据上思考历史潮流出现偏颇之所以然，需要大智大勇，而这样的睿智和勇气必然成就卓越的思想家。民族振兴和社会进步需要新的启蒙思想。相信在不久的将来人们会更充分地认识启蒙思想的价值，历史将给予它应有的地位。

近年先生曾发出“这世界不再令人着迷”的喟叹，以为思想界的现状不能令人满意：信仰和执着求真意志的缺失，物质主义、消费主义的泛滥，现实利害的影响，习惯思维方式和片面宣教的误导……

哲人其萎，逝者已矣！我久已心许追随其思想继续求索，无论能有多少收获，无论如今的我是否已力不从心。

（四）师长牟世金

2018 年 3 月，山东大学举行牟世金先生诞辰九十周年纪念会，我奉上《追思牟世金先生》一文，其中说到：

牟世金先生对《文心雕龙》研究的贡献不仅在探讨全面、议论精深的成果丰硕方面，而且在 20 世纪八十年代与王元化先生创办学会全面推动“龙学”发展之上。

我作为后学，有得其点拨、引领之幸，更有本可入门而痛失机遇的遗憾。我是“文革”后的首届研究生，在辽宁大学研习《文心雕龙》。1980 年 6 月随张震泽师访学山大，对牟先生做了专访，首次得聆训诲。1982 年参加了济南南郊宾馆《文心雕龙》学会的筹备会，1983 年 8 月参加了青岛召开的学会成立大会，深知牟世金先生和王元化先生为此付出的辛劳和做出的贡献。会后游崂山，曾随牟先生行，所闻是“龙学”的过往与前景（拙著《雕龙迁想》中“文心雕龙研究的反思与前瞻”一文有记）。牟先生给了辽大丛福滋（甫之）老师与我编辑《文心雕龙研究论文选（1949—1982）》的任务，并说明交我们编辑的缘故：选录谁的论文与各选多少篇易生争议，由他这个秘书长选编不利学会的团结；有我们《论文选》出版在前，他再编一本时间跨度稍大的就好办了。果然，所选篇目在向学者征求意见时受到责难，而我们的答复中既有对合理批评建议的接受，也有对理当坚持的选编原则的解释。此书由牟先生交齐鲁书社于 1988 年 1 月出版。

1988 年秋广州会后，牟师向我一吐心结：为承传由陆侃如先生开创的山大“龙学”传统，办好学会，他才同意担任系主任，这样便于与全国“龙学”界联系，并把需要引进的人调入已经超编的山大中文系。任重道远（他当时已知身体状况不佳），望我这样年轻些的后学能调来山大，连同于维璋、滕咸惠等老师共建“龙学”基地，办好会刊、料理会务。随后找了一个刻有雕龙的照壁与我留影其下。

回沈后我要求调动，辽大校系均不同意。恩师张震泽先生早年就读山东大学，抗战期间流亡川陕，是西北联大（包括山大等撤往西北地区的大学）丁山先生的研究生。他致力先秦两汉典籍研讨，故总鼓励我转益多师。我即以专攻“龙学”的需要再三恳请，震泽师复念及所去的是自己母校，最后表示同意。然而不幸的是此时牟师病重，从在北京住院期间到回济南治疗均有信示，先是催办调动，不久则表示以自己的病状，无论人员调动还是振兴山大“龙学”，均已难能如愿。最后一封信是由戚良德代写的。

牟先生自知不起，学会会务难以为继，才向王元化先生推荐接替者。1989年春赶赴济南探视，在医院病床前得见垂危的牟师，他巨痛难忍只能对鞠躬致敬的我摇手示意作别。渴望得其亲炙，却丧失机遇，有负牟师的提携与厚望，我愧憾无已。

可喜的是，山大的“龙学”传统并未就此中断，后继的学术传人通过不懈努力，如今又让人们在这里（学会创办处）一睹其振兴之势。愚以为，此即对前辈“龙学”的先行者陆侃如、牟世金最好的纪念。

二、从“异中求同”走向“同中求异”的研讨

近现代古文论研讨的重心有从由“异中求同”向“同中求异”位移趋势，应以比较的视角考究民族文化基因独特性对文学实践和理论思考的影响，阐发其优长。拙著《雕龙迁想》（辽宁大学出版社1995年5月）中“《文心雕龙》研究的反思与前瞻”一文有这样的述评：

1983年，牟世金先生以《〈文心雕龙〉研究的回顾与展望》为我们（指辽大教师）选编的《文心雕龙研究论文选（1949—1982）》（齐鲁书社1987年版）作序。其后牟先生又主持了《文心雕龙研究论文集》（人民文学出版社1990年版）的编辑，在前文的基础上撰写了四万余言的序——《“龙学”七十年概观》，更为系统地概述了1914—1984年《文心雕龙》研究的发展历程。是为《文心》学术史中最详切者。

牟先生将“龙学”这七十年分为诞生、发展、兴盛三个时期：1914—1949年是“龙学”的诞生时期。黄侃是现代《文心雕龙》研究的奠基者，他1914—1919年在北京大学讲授《文心雕龙》，其讲稿后来陆续发表，集为《文心雕龙札记》。此书虽有校注，却以阐发文论思想为主，且开始以新的思想观点研究问题，揭开了“龙学”新的一页。……在这起步的三十年中，专书大都侧重于注。范文澜的《文心雕龙注》是这一时期最重要的成果。1950—1964年则为“龙学”的发展时期。在这一时期问世的重要专著有王利器的《文心雕龙新书》（1951）、杨明照的《文心雕龙校注》（1958）、刘永济的《文心雕龙校释》（1963）等，在校、注、释方面做出了新贡献。陆侃如、牟世金的《选译》、郭晋稀的《译注十八篇》等今译，对“龙学”的普及起了重要作用。……本期在专题方面讨论最热烈分歧最大的是“风骨”论，主要是对“风骨”二字含义的理解不同，“到目前出

现了20余家之说，家家各抒创见”。此外，还有对风格论、艺术构思论、批评论、作家论、“三准”论、文体论、文质论、通变论，以及理论术语、美学思想等方面的专题研究。牟世金先生认为，1977年以后进入“龙学”的兴盛时期，九年间出版专著31种，发表论文800多篇，都数倍于前两期。王元化的《文心雕龙创作论》是本期理论研究影响最大的重要著作。因为此书“创造了一整套行之有效的综合研究法”：宏观研究和微观研究相结合，文史哲研究相结合，古今中外的比较、联系相结合，而且能融此三种结合为一体。《概观》还指出，“在第三期多数研究者不再纠缠刘勰世界观唯物唯心的问题了”。笔者认为，牟世金先生对“龙学”三个时期的划分是合乎实际的。……《概观》资料搜罗周备翔实，持论平允审慎，堪称学术史论中的上乘之作。

《〈文心雕龙〉研究的反思与前瞻》接下来说到当代“龙学”的几个“误区”：

牟世金先生在介绍第二期的论争时指出，关于刘勰的思想倾向问题，焦点在于其属于儒家抑或佛教思想？是持唯物论抑或唯心论？学者们一般不绝对化地以刘勰为彻底的唯心或唯物论者，主唯心者多以刘勰的“本体论”为据，主唯物论者多依其文学理论立论。牟先生认为，虽然都言之成理，但《文心》非哲学著作，说它“基本上是唯物论者”是比较有力的。《概观》后来又提及，“在第三期多数研究不再纠缠刘勰世界观唯物唯心的问题了”。笔者指出，这“不再纠缠”实在是一种进步。“龙学”需跳出传统研究方式的窠臼，成果要能为当前的文艺批评所用。笔者认为，“跳出窠臼”无可厚非，但古代文论的特点决定了这个学科几乎不可能做到与传统研究方式绝缘；《文心》的理论价值、所揭示的规律是跨时空的。诚然有其论证对象、个人理论思考和时代的局限，但其民族文化个性的审美取向、精神追求大多有永恒的导向作用，作为理论遗产，它不仅是留给今天的，也是留给未来的。也就是说能将理论成果用于当今的理论批评固然好，也无妨在未来更多文化认同或者更宽泛、更高层次的艺术创造中予人以启示。

我在“‘同中求异’——未来理论研究主攻方向的臆测”一节有如是阐发：

艺术规律是客观的，人的情感是相通的，所以中国和西方的文学理论能够异中求同；不过，由于成长的环境和历程以及运用的媒介（语言和文字）不同，中国和西方的文学在观念、审美追求、造艺方式等方面不尽一致，其理论、批评对文学创作的要求和规律揭示的层面也不尽相同，因此同为文学理论却能够同中求异。异中求同的参照可以使双方的理论得到验证和认同，比如我们可以认定亚里斯多德的《诗学》和刘勰的《文心雕龙》同属文学理论。同中求异的比较有助于拓展视野克服局限，对于理论的修正、补充完善和在新的基础上构建具有重要意义。

“异中求同”多于“同中求异”是“龙学”早期研究的一个重大特点。本来，“异中求同”和“同中求异”都是古代文论研究中的基本手段，并无优劣高下之分。近代“龙学”兴起以来直到建国十余年间，学者们曾热衷或者习惯于在《文心雕龙》的论述中去寻找与现代文艺理论的相同点，比如刘勰论文学的思想性和艺术性以及内容形式的关系、论继承与变革、对真善美的追求、艺术辩证法等，证明某某观点我国古已有之。这种肯定往往是古代理论研究中价值发现的第一步，是人们从现代（也是西方）文艺思想体系的立场对中国传统理论某些部分的认同，这对揭示和印证一些文学艺术的普遍规律诚然是很有意义的。

然而，笔者以为古代文学理论研究的价值主要体现在“同中求异”之中。同为文学艺术论，中国和西方各有千秋未必不是好事。古代文论的“异”往往体现出民族的个性，是对于基本属西方体系的现代文论的挑战和补充。如果忽略了“同中求异”，不仅基本丧失了充实、修正和完善当代理论、古为今用的意义，也可以说是一种无视文化遗产个性、缺乏民族自信心的表现。

随后“中西文学观念之异”“语言媒介之异”“范畴系列和理论体系之异”表述的则是近年笔者有关治“龙学”的新思路，寻求突破的切入点：

“中西文学观念之异”从现代学人称刘勰所论是“广义的文学”“杂文学”，或者直言《文心》是“文章学”“文章作法论”说起，表明中西文学观念的差别。中国古代以美文为文学，如刘勰所说：“圣贤书辞，总称文章，非采而何?”即然。愚以为“美文”二字抓住了文学的本质特征——以语言为媒介创造美。即使是现代，一些应用文虽然被划为非文学体裁，若写得美也会被认为有文学性或者有艺术性的！以文章为文学作品突出了两个特征：第一，它是以语言文学作为媒介的艺术门类；第二，它具有美的形式。

“语言媒介之异”强调的是：汉字是当今硕果仅存的象形系统的文字，有明显的表意性。在地域广袤八方语异的中国，汉字对于维系国家民族的统一发挥着巨大的作用。刘勰曾说：“物沿耳目，而辞令管其枢机；枢机方通，物无隐貌”，“意翻空而易奇，言征实而难巧”（《神思》），“心既托声于言，言亦寄形于字；讽诵则绩在宫商，临文则能归字形矣”（《练字》）。笔者强调：汉字与拼音文字不一样，不仅有从属于语言的一面，而且明显具有左右语言、丰富语言的作用。音同而字未必同（字异则语义亦异）就是最好的例子。近代有人指出，中国古代诗歌对于意象的讲求与汉字有密切关系。汉字的表意性及其浓缩语义的功能究竟对文学的艺术表现有什么影响呢？《文心雕龙·练字》以及其他一些篇章的论述虽然不可能站在今天的高度去比较和阐明这个问题，但提供了与当代理论迥异的信息。

“范畴系列理论体系的异”说的是：学术界对《文心》中运用的一些范畴、术语和命题进行过广泛的讨论，比如：神思、风骨、体性、体势、情采、文质、比兴、自然之道和“道沿圣以垂文，圣因文而明道”“神与物游”“意翻空而易奇，言征实而难巧”等等。但论者未必都能做到首先用传统思维方式去认识和理解它们，将它们置于传统文学思想形成和发展的过程中去考察。而传统理论范畴内涵外延的模糊性论证批评方式的随机性，使现代的表述很难做到准确或者恰到好处，传达出其神髓。这些范畴是中国古代文艺理论所独创的，它们的应用比较集中地体现出我们民族的文学观念、审美心理和理论思维的特征，不仅可以对范畴进行个别的考察，更应该做范畴系列、理论思维方式的系统研究。

三、“跨界”研究认识一代思想大家刘勰的学术成就和历史贡献

齐梁时期为何会有刘勰和《文心》问世？1986 年出版的拙著《文心十论》率先讨论的就是《文心雕龙》产生的时代条件：“学术争鸣与哲学思辨精神的复归”“在魏晋玄学的推动下，东晋和南北朝时期又形成了儒、道、佛三教鼎立的局面”“文学的自觉和艺术上的广泛探索”。

思辨精神复归、思考水平提升对学术进步的推动不止在文论方面。南北朝有部杂家子书《刘子》，针砭时弊、倡导廉明施政，对唐初政治颇有影响。两唐书均注其为刘勰撰，随后又有刘昼撰的说法，20 世纪八十年代以来它成为“龙学”“跨界”研究和论争的一个焦点。此所谓“跨界”指跨越文论和政论的界限。

《中国文论》第三辑上发表的笔者文章中有《〈文心〉与〈刘子〉的“跨界”思考》一节，其中说：当代还应有一种在《文心雕龙》与《刘子》

间的“跨界”的思考。

林其锬先生得顾廷龙、李希泌、张光年、王元化、胡道静等先生帮助鼓励，从罗集资料、发表考辨文章、《刘子集校》撰写，到2012年《刘子集校合编》问世，经三十余年不懈探求，解答种种质疑，还原了作者为刘勰的真相。《刘子集校合编》囊括《刘子》今存所有善本，包括多种敦煌西域残卷和宋刻、明、清钞本、刻本四十多种，并对版本真伪、作者属谁作了翔实考证。国务院古籍整理出版规划小组有“搜罗广博、考校详审，所取得的成果大大超过前人”① 的评价。

笔者起初以《刘子》不属文论而未多留心。唯事关《文心》作者不能不了解，八十年代后期才开始接触相关材料。对《刘子》作者是否为刘勰，始存疑惑，其后才渐对林其锬、陈凤金先生等学者的辨证心悦诚服。由于《刘子》的基本材料罗掘详尽、辨证明确，一扫其真伪和作者问题上的疑云，为研究的开拓和深化奠下坚实基础。两书皆出自刘勰，具备了一种标志性意义，出现了《文心雕龙》和《刘子》不再截然分开的新格局：将两书联系起来考察，有助于全面认识这位卓越古代理论家学术思想的形成和发展过程；了解南北朝时期的学术思潮，尤其是其时儒道释的兼容互补对传统学术精神和思想理论发展的影响与推动。

应该说，《刘子》的理论结构不如《文心》缜密（主要是讨论对象不同，以及那个时代政论、文论处于不同的发展阶段所致），但也有类同处：其一，《文心雕龙》《刘子》分别为五十和五十五篇，篇数相去不远，皆取法于《易》学。《易·系辞上》：“大衍之数五十。”孔颖达《疏》：“郑康成云：天地之数五十有五，以五行气通。凡五行减五，大衍又减一，故四十九也。”《序志》有曰：“位理定名，彰乎大《易》之数，其为文用，四十九篇而已。”其二，两书皆先申说宗旨：《文心》前五篇“文之枢纽”为《原道》《征圣》《宗经》《正纬》《辨骚》，树立写作楷范；《刘子》前十篇（《清神》《防欲》《去情》《韬光》《崇学》《专务》《辨乐》《履信》《思顺》《慎独》）论施政主体的精神境界、品性和才学修养，印证了《九流》标举道、儒“二化为最”的宗尚。两书末篇都可视为全书的序：《文心·序志》交待了全书的结构统序和思想方法，《刘子·九流》则总括了全书的理论渊源——先秦诸子的九个学术流派。

---

① 林其锬：《刘子集校合编·前言》，上海：华东师范大学出版社，2012年，第53页。

魏晋南北朝哲学思潮及其演进，是在魏晋的玄学论辩和后来儒、道、释争鸣的推动下实现的。玄学既有杂糅道、儒、名等家兼取所长的开放性，又有高度理性思辨的特点，它的兴起是在更高层次上对先秦哲学思辨精神的复归。在玄学思辨精神的推动下，东晋和南北朝时期又形成了儒、道、释三教鼎立论争的局面。与先秦的百家争鸣类似，相互论辨的论争中不乏吸收、借鉴，从而促进了儒、道思想理论的发展和佛教的中国化。六朝时期三教合一的趋向在政治与学术领域都开始显现。

总之，虽同在一时期问世，两书的确处于各自领域理论不同的形成、发展阶段。《文心雕龙》“体大思精”，它是文学的专论，问世于中国文学观念已臻成熟，理论批评和配送的艺术实践有全面的收获，是构建经典性理论的最佳时期。《刘子》“用古说今”①，之前诸子之学建树颇丰，毋须创建新的基础性政治理论，唯“用古”（取各家之长为我所用）而已；面对国家长期分裂、篡代频繁、门阀世族骄奢淫逸、把持仕进的乱局，其“说今”以如何清廉吏治、察举人才等问题为中心，现实针对性极强。尽管理论建构不像《文心》那样具有经典性，然而反映现实，以及改良政治的导向作用则已被稍后隋立科举、唐初尚黄老“与民休息”的施政所证实；其根治腐败、民本农本、文武之道等论也不乏超越时代的意义。在所有诸子论著中，《刘子》若干方面都堪称独到，卓有建树。

作为经典，《文心》在文学理论领域有极为突出的跨时空的理论价值。《刘子》问世稍晚，但基本同时。因为是政论，《刘子》反映的社会现实无疑比《文心》更充分、更宽泛、更具体。作为一代杰出的思想家、理论家，刘勰在不同时期分别在两个领域的理论中都有非凡建树不足为奇。

笔者以为，当下的“龙学”，有必要从学术史的角度揭示齐梁时代有刘勰这样的思想大家和《文心》以及《刘子》问世的所以然。考论《刘子》的理论建树，不仅能更全面深入地了解刘勰及其时代学术思辨精神达至的高度和境界，还能一窥开放包容的三教合一学术传统形成的脉络和原委。

四、《古代文论范畴史纲》与“龙学”研讨思路

晚清民初因国家发展进步严重滞后，学界出现一种激进的以全盘西化谋求革新的思潮。比如，有的学者力主并尝试以拉丁化拼音文字取代汉字，

---

① 王重民:《中国目录学史论丛》,北京:中华书局,1984 年,第 134 页。

后来认识到它不可行、不应行而不得不止步。对古代文化遗产应当承传什么以及如何承传需有清楚认识，古为今用的前提正是在中外古今的比较中充分了解其优长之所在。

中国古代文学成就辉煌，有那么多名篇巨著传世，至今诗词歌赋的名篇佳句仍脍炙人口；千百年来文学评论在写作经验的总结上积累丰硕；理论批评中范畴概念的创用更能萃集古人文学艺术创造中的审美追求，凸显传统思维、理论表述之优长，以及民族的文化特色和艺术精神。

西学东渐为范畴的比较研究步创造了条件，底蕴深厚的国学由此找到了一个新的突破口：可作不同文化类型、不同学科与不同艺术门类之间以及不同历史时段上的比较。文论研究中通过比较得窥因运用汉字而形成的文学观念、样式以及审美追求、理论建构上的文化印记；借鉴、汲取外来文化先进性的理论成果和思想方法，弥补一己短板，弘扬所长、拓展独到之境，认识古代范畴创用的历史意义和当代价值。范畴研究正是在中外理论比较中出现和走向成熟的，如今已成为美学和文论研究不可或缺的组成部分，20世纪中叶以来的发展是其与时俱进的表征。

刘勰撰著的《文心雕龙》问世于五世纪的齐梁时期，历代论家均予以很高评价。唯一稍有保留的宋人黄庭坚也要求人们阅读《文心雕龙》，说：“所论虽未极高，然讥弹古人，大中文病，不可不知也。”（《山谷尺牍·与王立之》）其中仍流露出对《文心》理论阐述的基本认可。清代对古代学术有总结性的研讨，章学诚《文史通义》做出了“体大而虑周”之评。西学东渐以后，比较中其理论价值得到中外学者普遍认同，对这部文论经典有“体大思精”的共识。鲁迅先生说：“篇章既富，评骘遂生，东则有刘彦和之《文心》，西则有亚里士多德之《诗学》。解析神质，包举洪纤，开源发流，为世楷式。”王元化先生在《文心雕龙创作论》中指出：“像《文心雕龙》这部体大虑周的巨制，在同时期中世纪文艺理论专著中还找不到可以与之比肩的对手。”日本学者国原吉之助如是说：“我无法忘记刚刚开始翻阅《文心雕龙》时所感到的惊讶。与之相比，亚里士多德的《诗学》、贺拉斯的《诗艺》等西欧古代文艺批评或文学理论著作顿时黯然失色。”①

《文心雕龙》是首屈一指的中国古代文学理论经典；范畴研究严格说是

---

① ［日］国原吉之助：《司马迁与塔西佗》，日本《世界古典文学全集》月报，1970年4月号。

现代中西理论比较的产物，20 世纪后半叶以来成为古文论探讨寻求突破的重要手段。从比较视角作《文心雕龙》范畴创用的考论，方能达成对文学民族文化特征及其独到之境（包括运用汉字带来的文学观念、思维方式和理论建构的特点等）的了解，认识其成就“体大思精”的文论经典的所以然，还能一窥这些范畴概念系列对古代文艺美学追求的引领。

“范畴”有分类的意义，可作“范围”用。然而在理论话语中，它指一种大的、不被包容的概念。“范畴”（希腊文 kategoria）这个词出自古希腊，在中国可谓“舶来品”。引进西学这一概念的近代学者译作“范畴”，借用的是古籍《尚书·洪范》篇中“洪范九畴”（上天赐给大禹治理天下的九类大法）之义，故“范畴”有大的分类、区别纲目部属以及范围的义涵。古希腊亚里斯多德的《范畴篇》提出实体、数量、性质、关系、地点、时间、姿态、状况、活动、遭受十个范畴；近代法国的笛卡尔分设实体、属性、样式三范畴；德国康德则有四类十二范畴：量的范畴（统一性、多样性、全体性），质的范畴（实在性、否定性、限制性），关系的范畴（依附性与存在性、因果性与相关性、交互性），样式的范畴（可能性—不可能性、存在性—非存在性、必然性—偶然性）。西方现代的范畴学将概念分为范畴、一般概念、专属概念。无论古代还是现代，西学范畴全是抽象的，多为对事物本质属性和特点的区分界定。

先秦学人常作“名实”之辨。其“名”与今所谓“概念”有近似处，但多用为具体事物的分类，因以“象形为先”的汉字称“名”，故所常作“不舍象”的抽象。《墨子·经》中将“名”分为“达”“类”“私”三种；《荀子·正名》说“名定而实辨”，有“共名”“别名”的区分。理论范畴或可说是“达名”和“共名”的一种，由于“不舍象”，仍长于对事物做模糊和整体的把握。

西方范畴的创设只符合理论家自己立论的需要，人们可以不认同其论说、不采用其设置分类，但在理解那些已作了逻辑规定的范畴义涵上不会有歧见。中国古代的范畴概念却不然，创设者一般不作定义，且因“约定俗成”广泛沿用；论者取用时往往各有侧重，不同语境中往往义蕴有别。“气”“势”“体”“风骨”之类形象性概念涵容灵动模糊，现代研讨中时有争议不足为奇。

笔者涉足范畴研讨，实与当年古文论研究的热点问题相关。一千五六百年前问世的文论经典《文心雕龙》常给人历久弥新之感。其中所用“风骨”的概念曾广为沿用，在文学批评史上颇有影响。① 然而，现代学者一度对其义涵争议不断，1960 年前后发表的论文就有二十余篇。② 论者皆肯定刘勰《风骨》篇所论精辟，凸显了文学作品应有的器质和精神风貌；各种见解也均有一定文本依据，不由得令人生出疑问，为何仍会存在难以弥合的分歧呢？另外，该篇中的“气”，以及《定势》篇的“势”等概念的解读也常是人言人殊。

1979 年王元化先生的《文心雕龙创作论》问世，其中《释〈物色篇〉心物交融说》《释〈神思篇〉杼轴献功说》《释〈比兴篇〉拟容取心说》等，论及“言意”“虚静”“才性”“志气”等概念；从范畴学的理论视角探讨的，既有与不同时代（如《文心》的“心物交融”说与王国维的“境界”说、龚自珍的“出入”说）的类比，也有中外学说（如刘勰的譬喻说与歌德的意蕴说）的对照。以若干自成机杼的短论从不同层面予以印证补充。提供了一种值得借鉴的融通中外古今理论的研究思路，让探究古代经典的价值和当代意义的正确方向也变得清晰起来。可以说以先进的学术思想的引领，拓出了《文心雕龙》研究的新局面。我以“文心雕龙散论”为题的硕士论文增补成的《文心十论》1986 年出版，其中对“风骨”“物色”“定势”“比兴”的阐发皆不乏受王先生启迪的印记。

一次解读范畴上的争议，促使我的关注点向梳理范畴生成衍化脉络转移：80 年代初我发表了几篇论文③。其中《〈文心雕龙〉“定势”论浅说》对河北大学詹锳先生认为“势”即风格的观点做了些补正：《定势》说“因情立体，即体成势”，表明文章“因情立体”所成之“势”确有相应的风格属性，说“体势”指文体风格无可置疑。然而应该看到，“势”的核

---

① 与刘勰同时的钟嵘《诗品》有“建安风力”“真骨凌霜，高风跨俗”；初唐杨炯赞王勃的兄长“磊落词韵，铿鍧风骨，皆九变之雄律”；王勃反对“龙朔”文风“骨气都尽，刚健不闻”；陈子昂《与东方左史虬修竹篇序》标榜“汉魏风骨”，指谪“齐梁间诗，彩丽竞繁，而兴寄都绝”；盛唐殷璠说：“开元十五年后，声律风骨始备”，“言气骨建安为传”。

② 明杨慎在《文心雕龙 · 风骨》篇“使文明以健”一句上批云：“风即风也，健即骨也；诗有格有调，格犹骨也，调犹风也。”20 世纪初黄侃《文心雕龙札记》说：“必知风即文意、骨即文辞，然后不蹈空虚之弊。”1960 年前后讨论达到高潮，舒直、王达津、商又今、马茂元、詹锳、廖仲安、郭晋稀、陆侃如、曹冷泉、寇效信、黄海章、李树尔、潘辰、刘永济、王运熙在《光明日报》《文汇报》《文学评论》《文学遗产》《学术月刊》等报刊上各抒己见。

③ 《曹丕文气说新探》（《文史》第十三辑）和《〈文心雕龙 · 风骨〉篇简论》《〈文心雕龙 · 物色〉发微》（《古代文理论研究》第三辑、第六辑）以及《〈文心雕龙〉“定势”论浅说》（《文学评论丛刊》第十三辑）。

心意涵是事物和运动态势和趋向，《文心》许多用“势”处都不作风格解，包括同在《定势》篇的“辞已尽而势有馀”和“势实须泽”等语在内的“势”明显非风格之义。此外，所谓“定势”即“势”的择定，开篇称“情致异区，文变殊术，莫不因情立体，即体成势也”，末尾有“旧练之才，则执正以驭奇；新学之锐，则逐奇以失正；势流不返，则文体遂弊。秉兹情术，可无思焉”。足见刘勰的“定势”指依作品“情”“体”的规范确定文章展示态势的一种艺术表现手段（“术”）。

“龙学”上很有成就的詹先生并不认可我的解读。两年后济南学术会上相遇，在大明湖畔散步时他特意相告：“这次的争论我赢了！美国的施友忠先生就把‘势’释为风格。把《定势》的篇题译为风格的选定。”不过，如此判定不仅未让我心悦诚服，反而促成了撰写一部专书的想法：揭示“势”范畴及其概念组合的创用历程和多义性，力求以翔实的资料以及合乎时代要求、有说服力的论证使学界达成共识的障碍化解。

我在中国人民大学出版社 1990 年出版的《势与中国艺术》一书“后记”中说：“前年，人民大学的几位师长来信为古代美学范畴丛书约稿，我即建议写‘势’，以为对它的开掘已经刻不容缓了。……我偏爱‘势’，是因为它是传统审美追求的一个重要组成部分；是因为探讨它有利于揭示艺术传达的机制；这样的研究自然有利于时用。我偏爱‘势’，是因为它运用广泛却难以把握，迄今无人对‘势’论丰富材料进行系统的整理和全面的阐释，是一块荆棘丛生的荒地。”之所以说到“我即建议写势”，是因人民大学师长规划的范畴丛书和辞典辞条撰写的稿约中原本未作写“势”的安排。

笔者与古代范畴结下不解之缘，所写论文、专书，以及应中国人民大学师长约请撰写的范畴辞典辞条均为这方面思考的记录。拙著中有《势与中国艺术》（再版时更名《因动成势》）、《原创在气》《中国美学范畴发生论》《庄子范畴心解》与《中国古代文论范畴生成史》；在与张国庆合著的《文心雕龙集校集释直译》中对一些以范畴名篇的专论进行阐发。与蔡钟翔先生和汪涌豪在《文学遗产》上发表了《范畴研究三人谈》（2001 年 1 期）的文章。尽管如此，犹觉有未尽之意。

沉潜其中，愈加认识到只有通过比较，厘清传统的思维和范畴创用的文化特征，才可能全面认识和开掘古代文学艺术创造与理论思考这笔遗产的价值和意义。比如，汉字是独具优长、又易被忽略的珍贵民族文化遗产。也许是熟视无睹的缘故，它对古代文学实践、理论建构的深刻影响并未受到应有的重视。由此入手或有助于攻坚克难。像“风骨”“气”和“势”这样的形象性概念，刘勰的论证虽堪称精辟，毕竟与其他古代论著一样未对其义涵作逻辑的规定，这就与抽象的有严格的逻辑规定的西方概念和理论话语迥别。古人既用“象形为先”的汉字构词造语，其范畴概念和理论表述自然长于模糊把握，解读时就不能忽略其语境的个别性以及感性表达的涵蕴。

再者，既然论的是文论范畴，探究古代文章写作的艺术成就和美学追求，就需了解传统的美文（文章）文学观，它与现代受西学影响指一个艺术门类的“文学”定位不尽吻合。近现代著名学者章太炎、郭绍虞、王运熙等对此都有所认识，但传统文学观念的形成过程及其对文论建构（特别是范畴创用）的影响学界却罕有涉及。还需明示的是，先秦尚无成熟的文学观念，其时“文章”指文化典章制度，“文学”也是就文献典籍而言；《诗》学或乐论严格说还算不上广义的文学理论。其范畴归诸美学则可，称之文学范畴略嫌勉强。两汉美文文学观渐趋成型，自汉魏之交文学进入“自觉时代”，才走向文论范畴概念全面创用的历史阶段。

另外，传统文学观念成型之前，也有归属或后来进入文学领域的范畴概念。一些哲学（尤其是美学）范畴就是文学范畴的前身。在对先秦子学的爬梳中发现，范畴创用上庄子的贡献非同凡响。拙著《庄子范畴心解·引言》中有这样一段话：

> 尤其在解读那些由庄子首创的范畴、概念时，你眼前闪灼成片的会是睿智的火光，比如：
>
> “游”的读解使你知道个人应该并可以求索精神的自由逍遥；
>
> “忘”告诉你怎样取舍思维对象、净化心灵的空间；
>
> “适”指自我顺适环境的体验和生存状态；
>
> “迹”是事物演化留下的印记而非事物本身；
>
> “体”也是一种重要的思维和把握事物的方式；
>
> “竟（同境）”可以指思维的层次和范畴；
>
> “宇宙”是广袤无垠的空间与往复不断的时间的组合；
>
> “法天贵真”道出了老庄自然论的宗旨；①

---

① 涂光社：《庄子范畴心解》，北京：中国社会科学出版社，2003年，第20—21页。

庄子的哲学思考有意选择“寓言十九”表述，其文学性可知；范畴创用上亦可谓“近取诸身”而“远”及精深，堪称不作定义、作“不舍象”模糊把握的典范，对古代美学（包括文论在内）有重大影响。“游”“忘”“体”“天”“真”“境”等范畴以及大抵由庄子首倡的“言意”之辨均见诸后来的文学评论。对文论范畴作探其渊源、述其优长的历史性考论，又怎能无视《庄子》的建树呢！

伴随“自觉时代”文学观念成熟，标志先秦哲学思辨精神复归的魏晋玄学兴盛，实现思想理论跃升的基础和条件具备，齐梁方有刘勰这样的大理论家及其《文心雕龙》问世。玄学长于以对应的“有无”“体用”“本末”和“才性”范畴进行论辨，而刘勰正是以系统的范畴创用成就了享誉千古的文论巨典。

范畴概念的创用能凸显思维和理论表述以及文学观念的文化个性。

如上所言，不掌握以汉字记录的语言特点，就无法说清古代诗词歌赋有辉煌成就和独到境界之所以然；也不能了解传统“不舍象”的思维方式、灵便的概念话语组合及其在理论建构、表述上的特点与优长。

用于古代诗词文章、理论思考表述的汉语简约蕴藉，令运用拼音文字的语种难作直译。运用拼音文字的外语一般逻辑严谨，但用汉语不难对它进行翻译，且易汲取所长。汉语与众不同处正在于它是用“象形为先”、以表义为第一属性的文字作为记录符号。在世界人文明的文字中汉字属“象形”系统，经先人不断改进避免了被淘汰和取代的命运，可谓硕果仅存。汉字往往一字多义，有所通同者常借代为用；多为名词但可动（使动或意动）用，话语组合灵便；学者对概念义涵绝少作逻辑规定，“约定俗成”而已。因此同一概念在不同语境中义蕴不尽相同。传统的理论范畴有其他语种理论范畴没有的优长，如汉字“象形为先”义蕴浑融模糊，概念组合简约灵便，给范畴义的开拓更新提供了更多方便和更大空间；“约定俗成”则应用广泛，往往历时千百载沿用不绝。

汉字的运用对语言的音韵节奏和语汇构成方式、文学表述，尤其是形象描绘均有深刻影响，与创作中某些艺术追求乃至美文文学观的形成相关联。比如文章之美就包括用字和遣词造语之美于其中。

传统文学观念在汉魏六朝时期渐臻定型，以美文（“文章”）为文学，对作为一门艺术的文学理解与今人不尽相同；魏晋玄学兴盛是先秦学术思辨精神回归和理论思考长足进步的表征，其优长在于有道儒的互动，以及运用“有无”“本末”“体用”“才性”“言·象·意”等范畴组合探究主导事物运作的因素及其相互关系与动向，为经典理论建构及其范畴系统创用提供了必要条件和立论范本；加上克服了“夷夏之大防”的佛学广为流传，“三教合一”的趋势明显，促进了时代学术思辨水平的跃升，为文学经典的问世奠定了基础。

体系缜密的理论仰赖统序严谨、论证精切的范畴系列的论证支撑、建构。刘勰以范畴概念的创用对几乎所有的文学理论问题做了经典性的论证，在基础性理论方面的探讨尤为详切精辟，如文学创作的思维特征、风格的造就、内容形式的关系、格律章法（汉文学语言形式美的规范）、鉴赏批评标准、继承变革原则，以及文体分类的依据和意义等，都具有超越时空局限的理论价值。中外理论史上很难见到如此缜密严谨的建构，纵然有也无法与《文心》比肩而在。

从文论范畴史的角度看，《文心》创用和论证的范畴概念确有基础性和先导的意义，在不同层面的论证中各得其所、尽其所用。有以范畴为篇名讨论文学基本理论的专章——《原道》《神思》《定势》《体性》《情采》《通变》《声律》《章句》《丽辞》《附会》《时序》《物色》《知音》；《序志》篇论理论建构有“经”与“纬”、“纲领”与“毛目”的对举，以及“剖情析采”“唯务折衷”申述的立论原则。此外，还移植、创用了不少民族特色鲜明的范畴，如“自然”“气”“格”“调”“韵”“法”“趣”“境”“意象”“滋味”“性灵”“雅俗”“奇正”“本末”等，它们散见各篇，遍及其理论的各个层面，基本涵盖了历代文学创造中不同艺术主张和审美追求。

一字多义的汉字词语组合灵便，概念义涵“约定俗成”，使“自然”“气”“意”“势”“体”“味”“趣”等元范畴得以长期沿用，不仅能明示后续论说的思想渊源，也无碍论者根据自己的思考和论证需要作有新义的诠解和创用，在所属范畴系列中实现理论的拓展和提升。

刘勰是古代移植、改造、创用范畴概念建树最多的文学理论家。中国古代文学批评史上出现的所有范畴概念几乎都能在《文心》中找到渊源，或者能寻觅到它们生成、演化的一段历史印记。

与一般中国古代文论著述比较，《文心》以其体系的庞大缜密和剖析的精细见长，论证逻辑之严密也非其他论家可比。从其《序志》篇将全书下半部分的理论探讨称为“剖情析采”，最后声明采用“擘肌分理”的论证来看，刘勰对文学现象的分解剖析是充分自觉的，在这方面似乎也不亚于西方理论。有幸的是，无论自觉与否，刘勰立论仍葆有传统思维方式所擅长的综合和模糊把握的优势。

《文心雕龙》范畴的系统建构中，最富创意的无疑是“剖情析采”那些以篇名进行文学基础性理论表述和论证的范畴。散见各篇理论话语中的范畴概念遍及每一个理论层面，虽说它们在范畴义阐发和运用上不及那些作专题论证者，但在各自理论组合中也有不可或缺的作用。恰恰是这类范畴概念的理论意义具有更大的开拓空间，在随后的理论批评中被广泛运用，理论内涵得到更充分的阐扬，有的成为不同时代一些艺术流派理论主张的中心范畴。

《文心雕龙》大大改变了传统理论的建构模式，刘勰运用范畴概念系列“剖情析采”，进行严谨的逻辑论证，弥补了古代理论表述上的短板，成就了无愧“虑周”“思精”和“包举洪纤”之誉的经典性理论建树。其中尤以“下篇”那些以范畴题名的篇章所论最富创意，针对的是文学艺术基础性理论以及华夏民族文化特征鲜明的重要论题，可谓前无古人后无来者，居功至伟。这就是此后再无可与《文心》比肩的文论经典问世，千百年后被中外学者广泛推崇的缘由。

文学实践和理论批评的发展合乎时代潮流，在不同样式、各具个性的审美追求中的开拓、提升；有对前论的印证、辨析和再阐发，有对保守固陋、谬误倾向的抨击，更有新潮审美趣向的宣示。

刘勰之后，古代文学评论在范畴概念方面有一种论少用多的趋势，进入了以中心范畴论为主导的阶段。中心范畴论与各个时代的文学思潮、流派或作家个人的艺术追求和创作实践紧密相关，居于核心地位的范畴（及其所属系列概念）理论组合的美学含蕴、功用和艺术境界不断有新的拓展。比如“风骨”“气”“（风雅）比兴”“（滋）味”“（自然）平淡”“兴趣”“气象”“本色”“性灵”“神韵”“肌理”“义法”“境界”等，都曾被标举，乃至形成各自的概念系列，引领某一时期文学思潮、流派或文学样式的创作和理论批评实践。

隋唐以降，虽再无《文心》这样全面系统的经典问世，文学实践和理论批评的创获亦多。各个时期、不同样式、不同流派审美追求都有居其思想理论主导地位的中心范畴，引领和推动造艺的演进。概念系列衍生中有艺术实践的新收获，于是也有对基本范畴义的补正、深化、开拓。不同时期、文论不同层面范畴概念创用的比较，能够厘清文学实践理论中诸种审美理念、艺术追求生成演化的历史脉络。

范畴研究为继承发扬光大古代文学遗产提供了一条重要途径：范畴是理论话语的关键环节，能聚焦创用者的思维与艺术追求。范畴史纲表述有独特价值的传统文学观念和理论思考，与古人写作的规范律则、不同层面美学追求的核心义涵的生成衍化，以及历代评论不断探求、开拓和提升的梗概。对文化特征鲜明的文论范畴概念做分系列的梳理，可厘清造艺各层面的美学追求及其拓展、升华的历程，汇总其理论思考和审美追求达至的胜境，宣示当代人承传、弘扬华夏传统艺术精神的要义和方向。

五、《刘勰学术思想考论》的摘要和述评

“龙学”早已成为显学，拙著《刘勰学术思想考论》虽是《文心》《刘子》相互联系，但述评理所当然重在《刘子》的政论而非《文心》的文论。

《刘子》“以古论今”讨论时政面临的重大问题，在范畴创用上也有非同凡响的建树，反映出时代哲学思考大致的高度。

《考论》“《刘子》的范畴系列运用”一节摘要如下：

> 《九流》明示：“观此九家之学……然皆同其妙理，俱会治道，迹虽有殊，归趣无异。……道者，玄化为本；儒者，德化为宗。九流之中，二化为最。夫道以无为化世，儒以六艺济俗。无为以清虚为心，六艺以礼教为训。”

既以“二化为最”，我们的探讨就以道、儒的思想理念为核心，兼综“九流”。玄学校练名理，探究有无、动静，运用形神、本末、体用，才性、言意、自然与名教等范畴。以范畴系列入论是玄学所长，不仅可根据论证需要对范畴义的某个层面有所侧重或进行发挥，而且无固定组合模式。《刘子》服从政论的需要，范畴系列的组合和运用上有不少创意。所用范畴系列有精神活动和思维主体方面的神、心、性、欲、情和虚静等；也有本末（包括国本民本）、名实（以及名理），以及用于多种理论话语组合的势（主要是兵学和借力谋求施展才智抱负）和权变（术数）、通塞、自然等。《刘子》所用的范畴尽管皆为前人创设，却能根据批判时政的需要在范畴义

上有所侧重或者发挥，还有令人耳目一新的组合。

其后的述评分“主体论范畴系列的创用”“以本末（体用）论国本和民本中的农本”“杂取各家‘以论当前’的术、数与权变”“人才论中的名实、名理之辨”“势范畴的广泛使用”等五个方面进行。

（一）主体论范畴系列的创用

六朝统治阶层骄纵奢侈。《刘子》强调改良吏治第一要义是提升施政主体的精神境界情操守持。前三篇《清神》《防欲》《去情》中的“神”“性”“欲”“情”同在主体精神层面，论中“神”指精神境界，“清神”指以达至和维系“清虚”境界为目的的修为；“性”指天成本性；“欲”原出于天性，也会因放纵而危害身心，影响施政，故作“防欲”之论；“情”此指应摒弃的私情，故立《去情》篇。“欲”源于先天本性，“情”则与后天的人际关系密切。三篇中的“神”“欲”“情”是主体精神同一维度的三个层次，析论如此精到，以往理论中未见，颇有创意。

《文心》中“情”指创作主体的情感思维活动，既是创作活动的动力，也是艺术作品内容的核心。往往与“心”“神”“思”“性”“意”借代，在指内容的语境中甚至可与属于客体的“理”联成一词或者互代。一般是不会像私情那样被指斥和要求摒弃的。“神思”之“神”是对文学创作思维神奇微妙的形容。“欲”则不在《文心》讨论范围。《文心》的“情”“物”“辞”是创作三要素的组合，《刘子》以“清神”“防欲”“去情”论施政主体的思想精神修为。其“神”“欲”“情”是人精神的不同层面，论中是不能互代的。

道、儒“二化为最”，故《刘子》前十篇申述道、儒两家思想的基础性和引领作用。但绝少照搬经典和老、庄、孔、孟学说教条，其他各篇更是如此。

全书篇次《清神》第一、《防欲》第二、《去清》第三，论证从政者需通过修养提升素质，从而拥有实施廉明之治的精神境界和思维能力。以范畴组合对道家施政主体论做了最为精切、深入，最富创意的阐发，是《刘子》的一个闪光点。

（二）以本末（体用）论国本和民本中的农本

“本”即根本，事物存在、运动、演化的依据和基础。“末”相对于“本”，是次生的枝派、末节。《刘子》中不少地方只用“本”而未及“末”。

《贵农》篇论以农立国之要义。“衣食者，民之本也；民者，国之本也”显然有两个层次：有衣食是人民生存的基本条件。其实，“贵农”强调“衣食者，民之本也；民者，国之本”，也可以说是从“国本”和“民本”的角度论“农本”，当然是就华夏民族早期经济形态、生产方式说的。“民者，国之本也”指出民是国家的根本和主体。联系到其后又立《爱民》篇（古代论政能以“爱民”为题难能可贵），确乎有点民本主义的意味。

同篇也有从另一角度阐发的“本末”论：“其耕不强者，无以养其生；其织不力者，无以盖其形。衣食饶足，奸邪不生，安乐无事，天下和平。智者无以施其策，勇者无以行其威。故衣食为民之本，而工巧为其末也。”“是以雕文刻镂伤于农事，锦绣纂组害于女工。……故建国者必务田蚕之实，而弃美丽之华。”[①] 这里的“工巧”指的是伤害“农事”“女工”的“雕文刻镂”和“锦绣纂组”；显然针对生活奢靡浮华世族豪门说的。而“衣之与食，唯生人之所由，其最急者，食为本也”一语中体味得到对受饥寒威胁的下层子民的关切。故“先王敬授民时，劝课农桑，省游食之人，减徭役之费，则仓廪充实颂声作矣”为固“本”之举。

华夏自古以农立国，祖先中有神农氏，周部族先祖称后稷。《贵农》为指导施政很有现实针对性的“固本”之说。

随后《爱民》的“足寒伤心，民劳伤国”，以及《从化》的“君以民为体，民以君为心。心好之，身必安之；君好之，民必从之”则可以说为“体用如一”论的一种发展。以“爱民”名篇是子书之首见，其中云：

> 天生蒸民而树之君。君者，民之天也。天之养物以阴阳为本；君之化民，以政教为务。故寒暑不时则疾疫，风雨不节则岁饥。刑罚者，民之寒暑也；教令者，民之风雨也。刑罚不时则民伤，教令不节则俗弊。故水浊无掉尾之鱼，土确无葳蕤之木，政烦无逸乐之民。[②]

“君者，民之天也”“君之化民，以政教为务”儒家倾向明显；言及“刑罚”当属法家。“刑罚不时则民伤，教令不节则俗弊。……政烦无逸乐之

---

① 林其锬、陈凤金：《刘子集校》，上海：上海古籍出版社，1985年，第63—64页。

② 林其锬、陈凤金：《刘子集校》，第69页。

民”则是黄老治国理念的表述。其后又做了进一步的说明：

> 夫足寒伤心，民劳伤国。足温而心平，人佚而国宁。是故善为理者，必以仁爱为本，不以苛酷为先。宽宥刑罚，以全人命；省彻徭役，以休民力；轻约赋敛，不匮人财，不夺农时，以足民用，则家给国富，而太平可致也。……故有若曰：“百姓足，君孰与不足？百姓不足，君孰与足？”……故君者，其仁如春，其泽如雨，德润万物，则人为之死矣。①

“人为之死”是人民甘为君主献身之意。但前提是君主的仁德如春雨泽润万物。

（三）杂取各家“以论当前”的术、数与权变

《法术》篇总括法家理念，强调因事因时应变制宜，以法、术成就治理：

> 法术者，人主之所执，为治之枢也。术藏于内，随务应变；法设于外，适时御人。人用其道而不知其数者，术也；悬教设令以示人者，法也。人主以术化世，犹天以气变万物。气变万物，而不见其象；以术化人，而不见其形。故天以气为灵，主以术为神，术以神隐成妙，法以明断为工。淳风一浇，则人有争心；情伪既动，则立法以检之。建国君人者，虽能善政，未有弃法而成治也。②

“术”“数”为治世之术及其变通之机要，称之“神”，也属对其“道”的一种认识与把握；“法”（法规律令）则需明示于众，靠它矫正“浇薄”与“情伪”。“术数”藏于内心，法规政令宣示于外，也有某种“体用为一”的意味。

起始虽言“法术者，人主之所执，为治之枢机也”，其后的“建国君人者，虽能善政，未能弃法而成治”却表明，人治不能替代法治，告诫创建新朝的帝王不可盲目自信“能善政”，犯“弃法而治”的错误。“立法者

① 林其锬、陈凤金：《刘子集校》，第69—70页。

② 林其锬、陈凤金：《刘子集校》，第83页。

譬如善御，必察马之力，揣途之数，齐其衔辔，以其从势。”以驾驭车马为喻，要求立法者了解政策措施的力度，把握实施的途径和变数；整合驾驭手段，以其顺适时势需要。

《文心雕龙》也有不少“术数”之论，《总术》篇说：“若夫善弈之文，则术有恒数。按部整伍，以待情会，因时顺机，动不失正。数逢其极，机入其巧，则义味腾跃而生，辞气丛杂而至。”① 其“恒数”指恒长不变的规律，“术”指驾驭文辞的手段、技巧。

《刘子·法术》讨论法治“因时制宜”的必要及其理由：

> 是以明主务循其法，因时制宜。苟利于人，不必法古。苟周于事，不可循旧。夏、商之衰，不变法而亡；三代之兴，不相袭而王。尧、舜异道而德盖天下，汤、武殊治而名施后代。由是观之，法宜变动，非一代也。②

“苟利于人（民），不必法古。苟周于事，不可循旧。”出自《淮南子·泛论训》，以“利民”“周事”（成全政务）为目的，反对盲目“法古”、因循守旧。“法宜变动”则是历代“因时制宜”政治实践的成功经验。“今法者则溺于古律，儒者则拘于旧礼，而不识情移法宜变改也。此可与守法而施教，不可与论法而立教。”一个“今”字点明是针对时政而言。此所谓“法者”“儒者”指当时以法治、儒教自我标榜的政治人物，以为这样的人可以参与守法、施教的实践，不可参与讨论法治和礼教规范的确立。又补充道：“故智者作法，愚者制焉；贤者更礼，不肖者拘焉。拘礼之人，不足以言事；制法之人，不足以论理。若握一世之法，以传百世之人，由（犹）以一衣碍寒暑，一药治痤瘕也。若载一时之礼，以训无穷之俗，是刻舟而求剑，守株而待兔也。”③ 最后以“不因世而欲治，不随时而成化，以斯治政，未为忠也”结尾，再次强调“因世”“随时”地“作法”“更礼”，才是真称得上是忠于国事，暗讽那些未“因时制宜”变革法规礼制的守旧官员绝不可能做到尽其职守。

---

① 范文澜：《文心雕龙注》，北京：人民文学出版社，1958 年，第 656 页。

② 林其锬、陈凤金：《刘子集校》，第 84 页。

③ 林其锬、陈凤金：《刘子集校》，第 84 页。

《赏罚》篇引《老子》《韩非子》《淮南子》等典籍的言说，法家倾向明显。说赏罚是“国之利器而制人之柄”，目的只在“诱人以趣善”。以为“赏少而善劝，刑薄而奸息”，行赏罚的投入少、影响大，在“治”的功效上高于“教”。又说：

> 圣人之为治也，以爵赏劝善，以仁化养民，故刑罚不用，太平可致。然而不可废刑罚者，以民之有纵也。是以赏虽劝善，不可无罚；罚虽禁恶，不可无赏。赏平罚当，则理道立矣。①

说“圣人为治”“以爵赏劝善，以仁化民”即便“刑罚不用，太平可致”；“然而不可废刑罚者，以民之有纵也”。其“圣人之治”当是较久远古朴世道，“民之有纵”则指此后（也是较近时代生产力发展导致的）人的欲求有所放纵而言。透露出有价值的早期社会发展观。随后说“赏信而罚明”是“明主”的作为，“赏罚，非为己也，以为国也”。可见“治民御下”的君（上）为国家做到“赏信而罚明”是天经地义的职责。

《刘子》其他篇也有适地域、时势所需变通施政的论说。如《随时》篇说：

> 时有淳浇，俗有华戎，不可以一道治，不得以一体齐也。故无为以化，三皇之时；法术以御，七雄之世。德义以柔中国之心，政刑以威四夷之性。故《易》贵随时，《礼》尚从俗，适时而行也。②

“时有淳浇，俗有华戎”的时代特征非常鲜明，浇薄与淳朴的民情相背，华夏狄戎习俗不一，正是六朝政治面对的问题。从《易》能引导人们认识事物“随时”变化上，要求治理也得“适时而行”，施政必须因时势和对象的不同做出相应调整，从历史中总结出“德义以柔中国之心，政刑以威四夷之性”的成功经验。

《文心·序志》有云：“有同于前论者，非雷同也，势自不可以异也；有异乎前论者，非苟异也，理自不可以同也。同之与异，不屑古今，唯务

---

① 林其锬、陈凤金：《刘子集校》，第89—90页。

② 林其锬、陈凤金：《刘子集校》，第246页。

折衷。”① 其《通变》篇首先指出文学承传变革中“有常之体”和“无方之数”的辩证关系：

> 凡诗赋书记，名理相因，此有常之体也；文辞气力，通变则久，此无方之数也名理有常，体必资于故实；通变无方，数必酌于新声。②

“有常”指“体”之“名理”（名称、规范）在历史演进中沿袭的稳定性而言，它们是审美经验的结晶，故云：“体必资于故实。”“无方之数”（“数”：术数；即方法、原则。“无方之数”即没有定则）须斟酌于“新声”，表明通变包含着对时代潮流和文学未来发展趋势的探究和判断。能够处理好“有常”与“无方”的辩证关系，则“能骋无穷之路，饮不竭之源”，拥有无限发展前景和旺盛生机的“文辞气力”。篇末的“赞”也鼓吹“文辞气力，通变则久”，“文律运周，日新其业”应当“望今制奇”。

（四）人才论中的名实、名理之辨

魏晋名理之学的才性论就涉及德才的标准以及品评公允与否的问题。是不容回避的一个时政问题及其改良的要点。名实之辨的渊源在先秦，孔子所谓“名不正则言不顺”和“君君，臣臣，父父，子子”是以名责实，要求各种社会角色明白自己的本份和责任担当。

东汉人才察举虽有秀才、孝廉之分，往往更重操行。因常操于权豪之手，得选者未必名副其实。汉末乡闾清议已为大族或名士所操纵，尚名背实已成风气，为六朝政治的一个积弊。汉魏人物品评、玄学中名理才性的论辩，推动了名实论的发展。《刘子》抨击欺世盗名、呼朋引伴相互吹捧的世风，在识才任才上建言献策，强调作名实之辨。《审名》《鄙名》《知人》三篇所论均围绕这一主旨。

《审名》指出有传言不实的流弊，以为“俗之弊者，不察名实，虚信传说，即似定真”。辨析说：

> 言以译理，理为言本，名以订实，实为名源。有理无言，则理不可明；有实无名，则实不可辨。理由言明，而言非理也；实由名辨，

① 范文澜:《文心雕龙注》,第727页。

② 范文澜:《文心雕龙注》,第519页。

而名非实也。今信言以弃理，非得理者也；信名而略实，非得实者也。故明者课言以寻理，不遗理而著言；执名以责实，不弃实而存名，然则言理兼通而名实俱正。[①]

如同以言说阐释道理、道理是言说所本那样，“名”是用来区界和称呼“实”的，“实”是“名”产生的依据和本源。“理”因言说而彰显，但言说毕竟不是“理”；有“名”的不同，各种“实”才能分辨；但“实”“名”不是一回事。当时一些言说弃置它应阐明的道理，“名”“实”背离，所以才有“审名”（审视“名”“实”是否相符）的必要。篇末要求需像先贤那样谨慎“传名”：“近审其词，远取诸理，不使名害实，实隐于名。故名无所容其伪，实无所蔽其真，此谓正名也。”

《鄙名》之“名”指称名、命名。从另一角度讨论名实关系及其影响：“名者，命之形也；言者，命之名也。……名言之善，则悦于人心；名言之恶，则忮于人耳。是以古人制邑名子，必依善名。名之不善，则害于实矣。”[②] 要避免“名之不善，则害于实”，造成误会、妨害政务。

识才是举荐贤能的先决条件。《知人》篇中历数史载“知人”方面见微知著的圣明君臣，而后感慨“世之烈士，愿为赏者授命，犹瞽者之思视，辟躄者之想行，而目终不得开，足终不得伸，徒自悲夫”[③]。既为未逢“赏者”的“世之烈士”呼号，也颇有自叹知音难得、不遇于时的意味！“自非神机洞明明，莫能分也。”则是对肩负知人、察举职责官员的嘲讽。

《荐贤》篇强调能否任用贤能关系到施政的成败：“国之需贤，譬车之恃轮，犹舟之倚楫也。”“君上”与“人臣”在举贤授能上均有不容推卸的责任：“古之人君，必招贤聘隐，人臣则献士举知。”随后的“人臣竞举所知，争引其类：才苟适治，不问世胄；智苟能谋，奚妨粃行”[④]，极有现实针对性，“人臣竞举所知，争引其类”，从好的方面说是为国荐贤尽职尽责，然而似乎又暗示：呼朋引类可能会形成朋党。“才苟适治，不问世胄”明显则是对九品中正制和门阀世族把持仕进的否定；“智苟能谋，奚妨粃行”则为纠正（自命清高或党同伐异者）挑剔末节、妄加德行不端恶名弃用贤能

① 林其锬、陈凤金:《刘子集校》,第 94 页。

② 林其锬、陈凤金:《刘子集校》,第 100 页。

③ 林其锬、陈凤金:《刘子集校》,第 107 页。

④ 林其锬、陈凤金:《刘子集校》,第 113 页。

的偏颇。举“昔时人君拔奇于囚虏，擢能于屠贩，内荐不避子，外荐不避仇”等子书中的事例说明“进贤为贤，排贤为不肖”，并强调“进贤为美逾身之贤”[①]，表明荐贤较一己之贤更可取。

按，国家需要大量人才，却多被埋没，既缺识者和有公心、不忌贤妒能的官员，更无举拔贤能的制度保证，刘勰迫切要求解决现实政治中长期存在的这种尖锐矛盾，确实是在为相对公平的开科取士的科举考试制度的建立造势。

《正赏》之“赏”指赏鉴，“正”是端正之正。也属如何察举贤能、纠正其中积弊的问题，与法制相联系，用到名实、本末以及情理、华实等范畴概念。指出：“赏者，所以辨情也；评者所以绳理也。赏而不正，则情乱于实；评而不均，则理失其真。”“是以圣人知是非难明，轻重难定，制为法则，揆量物情。……故摹法以测物，则真伪易辨矣；信心而度理，则是非难明矣。”[②] 评说不可失真，只能以法为准绳，不能只凭主观判断。

又明谓人品评、赏识中有“贵古贱今”和“信耳而弃目”（听信传闻而不明察真象）的错误倾向。末段称“今述理者贻之知音，君子聪达于闻前，明鉴出于意表。不以名实眩惑，不为古今易情，采其制意之本，略其文外之华，不没纤芥之善，不掩萤烛之光，可谓千载一遇也。”[③] 批判中流露出怀才不遇的士人对知音的渴求。反对“贵古贱今”，用到“知音”“千载一遇”等语汇和“宋人得燕石以为美玉”的典故，则与《文心雕龙·知音》篇类同。

《适才》篇是对君上势要用人方面的劝谏，以为才士各有所长，才各有所适、各有所用：“物有美恶，施用有宜；美不常珍，恶不终弃。……裘蓑虽殊，被服实同，美恶虽殊，适用则均。适才所施，随时成务，各有宜也。”[④] 各种人才“用各有宜”。“因事施用，乃便效才，各尽其分而立功焉。”该篇特别指出“美不必合，恶而见珍者，物各有用也”，强调“才各有施”，要“因事施用，仍便效才，各尽其分而立功焉”。即使是“大盗谗佞”，“苟有一术，犹能为国兴利除害”也不能弃用。除服从于“为国兴利除害”的最高目标外，也有防止妄以败德之恶名阻遏贤能为世所用之意。

① 林其锬、陈凤金：《刘子集校》，第114页。
② 林其锬、陈凤金：《刘子集校》，第276—277页。
③ 林其锬、陈凤金：《刘子集校》，第278—279页。
④ 林其锬、陈凤金：《刘子集校》，第161页。

又说："君子善能拔士，故无弃人；良匠善能运斤，故无弃材。贤能人物交泰，各尽其分而立功焉。"①

《刘子》中的《适才》篇之后有《文武》篇，是从文、武两方面的人才如何为"用"入论的。首段说：《文武》篇称：无论规、矩、舟、车，还是"羔袘""笋席"各种标准和器材装备都各有用场。文、武才士亦有自己的所长所短，"用各有时"，适应不同时势的需要，在施政中对任用"文""武"干才要任得其所，使其特长能够充分发挥。"五行殊性，俱为人用；文武异材，为国大益"强调文才、武才各尽其用，对国家大有益处。

（五）"势"范畴的广泛使用

"势"是传统理论中典型的形象性概念。其意涵大抵从"由不平衡格局形成的力与运动态势"的原义生发，与事物的势态、动向、格局以及力的蓄蕴与展示密切相关。它蓄蕴或表现于动态形体，形成某种运动和力的趋向，其影响和控驭范围甚至超越于其形体之外。从不同层面去体会、在不同语境中解读，"势"的意涵不尽一致。

刘勰首先强调辨识、营造和依托、驾驭"势"的必要，指出从政者需具有一种辨识、营造和依托、驾驭官场运作"势"态的意识，能动地发挥其作用。这样既能在恶劣生存环境中自全，也能创造和获得机遇充分展才，实现政治抱负。

《托附》篇先说一切生命体均"托附物势以成其便"，说明托附权势的不得不然，其中有下层士人面对门阀和世家大族把持仕途别无选择的感慨！论者告诫从政者需辨明"英贤"与"暗蔽"的不同，仰仗谁、托附何人要慎重（借助、依托、投靠的朋党、世家大族和政治势力正确与否关系到士人的生存、发展，甚至于决定是身败名裂还是飞黄腾达）。当时的政坛门派林立，明暗难分、清浊混杂，从政者的"托付"必须做出理智的抉择："故鸟有择木之性，鱼有选潭之情，所以务其翔集，盖斯为美也。"② 有坚挺有力、稳定可靠的依托才合乎理想。官场危机四伏，不同政治势力和集团间残酷争斗的情景隐约可见。

《通塞》篇述子书及史籍资料讨论"势"之通塞，仕途遭际的否泰屈伸：

---

① 林其锬、陈凤金：《刘子集校》，第162页。

② 林其锬、陈凤金：《刘子集校》，第126页。

> 买臣忍饥而行歌，王章苦寒而坐泣，苏秦握锥而愤懑，班超执笔而慷慨。当彼四子势屈之时，容色黧黑，神情沮忸，言为瓦砾，行成狂狷。发露心忧，影消貌悴，引叹而雷转，喷气则云涌，如骐骥之伏于盐车，玄猿之束于笼圈，非无千里之驶、万仞之犍，然而不异羸钝者，无所肆其巧也，何异处穴而望声彻，入井而欲睇博哉！及其势伸志得，或佩锦而还乡，或声玉于廊庙，或合纵于六国之内，或悬旌于昆仑之外，当斯之时也，容彩光焕，神气开发，言成金玉。行为世则，乘肥衣轻，怡然自得。①

主张如针对壅塞的水流那样“决之使通，循势而行”。其“势”指事物运作中所处位置及其发展势态。

《辨施》篇引《庄子·山木》语“处势不便，未足以逞其能也”，指出士人处于不利境况、势态、格局中，则很难辨识和施展其德才。《思顺》论顺适自然本性、客观事理，其“势”指事物运动演化的态势：“后稷虽善播植，不能使禾稼冬生，逆天时也；禹虽善治水，凿山穴川，不能回水西流，逆地势也；人虽材艺卓绝，不能悖理成行逆人道也。故循理处情，虽愚蠢可以立名；反道为务，虽贤哲犹有祸害。君子如能忠孝仁义，履信思顺，自天佑之，吉无不利也。”②

《激通》篇认为才士穷则思变的自我“激”励，能创造条件形成有利格局和势态，“通”达施展才智抱负的目标：“蚌蛤结痾，以衔明月之珠。鸟激则能翔青云之际，矢尺则能逾白雪之巅。斯皆乃瘁以成文明之珍，因激以致高远之势。冲飙之激则折木，湍波之涌必漂石，而能拔坚木转重石者，激势之所成也。”③ 以为“故居不隐者，思不远；身不危者，志不广”，举苏秦、张仪、宁越、班超等历史人物的例子说：“观其数贤，皆因窘而发志，缘厄而显名。”④

《明权》篇在论守常与权变中用到“势”范畴：“权之为称，譬犹权衡也。衡者，测邪正之形；权者，揆轻重之势。”“……故祝则名君，溺则捽

① 林其锬、陈凤金:《刘子集校》,第136—137页。

② 林其锬、陈凤金:《刘子集校》,第55页。

③ 林其锬、陈凤金:《刘子集校》,第287页。

④ 林其锬、陈凤金:《刘子集校》,第287—288页。

父，势不得已，权之所设也。”①

其次，刘勰兵学理论中展示了多种意蕴的“势”范畴。古代理论中“势”范畴的运用广泛，尤其是在兵学之中。以《兵术》篇“势”范畴的运用为线索，了解古代兵学中一种重要的思维方式，以及《刘子》对古代军事著作精华的承传。

《汉志》说到兵家，提及“兼形势”、录“兵形势”若干家。《孙子兵法》不少地方都论及用兵之势，且立有《势》篇的专论。《刘子》好些篇章都用到“势”的概念，尤以《兵术》篇为多。不过该篇率先用到“势”的一段议论却有反战的意识：

> 夫兵者，凶器；财用之蠹，而民之残也。五帝三王弗能弭者，所以禁暴而讨乱，非欲耗财以害民也，众聚则财散，锋接则民残，势之所然也。②

此“势”指事物（此处批战争）发展的必然势态。战争带来“耗财以害民”的灾难性后果，“五帝三王”不得已而用之。因此这不得不打的仗，也要懂得怎么打才能既获胜，又减少损失，打得智慧。《兵术》论“将道”的“辨地势”时称：

> 故将者，必明天时，辨地势，练人谋：明天时者，察七纬之情，洞五行之趣，听八风之动，鉴五云之候。辨地势者，识七舍之形，列九地之势。③

“形”与“势”意有近似外，有时可合成一个概念；若仔细辨识，则“形”偏在形貌，“势”偏在态势。其后又曰：

> 兵形象水，水之行，避高而就下；兵之势，避实而击虚，避强而攻弱，避治而取乱，避锐而击衰。故水因地而制流，兵因敌而制胜，

---

① 林其锬、陈凤金：《刘子集校》，第 234 页。
② 林其锬、陈凤金：《刘子集校》，第 222 页。
③ 林其锬、陈凤金：《刘子集校》，第 223 页。

则兵无成势，水无定形。观形而运奇，随势而应变，反经以为巧，无形以成妙。①

根据战场敌我双方对峙的形势，“观形而运奇，随势而应变”扬长避短、出人意表的运作，造就制胜的格局态势。

随后指出“万人离心，不如百人同力；千人递战，不如十人俱至”表明，尽管士卒众多，目标散乱就形成不了应有的战斗力，唯同心齐力方能凝聚成克敌制胜的强劲之势。“求同心之众，必死之士”的关键，在于“仁恩洽而赏罚明”，尤其是“仁恩洽”方面，故言“将得众心，必与同患（难）”，将士能够“均寒暑”“齐劳逸”“同饥渴”“共安危”，自然上下一致、万众同心。所谓“苟得众心，则人竞趋死。以此众战，犹转石下山，决水赴壑，孰能当之矣”② 其“犹转石下山，决水赴壑”虽未明言“势”字，实指不可阻挡有强大冲击力的势态。

《兵术》前面说了“修正道而服人”，末尾则有“苟得众心，人竞趋死”。一是修正道以仁义服众，一指体恤士卒而“得众心”，“服人”“得众心”则类似。“修正道而服人”成就天下归心之“势”；体恤士卒得“同心之众，必死之士”其“势”“孰能当之”前呼后应。皆可谓以仁德造势的成功。

《兵术》的“势”论宣示“以仁得人”安国护民，闪烁着民族文化精神的光辉。“兵术”是军事指挥艺术，重“势”不足奇。《刘子》其他与战争策略乃至军国大计关联的篇章有未言及“势”者，却也不乏精警之论。

“兵”初始义为兵器，后代指士兵或战争；在指战争时，与“干（盾）戈（平头戟）”同。“武”的初始义近“勇武”“武功”，由于与兵事征战相联系，后来“武”也常与“兵”（“兵戎”）、“戈”、（或“干戈”“弓矢”）通。

“以文止戈”的典故出自《左传》宣公十二年：“楚子（庄王）曰：夫文止戈为武。武王克商，作《颂》曰：‘戢戢干戈，载櫜弓矢，我求懿德，肆于时夏，允王保之。’又作《武》，其卒章曰：‘耆定尔功。’其三曰：‘铺时绎思，我徂惟求定。’其六曰：‘绥万邦，屡丰年。’夫武，禁暴、戢兵、保大、定功，安民、和众、丰财者也。故使子孙无忘其章。”《说文》释“武”时则将原典的文字简化为：“楚庄王曰：夫武，定功戢兵，故止戈为

---

① 林其锬、陈凤金：《刘子集校》，第 223 页。

② 林其锬、陈凤金：《刘子集校》，第 224 页。

武。”段玉裁注：“宣十二年《左》传文。此檃栝楚庄王语，以解‘武’义。庄王曰：‘于，文止戈为武。’是仓颉所造古文也。祇取定功、戢兵者，以合于‘止戈’之义也。”从字义上说，制止战争就是武功。“止戈”即制止、消弥战争。以“止戈”为目标，反战、慎战，安民护国的意涵甚明。

《文武》篇有云：“以武创业，以文止戈。”论军国大计时“文”与“武”范畴两相对应，其“文”指“文治”而非“文”字的组成。“以文止戈”强调文治是“以武创业”之后“止戈”的手段，为守业、兴业所必须。“以武创业，以文止戈”的论断尤应重视。秦汉以来能成就帝功、开国称制者无不“以武创业”。而“以文止戈”却非同寻常；虽有出处，却不难发现刘勰寓于其中的新意。

“文”特别是仁德的文治，能力农牧、兴百业，令民富国强，国泰民安、文化昌盛。既成就消弥兵祸于无形，实现“禁暴、戢兵、保大、定功，安民、和众、丰财”的业绩，乃至成就以“德服”“来远人”“朝万国”的盛世。魏晋南北朝时期国家分裂，战争频仍，《刘子》此时不说“止戈为武”而直言“以文止戈”，其意义在于凸显对清明之“文治”“德服”的信赖与期待：它无疑是民生家国苦难深重历史经验的总结，透露出对战争的谴责和对国家统一与和平安宁的渴求，以及对文治的信心。

面对魏晋南北朝政治现实，“以武创业，以文止戈”或许还有一层意涵：篡代层出，国家分裂，改朝建国的雄主无不是“以武创业”的，因此，“以文止戈”也是对当朝者的忠告，若欲国祚长久不生变乱，唯文治昌明一途。

《阅武》开篇说：

> 《司马法》曰：“国虽大，好战必亡；天下虽安，忘战必危。”亟战则民凋，不习则民怠。凋非保全之术，怠非拟寇之方。故兵不妄动，而习武不辍，所以养民命而修戎备也。孔子曰：“以不教民战，是谓弃之。”《易》曰：“君子以修戎器，戒不虞。”是以春搜、夏苗、秋狩、冬隙，以讲武事。三年而治兵，习战敌也。”①

此为传统战争理念和军国大计指导思想的精切表述：绝不能“好战”，好战则国家必然灭亡；也绝不可“忘战”，作好武备是国家民族生存的保证。陷

① 林其锬、陈凤金：《刘子集校》，第229页。

于战争将使民生凋敝，武备不修则无法对付外敌的入侵；故不可轻意挑起战端自取灭亡，而不懈习武加强军备和防务护卫国家和人民的生命财产，又是完全必要的。

刘勰之后国家的社会政治举措可以印证《刘子》“文武之道”（包括“兵术”“农战”理念）的理论价值。

唐太宗《帝范》引《刘子》语：“夫兵甲者，国之凶器也。……不可以全除，不可以常用。故农隙讲武，习威仪也。是以句践轼蛙，卒成霸业；徐偃弃武，遂以丧邦。何则，越习其威，徐忘其备。孔子曰：‘不教人战，是谓弃之。’”①

“农战”之论的要义也体现在北周、隋、唐府兵制的实施中。“府兵之制，起自宇文泰。……宇文泰所立府兵之制，《通鉴》系梁简文帝大宝元年，云：泰始籍民之才力者为府兵。身租、庸、调一切蠲之。以农隙讲阅战阵。”②

战争屠戮生灵，损毁经济民生，关系人类的生存发展，对它的研究与认识从来是、现代仍然是世界性大课题。《刘子·九流》中赞许名家“爱平尚简，禁攻寝兵”、墨家“兼爱”“非斗（攻）”以及纵横家的“弭战争之患”“安危扶倾”……可知诸子学说中“止戈”（制止、平弭战患）意识和治国方略存在的普遍性。华夏民族文化传统中，军事思想、战争理念方面的价值和意义可谓举世无匹。

举《兵术》《阅武》《文武》为例，还能说明《刘子》“以古论今”的特点：在征引古代典籍中的命题和概念组合上，刘勰并非机械地照搬前人名论，而是根据现实政治论题的需要进行选择和改造，既有明确的针对性，也从不同侧面提升了理论境界。如《兵术》中不以谋略为主，未更多征引享誉千古《孙子》的材料；《阅武》标举的是《司马法》“好战必亡，忘战必危”和农隙教战的军国大计；《文武》原本讨论各具优长的文武两种人才的互补性，其中一句“以武创业，以文止戈”的名言是刘勰对“文止戈为武”典故的改造，赋予其中的要义合乎民族文化传统的基本国策。皆为《刘子》实现理论升华的闪光点。

（作者单位：辽宁大学文学院）

---

① ［唐］唐太宗：《帝范》，四库全书本。

② 吕思勉：《两晋南北朝史》，第1304—1305页。

关于《文心雕龙译注疏辨》的通信

戴明贤　张　灯

一、致张灯函

张灯兄文几：

迩来杂务丛集，惠赐之新版《文心雕龙译注疏辨》置案头数月，近日才得拜观。忽忆初聆足下高谈大论，乃在省作协召集讨论邵荃麟倡写“中间人物”主张之会上。前尘历历，如在眼前，弹指间五十余年过去矣。念当时座中青鬓，只今余几？尚存者皆趋衰朽，亦多弃旧业而优游岁月；独兄精进不息，耗近三十年心力成此巨帙，不胜感佩之至！

予固知《文心雕龙》为中国文论史之极峰重镇；亦爱其精义瑰辞，开中华以美文作论文之传统，曾于范文澜、陆侃如、牟世金、周振甫、张光年、王元化诸家之著述，略加阅读；然原作既博大精深，予则基础薄弱，又多旁骛，止于泛览，无能深入，如水过石，遮眼而已，岂足置喙，但有贺忱而已。

大作展卷，随兴先读译文《神思》《风骨》等章，读来自然流畅，文质彬彬。如《神思》有云：“夫神思方运，万涂竞萌，规矩虚位，刻镂无形，登山则情满于山，观海则意溢于海，我才之多少，将与风云而并驱矣。方其搦翰，气倍辞前，暨乎篇成，半折心始。何则？意翻空而易奇，言征实而难巧也。是以意授于思，言授于意，密则无际，疏则千里。或理在方寸而求之域表，或义在咫尺而思隔山河。是以秉心养术，无务苦虑；含章司契，不必劳情也。”其译文曰：“只要想象活动一经展开，千思万绪便会纷至沓来，这时描状的事物还在虚幻之中，刻画的对象也属无形的东西，犹如登山之时情满于山，观海之际意壮于海那样，作家此刻的思绪才情，正在与变幻的风云并驾齐驱。一旦进入秉笔写作的阶段，创作前期仍可以意气倍增，但待到落笔成文篇章写就，思谋的初衷往往又打了对折。原因何在呢？思想凌空翻腾易于新奇瑰丽，言辞讲求切实则又难趋工巧。所以，内容受之于思想，言辞又取决于内容。结合得紧密，文与意便能浑然无间；疏远而隔离，辞与情则会相距千里。有时候理思就在胸中，却要到远处寻求表述；又有时含义即在眼前，思绪则跑得遥隔山河。由此可见，把持心绪且掌握方法，谋篇就不用冥思苦索；精心构思并驾驭好文字，创作也不至于劳心费神了。”

《文心》文字，皆言简意赅，尤以各篇赞辞为最，如《体性》篇末云：“赞曰：才性异区，文辞［体］繁诡。辞为肤根［肌肤］，志实骨髓。雅丽黼黻，淫巧朱紫。习亦凝真，功沿渐靡。”又如《风骨》篇之赞：“情与气偕，辞共体并。文明以健，珪璋乃骋［聘］。蔚彼风力，严此骨鲠。才锋峻立，符采克炳。”前赞译文为：“总之，作家的才华情性互不相同，作品的文辞风格便繁复多变。言辞仅为作品的肌肤，情志才是文章的骨髓。雅正华丽有如古代礼服上的花纹，淫丽诡巧只带来朱紫各色的纷乱。后天的学习可以巩固作家的才性，风格的形成则靠长期的浸染磨砺。”后者译文又作：“情志和气韵联袂而行，文辞与风格和谐并存。辞采明畅且又内质健朗，文章有如宝玉堪以传承。让那文章的风力蔚然繁盛，使这作品的骨力挺拔严整。这样才气笔力便峻峭卓立，一如美玉的彩纹光灿照人。”举此数斑，为窥全豹。译笔信达雅三美并臻，不仅多重意蕴切实传导，更兼能化古奥为平易，变晦涩为明畅，故而不失美文之韵味。

至于“辨条”四百八十五则，辨正前人之疏谬舛误，予虽谫陋不能雌黄，已具见兄之精研深究及胆识勇气矣。作者简介称大作“诂训严谨，考据细密，译笔讲究文采”，洵非虚饰。总之，大作成一家之言，立龙学之林；功在学术，嘉惠后学；忝在故人，且欣且佩！即颂时绥！

戴明贤

2015年10月20日于贵阳

二、答明贤书

明贤学长道席：

大函诵悉，感谢足下对拙书之垂注！至于座谈讨论邵荃麟写中间人物论时的发言，则已记忆模糊，毕竟是五十余年前的往事了。彼时年轻气盛，有感即发，言后丢开，然亦非为心血来潮式的胡诌，实乃思想单弱、缺乏深虑之征也。即以“中间人物”言，予至今仍觉此类人物不宜排斥，亦不可能排斥；然文学画廊若全由这些“中不溜儿的芸芸众生”登台折腾，那又该是何种景况呢？翻检旧作，聊可宽慰者是自己从未当过顺风倒伏的墙头草，也未被驱作打人的棍子。然而，亦仅仅如是而已。二十世纪九十年代初，汇拢昔日旧稿，可怜巴巴，仅十七万言，勉强凑成小册，自己看着都觉汗颜。推诿理由可列若干，如归咎于十年动乱，埋怨无缘专业从文等等，然心里却一清二白，以往所撰皆平庸浅薄，缺乏穿透力，更无做出理论概括和提升之力度。此乃实情，绝无矫饰，九十年代起跳槽转向古典文学领域，且择选极显热门而又格外艰深之《文心》作研究对象即可为证。

此间或有二事值得一提。

其一是早早地公开写作计划。全书五十篇，逐篇组接，每篇均由译、注、辨三者组成，故发轫之初皆冠以总目曰“《文心雕龙》疑义辨析举隅”。1992 年 6 月，该系列文字仅刊发三两则，笔者即推出创作谈《以苦为舟的航行》，公布日后之撰述计划：“约有四五十万字，想构成两本学术专著。”将正在进行却又远未完成的计划公诸于众，岂不太傻！可笔者目光则另有所瞩：“工作仅仅是开头，以苦为舟的航程还很长很长；公布出来，等于堵住了自己的退路。但是，认定是有价值的路，何必畏缩退却呢？和盘托出计划，正为表明矢志不移的决心。……功力不足，毅力欠佳，一事无成，世人讥之嘲之应属活该！”事隔二十余年后迎来《译注疏辨》梓行，正是早年承诺之兑现（唯篇幅有较大突破），想可免去有始无终的尴尬矣。换言之，公开对自身是一种逼迫，让撰述者心无旁骛，激其做更集力更刻苦更扎实的努力。《前言》云“既小心又大胆”六字，实已透出此中的做法和决心。“小心”谓慎之又慎，“没有依据的诠解不取，标新立异的阐述不发”；“大胆”则指认准前人今人训释不当或有误，有确凿的诂训依据，则毫不犹豫地另立新注，必要时设置辨条剖述，务使拙书做到译注切实，文气畅达，逻辑严密。拙书之中，批评言辞俯拾皆是，乍看似以他著为着力点，其实，读者所见皆为“果”，“因”则隐于文字背后，没有再三再四地夯实自身，斟酌思谋，对照突破，就没有新注新译和疑义疏辨的水到渠成。

如《事类》有“狐腋非一皮能温，鸡蹠必数千而饱矣”两句，范文澜据《淮南子》文本，献疑曰“数千”宜校作“数十”；杨明照则指出

“千”字不误，乃夸饰手法，以致众多校注家包括原先依从范说者，几乎一律认定杨校为确，“千”字不予校改。《文心》之校订，杨氏多有卓识创见，故与王利器同被誉为“两大功臣”，然仅就此句言，则应确认范说是而杨校非，道理是明摆着的：前句言一皮不能成裘，实话实说，俪对工整的后句又怎会用夸张之修辞格呢？是故后句“数千”必当校作“数十”方显合理，应为《文心》之旧；身为大家，刘勰是绝然不会写出如此跛足失协之文句的。此乃务须纠正的一例。另可多遇者，则又是不甚准确不甚妥帖的译释。

2001年3月，上海书店出版社推出张光年先生的选译本《骈体语译文心雕龙》，一时间热评热赞，喝采声声不绝于耳。出诸大诗人之手，译笔确颇具特色，然不足之处亦较为明显。王运熙先生生前曾询及该著，问感觉如何。予粗略读过，仅能答以感受：“不怎么的。典雅有余，信实不足。”先生紧接而言：“那你可以写一写嘛！”他着眼于“信”字，可见有同感焉。此说或已距今十年，终无暇旁顾，直至新著中方提出些许商兑。譬如原著首篇首句曰“文之为德也大矣”，张老译作“文的来头大得很啊”。说错未错，说对则似与原意尚有距离，“用外延较显宽泛的语词来阐述具体专一的概念，总会让人生出一种不那么贴切的感觉”。对于此类似是而非的译解，恐尤其值得订正，因愈是细微之失，愈容易迷人误人。译事或可比诸仪器制造，严丝合缝当属最佳。

其二是目标单一，别无旁求。治学就是治学，全力以赴尚嫌工夫不够，岂可夹杂私欲私念？此节看似无甚要紧，其实至关紧要，做到更殊为不易。诸多文友或研探受阻，或弃笔改行，除学养因素外，沉潜专一精神之匮乏想是重要缘故吧！

以上所述，皆为撰写拙书的背景材料，披露出来应可供人参酌。笔者的价值观是明确的，仍为二十余年前的那句话：只要自己不是个“0”，更不去靠着“1”充当“10”，靠着“10”充当“100”，而是脚踏实地地干实事，为中华文化做奉献，哪怕微薄，心里总还是安然的吧！

耑此即颂

著祺！

张灯拜上

2015年12月9日写于上海

牟世金论著目录

一、专著

1. 陆侃如、牟世金：《文心雕龙选译》（上），济南：山东人民出版社，1962 年 9 月。收入《陆侃如冯沅君合集（第 7 卷）：陆侃如古代文论研究集》，合肥：安徽教育出版社，2011 年 8 月。
2. 陆侃如、牟世金：《文心雕龙选译》（下），济南：山东人民出版社，1963 年 7 月。收入《陆侃如冯沅君合集（第 7 卷）：陆侃如古代文论研究集》，合肥：安徽教育出版社，2011 年 8 月。
3. 陆侃如、牟世金：《刘勰论创作》，合肥：安徽人民出版社，1963 年 5 月。收入《陆侃如冯沅君合集（第 7 卷）：陆侃如古代文论研究集》（《文心雕龙》原文译注部分略），合肥：安徽教育出版社，2011 年 8 月。
4. 陆侃如、牟世金：《刘勰论创作》，香港：文昌书局，1970 年。
5. 山东大学中文系“毛主席诗词”教研组编：《毛主席诗词浅释》（主要编者），济南：山东人民出版社，1974 年 4 月。
6. 陆侃如、牟世金：《刘勰和文心雕龙》，上海：上海古籍出版社，1978 年 8 月。收入《陆侃如冯沅君合集（第七卷）：陆侃如古代文论研究集》，合肥：安徽教育出版社，2011 年 8 月。
7. 山东大学中文系古典文学教研室：《中国古代文学作品选》（上册，第二作者，与董治安、张可礼合作），济南：山东人民出版社，1980 年 2 月。
8. 山东大学中文系古典文学教研室选注：《杜甫诗选》（参编），北京：

人民文学出版社，1980 年 8 月。

9. 牟世金：《文学艺术民族特色试探》，济南：齐鲁书社，1980 年 9 月。

10. 山东大学中文系中国古代文艺理论史编写组：《中国古代文艺理论资料目录汇编》（主持编纂），济南：齐鲁书社，1981 年 8 月。

11. 陆侃如、牟世金：《文心雕龙译注（上）》，济南：齐鲁书社，1981 年 3 月。

12. 陆侃如、牟世金：《文心雕龙译注（下）》，济南：齐鲁书社，1982 年 9 月。

13. 陆侃如、牟世金：《刘勰论创作》（修订本），合肥：安徽人民出版社，1982 年 4 月。

14. 牟世金：《雕龙集》，北京：中国社会科学出版社，1983 年 5 月。

15. 牟世金：《台湾文心雕龙研究鸟瞰》，济南：山东大学出版社，1985 年 12 月。

16. 牟世金：《文心雕龙精选》，济南：山东大学出版社，1986 年 12 月。

17. 牟世金：《刘勰年谱汇考》，成都：巴蜀书社，1988 年 1 月。

18. 牟世金主编：《中国古代文论家评传》（上册、下册），郑州：中州古籍出版社，1988 年 8 月。

19. 中国文心雕龙学会选编：《文心雕龙研究论文集》（主持编选），北京：人民文学出版社，1990 年 8 月。

20. 牟世金、罗宗强等：《中国古代文论精粹谈》，济南：齐鲁书社，1992 年 6 月。

21. 牟世金：《雕龙后集》，济南：山东大学出版社，1993 年 11 月。

22. 陆侃如、牟世金：《文心雕龙译注》，济南：齐鲁书社，1995 年 4 月。

23. 牟世金：《文心雕龙研究》（中国古典文学研究丛书），北京：人民文学出版社，1995 年 8 月。

24. 牟世金：《刘勰年谱汇考》（附：刘彦和世系表），刘跃进、范子烨编：《六朝作家年谱辑要》（下册），哈尔滨：黑龙江教育出版社，1999 年 1 月。

25. 陆侃如、牟世金：《文心雕龙译注》（齐鲁文化经典文库），济南：

齐鲁书社，2009 年 4 月。
26. 陆侃如、牟世金：《刘勰和文心雕龙》，上海：上海古籍出版社，2011 年 7 月。
27. 牟世金：《刘勰年谱汇考》，范子烨编：《中古作家年谱汇考辑要》（卷三），西安：世界图书出版西安有限公司，2014 年 6 月。

二、论文

1.《“神化境界”由何而来?》，收入人民文学出版社编辑部编：《中国古典文学厚古薄今批判集》第三辑，北京：人民文学出版社，1958 年 9 月。
2.《陈子昂诗风初探》，《山东大学学报》1961 年第 4 期。
3.《刘勰的生平和思想——〈文心雕龙〉简介之一》（与陆侃如合作），《山东文学》1962 年第 1 期，收入《陆侃如古典文学论文集》（下），上海：上海古籍出版社，1987 年 1 月。收入《陆侃如冯沅君合集（第七卷）：陆侃如古代文论研究集》，合肥：安徽教育出版社，2011 年 8 月。
4.《〈文心雕龙·序志〉译注——〈文心雕龙译注〉之一》（与陆侃如合作），《文史哲》1962 年第 1 期。
5.《刘勰的文体论——〈文心雕龙〉简介之二》（与陆侃如合作），《山东文学》1962 年第 2 期，收入《陆侃如古典文学论文集》（下），上海：上海古籍出版社，1987 年 1 月。收入《陆侃如冯沅君合集（第七卷）：陆侃如古代文论研究集》，合肥：安徽教育出版社，2011 年 8 月。
6.《钟嵘的诗歌评论》，《文学评论》1962 年第 2 期。收入作者《雕龙集》。
7.《〈文心雕龙·诠赋〉今译》（《文心雕龙》选译之八）（与陆侃如合作），《山东大学学报》1962 年第 2 期。
8.《〈文心雕龙·镕裁〉今译》（与陆侃如合作），《山东大学学报》1962 年第 4 期。
9.《刘勰论文学与现实的关系——〈文心雕龙〉简介之三》（与陆侃如合作），《山东文学》1962 年第 4 期，收入《陆侃如古典文学论文集》（下），上海：上海古籍出版社，1987 年 1 月。收入《陆侃如冯沅君合集（第七卷）：陆侃如古代文论研究集》，合肥：安徽教育出版社，2011 年 8 月。

10.《刘勰论内容与形式的关系——〈文心雕龙〉简介之四》（与陆侃如合作），《山东文学》1962 年第 5 期，收入《陆侃如古典文学论文集》（下），上海：上海古籍出版社，1987 年 1 月。收入《陆侃如冯沅君合集（第七卷）：陆侃如古代文论研究集》，合肥：安徽教育出版社，2011 年 8 月。

11.《刘勰的创作论——〈文心雕龙〉简介之五》（与陆侃如合作），《山东文学》1962 年第 6 期，收入《陆侃如古典文学论文集》（下），上海：上海古籍出版社，1987 年 1 月。收入《陆侃如冯沅君合集（第七卷）：陆侃如古代文论研究集》，合肥：安徽教育出版社，2011 年 8 月。

12.《刘勰有关现实主义的论点——〈文心雕龙〉简介之六》（与陆侃如合作），《山东文学》1962 年第 7 期，收入《陆侃如古典文学论文集》（下），上海：上海古籍出版社，1987 年 1 月。收入《陆侃如冯沅君合集（第七卷）：陆侃如古代文论研究集》，合肥：安徽教育出版社，2011 年 8 月。

13.《刘勰有关浪漫主义的论点——〈文心雕龙〉简介之七》（与陆侃如合作），《山东文学》1962 年第 8 期，收入《陆侃如古典文学论文集》（下），上海：上海古籍出版社，1987 年 1 月。收入《陆侃如冯沅君合集（第七卷）：陆侃如古代文论研究集》，合肥：安徽教育出版社，2011 年 8 月。

14.《刘勰和他的创作论》（与陆侃如合作），《大众日报》1962 年 8 月 12 日。

15.《〈文心雕龙选译〉序例》（与陆侃如合作），陆侃如、牟世金：《文心雕龙选译》（上），济南：山东人民出版社，1962 年 9 月。收入《陆侃如冯沅君合集（第七卷）：陆侃如古代文论研究集》，合肥：安徽教育出版社，2011 年 8 月。

16.《〈文心雕龙选译〉引言》（与陆侃如合作），陆侃如、牟世金：《文心雕龙选译》（上），济南：山东人民出版社，1962 年 9 月。收入《陆侃如冯沅君合集（第七卷）：陆侃如古代文论研究集》，合肥：安徽教育出版社，2011 年 8 月。

17. 《物色》（与陆侃如合作），《大众日报》1962 年 9 月 12 日。
18. 《神思》（与陆侃如合作），《大众日报》1962 年 10 月 24 日。
19. 《刘勰的批评论——〈文心雕龙〉简介之八》（与陆侃如合作），《山东文学》1962 年第 10 期，收入《陆侃如古典文学论文集》（下），上海：上海古籍出版社，1987 年 1 月。收入《陆侃如冯沅君合集（第七卷）：陆侃如古代文论研究集》，合肥：安徽教育出版社，2011 年 8 月。
20. 《刘勰的作家论——〈文心雕龙〉简介之九》（与陆侃如合作），《山东文学》1962 年第 11 期，收入《陆侃如古典文学论文集》（下），上海：上海古籍出版社，1987 年 1 月。收入《陆侃如冯沅君合集（第七卷）：陆侃如古代文论研究集》，合肥：安徽教育出版社，2011 年 8 月。
21. 《葛洪的文学观》（与陆侃如合作），《山东大学学报》1963 年第 1 期。收入刘固盛、刘玲娣编：《葛洪研究论集》，武汉：华中师范大学出版社，2006 年 10 月。收入《陆侃如冯沅君合集（第七卷）：陆侃如古代文论研究集》，合肥：安徽教育出版社，2011 年 8 月。
22. 《〈刘勰论创作〉序例》（与陆侃如合作），陆侃如、牟世金：《刘勰论创作》，合肥：安徽人民出版社，1963 年 5 月。收入《陆侃如冯沅君合集（第七卷）：陆侃如古代文论研究集》，合肥：安徽教育出版社，2011 年 8 月。
23. 《〈刘勰论创作〉引言》（与陆侃如合作），陆侃如、牟世金：《刘勰论创作》，合肥：安徽人民出版社，1963 年 5 月。收入《陆侃如冯沅君合集（第七卷）：陆侃如古代文论研究集》，合肥：安徽教育出版社，2011 年 8 月。
24. 《〈文心雕龙〉中有关现实主义的论点》（与陆侃如合作），陆侃如、牟世金：《刘勰论创作》，合肥：安徽人民出版社，1963 年 5 月。收入作者《刘勰论创作》（修订本），合肥：安徽人民出版社，1982 年 4 月。收入《陆侃如冯沅君合集（第七卷）：陆侃如古代文论研究集》，合肥：安徽教育出版社，2011 年 8 月。
25. 《〈文心雕龙〉中有关浪漫主义的论点》（与陆侃如合作），陆侃如、牟世金：《刘勰论创作》，合肥：安徽人民出版社，1963 年 5 月。收入作者《刘勰论创作》（修订本），合肥：安徽人民出版社，

1982 年 4 月。收入《陆侃如冯沅君合集（第七卷）：陆侃如古代文论研究集》，合肥：安徽教育出版社，2011 年 8 月。

26. 《刘勰论诗的幻想和夸饰》（与陆侃如合作），陆侃如、牟世金：《刘勰论创作》，合肥：安徽人民出版社，1963 年 5 月。收入作者《刘勰论创作》（修订本），合肥：安徽人民出版社，1982 年 4 月。收入《陆侃如冯沅君合集（第七卷）：陆侃如古代文论研究集》，合肥：安徽教育出版社，2011 年 8 月。

27. 《〈文心雕龙〉术语初探》（与陆侃如合作），陆侃如、牟世金：《刘勰论创作》，合肥：安徽人民出版社，1963 年 5 月。收入作者《刘勰论创作》（修订本），合肥：安徽人民出版社，1982 年 4 月。收入《陆侃如冯沅君合集（第七卷）：陆侃如古代文论研究集》，合肥：安徽教育出版社，2011 年 8 月。

28. 《近年来〈文心雕龙〉研究中存在的几个问题》，《江海学刊》1964 年第 1 期。收入作者《雕龙集》。

29. 《关于〈中国文学史〉一书中的批判继承问题——与〈中国文学史〉编者游国恩等同志商榷》（第二作者，与颜学孔、朱德才、袁世硕合作），《文史哲》1965 年第 2 期。

30. 《文心雕龙原道译注》（与陆侃如合作），周康燮编选：《文心雕龙选注》，香港：龙门书店，1970 年 3 月。

31. 《文心雕龙辨骚译注》（与陆侃如合作），周康燮编选：《文心雕龙选注》，香港：龙门书店，1970 年 3 月。

32. 《文心雕龙神思译注》（与陆侃如合作），周康燮编选：《文心雕龙选注》，香港：龙门书店，1970 年 3 月。

33. 《文心雕龙风骨译注》（与陆侃如合作），周康燮编选：《文心雕龙选注》，香港：龙门书店，1970 年 3 月。

34. 《文心雕龙情采译注》（与陆侃如合作），周康燮编选：《文心雕龙选注》，香港：龙门书店，1970 年 3 月。

35. 《文心雕龙知音译注》（与陆侃如合作），周康燮编选：《文心雕龙选注》，香港：龙门书店，1970 年 3 月。

36. 《文心雕龙序志译注》（与陆侃如合作），周康燮编选：《文心雕龙选注》，香港：龙门书店，1970 年 3 月。

37. 《曹操为其法治路线服务的诗歌创作》，《文史哲》1974 年第 4 期。

38. 《斩断“四人帮”伸进文学史领域的黑手——评梁效〈杜甫的再评论〉》,《文史哲》1977 年第 3 期。
39. 《评新版〈中国文学发展史〉》,《文学评论》1978 年第 2 期。
40. 《古代文论家刘勰》,《大众日报》1978 年 8 月 23 日。
41. 《从文与道的关系看儒家思想在古代文学发展中的作用》（上、下）,《文史哲》1978 年第 6 期、1979 年第 1 期。收入作者《雕龙集》。
42. 《景无情不发，情无景不生——关于情景交融》,《学术月刊》1979 年第 7 期。收入作者《文学艺术民族特色试探》，收入作者《雕龙集》，题为《景无情不发，情无景不生——艺术构思民族特色试探之一》。
43. 《诗学之正源，法度之准则——关于赋比兴》，《古代文学理论研究》第 1 辑，上海：上海古籍出版社，1979 年 12 月。收入作者《文学艺术民族特色试探》，收入作者《雕龙集》，题为《诗学之正源，法度之准则——艺术构思民族特色试探之二》。
44. 《中国古代文学艺术的形神问题》，《文学评论》1980 年第 1 期。收入作者《文学艺术民族特色试探》，收入作者《雕龙集》。
45. 《〈文赋〉的主要贡献何在》,《文史哲》1980 年第 1 期。收入作者《文学艺术民族特色试探》，收入作者《雕龙集》。收入文史哲编辑部编:《中国古代文学：作家 · 作品 · 文学现象》，北京：商务印书馆，2012 年 5 月。
46. 《刘勰的文学批评论》,《欣赏与评论》1980 年第 1 期。
47. 《墨家的“贱民”文艺观》，《文艺理论研究》1980 年第 2 期。收入作者《雕龙后集》。
48. 《刘勰论文学欣赏》，《社会科学战线》1980 年第 4 期，《中国古代、近代文学研究》（复印报刊资料）1980 年第 33 期，收入作者《雕龙集》，收入《文心雕龙研究论文选》（齐鲁书社，1988 年 1 月）,《文心雕龙学综览》（上海书店出版社，1995 年 6 月）摘编。
49. 《杜甫的〈春望〉》，《教学与研究》1980 年第 7 期。收入作者《文学艺术民族特色试探》，题为《杜甫的〈春望〉——情景交融一例》。
50. 《〈文学艺术民族特色试探〉前言》，作者《文学艺术民族特色试探》，济南：齐鲁书社，1980 年 9 月。

51. 《刘勰思想三论》，《文史哲》1981 年第 1 期，《中国哲学史》（复印报刊资料）1981 年第 6 期。

52. 《意得神传，笔精形似——关于形神统一》，《古代文学理论研究》第 3 辑，上海：上海古籍出版社，1981 年 2 月。收入作者《文学艺术民族特色试探》，收入作者《雕龙集》，题为《意得神传，笔精形似——艺术构思民族特色试探之三》。

53. 《〈文心雕龙译注〉说明》，陆侃如、牟世金：《文心雕龙译注》，济南：齐鲁书社，1981 年 3 月上册，1995 年 4 月一卷本、2009 年 4 月一卷本。

54. 《〈文心雕龙译注〉引论》，陆侃如、牟世金：《文心雕龙译注》（齐鲁书社，1981 年 3 月上册，1995 年 4 月一卷本、2009 年 4 月一卷本），收入作者《雕龙集》。

55. 《〈文心雕龙〉的总论及其理论体系》，《中国社会科学》1981 年第 2 期，收入《文心雕龙研究论文选》（齐鲁书社，1988 年 1 月），收入《文学探讨撷英——〈中国社会科学〉文学论文集（1980—1985）》（陕西人民出版社，1988 年 7 月）。收入《文心雕龙研究论文集》（人民文学出版社，1990 年 8 月），《文心雕龙学综览》（上海书店出版社，1995 年 6 月）摘编。

56. 《〈文心雕龙〉成书的历史条件和作者思想——〈文心雕龙译注〉引论之一》，《齐鲁学刊》1981 年第 2 期。

57. 《刘勰的“论文叙笔”——〈文心雕龙译注〉引论之一》，《东岳论丛》1981 年第 2 期。

58. 《刘勰论“图风、势”——〈文心雕龙译注〉引论之一》，《文学遗产》1981 年第 2 期。

59. 《释“苞会通”——〈文心雕龙译注〉引论中的一节》，《南开学报》1981 年第 2 期。

60. 《刘勰的诗歌理论》（上、下），《文学知识》1981 年第 2、3 期。

61. 《景无情不发，情无景不生》，山东大学中文系编：《文与情》（研究资料），1981 年 3 月。

62. 《刘勰的创作论》（与陆侃如合作），《编辑之友》1981 年第 3 期。收入《陆侃如冯沅君合集（第七卷）：陆侃如古代文论研究集》，合肥：安徽教育出版社，2011 年 8 月。

63. 《从刘勰的理论体系看风骨论》，《古代文学理论研究》第 4 辑，上海：上海古籍出版社，1981 年 10 月。收入《文心雕龙研究论文选》（齐鲁书社，1988 年 1 月）。收入《文心雕龙研究论文集》（人民文学出版社，1990 年 8 月）。收入作者《雕龙后集》，《文心雕龙学综览》（上海书店出版社，1995 年 6 月）摘编。

64. 《风骨辨》，《活页文史丛刊》（《淮阴师专学报》增刊）1981 年第 6 辑。

65. 《〈文心雕龙〉创作论新探》（上、下），《社会科学战线》1982 年第 1、2 期，《中国古代、近代文学研究》（复印报刊资料）1982 年第 12 期，收入陆侃如、牟世金：《刘勰论创作》（修订本）（安徽人民出版社，1982 年 4 月），收入《文心雕龙研究论文选》（齐鲁书社，1988 年 1 月）。收入作者《雕龙后集》，《文心雕龙学综览》（上海书店出版社，1995 年 6 月）摘编。

66. 《刘知几对古代文论的新贡献》，《唐代文学论丛》1982 年第 1 期。收入作者《雕龙后集》。

67. 《我的读书法》，《文史哲》1982 年第 2 期，收入《文史哲》编辑部编：《治学之道》，济南：齐鲁书社，1983 年 10 月。收入作者《雕龙后集》。收入老品、柯扬选编：《书山有路勤为径——名人谈读书》，北京：同心出版社，1997 年 10 月。收入邓九平主编：《中国名家随笔》，北京：经济日报出版社，2004 年 8 月。收入王宗仁主编：《好读书》，北京：中国华侨出版社，2008 年 8 月。收入蒙田等著、张恒主编：《读书记》，北京：新星出版社，2010 年 5 月。收入文史哲编辑部编：《考据与思辨：文史治学经验谈》，北京：商务印书馆，2013 年 5 月。

68. 《〈刘勰论创作〉再版前言》，陆侃如、牟世金：《刘勰论创作》（修订本），合肥：安徽人民出版社，1982 年 4 月。

69. 《刘勰及其文学理论》（与陆侃如合作），陆侃如、牟世金：《刘勰论创作》（修订本），合肥：安徽人民出版社，1982 年 4 月。

70. 《怎样读〈文心雕龙〉》，《文史知识》1982 年第 7 期。收入《文史知识》编辑部编：《怎样读文学古籍》，北京：中华书局，1994 年 3 月。

71. 《文章得江山之助》，《文苑纵横谈》(4)，济南：山东人民出版社，1982 年 10 月。收入作者《雕龙后集》。
72. 《刘勰对古代现实主义理论的贡献》，《文史哲》1983 年第 1 期，《中国古代、近代文学研究》（复印报刊资料）1983 年第 3 期，《文心雕龙学刊》第 1 辑（齐鲁书社，1983 年 7 月）。
73. 《建立有中国特色的文艺理论是研究古代文论的首要任务》，《中国古代文论研究和建立民族化的马克思主义文艺理论问题》（座谈纪要），《文史哲》1983 年第 1 期。
74. 《刘勰论建安文学》，《柳泉》1983 年第 1 期。
75. 《古代的文学概论〈文心雕龙〉》，《语文教研》1983 年第 2 期。
76. 《〈雕龙集〉前言》，作者《雕龙集》，北京：中国社会科学出版社，1983 年 5 月。
77. 《〈文心雕龙〉理论体系初探》，作者《雕龙集》，北京：中国社会科学出版社，1983 年 5 月。
78. 《刘勰》，吕慧鹃、刘波、卢达编：《中国历代著名文学家评传》（第一卷），济南：山东教育出版社，1983 年 5 月第一版、1997 年 9 月第二版、2009 年 3 月第三版。收入作者《雕龙后集》，题为《刘勰评传》。
79. 《钟嵘》（第一作者，与萧华荣合作），吕慧鹃、刘波、卢达编：《中国历代著名文学家评传》（第一卷），济南：山东教育出版社，1983 年 5 月第一版，1997 年 9 月第二版，2009 年 3 月第三版。
80. 《刘勰》，吕慧鹃、刘波、卢达编：《山东历代作家传略》，济南：山东教育出版社，1983 年 7 月。
81. 《陆侃如传略》（第一作者，与龚克昌合作），《晋阳学刊》1983 年第 5 期。收入晋阳学刊编辑部编：《中国现代社会科学家传略》第 8 辑，太原：山西人民出版社，1987 年 7 月。收入夏晓虹、吴令华编：《清华同学与学术薪传》，北京：三联书店，2009 年 7 月。
82. 《从两个结合着手改进文学史编写工作》，《光明日报》1983 年 8 月 9 日，《新华文摘》1983 年第 10 期。收入《中国少数民族文学史编写参考资料》，中国社会科学院少数民族文学研究所编印，1984 年 3 月。
83. 《从〈文心雕龙〉看中国古代文论的民族特色》，《学术研究》

1983 年第 4 期，《中国古代、近代文学研究》（复印报刊资料）1983 年第 9 期。收入赵利民主编：《儒家文艺思想研究》（20 世纪儒学研究大系），北京：中华书局，2003 年 12 月。

84. 《从〈文心雕龙〉看中国古代文论的民族特色》（续），《学术研究》1983 年第 5 期，《中国古代、近代文学研究》（复印报刊资料）1983 年第 11 期。收入赵利民主编：《儒家文艺思想研究》（20 世纪儒学研究大系），北京：中华书局，2003 年 12 月。
85. 《〈文心雕龙〉研究的新起点》，《光明日报》1983 年 9 月 13 日，《中国古代、近代文学研究》（复印报刊资料）1983 年第 9 期。
86. 《〈文心雕龙〉研究》，《中国百科年鉴 1983》，北京：中国大百科全书出版社，1983 年 10 月。
87. 《实事求是地研究〈文心雕龙〉——答马宏山同志》，《学术月刊》1983 年第 10 期。收入作者《雕龙后集》。
88. 《说“风骨”》，《文史知识》1983 年第 11 期。收入文史知识编辑部编：《中国文学史百题》，北京：中华书局，1990 年 12 月。
89. 《关于〈辨骚〉篇的归属问题》，《中州学刊》1984 年第 1 期。
90. 《捐躯赴国难，视死忽如归——曹植〈白马篇〉》，《名作欣赏》1984 年第 1 期。收入《名作欣赏》编辑部编：《诗词曲赋名作赏析》（1），太原：山西人民出版社，1985 年 11 月。
91. 《日本〈文心雕龙〉研究一瞥》（附：日本《文心雕龙》论著目录），《克山师专学报》1984 年第 1 期。收入作者《雕龙后集》。
92. 《善于捕捉思想教育的结合点》，《大众日报》1984 年 2 月 7 日。
93. 《从〈文赋〉到〈神思〉——六朝艺术构思论研究》，《中国文艺思想史论丛》第 1 辑，北京：北京大学出版社，1984 年 5 月。
94. 《〈文心雕龙〉研究的回顾与展望——祝〈文心雕龙〉学会成立并序〈文心雕龙研究论文选〉》，《文心雕龙学刊》第 2 辑，济南：齐鲁书社，1984 年 6 月。
95. 《〈文心雕龙〉的“范注补正”》，《社会科学战线》1984 年第 4 期，《中国古代、近代文学研究》（复印报刊资料）1984 年第 24 期。
96. 《〈文心雕龙〉在国外》，《文科月刊》1984 年第 8 期，《中国古代、近代文学研究》（复印报刊资料）1984 年第 18 期，收入作者

《雕龙后集》。

97. 《读书三字法》，《吉林日报》1984 年 10 月 10 日。

98. 《刘勰“原道”论管见》，《文史哲》1984 年第 6 期。

99. 《在古典文学教学中怎样进行爱国主义教育》，《高教战线》1984 年第 6 期。

100. 《赵盛德〈古文论的民族特色〉序》，赵盛德：《古文论的民族特色》，南宁：广西民族出版社，1984 年 11 月。

101. 《六朝经学的中衰与发展》，《青海社会科学》1985 年第 1 期。收入作者《雕龙后集》。

102. 《门外字谈》，《字词天地》1985 年第 1 期。收入作者《雕龙后集》。

103. 《什么是古诗中的“兴寄”》，《文史知识》1985 年第 2 期。收入作者《雕龙后集》。

104. 《玄学与文学》，《文史哲》1985 年第 3 期，《中国哲学史》（复印报刊资料）1985 年第 6 期。收入作者《雕龙后集》。收入文史哲编辑部编：《道玄佛：历史、思想与信仰》，北京：商务印书馆，2012 年 4 月。

105. 《台湾的〈文心雕龙〉研究与出版》，《古籍整理情况简报》第 140 期（1985 年 5 月 20 日）。

106. 《刘勰原道论的实质和意义》，《古田教授退官纪念 · 中国文学语学论集》，日本东方书店，1985 年 7 月。

107. 《曹植〈白马篇〉赏析》，《汉魏六朝诗歌鉴赏集》，北京：人民文学出版社，1985 年 7 月。

108. 《曹植〈美女篇〉赏析》，《汉魏六朝诗歌鉴赏集》，北京：人民文学出版社，1985 年 7 月。

109. 《近三十年来的〈文心雕龙〉研究》，《语文导报》1985 年第 7 期，《中国古代、近代文学研究》（复印报刊资料）1985 年第 16 期。

110. 《古代文论研究现状之我见》，《文学遗产》1985 年第 4 期，《中国古代、近代文学研究》（复印报刊资料）1986 年第 2 期。收入中国社会科学院文学研究所《中国文学研究年鉴》编辑委员会编：《中国文学研究年鉴 1986》，北京：中国文联出版公司，1988

年 2 月。收入作者《雕龙后集》。

111. 《〈文心雕龙论稿〉序》，毕万忱、李淼：《文心雕龙论稿》，济南：齐鲁书社，1985 年 9 月，收入《鲁版图书序跋集》（山东人民出版社，1987 年 8 月）。

112. 《台湾学者〈文心雕龙〉研究鸟瞰》，《中国社会科学》1985 年第 6 期，《中国古代、近代文学研究》（复印报刊资料）1985 年第 24 期。

113. 《〈台湾文心雕龙研究鸟瞰〉前言》，作者《台湾文心雕龙研究鸟瞰》，济南：山东大学出版社，1985 年 12 月。

114. 《漫说〈世说新语〉的人物描写及其史料价值》，《中国古典文学论丛》第 3 辑，北京：人民文学出版社，1985 年 12 月。收入作者《雕龙后集》。

115. 《致力于发展民族文学之一翼——台湾〈文心雕龙〉研究鸟瞰之一》，《社会科学战线》1986 年第 1 期，《中国古代、近代文学研究》（复印报刊资料）1986 年第 3 期。

116. 《古代文艺的形神论》，《文艺学习》1986 年第 1 期（复刊号）。收入作者《雕龙后集》。

117. 《刘勰的"征圣""宗经"思想》，《文史哲》1986 年第 2 期。

118. 《基本功和新方法》，《文史知识》1986 年第 4 期。收入作者《雕龙后集》。收入《文史知识》编辑部编：《文史专家谈治学》（文史知识文库），北京：中华书局，1994 年 6 月。

119. 《评〈文心雕龙论稿〉》（第一作者，与罗宗强合作），《学术研究丛刊》1986 年第 3 期。

120. 《六朝经学的中衰与发展》（摘录），赖长扬等编：《中国史研究文摘》（1985 年 1—6 月），郑州：中州古籍出版社，1986 年 6 月。

121. 《四十年的愿望》，《光明日报》1986 年 7 月 12 日。收入作者《雕龙后集》。收入《光明日报》原周末生活编辑组编：《我的书斋》，北京：科学普及出版社，1998 年 3 月。

122. 《刘勰》，吕慧鹃等编：《中国古代著名文学家》（高等学校文科教学参考书），济南：山东教育出版社，1986 年 9 月。

123. 《文学创作的"铁门限"》，《文学知识》1986 年第 11 期。收入作者《雕龙后集》。

124. 《〈文心雕龙释义〉序》，冯春田：《文心雕龙释义》，济南：山东教育出版社，1986年11月。

125. 《〈文心雕龙精选〉前言》，作者《文心雕龙精选》，济南：山东大学出版社，1986年12月。

126. 《刘勰"原道"论的实质和意义——兼答刘长恒同志》，《文心雕龙学刊》第4辑（齐鲁书社，1986年12月）。收入作者《雕龙后集》。

127. 《刘勰生平新考》，《山东大学学报》1987年第1期（复刊号）。收入作者《雕龙后集》。

128. 《试论六朝时期儒道玄佛的斗争与融汇》，《古籍研究》1987年第1期。收入作者《雕龙后集》。

129. 《刘勰〈文心雕龙〉》，吴文治主编：《中国古代文学理论名著题解》，合肥：黄山书社，1987年2月。

130. 《古代文论研究述评》，《中国古典文学研究年鉴1984》，上海：上海古籍出版社，1987年2月。

131. 《"近亲繁殖"小议》，《山东大学学报》1987年第2期。

132. 《〈文章流别志、论〉原貌初探》，《中华文史论丛》1987年第2、3期合刊。

133. 《中西戏剧艺术共同规律初探》，《文史哲》1987年第3期。收入《比较戏剧论文集》（中国戏剧出版社，1988年12月）。收入作者《雕龙后集》。

134. 《"龙学"七十年概观》（上、中、下），《社会科学战线》1987年第3、4期，1988年第1期，收入饶芃子主编：《文心雕龙研究荟萃》（上海书店，1992年6月）。收入作者《雕龙后集》。

135. 《〈刘勰年谱汇考〉序例》，作者《刘勰年谱汇考》，成都：巴蜀书社，1988年1月。

136. 《〈文心雕龙研究论文选〉序——〈文心雕龙〉研究的回顾与展望》，甫之、涂光社主编：《文心雕龙研究论文选》，济南：齐鲁书社，1988年1月。

137. 《从汉人论赋到刘勰的赋论》，《文史哲》1988年第1期，《高等学校文科学报文摘》1988年第3期摘编，题为《刘勰的赋论》。

收入作者《雕龙后集》。

138. 《左思文学业绩新论》（第一作者，与徐传武合作），《文学遗产》1988 年第 2 期。《中国古代、近代文学研究》（复印报刊资料）1988 年第 7 期。

139. 《怎样读〈文心雕龙〉》，《古典文学知识》1988 年第 3 期。收入作者《雕龙后集》。

140. 《香港第四届国际比较文学会议概述》，《国际学术动态》1988 年第 4 期。

141. 《〈中国古代文论家评传〉前言》，牟世金主编：《中国古代文论家评传》（上册），郑州：中州古籍出版社，1988 年 8 月。

142. 《挚虞》，牟世金主编：《中国古代文论家评传》（上册），郑州：中州古籍出版社，1988 年 8 月。收入作者《雕龙后集》，题为《挚虞评传》。

143. 《刘勰》，牟世金主编：《中国古代文论家评传》（上册），郑州：中州古籍出版社，1988 年 8 月。

144. 《刘知几》，牟世金主编：《中国古代文论家评传》（上册），郑州：中州古籍出版社，1988 年 8 月。

145. 《刘勰论民间文学》，《青海社会科学》1988 年第 5 期，《中国古代、近代文学研究》（复印报刊资料）1989 年第 1 期。

146. 《刘勰艺术构思论的渊源与发展》，《江海学刊》1989 年第 3 期，《中国古代、近代文学研究》（复印报刊资料）1989 年第 10 期。收入作者《雕龙后集》。

147. 《文律运周，日新其业——〈文心雕龙·通变〉新探》，《文史哲》1989 年第 3 期，《中国古代、近代文学研究》（复印报刊资料）1989 年第 8 期。收入作者《雕龙后集》。

148. 《文心雕龙·情采》（注释鉴赏）（第一作者，与戚良德合作），徐中玉主编：《古文鉴赏大辞典》，杭州：浙江教育出版社，1989 年 11 月。

149. 《文心雕龙·知音》（注释鉴赏）（第一作者，与戚良德合作），徐中玉主编：《古文鉴赏大辞典》，杭州：浙江教育出版社，1989 年 11 月。

150. 《挚虞》，吕慧鹃、刘波、卢达编：《中国历代著名文学家评传》

（续编一），济南：山东教育出版社，1989 年 12 月第一版，1997 年 9 月第二版。

151. 《美女篇》，《先秦汉魏六朝诗鉴赏辞典》编委会编：《先秦汉魏六朝诗鉴赏辞典》，西安：三秦出版社，1990 年 6 月。

152. 《陆侃如传》（附：论著目录）（第一作者，与龚克昌、唐子恒合作），陈翔华等编：《中国当代社会科学家传略》（第 11 辑），北京：书目文献出版社，1990 年 7 月。

153. 《〈文心雕龙研究论文集〉序——“龙学”七十年概观》，中国文心雕龙学会编：《文心雕龙研究论文集》，北京：人民文学出版社，1990 年 8 月。

154. 《才思之神皋》，庄焕先主编：《著名学者谈利用图书馆》，济南：山东大学出版社，1990 年 9 月。

155. 《嘉惠士林的陆侃如教授》，山东省政协文史资料委员会编：《悠悠岁月桃李情》，北京：中国文史出版社，1991 年 1 月。收入樊丽明、刘培平主编：《我心目中的山东大学》，济南：山东大学出版社，2005 年 9 月。

156. 《有关忠县历史的几个问题》，中国人民政治协商会议忠县委员会学习文史工作委员会编：《忠县文史》（文史资料选编，第 1 辑），1991 年 2 月。

157. 《风骨考论》，《文心雕龙学刊》第 6 辑，济南：齐鲁书社，1992 年 1 月。

158. 《刘勰和文心雕龙》（第一作者，与萧洪林合作），牟世金、罗宗强等：《中国古代文论精粹谈》，济南：齐鲁书社，1992 年 6 月。

159. 《〈文心雕龙研究〉自序》，作者《文心雕龙研究》，北京：人民文学出版社，1995 年 8 月。

160. 《闻名海内的古典文学研究专家陆侃如》（第一作者，与龚克昌合作），江苏省政协文史资料委员会南通市政协学习、文史委员会编：《文海星光——南通文化名人》（一），《江苏文史资料》编辑部，1999 年 12 月。

161. 《刘勰的生平》（与陆侃如合作），张光年：《骈体语译文心雕龙》，上海：上海书店出版社，2001 年 3 月。

162. 《〈文心雕龙〉的理论体系》，《山东大学百年学术集粹 · 文学卷》

（上），济南：山东大学出版社，2001 年 9 月。
163. 《富于创新精神的古典文学专家陆侃如》，张体勤主编：《百年山大群星璀璨》，济南：山东大学出版社，2001 年 9 月。
164. 《“体大思精”的理论体系》，张少康主编：《文心雕龙研究》，武汉：湖北教育出版社，2002 年 8 月。
165. 《“龙学”七十年概观》（摘录），钱钢编：《一切诚念终将相遇——解读王元化》，武汉：湖北教育出版社，2003 年 4 月。
166. 《备考（对本书的品评）》，王元化：《文心雕龙讲疏》，桂林：广西师范大学出版社，2004 年 11 月。
167. 《刘勰》，吕慧鹃等主编：《中国古代著名文学家》，济南：山东教育出版社，2008 年 1 月。
168. 《白马篇》，袁行霈主编：《历代名篇赏析集成》（魏晋南北朝隋唐五代卷上），北京：高等教育出版社，2009 年 3 月。
169. 《挚虞》，吕慧鹃、刘波、卢达编：《中国历代著名文学家评传》（第 7 卷），济南：山东教育出版社，2009 年 3 月。
170. 《“体大思精”的理论体系》，李建中主编：《龙学档案》（中国学术档案大系），武汉：武汉大学出版社，2012 年 3 月。
171. 《古诗中的“兴寄”》，《文史知识》编辑部编：《怎样鉴赏古诗词》，北京：中华书局，2013 年 8 月。
172. 《怎样读〈文心雕龙〉》，《中华活页文选》（教师版）2016 年第 12 期。

三、其他

1. 《修建第四号阵地的英雄们》（第一作者，与彭世荣合著），《人民海军》1951 年第 14 期。
2. 《某基地军械处举办军械统计工作训练班》，《人民海军》1953 年第 58 期。
3. 《武器器材保养工作未能做好的原因何在?》，《人民海军》1953 年第 72 期。
4. 《一五四六支队火炮保养工作的经验》，《人民海军》1954 年第 94 期。
5. 《访日诗钞》，《柳泉》1984 第 3 期。

6. 《台湾省〈文心雕龙〉研究专书目录》，作者《台湾文心雕龙研究鸟瞰》，济南：山东大学出版社，1985 年 12 月。
7. 《台湾省〈文心雕龙〉研究论文目录》，作者《台湾文心雕龙研究鸟瞰》，济南：山东大学出版社，1985 年 12 月。
8. 《〈文心雕龙〉研究论著索引（1907—1985）》（第一作者，与曾晓明合作），中国文心雕龙学会编：《文心雕龙研究论文集》，北京：人民文学出版社，1990 年 8 月。
9. 《牟世金（书法）》，山东大学校友会诗书画社编：《山东大学校友诗书画专集》，济南：山东大学出版社，1991 年 6 月。
10. 《〈文心雕龙〉研究论著目录索引（1907—1990）》（第一作者，与曾晓明、戚良德合作），《文心雕龙学综览》，上海：上海书店出版社，1995 年 6 月。
11. 《论著者索引》（第一作者，与曾晓明、戚良德合作），《文心雕龙学综览》，上海：上海书店出版社，1995 年 6 月。
12. 《牟世金》，国务院学位委员会办公室编：《中国社会科学家自述》，上海：上海教育出版社，1997 年 12 月。
13. 《书斋》，国务院学位委员会办公室编著：《中国社会科学家自述》（青少年版），上海：上海教育出版社，2000 年 3 月。
14. 《牟世金教授函》，蒋永文、牛军、魏云编：《跋涉者的足迹——张文勋教授从事教学科研五十周年纪念》，昆明：云南人民出版社，2003 年 4 月。
15. 《牟世金词》，周康杰、何勇才主编：《近现代忠州名人诗词集》（《忠县文史》第 4 辑），忠县政协社会事务办公室、忠县史志协会、忠县诗词楹联研究会编，2003 年 9 月。

（戚良德　编）

牟世金研究论著目录

1. 江行:《究意怎样继承文艺理论遗产——评〈文心雕龙选译〉和〈刘勰论创作〉》,《文史哲》1963 年第 6 期。

2. 王文生:《正确对待文学理论遗产——评陆侃如、牟世金的〈文心雕龙〉研究倾向》,《文汇报》1964 年 1 月 27 日。

3. 殷孟伦:《文心雕龙选译》(提要),《中国古典文学名著题解》,北京:中国青年出版社,1980 年 6 月。

4. 王树村:《评〈文心雕龙译注〉》,《文学评论》1984 年第 3 期。

5. 董学清:《揭开新的一页——牟世金谈〈文心雕龙〉》,《济南日报》1985 年 9 月 19 日。

6. 萧华荣:《着眼于中华"全龙"的腾飞——读牟世金〈台湾文心雕龙研究鸟瞰〉》,《社会科学战线》1986 年第 4 期,《出版工作、图书评介》(复印报刊资料)1987 年第 2 期。

7. 李昭恂、王汝梅:《文心雕龙选译》(提要),李昭恂、王汝梅编:《文史书目手册》,长春:吉林大学出版社,1986 年 7 月。

8. 黄新根:《"友、敌、师"——牟世金的读书诀窍》,黄新根编著:《勤学与巧读》,南宁:广西人民出版社,1987 年 2 月。

9. 黄立振:《中国古代文艺理论资料目录汇编》(牟世金等编),黄立振编著:《800 种古典文学著作介绍续编》,郑州:中州古籍出版社,1987 年 8 月。

10. 戚良德:《怎样博览群书——牟世金教授的速成之秘》,《博览群书》1987 年第 9 期。

11. 傅合远:《牟世金教授与古代文论研究》,《文史哲》1988 年第 1 期。

12. 李树兰:《雕龙集》(简介),李树兰编著:《中国文学古籍博览》

（上），太原：山西人民出版社，1988 年 3 月。

13. 李树兰：《文心雕龙选译》（简介），李树兰编著：《中国文学古籍博览》（下），太原：山西人民出版社，1988 年 3 月。
14. 李树兰：《文心雕龙译注》（下册，简介），李树兰编著：《中国文学古籍博览》（下），太原：山西人民出版社，1988 年 3 月。
15. 李树兰：《刘勰论创作》（简介），李树兰编著：《中国文学古籍博览》（下），太原：山西人民出版社，1988 年 3 月。
16. 李树兰：《刘勰和〈文心雕龙〉》（简介），李树兰编著：《中国文学古籍博览》（下），太原：山西人民出版社，1988 年 3 月。
17. 马瑞芳：《他走着一条艰苦的道路——记“龙学”家牟世金》，《人民日报》1988 年 4 月 16 日。
18. 傅合远、戚良德：《取精用弘，博而能一——记牟世金教授》，《古典文学知识》1988 年第 5 期。
19. 王元化：《〈文心雕龙研究〉序》，《文学报》1988 年 7 月，牟世金：《文心雕龙研究》，北京：人民文学出版社，1995 年 8 月。收入王元化：《集外旧文钞》，上海：上海文艺出版社，2001 年 1 月。
20. 陈仁德：《牟世金》，《万县地区方志通讯》1989 年第 4 期。
21. 《牟世金的“敌、师、友”读书法》，钟雨主编：《中学生阅读方法词典》，西安：陕西师范大学出版社，1989 年 8 月。
22. 《牟世金读书方法》，汪少林、杭丹编著：《书的知识手册》，南昌：百花洲文艺出版社，1990 年 2 月。
23. 《牟世金》，陈荣富，洪永珊主编：《当代中国社会科学学者大辞典》，杭州：浙江大学出版社，1990 年 3 月。
24. 《牟世金》，山东省地方史志编纂委员会编：《山东风物大全》，北京：世界知识出版社，1990 年 6 月。
25. 《牟世金》，梁自洁主编：《山东社会科学人名辞典》，济南：山东人民出版社，1990 年 10 月。
26. 刘堂江：《如临大敌法（牟世金）》，作者《读书百法》，北京：中国少年儿童出版社，1991 年 1 月。
27. 赵璧清：《龙的梦——追忆“龙学”家牟世金先生》，《世纪之光》，北京：中国工人出版社，1991 年 4 月。
28. 《牟世金》，任孚先、武鹰主编：《中外文学评论家辞典》，长春：

吉林教育出版社，1991 年 5 月。

29. 晓咏：《牟世金》，马良春、李福田主编：《中国文学大辞典》，天津：天津人民出版社，1991 年 10 月。

30. 王佑夫：《刘勰论创作》（陆侃如、牟世金著），马良春、李福田主编：《中国文学大辞典》，天津：天津人民出版社，1991 年 10 月。

31. 王佑夫：《雕龙集》（牟世金著），马良春、李福田主编：《中国文学大辞典》，天津：天津人民出版社，1991 年 10 月。

32. 钟兴麒：《台湾文心雕龙研究鸟瞰》（牟世金著），马良春、李福田主编：《中国文学大辞典》，天津：天津人民出版社，1991 年 10 月。

33. 旭初：《刘勰年谱汇考》（牟世金著），马良春、李福田主编：《中国文学大辞典》，天津：天津人民出版社，1991 年 10 月。

34. 罗宗强等：《文心雕龙译注》（简介），罗宗强等：《古代文学理论研究概述》，天津：天津教育出版社，1991 年 12 月。

35. 罗宗强等：《台湾文心雕龙研究鸟瞰》（简介），罗宗强等：《古代文学理论研究概述》，天津：天津教育出版社，1991 年 12 月。

36. 倪志云：《牟世金》，梁自洁主编：《山东现代著名社会科学家传》（第一集），济南：山东教育出版社，1991 年 12 月。

37. 戚良德：《刘勰生平研究的集大成之作——读牟世金〈刘勰年谱汇考〉》，《文心雕龙学刊》第 6 辑，济南：齐鲁书社，1992 年 1 月。

38. 王更生：《〈雕龙后集〉序》，《文心雕龙学刊》第 6 辑，济南：齐鲁书社，1992 年 1 月。牟世金：《雕龙后集》，济南：山东大学出版社，1993 年 11 月。

39. 萧华荣：《不道相逢泪更多——牟世金和王更生的两岸情谊》，台湾“中央日报”1992 年 6 月 13 日“长河”版。

40. 《文心雕龙选译》（陆侃如、牟世金译注），贾锦福主编：《文心雕龙辞典》，济南：济南出版社，1993 年 6 月。贾锦福主编：《文心雕龙辞典》（增订本），济南：济南出版社，2010 年 4 月。

41. 《牟世金》，贾锦福主编：《文心雕龙辞典》，济南：济南出版社，1993 年 6 月。贾锦福主编：《文心雕龙辞典》（增订本），济南：济南出版社，2010 年 4 月。

42. 《文心雕龙译注》（陆侃如、牟世金著），贾锦福主编：《文心雕龙辞典》，济南：济南出版社，1993年6月。贾锦福主编：《文心雕龙辞典》（增订本），济南：济南出版社，2010年4月。

43. 《文心雕龙精选》（牟世金选译），贾锦福主编：《文心雕龙辞典》，济南：济南出版社，1993年6月。贾锦福主编：《文心雕龙辞典》（增订本），济南：济南出版社，2010年4月。

44. 《刘勰论创作》（陆侃如、牟世金著），贾锦福主编：《文心雕龙辞典》，济南：济南出版社，1993年6月。贾锦福主编：《文心雕龙辞典》（增订本），济南：济南出版社，2010年4月。

45. 《刘勰和文心雕龙》（陆侃如、牟世金著），贾锦福主编：《文心雕龙辞典》，济南：济南出版社，1993年6月。贾锦福主编：《文心雕龙辞典》（增订本），济南：济南出版社，2010年4月。

46. 《雕龙集》（牟世金著），贾锦福主编：《文心雕龙辞典》，济南：济南出版社，1993年6月。贾锦福主编：《文心雕龙辞典》（增订本），济南：济南出版社，2010年4月。

47. 《台湾文心雕龙研究鸟瞰》（牟世金著），贾锦福主编：《文心雕龙辞典》，济南：济南出版社，1993年6月。贾锦福主编：《文心雕龙辞典》（增订本），济南：济南出版社，2010年4月。

48. 《刘勰年谱汇考》（牟世金著），贾锦福主编：《文心雕龙辞典》，济南：济南出版社，1993年6月。贾锦福主编：《文心雕龙辞典》（增订本），济南：济南出版社，2010年4月。

49. 《文心雕龙研究》（牟世金著），贾锦福主编：《文心雕龙辞典》，济南：济南出版社，1993年6月。贾锦福主编：《文心雕龙辞典》（增订本），济南：济南出版社，2010年4月。

50. 《雕龙后集》（牟世金著），贾锦福主编：《文心雕龙辞典》，济南：济南出版社，1993年6月。贾锦福主编：《文心雕龙辞典》（增订本），济南：济南出版社，2010年4月。

51. 《文心雕龙研究论文集》，贾锦福主编：《文心雕龙辞典》，济南：济南出版社，1993年6月。贾锦福主编：《文心雕龙辞典》（增订本），济南：济南出版社，2010年4月。

52. 戚良德：《牟世金传略》，牟世金：《雕龙后集》，济南：山东大学出版社，1993年11月。

53. 戚良德：《〈雕龙后集〉编后记》，牟世金：《雕龙后集》，济南：

山东大学出版社，1993 年 11 月。
54. 陈端等：《〈文心雕龙〉的总论及其理论体系》（提要），陈端等编：《〈中国社会科学〉总目提要》第一辑（1980—1989），北京：中国社会科学出版社，1993 年 12 月。
55. 陈端等：《台湾学者〈文心雕龙〉研究鸟瞰》（提要），陈端等编：《〈中国社会科学〉总目提要》第一辑（1980—1989），北京：中国社会科学出版社，1993 年 12 月。
56. 白岚玲：《雕龙集》（牟世金）（提要），乔默主编：《中国二十世纪文学研究论著提要》，北京：北京大学出版社，1994 年 1 月。
57. 张健：《刘勰论创作》（陆侃如、牟世金）（提要），乔默主编：《中国二十世纪文学研究论著提要》，北京：北京大学出版社，1994 年 1 月。
58. 《牟世金》，忠县志编纂委员会编：《忠县志》，成都：四川辞书出版社，1994 年 3 月。
59. 《牟世金》，异天、戈德主编：《中国当代艺术界名人录》，北京：中国国际广播出版社，1994 年 5 月。
60. 徐尧琴：《心血浇灌“龙”学，风谊长留人间——忆牟世金教授》，中国人民政治协商会议四川省万县市委员会文史资料工作委员会编：《万县市文史资料》（第二辑），1994 年 12 月。
61. 滕咸惠：《牟世金》（1928—1989），杨明照主编：《文心雕龙学综览》，上海：上海书店出版社，1995 年 6 月。
62. 滕咸惠：《文心雕龙选译》（简介），杨明照主编：《文心雕龙学综览》，上海：上海书店出版社，1995 年 6 月。
63. 滕咸惠：《刘勰论创作》（简介），杨明照主编：《文心雕龙学综览》，上海：上海书店出版社，1995 年 6 月。
64. 滕咸惠：《刘勰和文心雕龙》（简介），杨明照主编：《文心雕龙学综览》，上海：上海书店出版社，1995 年 6 月。
65. 滕咸惠：《文心雕龙译注》（简介），杨明照主编：《文心雕龙学综览》，上海：上海书店出版社，1995 年 6 月。
66. 滕咸惠：《雕龙集》（简介），杨明照主编：《文心雕龙学综览》，上海：上海书店出版社，1995 年 6 月。
67. 滕咸惠：《台湾文心雕龙研究鸟瞰》（简介），杨明照主编：《文心雕龙学综览》，上海：上海书店出版社，1995年6月。

68. 滕咸惠：《文心雕龙精选》（简介），杨明照主编：《文心雕龙学综览》，上海：上海书店出版社，1995年6月。

69. 滕咸惠：《刘勰年谱汇考》（简介），杨明照主编：《文心雕龙学综览》，上海：上海书店出版社，1995年6月。

70. 《牟世金》，柏世友等主编：《中国长江三峡大辞典》，武汉：湖北少年儿童出版社，1995年9月。

71. 《牟世金》，四川省万县市文化局编纂：《万县地区文化艺术志》，成都：四川人民出版社，1996年7月。

72. 刘跃进等：《刘勰和文心雕龙》（陆侃如、牟世金），周振甫主编：《文心雕龙辞典》，北京：中华书局，1996年8月。

73. 刘跃进等：《文心雕龙译注》（陆侃如、牟世金），周振甫主编：《文心雕龙辞典》，北京：中华书局，1996年8月。

74. 刘跃进等：《刘勰论创作》（修订本）（陆侃如、牟世金），周振甫主编：《文心雕龙辞典》，北京：中华书局，1996年8月。

75. 刘跃进等：《雕龙集》（牟世金），周振甫主编：《文心雕龙辞典》，北京：中华书局，1996年8月。

76. 刘跃进等：《台湾文心雕龙研究鸟瞰》（牟世金），周振甫主编：《文心雕龙辞典》，北京：中华书局，1996年8月。

77. 刘跃进等：《刘勰年谱汇考》（牟世金），周振甫主编：《文心雕龙辞典》，北京：中华书局，1996年8月。

78. 刘跃进等：《文心雕龙研究论文集》，周振甫主编：《文心雕龙辞典》，北京：中华书局，1996年8月。

79. 《牟世金》，武金铭等主编：《中华文化人物辞典》，北京：中国国际广播出版社，1998年1月。

80. 《牟世金》，史仲文、胡晓林主编：《中华文化大辞海》，北京：中国国际广播出版社，1998年1月。

81. 张景义：《牟世金的"友、敌、师"读书法》，张景义编写：《名人读书方法100例》，太原：山西教育出版社，1999年1月。

82. 《牟世金》，《重庆百科全书》编纂委员会编：《重庆百科全书》，重庆：重庆出版社，1999年12月。

83. 孙蓉蓉：《文心雕龙译注》（提要），赵宪章主编：《美学精论》，北京：中国青年出版社，2000 年 5 月。

84. 《牟世金的敌、师、友法》，丁楠、白宇编著：《成功的学习方法与科学用脑》，北京：新华出版社，2001 年 1 月。

85. 周琴：《牟世金读书法》，周琴撰稿：《读书手册》，呼和浩特：远方出版社，2001 年 3 月。

86. 陶礼天：《牟世金〈文心雕龙研究〉评述——兼评作者毕生之〈文心〉研究著述及其贡献》，《镇江师专学报》2001 年第 2 期。

87. 张少康等：《张光年、陆侃如、牟世金、郭晋稀、周振甫等的〈文心雕龙〉译注》，张少康、汪春泓、陈允锋、陶礼天：《文心雕龙研究史》，北京：北京大学出版社，2001 年 9 月。

88. 张少康等：《陆侃如、牟世金的〈文心雕龙译注〉》，张少康、汪春泓、陈允锋、陶礼天：《文心雕龙研究史》，北京：北京大学出版社，2001 年 9 月。

89. 张少康等：《牟世金的〈文心雕龙研究〉》，张少康、汪春泓、陈允锋、陶礼天：《文心雕龙研究史》，北京：北京大学出版社，2001 年 9 月。

90. 王元化：《牟世金及其〈文心雕龙研究〉》，作者《清园文存》第 2 卷，南昌：江西教育出版社，2001 年 12 月。

91. 孔庆国：《牟世金的敌、师、友法》，孔庆国编著：《高效学习秘诀》，济南：山东教育出版社，2003 年 10 月。

92. 戚良德：《牟世金与文心雕龙学》，《山东大学报》2004 年 6 月 8 日。

93. 范伟军：《论牟世金校注〈文心雕龙〉的特点与方法》，《古籍研究》2004 · 卷下（总第 46 期），合肥：安徽大学出版社，2004 年 12 月。

94. 《牟世金读书法》，翟文明主编：《读书手册》，北京：中央民族大学出版社，2005 年 6 月。

95. 戚良德：《牟世金与龙学》，戚良德编：《文心雕龙学分类索引》（山东大学文史哲研究院专刊），上海：上海古籍出版社，2005 年 12 月，2011 年 9 月。

96. 《牟世金——如临大敌法》，钟雪风主编：《名人读书法》，呼和浩特：远方出版社，2006 年 1 月。

97. 李平、范伟军：《试论牟世金对〈文心雕龙〉理论体系的研究》，《安徽商贸职业技术学院学报》2006年第4期。
98. 刘德龙等：《牟世金》，刘德龙、袁红英、崔凤祥编著：《山东当代著名学者》，济南：山东人民出版社，2006年12月。
99. 朱文民：《陆侃如、牟世金及其〈文心雕龙译注〉〈文心雕龙研究〉》，朱文民主编：《刘勰志》（齐鲁诸子名家志），济南：山东人民出版社，2009年4月、2010年7月。
100. 李平：《论牟世金的〈文心雕龙〉研究》，李平等：《〈文心雕龙〉研究史论》，合肥：黄山书社，2009年10月。
101. 戚良德：《"龙学"里程碑——纪念牟世金先生逝世20周年》，《中国诗学研究》第8辑，合肥：安徽大学出版社，2011年2月。
102. 戚良德：《"龙学"里程碑——牟世金先生与20世纪的〈文心雕龙〉研究》，《文史哲》2011年第5期。
103. 戚良德：《〈文心雕龙〉的功臣——牟世金先生与"龙学"》，《〈文心雕龙〉与当代文艺学》，北京：中央编译出版社，2012年3月。
104. 阮亚奇：《〈"体大思精"的理论体系〉评介》，李建中主编：《龙学档案》（中国学术档案大系），武汉：武汉大学出版社，2012年3月。
105. 张清河：《文心雕龙选译》（提要），李建中主编：《龙学档案》（中国学术档案大系），武汉：武汉大学出版社，2012年3月。
106. 张清河：《刘勰论创作》（提要），李建中主编：《龙学档案》（中国学术档案大系），武汉：武汉大学出版社，2012年3月。
107. 林国兵：《刘勰和文心雕龙》（提要），李建中主编：《龙学档案》（中国学术档案大系），武汉：武汉大学出版社，2012年3月。
108. 赵坤：《文心雕龙译注》（上、下册，提要），李建中主编：《龙学档案》（中国学术档案大系），武汉：武汉大学出版社，2012年3月。
109. 潘桂林：《雕龙集》（提要），李建中主编：《龙学档案》（中国学术档案大系），武汉：武汉大学出版社，2012年3月。
110. 刘海：《台湾文心雕龙研究鸟瞰》（提要），李建中主编：《龙学档案》（中国学术档案大系），武汉：武汉大学出版社，2012年

3 月。

111. 刘海：《文心雕龙精选》（提要），李建中主编：《龙学档案》（中国学术档案大系），武汉：武汉大学出版社，2012 年 3 月。

112. 胡东波：《刘勰年谱汇考》（提要），李建中主编：《龙学档案》（中国学术档案大系），武汉：武汉大学出版社，2012 年 3 月。

113. 胡东波：《文心雕龙研究论文集》（提要），李建中主编：《龙学档案》（中国学术档案大系），武汉：武汉大学出版社，2012 年 3 月。

114. 阮亚奇：《雕龙后集》（提要），李建中主编：《龙学档案》（中国学术档案大系），武汉：武汉大学出版社，2012 年 3 月。

115. 徐海涛：《文心雕龙研究》（提要），李建中主编：《龙学档案》（中国学术档案大系），武汉：武汉大学出版社，2012 年 3 月。

116. 李平：《论牟世金的〈文心雕龙〉研究》，作者《20 世纪〈文心雕龙〉研究史论》（上、下），新北：花木兰出版社，2012 年 9 月。

117. 梁金豹：《牟世金——如临大敌法》，梁金豹编著：《百位名人读书心法》，郑州：中州古籍出版社，2012 年 12 月。

118. 戚良德：《“龙学”与山大》，《山东大学报》2013 年 9 月 18 日。

119. 张少康：《纪念“《文心雕龙》的功臣”——牟世金的〈文心雕龙〉研究》，《文史哲》2014 年第 1 期。

120. 张少康：《纪念“〈文心雕龙〉的功臣”——谈谈牟世金的〈文心雕龙〉研究》，戚良德主编：《儒学视野中的〈文心雕龙〉》，上海：上海古籍出版社，2014 年 5 月。

121. 刘文忠：《回忆〈文心雕龙〉学会成立三十年的艰难历程》，戚良德主编：《儒学视野中的〈文心雕龙〉》，上海：上海古籍出版社，2014 年 5 月。

122. 张可礼：《忆念中国〈文心雕龙〉学会的成立》，戚良德主编：《儒学视野中的〈文心雕龙〉》，上海：上海古籍出版社，2014 年 5 月。

123. 朱文民：《“龙学”家牟世金与王更生先生比较研究》，戚良德主编：《儒学视野中的〈文心雕龙〉》，上海：上海古籍出版社，2014 年 5 月。

124. 关玉国：《牟世金“三个比喻”读书法》，作者《述作集——报刊发表文章选编》，郑州：大象出版社，2014 年 9 月。

125. 刘堂江：《牟世金：如临大敌法》，作者《读书百法》（书魅文丛），南昌：江西高校出版社，2015 年 10 月。

126. 《牟世金读书法》，王余光、徐雁主编：《中国阅读大辞典》，南京：南京大学出版社，2016 年 4 月。

127. 韩湖初：《牟世金先生考证〈文心雕龙〉成书年代和刘勰生卒之年的贡献》，戚良德主编：《中国文论》第三辑，上海：上海古籍出版社，2016 年 12 月。

128. 戚良德：《〈文心雕龙〉研究的里程碑——牟世金与二十世纪的“龙学”》，《〈文心雕龙〉与中国文论》，北京：中国书籍出版社，2017 年 4 月。

129. 范伟军：《论牟世金的〈文心雕龙〉研究》，安徽师范大学硕士学位论文，2003 年 5 月。

130. 孙玮志：《牟世金〈文心雕龙研究〉辨要》，内蒙古师范大学硕士学位论文，2007 年 6 月。

131. 王云鹏：《牟世金、王更生、户田浩晓〈文心雕龙研究〉之比较》，安徽师范大学硕士学位论文，2015 年 5 月。

（戚良德　编）

编后记

在犹疑和蹒跚的步履之中，《中国文论》由上海古籍出版社出版了四辑，总字数近 150 万字。所以犹疑者，我在第二期的“编后记”中说过，在当前的学术环境下，我对这样的丛刊信心不足；因为迟疑，步履自然不够坚定，故有蹒跚之态。事实也是，我们原本的设想是每年出版一到两辑，实际上四辑出了五年，除了稿件有所不足，主要是作为以书代刊的辑刊，出版周期我们难以把握。令人欣慰的是，随着 2019 年新年钟声的敲响，我们的步伐将迈得更加坚定——从本期开始，《中国文论》（丛刊）将由山东人民出版社每年出版两辑。

实际上，编完《中国文论》第五辑的时候，正值 2018 年的岁末。年初的 3 月 18 日，恰逢农历的二月初二，龙抬头的日子，我们召开了牟世金先生诞辰九十周年纪念会，同时进行了国家社科基金重大招标项目“《文心雕龙》汇释及百年‘龙学’学案”的开题报告，恍如昨日。已然到来的 2019 年，是牟世金先生逝世三十周年，所以我们特别新增了一个栏目，表达对先生的怀念。三十年前，我在先生指导下编辑《文心雕龙学刊》第六辑，而今却在一个类似的丛刊上纪念先生逝世三十周年，真是世事无常，徒唤奈何!

本期“文心雕龙”栏目下的第一篇文章，是袁济喜教授的《〈文心雕龙〉与子学精神》，这本是袁先生年初专门提供纪念牟先生诞辰九十周年文集的大作。袁先生认为，子学著作与子学精神对刘勰的影响不仅仅在于其《诸子》一篇，而是贯穿《文心雕龙》全书当中。从某种意义上来说，《文心雕龙》也是一部富有子学精神的文论著作，是南朝子学向着集部转化的著述。显然，这是一个重要的问题。近代以来，以《文心雕龙》为子书者不乏其人，从刘咸炘、刘永济到王更生，均有类似的主张。之所以如此，正如袁先生所说，“刘勰《文心雕龙》中对于传统子书的吸取是十分明显的，体现着一种自觉的意识”。首先是“在《文心雕龙》中，刘勰专门为诸子开辟一篇进行论述，可以看出刘勰对于诸子的重视”，“《诸子》是《文心雕龙》的‘文体论’中的一部分，刘勰将诸子散文单列一体，表明其重要性。刘勰在此篇中力求总结诸子文章的写作特点与思想意义，深入探究诸子著作对于文学创作的借鉴价值”。同时，“诸子更重要的价值是他们所创造的那种学究天人的学术思潮以及担当忧患的家国情怀，刘勰正是认识到了诸子著作的双重价值，为了强调诸子著作的意义，故将其列为文体之一”。其次，“刘勰对于诸子思想的借鉴和吸收并非仅见于此篇，在其他篇章中也有对诸子文献的征引和吸纳”，“子学浸润于《文心雕龙》的各个方面”，而其“对于刘勰的泽溉，首先表现在老庄与玄学自然之道对于经学思想的互补上面。如果没有老庄子学的启发与运用，刘勰《文心雕龙》的儒家思想也无从构建”。

袁先生指出：“经史子集是中国古代传统的图书分类法，同时也是学术的分类法。其内在的精神便是子学精神，包括成一家之言、和而不同、独立自由之学术精神等，而外在的则是从《汉书·艺文志》到《隋书·经籍志》，再到清代《四库全书》的分类。”就《文心雕龙》而言，“虽然被后世列为集部中诗文评，但同时可以算为论文之子书，何况在六朝后期，子书与集部交融的现象已经形成”，“刘勰对于汉魏以来论文发展的态势以及短长是看得很清楚的，他是自觉地担当起文艺批评的社会责任，传承了先圣的忧患意识，融入了自己的生命体验，从而写出了这本中国古代文学批评著作，也是一本他在《诸子》中所说的‘入道见志之书’”。正因如此，“在我们看来，《文心雕龙》是中国文学批评史上的一部经典之作，其内容博大精深，体系完备，不仅全面总结了齐梁以前各类文体的源流和文章写作的丰富经验，而且还贯穿了作者对人文精神的深沉思考和执着追求，其开阔的视野，恢弘的器度，使它超越了一般的‘诗文评’类著作，成为一部重要的国学经典”。袁先生此论，笔者是深以为然的。

“文心雕龙”栏目下的另一篇文章，是刘曼华的《语短意长，千载心在——论刘勰“江山之助”说的影响》。文章认为，“江山之助”说既是对文学创作中主客体关系论发展演变的总结和升华，又把中国古代文人对于人与自然关系的认识提升到了一个新的高度。刘勰之后，“江山之助”说得到了后世广大学者的普遍理解和响应，他们或在不同的案例中对这一理论直接引述和阐发，或结合自己的创作实践提出相似和相近的观点，甚至在刘勰“江山之助”说的基础上进一步发挥，使其理论内涵更加丰富和深化。但对于“江山之助”说的影响问题，学界还较少进行具体阐释。有鉴于此，文章从七个方面总结和概括了“江山之助”说对后代文学作品和文学批评的直接影响。这使我们看到，后世对“江山之助”说的接受有一个由模糊到具体的逐渐深入的过程，其影响之广泛，不仅常见于文论作品中，成为一个惯用术语为文论家们使用和讨论，而且还涉及书法、绘画等领域，为书画论家们所认识和接受。同时，在后代的许多文论著作中，虽然有些未必直接提及“江山之助”四字，然其实质和根本也在于阐述自然景物与作家创作的关系问题，可谓“取其意而不用其辞”。又有部分文论家将“江山之助”说与“性灵”说、“穷而后工”说等文学理论相结合，对“江山之助”说的内涵、意义做了进一步的拓展与深化。也有许多文论家在认识到“江山之助”的同时，注意到了文学对“江山”的反向助益作用，即“文亦助江山”。

因此，“江山之助”说作为中国古典美学范畴中的一个重要理论命题，其对古代文学及文艺理论所产生的影响是深远的，其涉及领域之多、范围之广、持续时间之久远，以及表现形式之多样，都是不容忽视的。作者指出：“江山之助”说对于山水诗创作实践的开创性研究，是山水诗研究领域的一面先锋旗帜；而由“江山之助”所引发的关于文学创作与自然景物的关系问题，历经千载，也一直都是文论家们热衷于讨论和研究的一个重要议题；即便文学发展到今天，“江山之助”与“天人合一”等中国传统自然美学中的许多概念，仍然被作为解决生态环境问题、追求人与自然和谐的良方而发挥着重要作用。

在“文之枢纽”的栏目下，本期隆重推出的大作是德高望重的学界前辈蒋凡先生的长文《〈左传〉春秋齐文化述略》的上篇——《春秋第一霸：齐桓公传叙》。其下篇为《春秋改革第一相：齐国管仲传叙》，我们留待下期刊出。此文虽长，却只是蒋先生正在撰写的一部鸿著中的有关章节，因其所论“齐文化”与山东有关，故先生专门提交《中国文论》，以示对我们的支持。将齐桓公与管仲放在一起进行评说，并由此展示春秋齐文化的风采，其道理自然不难理解。正如蒋先生所指出：“齐国称霸，管仲与桓公的默契必不可少。管仲成功推动桓公登上了历史舞台作有声有色的表演；而桓公则举贤授能，能够给予管仲信任，并具大局思考，同样成就了管仲改革的千秋功业。桓公与管仲，二人相得益彰，史上众口皆碑。”但具体如何评价“成败几乎与管仲合作相始终”的近四十载齐桓霸业，却需要具有穿云拨雾的慧眼和高屋建瓴的史识。蒋先生说：“人或谓开春秋首霸者乃管仲之事而无关乎桓公。这是贬低桓公历史贡献的主观臆断。当然，倘无管仲的改革，岂有桓公霸业？充其量，齐桓公只能像其父兄一样，成为一个平庸的齐国君主而已。但若从全局观之，则此贬低之论，有失片面。”他认为：“若失管仲，必无齐桓之霸，这是事实，道理成立；但反过来看，若无桓公专信，又岂有管仲改革不朽之功！须知，春秋时是君主专制社会，若乏君主支持与信任，任何改革都将失去推行的可能，纵然管仲充满聪明才智又浑身是胆，但又将如何施其拳脚而一展改革宏图呢？因此，公正地说，桓公管仲，相辅相成，齐桓霸业，是时代产品，集体智慧的结晶，在适当的温度土壤中，终于开花结果。管仲推行系列改革的成功，齐国‘九合诸侯，一匡天下’的实现，桓公作为批准执行的最高统治者，其功劳与贡献是不可抹煞的。”

在此基础上，蒋先生详细分析了桓公霸业兴衰成败的主客观原因，不仅非常全面，而且评析深刻。如解剖桓公成其霸业的主观原因：“一是敢于正视自己的缺点与错误，发挥自己的治国‘大虑’，用理智压制了自己的内在心魔。……二是坚决推行举贤授能基本国策，从上到下一以贯之强制实现了一系列改革，不仅是政治，而且在经济、文化教育、军事诸方面，全面推广。……三是作为齐国君主，有大担当，而从不推卸责任。……四是胸襟宽阔，眼光深远，虽为齐国之君，却能从天下霸业角度来看问题，说是野心，也是理想，其思考早已超越一国而关心天下。”又如剖析桓公晚年迅速从成功顶峰跌落到失败深渊的主客观原因：首先，桓公晚年身边缺乏监督谏诤，贤臣核心无形解体消散，在此形势下，桓公内欲恶魔很快释放膨胀，也不再去发现或者扶植贤臣善人，不去努力培植下一代贤良臣下，于是政治乏善可陈。其次，桓公晚年没有妥善有序地安排自己的接班人，又为“好色”之疾所困，随心许诺诸姬之子继位，以此动摇国本，死后五子争位，棼如乱丝，国无强主，岂有力量向外争霸天下？第三，春秋时为血统宗法统治的专制社会，政治改革缺乏严格的制度保证，既可事因人成，也可事因人亡而败，管仲、桓公一死，霸业丧失，也就不足为怪了。这些分析都是非常中肯而富有启发意义的。

“文之枢纽”栏目下的另一篇文章是魏伯河先生的《〈文心雕龙〉“文之枢纽”新探》。魏先生认为，“枢纽”与“总论”“总纲”或“导言”相较，不仅是古今用语的不同，在含义上也是存在某种差别的。“对这种看似细微的差别如果缺乏精确的认识，就可能导致对全书理论体系的把握和对刘勰文学观的认识上出现很大的问题。”他指出，“总论”“总纲”或“导言”是全书的概要，可以包括若干并列的、有某种逻辑关系的条目，分别用来统领全书的不同部分；而“枢纽”，则无论包括了几篇文字，却只能是一个结构紧密的整体。以此认识为基础，魏先生认为在刘勰的设置中，《文心雕龙》的前五篇只能是一个“枢纽”。“看似并列的五篇文字，其实只是构成这一枢纽的不同构件。而在这些构件中，必定有其核心或主轴。这一核心或主轴，不仅统领其余四篇，而且也对全书起到统领作用。其余四篇，只不过是核心或主轴的附属物，是围绕核心或主轴来设置并为其服务的，并不要求每一篇都对全书起统领作用。”那么，“文之枢纽”的核心或主轴是什么？“揆诸刘勰的写作意图，显然应为在五篇里处于中间位置的《宗经》篇。因为‘宗经’是他主要的文学思想，并且是贯穿于《文心雕龙》全书的。”

魏先生特别指出：尽管我们看到的文本，是由《原道》到《征圣》再到《宗经》，是循着“道沿圣以垂文”的关系，呈顺流而下之势，但在刘勰的构思和写作中，其实是由《宗经》到《征圣》再到《原道》的，是循着“圣因文而明道”的方向，呈逆流而上之势。这样所要达到的效果，是让人们认识到五经是天道通过圣人在人间的具现，具有至高无上的神圣性，因之其宗经的主张便具有了“天经地义”的稳固地位。“明确了这一点，就可以知道，《原道》篇尽管居于全书卷首，但并非‘开宗明义’，也不是用来统领全书，而主要是用来为《宗经》张目的。”进而，魏先生认为：“《原道》之‘原’，是推原，即把以五经为典范的文的根源推原到神秘的天道；‘本乎道’之‘本’，是说他的论文是本于‘天道’的。”因此，他不赞成把《原道》之“原”与“本乎道”之“本”完全等同起来，而忽略了它与《宗经》之间的紧密联系，没有看出其事实上作为《宗经》铺垫的作用，以致于过分高抬了《原道》的地位，进而对所“原”究竟为何家之“道”产生种种疑窦，做出种种曲解，引发种种论争。

应该说，魏先生的思考是有其独到之处的。笔者尤其赞同他指出的《文心雕龙》研究中所存在的一些“简单问题的复杂化和复杂问题的简单化”倾向，但具体如何认定，哪些简单问题被复杂化了，哪些复杂问题被简单化了，却是并不容易的。魏先生认为，应当“摒除各种干扰和先入之见，对《文心雕龙》原著‘深思熟玩’，根据‘实事’来‘求是’，切实进入原书的语境，并尽可能抵达作者的心境，弄清其构思、写作的思维脉络，从而在实现‘平等对话’的基础上，正确揭示其本来意义，发现其当代价值，服务于当代文学理论体系的建设，才是龙学研究的正途。”对此，笔者大部分都是由衷赞同的，唯“服务于当代文学理论体系的建设”之论，可能也并非这样一个单向的关系问题。在笔者看来，“发现其当代价值”、服务于当代都是应该的，但仅仅强调“服务于当代文学理论”，可能是有问题的。《文心雕龙》是“文论”，但这与当代所谓“文学理论”不是一回事；“龙学”理所当然要为当代服务，却并非只为当代文学理论服务。实际上，它们之间可能不是谁服务谁的问题，而是可以相互发现，相互借鉴，产生叠加或协同效应。当然，这也只是笔者的想法，与魏先生商讨而已。

本期“论文叙笔”栏目下亦有两篇文章。首先是赵亦雅的《〈文心雕龙〉与〈文选〉的檄文观》。该文特别指出，《文心雕龙》和《文选》都体现出对武檄的重视，虽然刘勰说檄文“事兼文武”，但他具体论述的内容都是针对武檄而言的，《文选》收录的檄文也以军事征伐类的武檄为主。文章认为，刘勰强调檄文的军事功能是有意为之的，这与《文心雕龙》的性质和刘勰的人生价值观有关。刘勰在《文心雕龙》中极力强调士人应具有处理政事的能力，所谓“盖士之登庸，以成务为用”，所谓“雕而不器，贞干谁则”，都显示了他对实际才干的重视。与此相关，刘勰对与政务相关的公文也很重视，《檄移》《章表》《诏策》等篇就可以视为公文写作论，所谓“章表奏议，经国之枢机”，它们具有极其重要的价值，所以刘勰对文章的重视，关乎他孜孜以求的处理军国大事的人生抱负。作为战前的军事文书，檄文是当之无愧的“经国枢机”，关乎国家存亡、人民生死，其价值正是“君臣所以炳焕，军国所以昭明”。从“纬军国”“任栋梁”的人生价值观出发，刘勰在谈论檄文的写作规范时，其实展示了他的军事思想，其中不少地方可以看到《孙子兵法》的影响。文章指出，刘勰的军事思想具体体现在以下几个方面：一是兵以定乱，二是厉辞为武，三是不战而屈人之兵，四是重视开战前的谋划，五是兵者诡道。正因如此，刘勰在探讨檄文的文体规范时，其眼界远远超过了一位文论家的范围，而充分体现了他经邦纬国的政治抱负。该文认为，刘勰是以一个政治家的眼光而不是文学家的眼光去看待“檄”这一文体的。应该说，这些总结深化了对刘勰檄文观的认识，是值得肯定的。

其次是王艺的《“论”体之“般若之绝境”》一文。如所周知，刘勰在《论说》篇谈“论”的部分，提出了“动极神源，其般若之绝境乎”之说。王艺的文章即以此为论题，从“般若之绝境”提出的具体情境出发，分析其出现的合理性。继而通过解构“般若之绝境”，说明“般若”的真实内涵，以及佛门之“论”的最高标准。最终在刘勰之“论”与佛门之“论”的相互参照中，探究二者之间微妙的重叠。文章指出，纵观般若学传入中土的历程，可以得知，刘勰所谓“般若”，不是泛泛而谈的智慧，亦不是般若学中土化前期与“格义”相关的“六家七宗”的思潮，而是自鸠摩罗什来长安后得到新变的、更为成熟的般若学。刘勰在《论说》篇中提及“般若之绝境”，虽是针对当时玄学的有无之争皆有所偏执，而称赞佛教般若学对世界本体的圆融解释，但在这背后，应当还有一种暗示，即刘勰本人对佛教论说方式的肯定，至少刘勰对佛教般若学在探讨“有”“无”问题上的论说方式是赞同的。文章认为，这证明刘勰对佛教义理的理解非常之深，且对佛教论说的方式有认同之处；加之刘勰之“论”与佛门之“论”有诸多重合，因此不排除刘勰之“论”在一定程度上受到了佛门之“论”的影响。

本期“剖情析采”栏目下的第一篇文章，是洪树华教授《明清词学视野中的辛弃疾述论》一文。文章指出，在清词话中，词论家对辛词格外关注，其对辛词的评论主要体现为如下几个方面：一是赞赏“稼轩体”；二是注意到辛弃疾的词以豪放为主，但又有妩媚、妍媚、昵狎温柔等风格；三是肯定辛弃疾驾驭语言的能力。洪教授通过阅读大量的资料，总结出清代词论家在评价辛词时，常常“苏、辛”并提，有时辛、柳与辛、刘等并提，尤其欣赏辛弃疾的慷慨豪放、悲壮沉郁的词风。他认为，辛词赢得清代词论家的更多评论，主要的原因是辛弃疾的人格与人品的魅力。同时，辛弃疾在词中表现出的爱国精神也深深感动了不满清朝统治者的汉族文人，从而引起清代词论家对辛词的青睐。洪教授还发现，清代词话中有四处明确标出辛弃疾词的文体名称，如清人张德瀛《词徵》卷五“南宋辛体”条标出“稼轩体”，还有两处出现于清人刘熙载《艺概·词概》之中，另有一处见于清人陈廷焯《白雨斋词话》卷一。这些细心的考辨出自辛苦的资料爬梳，值得嘉许。

另一篇文章是徐传武教授与黄海莲合作的《剖情析采，妙臻神工——从“情采”论看〈红楼梦〉》一文。利用《文心雕龙》的理论分析后世的作品，香港的黄维樑先生有过不少成功的尝试，但在大陆还不多见。正因如此，徐教授二人的文章虽然还需要深入和完善，但其方向是值得肯定的。文章认为，“情采”论是《文心雕龙》全书的理论中心，从这个角度看《红楼梦》，曹雪芹对“情采”问题的处理堪为典范。他很好地把握住了刘勰所说的情“经”辞“纬”关系，自然也就做到了“经正而纬成”“理定而辞畅”。文章指出，《红楼梦》所剖之情，是丰富多彩的，有些还隐藏得很深，需要细细咀嚼，才能识得庐山真面目。曹雪芹之剖情，深而有情致，细而有纹理，令读者动容心随，击节叹赏。《红楼梦》之言情，不是粗俗的，而是富有文采的，正所谓“言以文远，诚哉斯验”。二位作者认为，《红楼梦》的作者曹雪芹用自己的创作实践证明，他对《文心雕龙》的“情采”之论，体味还是比较深透的。

本期“知音君子”栏目下是两篇评述性文章。首先是万奇教授的《居今探古：论王志彬对〈文心雕龙〉的研究与应用》一文。作为王志彬先生的得意弟子，万奇教授对王先生的研究自然是令人信服的。他认为，王志彬的《文心雕龙》研究，主要体现在以下三个方面：一是辨析《文心雕龙》的本体性质。二是发掘《文心雕龙》文体论的独特价值。三是阐释《文心雕龙》文术论的关键词。王志彬在从学理上研治“龙学”的同时，亦注重《文心雕龙》的应用研究。首先是化用《物色》《神思》《通变》等篇的相关理论，描述写作基本规律。其次是借用《镕裁》篇的“三准”说，阐明写作构思步骤。再次是引用《论说》篇的有关论述，概括学术论文的写作特点。因此，王先生的《文心雕龙》研究，可谓居今探古，打通了“龙学”与写作学，堪称跨学科研究的典范。

正如万教授所说，王志彬先生的《文心雕龙》研究不仅数十年如一日坚持不懈，而且着眼古今的打通和古为今用，可谓独树一帜。如对《论说》篇的研究，“直接引用《论说》篇的有关论述，诠释学术论文创见性的写作特点”，从而“对今人的学术论文写作颇有启发”。万教授总结道：从今天的论文写作实践来看，“弥纶群言”是文献综述，它是论文具有创见性的基础；如果没有“弥纶群言”，也就无法“研精一理”。“钩深取极”是“接着讲”，它是论文具有创见性的保证；如果只是“照着讲”，也就了无新意。“辨正然否”是辨析有争议的论题，肯定一说，否定其余；它也是论文具有创见性的表现。“独抒己见”是敢于写出作者与众不同的独得之见，最具创见性。应该说，王先生对学术论文创见性的深入剖析，确乎彰显了

《论说》篇的重要应用价值，对今人写出高质量的学术论文大有帮助。

笔者不仅赞同万教授对其师的用心研究，而且对他由此而生发出的有关“龙学”的方法论之见，亦深以为然。如谓：“如果仅仅从文艺学角度研究《文心雕龙》，确实老话题居多，难见新意。反之，若能从写作学、文章学、修辞学、阅读学、文学史学、文学地理学、子学等多学科角度研究《文心雕龙》，则别有一番天地。”又如关于文体论的研究：“就文体论的单篇研究来看，研究者多关注《明诗》《乐府》《铨赋》等几篇，而对其他篇章研究不够。这种不平衡的研究状况亟须改进。且不说论说、史传、哀吊、诔碑、书记等一些古老而年轻的应用文体，仍然具有生命力；就是那些已消亡的应用文体，也并非毫无价值，所谓‘名亡而理存’。有鉴于此，强化《文心雕龙》文体论（尤其是应用文体理论）的研究，势在必行。”

其次是戚悦《一部新颖的〈文心雕龙〉英译本——黄兆杰等〈文心雕龙〉英译本评析》一文。文章认为，在《文心雕龙》的各种英译本中，黄兆杰、卢仲衡和林光泰三位先生的译本可谓最新颖的，其在翻译策略和文本理解上都有诸多与众不同之处，值得关注。一是对《文心雕龙》这一书名，该译本完全舍弃了对原书名的翻译，而基于自己对全文的理解，重新起了一个书名。这是大胆且有益的尝试，西方读者通过这一书名可以立即明白《文心雕龙》要谈的内容。二是该译本非常突出的特点是简洁，译者倾向于抓取原文最主要的意思，在译文中表达出来，甚至还会对原文进行改写和省略。三是对《文心雕龙》中涉及的不少中国传统文化的特殊名词，译者也进行了独立探索，提出了很多有益的想法和观点，甚至解决了一些陈陈相因的问题。四是赞语部分的翻译，确实称得上是一首首短小的英文诗，不仅具备换行的形式，而且句子简洁有力，相邻诗行结构相似，对应位置的单词词性相同，在必要时以倒装的手法突出重点，这些都是英文诗的典型特征。又非常注意押韵，有头韵、尾韵、谐元韵等多种韵脚，并且采取了两行转韵、隔行押韵、交错押韵等各类手法，这些也都符合英文诗的押韵规律。文章最后指出，中国传统典籍英译之难人所共知，而《文心雕龙》这一用精致骈文写成的文论元典，要准确地将其翻译为英文，更是难上加难。但也正因其难，才使得《文心雕龙》的英译本需要不断推陈出新，以反映“龙学”的新进展，并接近我们的目标。

本期“学科纵横”栏目下，有两篇颇有分量的文章。首先是李平教授《杨明照“范注举正”述评》一文。该文指出，范文澜的《文心雕龙注》

是“龙学”史上的一座里程碑，但其讹误错失亦时或有之，故为之补正者代不乏人。杨明照乃一代校勘学大师，被誉为“龙学”泰斗、彦和功臣，故其“范注举正”也影响深远，引人注目。文章说，杨先生对范注的“举正”，具有“片言而存疑顿释，只字而纷讼立断”之效，于进一步完善范注具有十分重要的意义。但其中也有立说未惬或失之偏颇之处，故需对其进行具体辨析方不枉范注。李平教授对杨氏“范注举正”一文进行了认真分析，指出其共列 37 条，主要从出典和校勘两方面展开。“其中，可订范注讹失者 6 条；出典比范注更准确、更全面，可补范注之未备者 5 条；校字比范注更有据、更合理，可正范注之偏颇者 9 条；出典与范注各有所据，可与范注共观互照者 8 条；校字与范注各有所长，能与范注两说并存者 7 条；校字与范注均未当者 1 条；校字自身不当者 1 条。”如此确凿的分析说明，“杨明照‘范注举正’，确能订其讹失、补其未备、正其偏颇，对于进一步完善范注，功莫大焉！”不过，文章也顺带提到，杨氏文中颇多意气之言，如“故有是瞽说耳”“匪特未审文意，且惑同鲁哀公矣”“真可谓笑他人之未工，忘己事之已拙者矣”之类，实在没有言之的必要。文章认为：“人非圣贤，孰能无错？一味肆其意气，只能留人恃才傲物、目中无人之印象。”诚哉斯言！

其次是韩湖初先生《〈灭惑论〉撰于梁天监年间刘勰任萧绩记室任上——关于〈灭惑论〉撰年齐、梁两说评议》一文。刘勰《灭惑论》撰年有齐、梁两说，相差近二十年。正如韩先生所说，虽然争论已近半个世纪，但分歧仍在，故仍有辨析的必要。韩先生的观点可以说极为明确，他认为齐代并不具备产生《灭惑论》的客观条件，故赞同李庆甲先生撰于梁天监年间刘勰任萧绩记室任上之说。韩先生首先详细梳理了有关论争情况，并说明“学界齐代说似有定论之势”。他指出：“齐代说最主要和最有力的证据是在版本资料方面，但问题的关键是：齐、梁两代到底哪一个具备产生《三破论》与《灭惑论》之争的客观条件？如果齐代并不具备，则无异于釜底抽薪，不管版本证据多么‘有力’，都无济于事；而梁代说这方面则理据充分，尤其李庆甲对此作了详细辨析。但不知何故，齐代说论者对此似乎视而不见，并未作具体系统的反驳，多是反复申述版本资料方面的证据，便称梁代说‘似是不能成立’，怎能服人？”韩先生由此还谈到了另一个重要问题：天监十七年刘勰由萧绩府入东宫迁升步兵校尉（由九品官升至六品），这是刘勰仕途生涯的最高官职。一般认为如杨明照所说，此因“陈表而迁”，即上表言二郊农社宜与七庙飨荐同改蔬果，由此获得武帝欢心所致。但李庆甲认为迁升与撰写《灭惑论》“不无关系”。韩先生赞同李说，“因为前此已有僧祐上表言二郊农社宜同改蔬果，刘勰不过窥得圣意而步其后尘，算不上什么大功劳；而撰《灭惑论》则令武帝一解心结，由此升职才更合情合理。”可见《灭惑论》撰年问题确乎至关重要，值得进一步探讨。

本期“文场笔苑”栏目下，我们隆重推出涂光社教授总结自己四十年学术求索的取向和历程的长文——《从“转益多师”到“同中求异”——我投身刘勰及其〈文心雕龙〉研讨的经历》。涂老师说：“我三十七岁才进大学，又未受过专业方面的基础教育，常有‘笨鸟晚飞难入林’的惭愧。万幸的是一路走来，均获师长宿学训诲提点：除恩师张震泽先生外，还蒙王元化先生、赵仲牧先生、牟世金先生、罗宗强先生、张文勋先生、蔡锺翔先生和林其锬先生的耳提面命，有机会也向张伯伟、汪涌豪、胡晓明、朱良志、刘绍谨、张国庆等同好请教、切磋，故能端正守持，潜心‘龙学’，与时俱进地调整探究的视角和切入点，而得遂初衷。”涂老师重点说到了四位老师，分别为张震泽、赵仲牧、王元化、牟世金诸先生，我在标题上给分别定义为“恩师”“良师”“导师”和“师长”，如有不妥，理当由我负责。至于涂老师不断的求索之路，他以精炼的语言进行了概括：学习从“转益多师”弥补短板起步，研讨由“异中求同”向“同中求异”位移——以比较的视角考究民族文化基因独特性对文学实践和理论思考的影响，阐发其优长；从学术史的角度揭示齐梁时代有刘勰这样的思想大家和《文心雕龙》以及《刘子》问世的所以然。

涂老师指出：“异中求同”多于“同中求异”是“龙学”早期研究的一个重大特点。本来，“异中求同”和“同中求异”都是古代文论研究中的基本手段，并无优劣高下之分。近代“龙学”兴起以来直到中华人民共和国成立十余年间，学者们曾热衷或者习惯于在《文心雕龙》的论述中去寻找与现代文艺理论的相同点，这种肯定往往是古代理论研究中价值发现的第一步，是人们从现代（也是西方）文艺思想体系的立场对中国传统理论某些部分的认同，这对揭示和印证一些文学艺术的普遍规律诚然是很有意义的。然而，古代文学理论研究的价值主要体现在“同中求异”之中。同为文学艺术论，中国和西方各有千秋未必不是好事。古代文论的“异”往往体现出民族的个性，是对于基本属西方体系的现代文论的挑战和补充。

如果忽略了“同中求异”，不仅基本丧失了充实、修正和完善当代理论、古为今用的意义，也可以说是一种无视文化遗产个性、缺乏民族自信心的表现。在这些重要认识的基础上，涂老师还从“中西文学观念之异”“语言媒介之异”“范畴系列和理论体系之异”等角度探索“龙学”的新思路，寻求突破的切入点。比如他指出：“‘美文’二字抓住了文学的本质特征——以语言为媒介创造美。即使是现代，一些应用文虽然被划为非文学体裁，若写得美也会被认为有文学性或者有艺术性的！以文章为文学作品突出了两个特征：第一，它是以语言文学作为媒介的艺术门类；第二，它具有美的形式。”

涂老师近年着力研究的另一个重要领域是《刘子》。他认为，作为经典，《文心》在文学理论领域有极为突出的跨时空的理论价值；问世稍晚的《刘子》是政论，反映的社会现实无疑比《文心》更充分、更宽泛、更具体。涂老师是《刘子》刘勰著的坚定主张者，故他认为，作为一代杰出的思想家、理论家，刘勰在不同时期分别在两个领域的理论中都有非凡建树不足为奇。正因如此，他觉得当下的“龙学”有必要从学术史的角度揭示齐梁时代有刘勰这样的思想大家和《文心》以及《刘子》问世的所以然。“考论《刘子》的理论建树，不仅能更全面深入地了解刘勰及其时代学术思辨精神达至的高度和境界，还能一窥开放包容的三教合一学术传统形成的脉络和原委。”涂老师的系统著述尚在建构中，但这里已向我们展示了他对《刘子》一书的不少初步但是重要的思考和判断。

“文场笔苑”栏目下还收录了戴明贤与张灯先生《关于〈文心雕龙译注疏辨〉的通信》，这是有关“龙学”的可贵资料。戴先生对张灯先生的倾心之作《文心雕龙译注疏辨》一书做出了这样的评价：“译笔信达雅三美并臻，不仅多重意蕴切实传导，更兼能化古奥为平易，变晦涩为明畅，故而不失美文之韵味。”又说：“大作成一家之言，立龙学之林；功在学术，嘉惠后学。”笔者以为，这皆非虚饰之言，而是符合张先生大作之实际的。张先生在信中则谈到了自己的著述原则，即“既小心又大胆”六字。“小心”谓慎之又慎，“没有依据的诠解不取，标新立异的阐述不发”；“大胆”则指认准前人、今人训释不当或有误，有确凿的诂训依据，则毫不犹豫地另立新注，必要时设置辨条剖述，务使做到译注切实，文气畅达，逻辑严密。正如张先生所说，其著作之中，“批评言辞俯拾皆是，乍看似以他著为着力点”，实则“没有再三再四地夯实自身，斟酌思谋，对照突破，就没有新注新译和疑义疏辨的水到渠成”。

为了纪念牟世金先生逝世三十周年，我们首先以图片的形式展示了牟先生的部分著述、手稿以及书画作品，其次笔者新编了两个目录，一是《牟世金先生论著目录》，一是《牟世金研究论著目录》。后者是对牟先生进行研究和评介的著作和文章索引，还需要继续充实和完善；前者则是目前收录最为齐全的牟先生论著索引，凡是所能找到的有关牟先生的著述，皆纳入其中了。尤其是还发现了牟先生上大学以前在军队服役的时候所写的几篇文章。牟先生入伍之后在军械处服役，故其文章有《武器器材保养工作未能做好的原因何在?》《一五四六支队火炮保养工作的经验》等，由此可见，干一行爱一行是先生的宗旨；刘勰说“文武之道，左右惟宜”，其斯之谓与?

良德记于 2018 年 12 月 9 日

修改于 2019 年 1 月 22 日

稿　约

《中国文论》创刊于2014年，由山东大学儒学高等研究院主办，1—4辑由上海古籍出版社出版，自第5辑开始，由山东人民出版社出版，每年两辑。欢迎各位同仁赐稿。兹就有关问题说明如下：

一、来稿字数不限，既欢迎短小精悍的佳作，亦不拒洋洋洒洒的长篇；然无论长短，均需作者独立创获，文责自负。

二、来稿请在文前加500字以内摘要和5个以内关键词，并欢迎提供文章的英文题目、摘要和关键词（如不能提供亦可）。

三、来稿请用WORD排版，简体横排，单倍行距，正文用五号宋体，独立分段引文用五号楷体。

四、稿件所有引文均需注明出处。注释请采用脚注（即页下注），每页重新编码，用①②③……注释的要素和格式，示例如下：

①［唐］姚思廉：《梁书》，北京：中华书局，1982年，第712页。（文中再次引用本书可省略出版信息，简化为：［唐］姚思廉：《梁书》，第713页。下同。）

②［唐］杜甫：《偶题》，［清］仇兆鳌：《杜诗详注》，北京：中华书局，1999年，第1541页。

③［宋］晁公武撰，孙猛校证：《郡斋读书志校证》，上海：上海古籍出版社，1990年，第517页。

④［梁］刘勰：《文心雕龙·原道》，范文澜：《文心雕龙注》，北京：人民文学出版社，1958年，第1页。

⑤王重民：《中国目录学史论丛》，北京：中华书局，1984年，第134页。

⑥［美］勒内·韦勒克、奥斯汀·沃伦著，刘象愚等译：《文学理论》，南京：江苏教育出版社，2005年，第158页。

⑦牟世金：《〈文心雕龙〉的总论及其理论体系》，《中国社会科学》1981 年第 2 期。

⑧庞朴：《一分为二，二合为三——浅介刘咸炘的哲学方法论》，《国学研究》第 11 卷，北京：北京大学出版社，2003 年，第 123 页。

⑨曹顺庆：《〈价值理性与中国文论〉序》，刘文勇：《价值理性与中国文论》，成都：巴蜀书社，2006 年，序，第 3 页。

⑩张清俐：《形成〈文心雕龙〉研究的中国学派》，中国社会科学网 http：//ex. cssn. cn/zx/bwyc/201803/t20180323_ 3885240. shtml，2018 年 3 月 23 日。

五、来稿请于文末注明作者详细通讯地址、邮政编码、联系电话以及电子邮箱。

六、来稿一个月内即决定刊用与否并做出回复，除作者特别要求外，一般不退稿，请自留底稿。

七、本刊拟用稿件，编辑有删改权，不同意删改者，请来稿时申明。

八、来稿一经采用，酌奉薄酬，并寄赠样刊两册。

九、本刊联系方式：

电子邮箱：zgwlck@ 163. com，zgwlck@ 126. com

通讯地址：山东省济南市山大南路 27 号

山东大学儒学高等研究院《中国文论》编辑部

邮编：250100

图书在版编目（CIP）数据

中国文论．第五辑/戚良德主编．--济南：山东人民出版社，2019.7

ISBN 978-7-209-12109-5

Ⅰ．①中… Ⅱ．①戚… Ⅲ．①中国文学—文学理论—研究 Ⅳ．①I206

中国版本图书馆CIP数据核字(2019)第151657号

中国文论（第五辑）

ZHONGGUO WENLUN（DIWUJI）

戚良德　主编

主管单位　山东出版传媒股份有限公司
出版发行　山东人民出版社
出 版 人　胡长青
社　　址　济南市英雄山路165号
邮　　编　250002
电　　话　总编室（0531）82098914
　　　　　市场部（0531）82090027
网　　址　http：//www. sd-book. com. cn
印　　装　山东华立印务有限公司
经　　销　新华书店

规　　格　16开（169mm×239mm）
印　　张　17.5
字　　数　260千字
版　　次　2019年7月第1版
印　　次　2019年7月第1次
印　　数　1—1000
ISBN 978-7-209-12109-5
定　　价　38.00元